ASCENSO DESDELA ESCLAVITUD;

UN VIAJE INCONCLUSO

El Legado de la Escuela Secundaria Dunbar

PRISTINE
PRESS AND MEDIA

ARCHIE MORRIS III

ISBN
978-1-969642-27-2 (Tapa blanda)
978-1-969642-26-5 (Libro electrónico)
978-1-969642-28-9 (Tapa dura)

Ascenso desde la Esclavitud;

Un Viaje Inconcluso

El Legado de la Escuela Secundaria Dunbar

Archie Morris III, D.P.A.

El Legado de la Escuela Secundaria Dunbar

Ascenso desde la Esclavitud; Un Viaje Inconcluso

Archie Morris III, D.P.A.

ÍNDICE

PREFACIO

Jean-Jacques Rousseau dijo: "Las plantas se moldean con el cultivo y los hombres con la educación. El hombre nace débil y necesita fuerza. Nace desprovisto de todo y necesita ayuda. Nace ignorante y necesita juicio. Todo lo que no tiene al nacer y que necesita cuando es mayor le es dado por la educación."[1] La filosofía de la educación de Rousseau fue algo que los negros entendieron en los primeros días de la historia de los Estados Unidos: la educación significaba libertad. Se viajaba grandes distancias o se arriesgaba la vida en el intento de obtener conocimiento. Supongo que por eso estoy escribiendo este libro, para contar la historia de un viaje hacia la libertad.

La Paul Laurence Dunbar High School promovía la excelencia en todos los aspectos y nunca permitió que la escuela cayera en la categoría de una subcultura negra o en modas pasajeras. Recordando, hace algún tiempo, en una entrevista con un reportero de *The Washington Post*, el senador Edward Brooke (promoción de 1937) comentó:[2]

> "Vivíamos en una especie de capullo. Dunbar tenía una élite intelectual... No éramos conscientes de lo que nos faltaba debido a la segregación. Era un ambiente muy competitivo... Dunbar seleccionaba a lo mejor de lo mejor. Sus estudiantes se destacaban en Howard, donde yo estudié. Se celebraba la Semana de la Historia Negra, y en la clase de Historia de los Estados Unidos se enseñaba sobre la emancipación de los esclavos y la lucha por la igualdad y los derechos civiles. Pero no había una demanda de los estudiantes por aprender más, ni un interés real en África y su herencia. Sabíamos de África tanto como sabíamos de Finlandia."

La cultura de Dunbar es, por decirlo suavemente, un tema controversial incluso en la actualidad. William Raspberry resumió en una columna que escribió en The Washington Post que si una habitación está llena de personas negras de mediana edad que crecieron en Washington y alguien menciona la palabra "Dunbar", esa persona tendrá que ponerse a cubierto. Esa sola palabra dividirá la sala en dos facciones cargadas de emoción y enojo: aquellos que asistieron a la Dunbar High School "cuando Dunbar era Dunbar" y aquellos que no.[3] Las discusiones que siguen suelen ser intensamente emocionales y se basan en opiniones sesgadas e insinuaciones, con poco conocimiento o comprensión de la historia. La esclavitud, la segregación racial de Jim Crow, la familia, la iglesia, la comunidad y, en la actualidad, la política de bienestar social de los Estados Unidos, forman parte del "gran panorama" en lo que respecta al significado de Dunbar en la educación urbana en los Estados Unidos.

Los logros de los estudiantes de M Street y Dunbar podrían haber influido en las cuestiones sobre la educación de los niños negros, de no haber sido ignorados. Hasta la fecha, no ha aparecido ningún estudio académico sobre la escuela, y toda la literatura al respecto se reduce a un único volumen, *The Dunbar Story*, publicado de forma privada en 1965 por Mary Gibson Hundley, una maestra jubilada de Dunbar, quien financió la impresión con sus propios recursos. En los pocos casos en que la escuela ha sido mencionada, se la ha descartado como una institución para negros de "clase media", y la tradición local en Washington sugiere que sus estudiantes eran, en su mayoría, negros de piel clara, muchos de los cuales apenas se distinguían de los blancos. Los hechos no respaldan ninguna de estas afirmaciones, pero el intento de minimizar los logros de la experiencia de Dunbar es un fenómeno significativo.[4] ¿Por qué?

Nací y crecí en Washington, D.C. Mi padre se crió en una granja en Virginia y solo tuvo educación hasta el cuarto grado. Cuando llegó a Washington en su adolescencia, obtuvo un GED y trabajó en diversas ocupaciones. Comenzó como obrero en obras de construcción, donde aprendió albañilería, carpintería y conducción de camiones, además de desempeñarse como mecánico de automóviles. Mi padre también era un hombre religioso que mejoró sus habilidades de lectura con la Biblia. Predicaba cuando lo llamaban y componía y cantaba música góspel. Era un músico autodidacta que tocaba la guitarra, varios instrumentos de viento, el piano y la batería.

Mi madre creció en Washington, D.C. y se graduó de Dunbar High School. Durante los primeros años de mi infancia fue ama de casa y, más tarde, consiguió un trabajo administrativo en el gobierno federal. El sueño de mi padre era regresar a Virginia y tener su propia tierra cuando él y mi madre se jubilaran. Lograron comprar unas 22 acres en el condado de Orange, Virginia, unos años antes de retirarse. Mi padre construyó la casa desde los cimientos él solo, viviendo en el terreno mientras despejaba la tierra y levantaba los edificios. Varias generaciones de nuestra familia disfrutaron durante décadas de numerosas visitas al condado de Orange, Virginia.

La familia nuclear Morris estaba compuesta por el padre, la madre, dos niños y una niña. En los primeros años, nos mudamos con frecuencia y, como resultado, vivimos en casi todas las áreas de Washington, D.C. en algún momento: Benning Ridge, Navy Yard, Anacostia, Truxton Circle, Shaw/Cardozo y Brookland. Como niños, nuestro "trabajo" era ir a la escuela, estudiar mucho y mantenernos fuera de problemas. La familia tenía un estatus económico bajo cuando comenzó, pero adoptamos los valores característicos de la clase media, aunque no tuviéramos los medios financieros para vivir ese estilo de vida. Los planes para el futuro incluían la jubilación y una buena educación para los niños.

Nuestra familia era extendida en el sentido más literal. Además de nuestra familia nuclear, vivíamos cerca de parientes como nuestros abuelos, tías, tíos y primos; la mayoría residía en el Distrito de Columbia o en Virginia y Maryland, en las cercanías. Respetábamos a los mayores de la familia y acudíamos a ellos en busca de orientación, tal como lo hacíamos con nuestros padres. Los primos eran tan cercanos entre sí como los propios hermanos. Mi abuela, mis tías y tíos, primos y amigos me hablaban de la Dunbar High School, así como de Armstrong Technical, Cardozo y Phelps Vocational. Estas últimas eran consideradas buenas escuelas con altos estándares en sus respectivas misiones. Además, era posible asistir a la universidad tras graduarse de cualquiera de ellas, aunque su misión principal no era la preparación universitaria.

Dunbar era una tradición en nuestra familia. Mi abuela asistió a la M Street High School a principios de la década de 1890, antes de transferirse a la Universidad de Howard sin haber terminado su educación secundaria. Mi madre y cinco de sus hermanos estudiaron en Dunbar High School, al igual que la mayoría de nuestros primos y amigos. Me inspiraban las conversaciones sobre la escuela y la importancia de la educación. No teníamos televisores, pero había libros, la biblioteca pública y muchos libros en los hogares de familiares y amigos que podíamos tomar prestados. Siempre había alguien leyendo o haciendo tareas escolares.

Me había destacado en la escuela primaria y en la secundaria, saltándome un par de grados en los primeros seis años. Desde una edad temprana, leía sin cesar. Mi abuela me hizo leer *Reader's Digest* de principio a fin cuando tenía entre 8 y 9 años, lo que amplió mi repertorio más allá de los cómics. Mi tío, quien era estudiante en la Universidad de Howard, me dio *Los cuentos de Canterbury* de Geoffrey Chaucer para leer, y cada semana o cada dos semanas sacaba entre 2 y 4 libros de la biblioteca para leerlos.

También escuchábamos relatos de primera mano y aprendíamos historia sobre la comunidad negra, la iglesia, la familia, el ejército y la política. La familia era la base del pueblo negro en Washington, D.C. Estaba compuesta por dos padres y sus hijos. El padre negro era el guardián del hogar, inculcando valores como la frugalidad, el trabajo duro, el respeto por uno mismo y la moralidad. Aprendimos sobre la esclavitud a través de parientes cuyos propios padres la habían experimentado directamente, pero la segregación era la fuerza dominante en la comunidad negra. Solo era superada por la religión. Los mayores de la familia nos contaban sobre los disturbios raciales de 1919 en Washington, D.C., cuando los veteranos negros de la *Primera Guerra Mundial* tuvieron que tomar las armas para defender sus vecindarios, y sobre la marcha del Ku Klux Klan por la Avenida Pennsylvania en 1925. MLos ministros proporcionaban información y liderazgo en cuestiones importantes, especialmente en temas de raza y política. La mayoría de los negros eran cristianos y republicanos, y a lo largo de los años, varios miembros masculinos de la familia sirvieron en ambas guerras mundiales.

Mi padre pensaba que sería buena idea que aprendiera un oficio, pero era prácticamente un hecho que asistiría a la Paul Laurence Dunbar High School. No teníamos dinero para la universidad, pero se daba por entendido que encontraríamos la manera cuando llegara el momento. La familia se mudó de los proyectos de vivienda en el sureste de Washington al noroeste y, en 1952, me inscribí en el décimo grado en Dunbar. Tenía 13 años.

Mientras estudiaba en Dunbar, no apreciaba el alto nivel académico de la institución. En cierto modo, era bastante inmaduro y más deportista que estudioso. Sacaba buenas calificaciones, básicamente me mantenía fuera de problemas y conocí a muchas personas nuevas, ya que los estudiantes de Dunbar provenían de prácticamente todos los vecindarios de la ciudad, algunos incluso se habían mudado desde otros estados. Participaba activamente en los deportes y era miembro del Club de Español y del Rex Club. Mi director era el Sr. Charles S. Lofton, y los subdirectores eran la Sra. Gladys W. Fairley y el Sr. Howard F. Bolden. Todos los chicos sabían sobre el paddle que el Sr. Bolden tenía en su oficina.

Mi profesor de aula era el Sr. Domingo A. Lanauze, quien también era mi maestro de español. No recuerdo a todos mis profesores, pero algunos de ellos eran: la Sra. Madeline S. Hurst, el Sr. Madison W. Tignor, la Srta. Lillian S. Brown y el Sr. Warren B. Griffin en Inglés; la Sra. Mary G. Hundley en Latín; el Sr. Charles Pinderhughes, el Sr. Jesse B. Chase y el Sr. L. J. Williams como entrenadores y en Educación Física; el Dr. James H. Cowan en Química; el Dr. A. F. Nixon en Biología; el Sr. U. V. McRae en Matemáticas; el Sr. Don B. Goodloe y el Sr. Frank H. Perkins en Estudios Sociales; la Sra. Hortense P. Taylor en Música; y la Sra. Helen M. Cunningham en Arte. Lamento no poder recordar a todos, pero todos mis profesores eran excelentes docentes. Hasta el día de hoy, recuerdo que nunca conocí a un estudiante o compañero de Dunbar que no supiera leer o realizar cálculos matemáticos básicos. Además, perfeccioné mis habilidades de escritura en la Universidad de Howard, pero las aprendí en la Dunbar High School.

La historia fue una parte importante de mis estudios en Dunbar. El plan de estudios incluía historia antigua y medieval, historia europea, historia estadounidense, historia de los negros e historia de América Latina. Familiares y amigos contaban muchas historias del pasado y, en la práctica, vivíamos en un contexto histórico todos los días; es decir, la segregación era la ley del país y la esclavitud no estaba tan alejada de nuestra existencia actual. Además, en las iglesias y en los hogares negros, las discusiones sobre la Biblia se enmarcaban en un contexto histórico, lo que se reforzaba con los sermones de los ministros y las enseñanzas de la Escuela Dominical. Esta combinación de fuentes fomentaba el pensamiento crítico y motivaba la búsqueda del conocimiento y el aprendizaje.

La historia ayudaba a poner las cosas en perspectiva. Proporcionaba un paradigma para comparar y contrastar los acontecimientos actuales con el conocimiento de dónde habíamos estado como pueblo negro y cuánto habíamos avanzado. Los hombres y mujeres negros que fueron "los primeros" en muchos campos y logros eran modelos a seguir porque entendíamos lo formidables que habían sido los obstáculos que superaron y el esfuerzo que cada uno de ellos había invertido en alcanzar sus metas. Esto nos ayudaba a convertirnos en luchadores en lugar de víctimas.

Me gradué en 1955 y, un par de meses después de cumplir 17 años, me uní a la Fuerza Aérea de los Estados Unidos (USAF). No tardé en darme cuenta de que Dunbar me había preparado bien tanto académicamente como para la vida. Uno de los acontecimientos más importantes de mi vida ocurrió en mi último destino en la USAF. Ya me habían propuesto volver a enlistarme y, aunque no estaba especialmente entusiasmado, lo estaba considerando seriamente para poder seguir practicando deportes, viajando por el mundo y, tal vez, tomar algunos cursos universitarios. Sin embargo, aproximadamente una semana después, mientras trabajaba en mi turno en la Oficina de Seguridad Especial (Special Security Office, SSO), un oficial blanco de mi unidad se acercó a mí. Apenas tenía trato con él, pero me dijo que había observado mi trabajo, mis informes escritos y mis presentaciones orales, y notó que no tenía créditos universitarios. Me dijo que era muy inteligente y me instó a que, en lugar de volver a enlistarme en la USAF, me inscribiera en una universidad.

Afortunada o desafortunadamente, seguí su consejo y terminé obteniendo el título de Licenciado en Artes (Bachelor of Arts, BA) y la Maestría en Artes (Master of Arts, MA) en la Universidad de Howard, así como la Maestría en Administración Pública (Master of Public Administration, MPA) y el Doctorado en Administración Pública (Doctor of Public Administration, DPA) en la Universidad Nova Southeastern. Creo que aquel oficial sabía que solo necesitaba un último empujón para seguir en la dirección correcta.

Estoy especialmente calificado para escribir un libro sobre la experiencia de Dunbar y sus orígenes. Soy nativo de Washington, graduado en la época del "viejo Dunbar" y, actualmente, voluntario en la Federación de Exalumnos de Dunbar (Dunbar Alumni Federation, DAF). Mi experiencia de vida, mis lazos culturales, la historia y antecedentes de mi familia, junto con mi formación académica y mis habilidades en investigación en ciencias sociales, me permiten unir los elementos necesarios para ilustrar el panorama completo. Este libro reúne distintas ramas de las ciencias sociales, utilizando técnicas de investigación histórica, análisis comparativo y métodos de observación cualitativa como base para comprender cómo la educación de los negros, durante la esclavitud y la segregación de Jim Crow, influyó en la educación urbana y, por extensión, en el ascenso y declive de la M Street/Dunbar High School. He abordado este proyecto con un enfoque académico, empleando un método de investigación empírica para observar y analizar datos reales y patrones de eventos. Por ello, he utilizado diversas técnicas de investigación.

Las técnicas de investigación histórica se aplican para revisar datos del pasado y extraer conclusiones que impacten el presente o el futuro. Esto ha requerido una cantidad significativa de lectura, traducción, investigación y discusión. El análisis comparativo se emplea para examinar cambios en las actividades políticas y legislativas a lo largo de distintos períodos administrativos gubernamentales, junto con la detección de tendencias emergentes en las operaciones y resultados de una organización. Como investigador, también actúo como observador participante. En consecuencia, utilizo métodos de observación cualitativa que permiten documentar y verificar el rango completo de respuestas individuales a un entorno determinado. En primer lugar, el enfoque de las observaciones es intencionalmente más abierto y amplio en comparación con las estrategias de observación cuantitativa, que se centran en comportamientos específicos. En segundo lugar, no necesariamente me esfuerzo por mantener una postura neutral sobre lo que observo, sino que puedo incluir mis propias experiencias y sentimientos en la interpretación de los hechos.

El libro está organizado en cinco partes: I. Las raíces, II. De Dred Scott a la reconciliación, III. El paradigma negro, IV. La joya de la corona negra, V. El fin de una era.

La Parte I, "Las raíces", ofrece una visión amplia del sistema de esclavitud y servidumbre, y cómo este influyó en los roles de los negros durante la época colonial. Existían negros libres, y algunos eran tan prósperos como sus vecinos blancos (Capítulo Uno). La formación y la educación temprana hacían que los hombres negros fueran sirvientes más útiles y confiables, pero al mismo tiempo despertaban en ellos un anhelo de libertad. Se convirtieron en mejores trabajadores y artesanos, y muchos demostraron tener habilidades administrativas suficientes para dirigir establecimientos comerciales y grandes plantaciones. La educación y la capacitación les proporcionaban una mejora general en sus vidas (Capítulo Dos).

La Parte II, "De Dred Scott a la reconciliación", aborda la decisión de la Corte Suprema de los EE. UU. de declarar que los negros no tenían derechos que el hombre blanco estuviera obligado a respetar y las circunstancias de competencia y conflicto que llevaron a la Guerra Civil estadounidense (Capítulo Tres). El Norte ganó la guerra militarmente, pero, tras el asesinato del presidente Lincoln, los demócratas lograron recuperar el control político e implementar la segregación racial de Jim Crow. La educación se vio profundamente afectada por la segregación impuesta por ley (Capítulo Cuatro). Las iglesias desempeñaron un papel fundamental en la creación de oportunidades educativas para los esclavos recién liberados, sirviendo además como foros para la expresión de opiniones políticas negras y como espacios de formación para el liderazgo político negro (Capítulo Cinco).

En la Parte III, "El paradigma", comienza el movimiento para la educación de la juventud negra y surge un debate sobre si su formación debía ser "clásica" o "industrial" (Capítulo Seis). A principios del siglo XX, la comunidad negra de Washington, D.C. comenzó a desmoronarse progresivamente, debido principalmente a la restricción de oportunidades económicas. Solo los individuos más fuertes podían evitar caer en un sentimiento generalizado de desesperanza (Capítulo Siete). A pesar de que la educación era un bien altamente valorado, no siempre podía traducirse en una ventaja económica (Capítulo Ocho)..

En la Parte IV, "La joya de la corona", la ciudad era un conglomerado de vecindarios organizados informalmente, con límites que, en cierta medida, los separaban entre sí (Capítulo Nueve). La Preparatory High School for Colored Youth abrió sus puertas en 1870 como la primera escuela secundaria para estudiantes negros en Estados Unidos y, en 1892, fue renombrada como M Street High School (Capítulo Diez). El nuevo edificio, ubicado en la intersección de 1st y O Streets, N.W., fue inaugurado el 15 de enero de 1917 y recibió el nombre de Dunbar High School en honor al poeta negro Paul Laurence Dunbar (Capítulo Once). Dunbar se caracterizaba por el espíritu de sus estudiantes, la dedicación de sus profesores y el fuerte respaldo de la comunidad, tanto en las tareas cotidianas como en momentos de crisis. De hecho, la reputación y los altos estándares de la escuela eran bien conocidos por los padres y los niños de secundaria en toda la comunidad negra (Capítulo Doce).

En la Parte V, "El fin de una era", todo el sistema escolar dual en Washington fue reorganizado en torno al concepto de escuelas de barrio, lo que eliminó el interés emocional y el peso político en favor de mantener la calidad educativa en una escuela secundaria académica negra (Capítulo Trece). La situación comenzó a cambiar en la década de 1970, cuando los profesionales negros y la clase trabajadora estable se trasladaron a vecindarios de mayores ingresos en otras partes de la ciudad y a los suburbios, dejando atrás a los sectores más desfavorecidos de la comunidad negra. Esto tuvo un impacto severo en la calidad de la educación (Capítulo Catorce).

Washington, D.C.
January 2019

PARTE I

Las Raíces

"En todos nosotros hay un hambre, profunda como la médula, de conocer nuestra herencia, de saber quiénes somos y de dónde venimos. Sin este conocimiento enriquecedor, hay un anhelo vacío. No importa cuáles sean nuestros logros en la vida, siempre habrá un vacío, una sensación de ausencia y la más inquietante soledad."

— Alex Haley, 1921-1992

CAPÍTULO UNO

LA ESCLAVITUD Y SERVIDUMBREG

La historia proporciona el paradigma necesario para el pensamiento crítico. Sin un conocimiento fiable del pasado, el pensamiento de una persona puede ser tendencioso, distorsionado, parcial, desinformado o, en el peor de los casos, abiertamente prejuicioso. Sin embargo, la calidad de nuestra vida, así como la de lo que producimos, creamos o construimos, depende precisamente de la calidad de nuestro pensamiento.

Para comprender el legado de la clase media negra y su vínculo con Dunbar High School, es necesario entender las implicaciones históricas de lo que ocurrió antes, para luego comprender sus repercusiones en la actualidad. Todo se trata de cultura, ese complejo conjunto que el antropólogo Sir Edward Burnett Tylor define como *"el conocimiento, las creencias, el arte, la moral, la ley, las costumbres y cualquier otra capacidad o hábito adquirido por el hombre como miembro de la sociedad."[1] A través del estudio de la esclavitud, por ejemplo, podemos investigar e interpretar por qué la escuela se desarrolló de la manera en que lo hizo, determinar qué influencias fueron moldeadas por el pasado y cómo la historia puede utilizarse de manera constructiva en el presente. Para citar al filósofo George Santayana: "Aquellos que no recuerdan el pasado están condenados a repetirlo."

Desde una perspectiva histórica, la esclavitud es un sistema en el cual un ser humano es, legalmente, propiedad de otro. Un esclavo puede ser comprado o vendido, no se le permite escapar y debe trabajar o servir a su dueño sin tener opción alguna. El aspecto más crucial y frecuentemente utilizado de esta condición es que el dueño de esclavos tiene un derecho comunalmente reconocido a poseer, comprar, vender, disciplinar, transportar, liberar o, de cualquier otra manera, disponer de los cuerpos y el comportamiento de otras personas.[2] Un elemento integral del sistema de esclavitud es que los hijos de una madre esclava automáticamente se convierten en esclavos.[3]

A menudo se dice que los conflictos en torno a la esclavitud causaron la Guerra Civil. El problema radica en que existe un desacuerdo sobre qué tipo de conflicto—ideológico, económico, político o social—fue el más determinante.[4] El conflicto entre grupos requiere algún tipo de conciencia etnocéntrica de las diferencias entre ellos. Surge un sentido de "nosotros" contra "ellos", lo que se convierte en una lucha por el control de recursos, estatus o bienes escasos. Los conflictos entre grupos son disruptivos y costosos, y pueden tomar diversas formas, incluida la esclavitud y otras formas de discriminación institucionalizada. Por ello, las sociedades tienden a generar mecanismos de acomodación que conducen a relaciones institucionalizadas y estables.

LA SERVIDUMBRE COMO CONCEPTO ECONÓMICO

SLa esclavitud es una institución establecida que se remonta a registros tan antiguos como el Código de Hammurabi (aproximadamente 1760 a. C.).[5] No incluye el trabajo forzado histórico de prisioneros, los campos de trabajo ni otras formas de trabajo no libre en las que los trabajadores no eran considerados propiedad. Además, era poco común entre las poblaciones de cazadores-recolectores, ya que la esclavitud dependía de un sistema de estratificación social. Para que la esclavitud fuera viable, se requería una escasez de mano de obra y un excedente de tierra. Asimismo, a lo largo de la historia, la esclavitud no se basó en la raza de las personas esclavizadas, sino en su vulnerabilidad. Con frecuencia, los pueblos indígenas esclavizaban a otros dentro de su misma región; es decir, los europeos esclavizaban a otros europeos, los asiáticos esclavizaban a otros asiáticos, los africanos esclavizaban a otros africanos y los pueblos indígenas del hemisferio occidental esclavizaban a otros grupos dentro de su territorio. Las personas eran esclavizadas no por sus diferencias raciales, sino porque eran vulnerables.

La esclavitud entre diferentes pueblos solo comenzó en siglos recientes, cuando tanto la tecnología como la riqueza necesaria hicieron posible que un grupo de personas viajara de un continente a otro para capturar esclavos y transportarlos en masa a través de los océanos.[6] Una vez que el transporte masivo de esclavos se volvió tecnológicamente y económicamente viable, poblaciones enteras de esclavos de distintas razas o etnias fueron trasladadas de un continente a otro. Tanto europeos como africanos fueron esclavizados y llevados de sus tierras natales a la servidumbre en otro continente. Tan solo los piratas transportaron a más de un millón de esclavos europeos a la Costa de Berbería en el norte de África. Esta cifra duplicaba el número de esclavos africanos transportados a las 13 colonias que luego formarían los Estados Unidos. De hecho, la compra y venta de esclavos blancos continuó en el mundo islámico hasta bien entrado el siglo XX, décadas después de que los negros fueran liberados en Estados Unidos. Fue el auge de la sociedad cristiana en la Europa medieval lo que prácticamente erradicó el sistema de esclavitud que había prevalecido antes de la Edad Media.

No obstante, mientras exploraban la costa de África en la década de 1440, los portugueses redescubrieron la esclavitud como una institución comercial en funcionamiento. La práctica de la esclavitud siempre había existido en África, donde era gestionada por gobernantes locales, a menudo con la ayuda de comerciantes árabes, ya que los esclavos eran mercancías intercambiables. Los esclavos eran cautivos, forasteros o personas que simplemente habían perdido su estatus tribal. Entre los pueblos de África Occidental, las fuentes de esclavos incluían criminales y personas empeñadas por sus linajes como garantía de préstamos que no habían sido reembolsados, y, lo más importante, cautivos tomados en guerra.

Los primeros europeos en participar en el comercio de esclavos con el África subsahariana fueron los portugueses. Cuando asumieron el control de este comercio a mediados del siglo XV, transformaron la esclavitud en algo más impersonal y cruel de lo que jamás había sido en la Antigüedad o en la África medieval. Este nuevo modelo de negocio esclavista se caracterizaba por la gran escala e intensidad con la que se llevaba a cabo y por el vínculo financiero que unía a los proveedores africanos y árabes, los comerciantes portugueses y lancados, y los compradores. La mayoría de los esclavos eran hombres y eran empleados en actividades agrícolas y mineras a gran escala.

Incluso en aquellos tiempos, la percepción de algunos pueblos negros era negativa, y se hacía poco esfuerzo por aculturar a los esclavos negros. El geógrafo árabe Muhammad al-Idrisi, por ejemplo, al concluir su descripción de la primera zona climática con algunos comentarios generales sobre sus habitantes, repetía los viejos clichés sobre pies agrietados y sudor fétido, y atribuía a los negros una "falta de conocimiento y mentes defectuosas". El historiador, sociólogo y filósofo árabe-musulmán Ibn Jaldún, al distinguir entre esclavos blancos y negros, comentó: "Las naciones negras son, por regla general, sumisas a la esclavitud, porque (los negros) tienen poco de lo que es esencialmente humano y poseen atributos bastante similares a los de los animales mudos."

Los portugueses tenían un monopolio casi absoluto sobre el comercio atlántico de esclavos. Para el año 1600, 300,000 esclavos africanos habían sido transportados por mar a las plantaciones: 25,000 fueron enviados a Madeira, 50,000 a Europa, 75,000 a Cabo São Tomé y el resto a América. Para entonces, cuatro de cada cinco esclavos tenían como destino el Nuevo Mundo. Se estima que entre 10 y 15 millones de esclavos llegaron al Nuevo Mundo en un período de tres siglos y medio. En este punto, relativamente tardío en la historia mundial, la esclavización a través de líneas raciales ocurrió en América a una escala tan grande que promovió una ideología racista que ha perdurado más allá de la propia institución de la esclavitud.

Cuando el hombre negro fue esclavizado por primera vez, su sometimiento no se justificaba en términos de una supuesta inferioridad biológica. De hecho, antes de las influencias de la Ilustración, la servidumbre humana se consideraba un elemento incuestionable dentro del orden existente de clases económicas y estamentos sociales, una forma de pensar que había prevalecido en la Europa feudal y posfeudal. La literatura histórica sobre este período inicial documenta que los negros importados y los indígenas capturados fueron originalmente mantenidos en un estatus muy similar al de los sirvientes blancos bajo contrato de servidumbre.[7]

En América, la confluencia de dos corrientes de inmigrantes del Viejo Mundo—una voluntaria y otra forzada—evolucionó de una sociedad con esclavos a, en el segundo tercio del siglo XVIII, una sociedad esclavista. Ira Berlin, un destacado historiador de la vida en el sur de Estados Unidos y de la comunidad negra estadounidense, establece una distinción entre ambas. En sociedades con esclavos,

> la esclavitud era marginal en los procesos productivos centrales; era solo una forma de trabajo entre muchas otras. Los dueños de esclavos trataban a sus esclavos con extrema indiferencia y crueldad en algunos casos porque así trataban a todos sus subordinados, fueran sirvientes bajo contrato, deudores, prisioneros de guerra, peones, campesinos o simplemente gente pobre. En estas sociedades con esclavos, nadie asumía que la relación amo-esclavo era el modelo social predominante.[8]

Cuando las sociedades con esclavos se transformaron en sociedades esclavistas, según explica Berlin, "la esclavitud pasó a ocupar el centro de la producción económica, y la relación amo-esclavo se convirtió en el modelo para todas las relaciones sociales."[9] Era un sistema totalizador del cual, en palabras de Frank Tannenbaum, "Nada escapaba, nada, ni nadie."[10]

La transformación de una sociedad en la que la esclavitud estaba presente, pero no era la forma dominante de trabajo, a una en la que se convirtió en el eje central, comenzó con el descubrimiento de productos como el azúcar, el oro, el arroz, el café o el tabaco. Estas mercancías tenían una gran demanda en el mercado internacional y requerían una enorme cantidad de mano de obra para su producción.

Otro requisito fundamental para la consolidación de estas sociedades esclavistas fue que los dueños de esclavos lograran consolidar su poder político, promulgando códigos de esclavitud que les otorgaban un control casi absoluto sobre la vida de los esclavos. La élite esclavista, entonces, levantó barreras impenetrables entre la esclavitud y la libertad, y creó ideologías raciales elaboradas para reforzar su posición dominante.[11]

EL NUEVO MUNDO

Los primeros esclavos utilizados por los europeos en América formaron parte del intento de colonización de Carolina del Norte por

Lucas Vázquez de Ayllón en 1526. Sin embargo, la colonia solo duró un año y fracasó. Los esclavos se rebelaron y huyeron al interior, donde se establecieron entre el pueblo Cofitachiqui,[12] una de las tribus más poderosas y avanzadas del sureste de los Estados Unidos.[13] En consecuencia, los negros han estado en los Estados Unidos tanto tiempo como los primeros colonos blancos, incluso antes del Mayflower y de la llegada de los primeros africanos a Virginia en 1619.[14] De hecho, en los últimos años han surgido nuevas evidencias sobre la llegada de los primeros africanos a Virginia, indicando que en 1620 había más africanos en la colonia de Virginia de lo que se había registrado anteriormente. En un censo de 1619/20, recientemente descubierto en los Ferrar Papers del Magdalene College de Cambridge, se documentan 32 negros (15 hombres y 17 mujeres), lo que contradice la versión de John Smith y John Rolfe, quienes registraron la llegada de "20 y tantos" negros en un barco holandés en 1619.[15]

En 1619, ocurrieron tres eventos en las colonias americanas que hicieron de ese año un momento significativo. Primero, para hacer más atractiva la colonia de Jamestown a los colonos, la Virginia Company de Londres envió un barco con 90 mujeres jóvenes y solteras. Cualquier colono soltero podía comprar una esposa pagando 125 libras de tabaco como costo de su transporte. Segundo, a los colonos se les otorgaron sus "derechos de ingleses"; un término que hacía referencia a los derechos garantizados a los ciudadanos ingleses bajo la *Magna Carta*. Tercero, un barco de guerra holandés, el *White Lion*, llegó y vendió a los colonos unos 20 y tantos hombres negros que no eran libres, pero, estrictamente hablando, tampoco eran esclavos. Estos hombres eran sirvientes por contrato (indentured servants), cuyos contratos expiraban después de cinco años. Una vez cumplidos sus acuerdos contractuales, podían convertirse en hombres libres, comprar tierras y disfrutar de todos los derechos de los ciudadanos libres de la colonia. Los trabajadores blancos que llegaban desde Inglaterra lo hacían bajo los mismos términos y firmaban contratos idénticos como forma de pago por su pasaje a América.[16]

En la práctica, sin embargo, muchos de los sirvientes por contrato adquirían otras obligaciones financieras al pedir dinero prestado durante su período inicial de servicio. Esto generalmente extendía la duración de su contrato. No parece que ninguno de estos primeros 20 africanos haya terminado como agricultores libres en la colonia. La mayoría de los sirvientes blancos que lograban liberarse de sus contratos no tenían un destino mucho mejor y terminaban trabajando como arrendatarios en el río Jamestown. Sin embargo, no era imposible para una persona negra convertirse en hombre libre en Virginia, y hay registros de algunos que lo lograron.[17] Uno de ellos llegó a convertirse en el primer propietario de esclavos documentado en el Nuevo Mundo.

Cuando los primeros 20 negros llegaron a Jamestown en 1619, aún no existía un proceso legal establecido para definir su estatus jurídico.[18] Aunque los colonos estadounidenses parecían haber practicado desde el principio *"la misma discriminación que los hombres blancos habían ejercido contra los negros desde siempre y antes de que cualquier estatuto lo decretara,"*[19] estos primeros negros no fueron sometidos de inmediato a la degradación sistemática a la que más tarde serían expuestos. Sin embargo, no eran libres, y su posición dentro de la sociedad en general no estaba claramente definida. Después de siglos de investigación y debate, los académicos aún no logran ponerse de acuerdo sobre este punto.[20]

Durante 1624 y 1625, los registros demográficos revelan que la vida familiar estaba firmemente establecida en Virginia.[21] Los africanos que vivían en la zona también parecen haberse emparejado y formado unidades familiares, ya que había presencia de personas de ambos sexos. Entre los blancos, los hogares solían estar compuestos por una pareja casada y uno o más hijos, además de un pequeño número de sirvientes, incluidos algunos de origen africano.[22]

A lo largo de los siglos XVII y XVIII, muchas familias incluían a los hijos de matrimonios previos de uno o ambos padres. Hermanastros, medio hermanos y parientes de sangre solían avanzar con un padre o padrastro a través de una serie de matrimonios que casi siempre terminaban con la muerte de uno de los cónyuges. Los sirvientes (y más tarde, los esclavos) acompañaban a los miembros del hogar cada vez que las condiciones de vida cambiaban. La acumulación de riqueza a través de matrimonios sucesivos y las dificultades propias de la vida en la frontera probablemente hacían que viudas y viudos estuvieran ansiosos por volver a casarse. A medida que la colonia se consolidaba, más mujeres llegaron a Virginia y aumentó el número de matrimonios y nacimientos. Los africanos desarrollaron familias nucleares y lazos que se extendían mucho más allá de las plantaciones en las que vivían. Estas redes de parentesco eran extremadamente importantes.[23]

Existe amplia evidencia en los registros históricos de que las personas de raza mixta podían ser aceptadas en las comunidades si se documentaba que ejercían los derechos de los ciudadanos, como portar armas y votar. En los primeros períodos, cuando se llevaban pocos registros, la aceptación social por parte de la comunidad blanca mayoritaria, más que los detalles sobre el linaje, solía ser el factor determinante para que una persona fuera considerada blanca.[24] Por ejemplo, en 1652, "un desafortunado incendio" provocó "grandes pérdidas" para la familia de Anthony Johnson, quien solicitó a los tribunales una reducción de impuestos. La corte redujo los impuestos de la familia y, el 28 de febrero de 1652, su esposa Mary y sus dos hijas fueron eximidas de pagar impuestos "durante el resto de sus vidas." En esa época, los impuestos se aplicaban a las personas, no a la propiedad. Según la ley tributaria de Virginia de 1645, "todos los hombres y mujeres negros, así como todos los demás hombres de entre 16 y 60 años, serán considerados sujetos a tributación."[25] No está claro en los registros por qué las mujeres de la familia Johnson fueron eximidas de pagar impuestos. Este cambio les otorgó el mismo estatus social que a las mujeres blancas, quienes no estaban sujetas a impuestos.[26] Durante el caso, los jueces señalaron que Anthony y Mary "han sido habitantes de Virginia por más de treinta años" y eran respetados por su "duro trabajo y servicio reconocido."[27]

La mayoría de los trabajadores en la América colonial de los siglos XVII y principios del XVIII eran sirvientes por contrato, tanto blancos como negros. Se desarrollaron amistades entre las razas y, dado que en ese momento no existía una distinción clara entre esclavitud y servidumbre, estas relaciones birraciales a menudo resultaban en hijos. La idea de que los negros eran propiedad no se consolidó hasta alrededor de 1715, con el auge de la economía del tabaco. Para entonces, existía una pequeña pero creciente población de familias libres de color. Para 1860, se estima que había 250,000 personas negras o mestizas libres.[28]

      IEn 1618, se introdujo el sistema de concesión de tierras (headright system) para solucionar la escasez de mano de obra. Este sistema permitía que los colonos que ya residían en Virginia pudieran recibir dos parcelas de 50 acres cada una, sumando un total de 100 acres de tierra. El headright system impulsó el desarrollo de la economía de plantaciones y, durante el auge del tabaco en la década de 1620, los plantadores exitosos acumularon grandes extensiones de tierra y obtuvieron ganancias sustanciales. La mano de obra de los sirvientes por contrato fue fundamental para su éxito. Durante los últimos años de la década de 1610 y la de 1620, la escasez de trabajadores era tan crítica que los propios terratenientes solían trabajar junto a sus sirvientes en los campos de tabaco.[29]

Con el tiempo, los colonos continuaron expandiéndose en todas direcciones, convirtiendo los bosques en tierras despejadas destinadas a la agricultura. Se establecieron pequeñas y medianas granjas que estaban intercaladas con las grandes plantaciones de los más adinerados en toda la región de Tidewater. Los colonos que se trasladaban a nuevos territorios competían por terrenos cercanos al agua, que ofrecían suelos fértiles para la agricultura y fácil acceso al comercio marítimo. Los plantadores más exitosos fueron aquellos que lograron adquirir varias parcelas pequeñas y consolidarlas en grandes propiedades. Los pequeños propietarios libres a veces contrataban a sirvientes liberados para suplir sus necesidades de mano de obra. Sin embargo, estos trabajadores ya no eran sirvientes bajo contrato y no estaban obligados a permanecer con un solo empleador. Además, podían negociar salarios más altos.

Muchos sirvientes liberados lograban acumular suficiente capital para alquilar o comprar sus propias tierras en períodos en los que el precio del tabaco era alto. La posibilidad de movilidad social era un gran incentivo para los antiguos sirvientes, al igual que la perspectiva de casarse y formar una familia. El dominio de los pequeños plantadores en la región de Chesapeake comenzó a declinar en la década de 1680. Cada vez menos sirvientes por contrato llegaban a las colonias y el comercio de sirvientes prácticamente desapareció después de 1700. Entre 1680 y 1720, cuando los precios del tabaco eran inestables y el cultivo a menudo no era rentable, las oportunidades de movilidad social se redujeron considerablemente.[30]

Una disminución en las tasas de natalidad en Inglaterra durante el segundo tercio del siglo XVII, junto con el aumento de los salarios en la Madre Patria, redujo significativamente el interés de los trabajadores blancos en emigrar al Nuevo Mundo. Para 1680, las colonias relativamente nuevas de Pensilvania y Carolina del Sur estaban compitiendo con las colonias de Chesapeake por atraer sirvientes blancos interesados en emigrar a Virginia.[31]

La disminución gradual en el número de sirvientes que emigraban a Virginia transformó el sistema laboral de manera irrevocable. Los plantadores, que constantemente buscaban trabajadores para sus campos de tabaco, comenzaron a sustituir a los sirvientes blancos por africanos. Para el año 1700, los esclavos africanos producían gran parte del tabaco de la región de Chesapeake. La prolongada caída en los precios del tabaco comenzó a hacer mella en la economía. Los agricultores más pobres, que adquirieron tierras menos aptas para el cultivo del tabaco, y los sirvientes recién liberados, que intentaban desarrollar sus propiedades, se encontraron en una posición de desventaja. No tenían el capital necesario para comprar la fuerza de trabajo que requerían. No obstante, aunque los precios del tabaco eran bajos, los plantadores relativamente exitosos podían permitirse la compra de sirvientes y maximizar la producción. Este fenómeno amplió aún más la brecha entre ricos y pobres. Mientras tanto, conforme a las leyes de la oferta y la demanda, el precio de un sirviente blanco por contrato aumentó en proporción al de los trabajadores negros de los campos, y los plantadores pronto descubrieron que los esclavos africanos podían ser al menos tan productivos como los sirvientes blancos.[32]

A medida que avanzaba el siglo XVII, la población de las colonias creció tanto por el aumento natural como por la inmigración. La demanda de trabajadores agrícolas también se incrementó. Independientemente de si preferían emplear sirvientes blancos ingleses, los plantadores se vieron cada vez más obligados a recurrir a blancos no ingleses o africanos y, durante la segunda mitad de la década de 1690, los plantadores de Chesapeake y Tidewater comenzaron a comprar grandes cantidades de africanos. Entre 1695 y 1700, aproximadamente 3,000 africanos fueron esclavizados y puestos a trabajar en la región. Para el año 1700, la mayoría de los trabajadores esclavizados eran negros y el número de adultos blancos nacidos en la colonia había aumentado significativamente. Estas personas no solo nacieron libres, sino que con frecuencia recibieron herencias de sus familias. Además, tendían a casarse a edades más tempranas que los sirvientes blancos y acumulaban propiedades con mayor rapidez. La herencia jugó un papel fundamental en la acumulación de riqueza, lo que permitió a los más exitosos volverse aún más prósperos, ya que podían contar con la adquisición de tierras, sirvientes o esclavos.El éxito con el que los terratenientes emplearon a los negros en sus plantaciones de tabaco fue un factor sumamente ominoso. No pasó mucho tiempo antes de que comenzaran a comprar más hombres que no eran sirvientes por contrato. Así, estaban adquiriendo esclavos de bienes muebles; es decir, personas que eran propiedad personal de un dueño y podían ser compradas y vendidas como mercancías.

Con esta situación, la primera colonia inglesa en América emprendió dos caminos que avanzaban en direcciones completamente opuestas; uno hacia instituciones representativas que desembocarían en libertades democráticas, y el otro hacia el uso del trabajo esclavo, dando lugar a lo que llegaría a conocerse como la "peculiar institución" del Sur. Un gran número de esclavos negros de bienes muebles no llegó a América del Norte sino hasta el siglo XVIII, pero la bifurcación era real y eventualmente produjo un país que se dividió en dos castas de seres humanos, los libres y los no libres. Las dos ramas se desarrollaron sin reconciliación durante 250 años hasta que su incompatibilidad fundamental condujo a la gran Guerra Civil Estadounidense, librada entre 1861 y 1866.[34]

LA PERSPECTIVA COLONIAL SOBRE LA SERVIDUMBRE POR CONTRATO

ELas referencias a la vida en Virginia a principios del siglo XVII sugieren que muchos colonos consideraban la "esclavitud" como sinónimo de trabajo forzado y pérdida de la voluntad propia. El capitán John Smith habló de convertir a los hombres en esclavos de la colonia de por vida, sugiriendo claramente que era un castigo severo reservado para los crímenes más graves.[35] Una proclama de mayo de 1618, emitida por el vicegobernador Samuel Argoll, hizo obligatoria la asistencia a la iglesia. Cualquiera que no lo hiciera "sería esclavo durante la semana siguiente."[36]

En abril de 1620, un hombre en Inglaterra dijo que en Virginia, los colonos eran tratados "como esclavos."[37] Cinco años después, el capitán John Martin afirmó que de no haber sido por él, "la colonia y su futuro habrían sido vendidos como esclavos."[38] En marzo de 1622, cuando los indígenas atacaron el asentamiento de la plantación Martin's Hundred y tomaron prisioneros, se informó que detuvieron a 19 colonos "en gran esclavitud." Tras el levantamiento de 1622, los funcionarios de la Virginia Company sugirieron que los guerreros indígenas capturados en incursiones de represalia fueran vendidos como esclavos. En 1623, Richard Frethorne, de Martin's Hundred, escribió a sus padres que los colonos habían capturado vivos a dos indígenas "y los convirtieron en esclavos."[39]

El 25 de mayo de 1611, Sir Thomas Dale envió una carta a sus superiores describiendo cómo estaba fortaleciendo la colonia. Dijo que había puesto a los colonos a trabajar en reparaciones y nuevas construcciones, y que "A todos los salvajes los puse a trabajar y cumplen debidamente su tarea." Su declaración indica que los indígenas participaron en la construcción de las mejoras de Jamestown.[40] Es muy poco probable que su trabajo fuera voluntario.

En 1624, un grupo de antiguos plantadores, que habían llegado a Virginia antes de mayo de 1616, describió la represión que soportaron mientras la colonia era gobernada por Sir Thomas Dale. Dijeron que habían vivido en una "esclavitud general." En otra parte del mismo texto, afirmaron que habían soportado condiciones de vida que "de ninguna manera eran mejores que la esclavitud."[41] Alrededor de la misma época, los delegados de Virginia enviaron un mensaje a Inglaterra diciendo que durante el gobierno de Sir Thomas Smith, cuando la colonia estaba bajo la ley marcial, aquellos que habían sobrevivido y habían arriesgado tanto sus bienes como sus vidas fueron obligados a servir a la colonia "(como si hubieran sido esclavos) durante 7 u 8 años para obtener su libertad, soportando un trabajo tan duro y servil como el del más vil de los hombres traídos desde Newgate."[42] Todas estas declaraciones indican que los colonos consideraban la esclavitud como algo punitivo y degradante, un castigo que podía imponerse a quienes desobedecían la ley, requerían un control estricto o una corrección extrema. Sin embargo, era un castigo que se detenía justo antes de la pena de muerte.

Anthony Johnson fue uno de los primeros africanos en completar su servicio como sirviente por contrato. Luego se convirtió en propietario de tierras en la Eastern Shore y también en dueño de esclavos.[43] Johnson fue capturado en su Angola natal por tribus vecinas y vendido a comerciantes de esclavos árabes. Finalmente, fue vendido como sirviente por contrato a un comerciante que trabajaba para la Virginia Company.[44] Llegó a Virginia en 1621 a bordo del James. El Virginia Muster (censo) de 1624 registra su nombre como "Antonio no dado", señalado como "un negro" en la columna de "notas".[45]

Vendido como sirviente por contrato a un plantador blanco llamado Edward Bennet, Johnson fue puesto a trabajar en la plantación de tabaco de Bennet cerca de Warresquioake, Virginia. Los sirvientes trabajaban típicamente bajo un contrato de servidumbre por cuatro a siete años para pagar su pasaje, alojamiento, manutención, vivienda y una compensación de libertad. En los primeros años coloniales, la mayoría de los africanos en las Trece Colonias estaban bajo estos contratos de servidumbre por contrato. Aparte de aquellos que fueron obligados a servir de por vida, la mayoría eran liberados después del período contratado, recibiendo tierras y equipo al expirar sus contratos o si estos eran comprados.[46] La mayoría de los trabajadores blancos también llegaban a la colonia como sirvientes por contrato.

Antonio estuvo a punto de perder la vida en la masacre india de 1622, cuando la plantación de Bennet fue atacada por los Powhatan, los nativos americanos dominantes en la región de Tidewater, Virginia. Atacaron el asentamiento donde Johnson trabajaba, en un intento de expulsar a los colonos de sus tierras. De los 57 hombres que vivían en la plantación, 52 fueron asesinados. Johnson fue uno de los cinco sobrevivientes.[47]

En 1622, "Mary, una mujer negra" llegó a bordo del Margrett and John y, al igual que Antonio, fue llevada a trabajar en la plantación de Bennet. En algún momento, Anthony y Mary se casaron. Un documento judicial del Condado de Northampton de 1653 menciona a Mary como la esposa de Anthony. Fue una unión próspera y duradera que se extendió por más de cuarenta años y produjo al menos cuatro hijos, incluidos dos varones y dos mujeres. Según documentos judiciales, la pareja era respetada en su comunidad por su "duro trabajo y servicio reconocido".[48]

En algún momento después de 1635, Antonio y Mary obtuvieron su libertad de la servidumbre por contrato. Antonio cambió su nombre a Anthony Johnson.[49] Johnson aparece por primera vez en los registros legales como hombre libre cuando compró un ternero en 1647. Se le otorgó una gran extensión de tierras de cultivo después de haber pagado su contrato de servidumbre con su trabajo.[50] El 24 de julio de 1651, adquirió 250 acres de tierra bajo el sistema de concesión de tierras (headright system) al comprar los contratos de cinco sirvientes por contrato (cuatro blancos y uno negro). La tierra estaba ubicada en Great Naswattock Creek, que desemboca en el río Pungoteague, en el condado de Northampton, Virginia.[51] Cuando fue liberado de la servidumbre, Anthony Johnson fue legalmente reconocido como un "negro libre."

En 1653, John Casor, un sirviente negro por contrato cuyo contrato Johnson parece haber comprado a principios de la década de

1640, acudió al capitán Samuel Goldsmith. Afirmó que su contrato había expirado siete años antes y que estaba siendo retenido ilegalmente por Johnson. Un vecino, Robert Parker, intervino y persuadió a Johnson de liberar a Casor. Parker le ofreció trabajo, y Casor firmó un nuevo contrato de servidumbre con él. Johnson entonces demandó a Parker en la Corte de Northampton en 1654 para que Casor le fuera devuelto. El tribunal falló inicialmente a favor de Parker, pero Johnson apeló. En 1655, la corte revocó su fallo.[52]

Al determinar que Anthony Johnson aún "poseía" a John Casor, la corte ordenó que Casor fuera devuelto a Johnson, con los costos judiciales pagados por Robert Parker.[53]

Este fue el primer caso judicial en las Trece Colonias que estableció que una persona que no había cometido ningún crimen podía ser retenida en servidumbre de por vida.[54] De este modo, John Casor se convirtió en el primer esclavo permanente y Anthony Johnson en el primer dueño de esclavos en las colonias del Nuevo Mundo.[55]

Desde el caso judicial de Johnson en 1654, las personas negras libres, en algún momento u otro, han poseído esclavos

"en cada uno de los trece estados originales y más tarde en todos los estados que toleraron la esclavitud."[56] Al igual que sus vecinos blancos, algunos fueron amos benevolentes, otorgando privilegios especiales a sus esclavos, emancipando a sirvientes especialmente leales y respetando la santidad de las familias esclavas. Sin embargo, la mayoría consideraba a sus esclavos como propiedad de bienes muebles. Compraban, vendían, hipotecaban, legaban, intercambiaban y transferían a otros negros, exigían largas horas de trabajo en los campos y castigaban severamente a los esclavos rebeldes. Algunos parecían tan insensibles como los blancos más orientados al lucro, vendiendo niños separados de sus padres, madres separadas de sus esposos, y azotando brutalmente a los esclavos que ignoraban las reglas de la plantación.[57]

Por un tiempo, las personas negras libres incluso podían "poseer" los servicios de sirvientes blancos por contrato en Virginia. Los negros libres poseían esclavos en Boston en 1724 y en Connecticut en 1783. Para 1790, 48 personas negras en Maryland poseían 143 esclavos. Un granjero negro particularmente notorio en Maryland, llamado Nat

Butler, "compraba y vendía negros regularmente para el comercio del sur."[58] Para 1860, las mujeres negras en Charleston habían heredado o recibido muchos esclavos y otras propiedades de hombres blancos. Usaron estos esclavos y propiedades para fundar negocios exitosos y, como resultado, poseían el 70% de los esclavos de propiedad negra en la ciudad.[59] Carter G. Woodson y algunos asistentes examinaron sistemáticamente los registros del Censo de EE.UU. de 1830. El estudio registró cada hogar donde una persona negra figuraba como "cabeza de familia" y el hogar poseía esclavos. Según la investigación de Woodson, el Censo de 1830 registró 3,776 personas como "negros libres" que poseían 12,907 esclavos.[60]

Al tener intereses económicos en común con los dueños de esclavos blancos, los propietarios negros de esclavos a menudo gozaban del mismo estatus social. No era inusual que asistieran a la misma iglesia, educaran a sus hijos en la misma escuela privada y frecuentaran los mismos lugares de entretenimiento. Bajo estas circunstancias, el mestizaje se dio con facilidad. Si bien quienes realizaron el censo de 1830 generalmente no registraron tales hechos, los pocos que lo hicieron, como en el caso del Condado de Nansemond, Virginia, reportaron una situación que hoy sería considerada alarmante. Entre los dueños de esclavos en este condado aparecían negros libres identificados como Jacob de Read y esposa blanca y Syphe de Matthews y esposa blanca. Otros con esposas blancas no fueron registrados como propietarios de esclavos.[61]

Los historiadores han estado debatiendo durante algún tiempo si los negros libres compraban a miembros de su familia como esclavos para protegerlos o si, por el contrario, compraban a otras personas negras principalmente para explotar su trabajo gratuito con fines de lucro, tal como lo hacían los dueños de esclavos blancos. Las respuestas a estas preguntas son complejas, pero la evidencia muestra que, lamentablemente, ambas posturas son ciertas. El gran historiador negro John Hope Franklin afirma: "La mayoría de los propietarios negros de esclavos tenían algún interés personal en su propiedad." Aun así, reconoce: "Hubo casos, sin embargo, en los que los negros libres tenían un interés económico real en la institución de la esclavitud y poseían esclavos con el fin de mejorar su estatus económico."[62]

LA ESCLAVITUD EN LAS COLONIAS

La esclavitud no existió únicamente en el Sur. La entrada del diario de John Winthrop de 1638 es, aparentemente, "el relato más antiguo registrado sobre la esclavitud negra en Nueva Inglaterra. Puede que los negros hayan sido esclavizados antes de esa fecha, pero las alusiones previas a la esclavitud son inferenciales. Incluso los contemporáneos aparentemente no estaban más seguros de los hechos."[63]

La esclavitud no se desarrolló en Nueva Inglaterra de manera azarosa o fragmentada. Virginia estableció un marco legal para la esclavitud en respuesta a las costumbres sociales, pero las colonias de Massachusetts y Plymouth sancionaron la esclavitud por ley como parte del Body of Liberties de 1641, apenas tres años después de la llegada de los primeros negros. Así, Massachusetts fue la primera colonia en autorizar la esclavitud mediante una ley legislativa.[64]

El Body of Laws de 1641 prohibió la "servidumbre forzada, la villanía o la cautividad" entre los colonos, a menos que los retenidos en servidumbre fueran:

> cautivos legales tomados en guerras justas, y aquellos extranjeros que voluntariamente se vendan a sí mismos o sean vendidos a nosotros. Y estos tendrán todas las libertades y usos cristianos que la ley de Dios establecida en Israel sobre tales personas moralmente requiera. Esto no exime a nadie de la servidumbre si la Autoridad así lo dictamina."[65]

Tres tipos de servidumbre fueron expresamente prohibidos y, a su vez, tres formas fueron autorizadas por ley. Los colonos de Massachusetts podían esclavizar legalmente a aquellos capturados en guerras justas, a extranjeros que fueran vendidos voluntaria o involuntariamente como esclavos, y a aquellos individuos que fueran requeridos por "autoridad" para ser vendidos a la servidumbre. Así, el estatuto reflejaba la aceptación y participación de los colonos en la institución de la esclavitud de bienes muebles.

La victoria en la guerra contra Inglaterra en 1781 obligó a los Trece Estados a unir recursos y minimizar sus diferencias. La Declaración de Independencia de 1776 proclamó que "todos los hombres son creados iguales", y la única forma de justificar la esclavitud fue retratar a los esclavizados como no plenamente humanos. Una batalla temprana que se perdió en el primer borrador del documento de Thomas Jefferson fue la eliminación de la frase que criticaba al Rey Jorge III por haber esclavizado a los africanos y por haber anulado el intento de Virginia colonial de prohibir la esclavitud. El Congreso Continental eliminó esta frase bajo presión de los representantes del Sur.[66]

> Él ha librado una guerra cruel contra la propia naturaleza humana, violando sus derechos más sagrados a la vida y la libertad en las personas de un pueblo distante que nunca lo ofendió, cautivándolos & llevándolos a la esclavitud en otro hemisferio o condenándolos a una muerte miserable durante su transporte hasta allí. Esta guerra pirata, el oprobio de los poderes infieles, es la guerra del Rey Cristiano de Gran Bretaña. Decidido a mantener abierto un mercado donde los Hombres deban ser comprados & vendidos, ha prostituido su negativa a suprimir cualquier intento legislativo para prohibir o restringir este execrable comercio. Y para que a esta reunión de horrores no le falte ningún acto de infamia excepcional, ahora está incitando a estas mismas personas a tomar las armas entre nosotros y a comprar con sangre la libertad de la que él mismo los privó, asesinando al pueblo sobre el que los ha impuesto: pagando así los crímenes cometidos contra las Libertades de un pueblo con crímenes que los insta a cometer contra la vida de otro.[67]

Los habitantes de Nueva Inglaterra se habían vuelto inquietos ante el pecado de la esclavitud, pero se vieron obligados a pasarlo por alto por el momento. John Adams, quien estaba apasionadamente en contra de la esclavitud, aceptó sin discusión omitir el pasaje sobre la esclavitud de la *Declaración de Independencia*. Esto se hizo principalmente para mantener unida a la nueva República Americana, pero fue claramente una derrota para los esclavos. Lo peor, sin embargo, aún estaba por venir en el proceso de redacción de la Constitución.[68]

A pesar de las libertades exigidas en *la Declaración* y de las libertades reservadas en *la Constitución* y *la Carta de Derechos*, la esclavitud no solo fue tolerada en la Constitución, sino que fue codificada. Sobre la cuestión de la esclavitud, esto se puede ver con total claridad. La Convención contó con representantes de todos los rincones de los Estados Unidos, incluyendo, por supuesto, el Sur, donde la esclavitud estaba más arraigada. La esclavitud, de hecho, era la columna vertebral de la industria principal del Sur, y se aceptaba como un hecho que la agricultura en el Sur sin trabajo esclavo no era posible. El valor de la vida de un esclavo negro promedio en el Sur era significativo. El precio promedio de un esclavo negro en 1860 era aproximadamente $800, lo que en dólares del año 2001 equivaldría a unos $20,000.[69] El poder económico de un esclavo ha sido estimado por académicos en $2.6 millones, por lo que un esclavo representaba una gran

inversión para los dueños de esclavos. Esto ayuda a explicar por qué la esperanza de vida de los esclavos en el Sur era más alta que la de los trabajadores "libres" en el Norte.[70]

Aunque los esclavos no eran baratos de ninguna manera, resultaban más económicos que contratar a alguien más para hacer el mismo trabajo. El cultivo de arroz, algodón y tabaco requería que los esclavos trabajaran en los campos desde el amanecer hasta el anochecer. Si la nación no garantizaba la continuidad de la esclavitud en el Sur, era cuestionable si podrían formar su propia nación.[71]

Originalmente, los redactores fueron muy cuidadosos en evitar las palabras "esclavo" y "esclavitud" en el texto de la *Constitución*. En su lugar, usaron frases como "importación de Personas" en el Artículo 1, Sección 9, para referirse al comercio de esclavos; "otras personas" en el Artículo 1, Sección 2, y "persona sujeta a servicio o trabajo" en el Artículo 4, Sección 2, para referirse a los esclavos. No fue hasta la Decimotercera Enmienda cuando la esclavitud fue mencionada específicamente en la *Constitución*. En ese documento, el término fue utilizado para asegurar que no hubiera ambigüedad alguna sobre qué exactamente se estaba eliminando. En la Decimocuarta Enmienda, el eufemismo "otras personas" (y el valor de tres quintos asignado a un esclavo) fue eliminado.

Uno solo encuentra la palabra "esclavitud" en la Constitución en unos pocos lugares clave. El primero es en la Cláusula de Enumeración, donde se asignan los representantes.[72] A cada estado se le otorgan representantes basados en su población. Dentro de esa población, los esclavos, denominados "otras personas", son contados como tres quintos de una persona completa. Este compromiso fue arduamente debatido, ya que los norteños querían que los esclavos, legalmente considerados propiedad, no fueran contados, al igual que las mulas y los caballos no eran contados. Los sureños, sin embargo, eran conscientes de la alta proporción de esclavos dentro de la población total de sus estados y querían que fueran contados como personas completas, a pesar de su estatus legal. El número de tres quintos fue una proporción utilizada por el Congreso en la legislación contemporánea y fue aceptado con poco debate.[73]

Alexander Hamilton dijo más tarde que, sin la proporción federal, "ninguna unión habría sido posible." Era cierto. La Constitución no podría haber sido aprobada sin el compromiso sobre la esclavitud. La pregunta ante la Convención no era una cuestión de derechos humanos (¿debería abolirse la esclavitud?). Más bien, era: ¿Quién tendrá el poder de controlarla, los estados o el gobierno nacional? El resultado, finalmente, fue que el Congreso podría controlar el tráfico de esclavos exactamente como controlaba todo el resto del comercio.[74]

El Congreso estaba expresamente limitado de prohibir la "Importación" de esclavos antes de 1808.[75] El comercio de esclavos fue un tema de gran disputa. Algunos que apoyaban la esclavitud abominaban el comercio de esclavos. La fecha de 1808, un compromiso de 20 años, permitió que el comercio de esclavos continuara, pero fijó una fecha límite para su existencia. El Congreso eventualmente aprobó una ley que prohibió el comercio de esclavos, la cual entró en vigor el 1 de enero de 1808.

La "Cláusula del Esclavo Fugitivo" es la última mención.[76] El problema que tenían los estados esclavistas con la extradición de esclavos fugitivos fue resuelto. Las leyes de un estado, dice la cláusula, no pueden excusar a una persona de su "Servicio o Trabajo" en otro estado. La cláusula establece expresamente que el estado donde se encuentre un esclavo fugitivo debe devolver al esclavo al estado del que escapó "a petición de la parte interesada."

EL CÁNCER EN EL CUERPO POLÍTICO

Las ideas de la Revolución Americana añadieron su influencia al desprecio por los argumentos de los primeros pensadores y predicadores cristianos, particularmente los cuáqueros. Dieron una visión completamente nueva de la sociedad, tanto en su estado actual como en lo que debería ser. Esta visión estaba dominada por una moralidad política radicalmente igualitaria que no podía, de ninguna manera, incluir la esclavitud como una institución social. Las ideas filosóficas sobre los derechos naturales del hombre se fusionaron con la Regla de Oro del cristianismo: "Haz a los demás lo que quisieras que te hicieran a ti."[77]

Cómo se veía esto en la mente de los dueños de esclavos ilustrados que desempeñaron un papel destacado en la revolución es bien conocido. Dado que estaban impulsados por la necesidad de claridad intelectual en su época, sus panfletos, discursos y cartas discutían con frecuencia los conflictos de su conciencia. La mayoría de ellos veía con claridad la inconsistencia entre la democracia estadounidense y la esclavitud negra. Para estos hombres, la esclavitud era un "crimen abominable," una "causa perversa," una "suprema desgracia," un "mal heredado," un "cáncer en el cuerpo político."[78] Jefferson, él mismo, lanzó varios ataques contra la institución de la esclavitud, y algunos de ellos fueron [políticamente] casi exitosos. Más tarde en su vida (1821), escribió en su autobiografía:

> ... se descubrió que la opinión pública no escucharía la propuesta [de emancipación gradual], ni la soportaría incluso en el día de hoy. Sin embargo, no está lejos el día en que deberá soportarla, o vendrá algo peor. Nada está más ciertamente escrito en el libro del destino que el hecho de que estas personas serán libres. Ni es menos cierto que las dos razas, igualmente libres, no pueden vivir bajo el mismo gobierno...[79]

La *Constitución de los Estados Unidos*, aunque proporcionó cierta base para el apoyo federal a la esclavitud, no contenía ninguna autoridad para la discriminación federal contra la raza negra. Sin embargo, en 1792, el Congreso excluyó a los negros de la milicia y, en 1810, les negó el derecho a trabajar como carteros. Por acción del Congreso, los negros libres en Washington, D.C. fueron privados del derecho al voto, excluidos de ciertos tipos de actividad comercial, y sometidos a muchas de las leyes que regulaban a los esclavos. De vez en cuando, el Congreso también despojó del derecho al voto a los negros en los territorios. El Poder Ejecutivo, aunque nunca desarrolló una política racial consistente y completa, agregó edictos discriminatorios de diversas formas, tales como aquellos que excluían a los negros de la Marina y el Cuerpo de Marines en 1798 y les negaban los derechos de preempción sobre tierras públicas en 1856.[80]

CAPÍTULO DOS

LA EDUCACIÓN DE LOS NEGROS ANTES DE LA GUERRA CIVIL

Frederick Douglass era un hombre que creía que todas las personas son creadas iguales. Sin embargo, también creía que no nacemos simplemente siendo libres: "Tenemos que hacernos a nosotros mismos lo que somos." Así, la educación y el automejoramiento eran muy importantes para él. De hecho, Douglass argumentó que la esclavitud y la educación son cosas completamente opuestas. Trabajó para hacerse libre expandiendo sus horizontes a través de la lectura, pero aún así tuvo que escapar físicamente de la esclavitud. Por supuesto, fue su educación la que le dio la fuerza de voluntad para hacer posible su escape físico.[1]

Lo peor de la esclavitud era que impedía que las personas se superaran a sí mismas a través de la educación. De Hugh Auld, su amo en Baltimore, Douglass comprendió que el conocimiento debía ser el camino hacia la libertad. Los dueños de esclavos mantenían a los hombres y mujeres en servidumbre privándolos de conocimiento y educación. Cuando Auld prohibió a su esposa enseñarle a Douglass a leer y escribir porque "la educación arruina a los esclavos", sin querer reveló la estrategia mediante la cual los blancos lograban mantener a las personas en esclavitud—y, al mismo tiempo, la estrategia mediante la cual los negros podían liberarse. La habilidad de leer era extremadamente importante. La lectura permitió a Douglass analizar periódicos, panfletos, materiales políticos y libros de todo tipo. El conocimiento que adquirió a través de la lectura creó un nuevo reino de pensamiento, que lo llevó a cuestionar y condenar toda la institución de la esclavitud.[2]

Douglass no simplificó la conexión entre su libertad y su educación. No tenía ilusiones de que el conocimiento, por sí solo, automáticamente hiciera libres a los esclavos. El conocimiento ayudaba a los esclavos a articular la injusticia de la esclavitud y a reconocerse a sí mismos como hombres y no como esclavos. Sin embargo, en lugar de proporcionar una libertad inmediata, despertaba una conciencia que traía gran angustia a quienes perseguían el conocimiento superior.[3]

Como muchos abolicionistas, Douglass creía que la educación sería crucial para que los negros mejoraran sus vidas. Esto lo llevó a convertirse en un defensor temprano de la desegregación escolar. En la década de 1850, Douglass observó que las instalaciones y la enseñanza para los niños negros en Nueva York eran vastamente inferiores a las de los niños blancos. Llamó a una acción judicial para abrir todas las escuelas a todos los niños, argumentando que la inclusión plena en el sistema educativo era una necesidad más apremiante para los negros que cuestiones políticas como el sufragio.[4]

ENTRENAMIENTO TEMPRANO Y EDUCACIÓN DE LOS ESCLAVOS EN AMÉRICA

Educar a los negros, tanto esclavizados como libres, fue frecuentemente desalentado durante la era de la esclavitud en los Estados Unidos. La mayoría de los estados del Sur lo prohibieron, ya que muchos blancos creían que la alfabetización era incompatible con la esclavitud y que, en última instancia, llevaría a rebeliones. Además, los negros educados exigirían los mismos derechos que los blancos.

En los primeros años de la esclavitud africana en las colonias americanas, los dueños de esclavos enseñaban a los esclavos cosas como inglés, música y otras humanidades. Lo hacían para que los esclavos pudieran comunicarse con ellos y entretener a sus invitados. Sin embargo, con frecuencia, los dueños de esclavos temían que si los esclavos aprendían a leer y escribir, podrían organizar planes de escape con mayor facilidad. Como consecuencia, se promulgaron leyes antiliterarias para impedir que los esclavos adquirieran habilidades de alfabetización. Si bien estas leyes solo fueron aplicadas de manera esporádica, desempeñaron un papel clave en la inhibición del progreso educativo entre los negros.[5]

Según Carter G. Woodson, la historia de la educación de los negros antes de la Guerra Civil se divide en dos períodos.[6] El primer período abarca desde la introducción de la esclavitud hasta el punto culminante del movimiento insurreccional alrededor de 1835. En ese momento, la mayoría de las personas en el país respondían afirmativamente a la pregunta de si sería prudente educar a sus esclavos. El segundo período ocurrió cuando la Revolución Industrial cambió la esclavitud de una institución patriarcal a una institución económica. Entonces, los negros inteligentes, alentados por los abolicionistas, hicieron tantos intentos de organizar insurrecciones serviles que el péndulo comenzó a oscilar en la dirección opuesta. Para ese momento, la mayoría de los blancos del sur había llegado a la conclusión de que era imposible cultivar la mente de los negros sin que esto despertara demasiado su sentido de autosuficiencia.

Los esclavos paganos traídos de las selvas africanas para constituir la clase trabajadora de una sociedad pionera en el Nuevo Mundo tuvieron que ser entrenados para satisfacer las necesidades de su entorno. Los africanos recién llegados recibían inicialmente formación industrial y social en los hogares de sus amos. Si aprendían bien y eran compatibles, rara vez eran revendidos. Los esclavos aprendían con el ejemplo mientras trabajaban en los talleres, casas y campos junto a sus dueños. Cuando un amo era lo suficientemente rico como para poseer un pequeño negocio, los esclavos negros a veces quedaban bajo la tutela de sirvientes blancos. Los nuevos esclavos también aprendían de los niños blancos de la casa, una relación que fue institucionalizada en la enseñanza del catecismo.[7]

Se requería poco esfuerzo para convencer a los amos inteligentes de que los esclavos que tenían alguna noción de la civilización moderna y que entendían el idioma de sus dueños, serían más valiosos que los hombres rudos con los que no se podía comunicar.[8] Por lo tanto, un lenguaje común es indispensable para la asociación íntima entre los miembros de un grupo y entre grupos distintos. La incapacidad de hablar un idioma común representa una barrera insuperable para la adaptación y ajuste dentro de la cultura mayoritaria de una comunidad. Aferrarse a la idea de que "cada grupo tiene su propio lenguaje," su propio "universo discursivo," y sus propias "símbolos culturales," solo limitará la comunicación, la educación y la integración. La unidad lograda a través de un idioma común no es necesariamente, ni siquiera normalmente, una indicación de afinidad de pensamiento, sino que contribuye a una unidad de experiencia y orientación, de la cual puede surgir una comunidad con un propósito y acción comunes.[9] Cualquier actividad social organizada, cualquier participación en dicha actividad, implica "comunicación". En la sociedad humana, a diferencia de la sociedad animal, la vida en común se basa en un lenguaje común. El hecho de compartir un lenguaje común no garantiza la participación en la vida comunitaria, pero sí es un instrumento esencial para esa participación.[10]

Las preguntas sobre exactamente qué tipo de formación deberían recibir los negros y hasta qué punto debía llegar la educación fueron motivo de gran confusión para la raza blanca. No pocos amos creían que los esclavos no podían ser ilustrados sin desarrollar en ellos un anhelo de libertad. Sostenían que, cuanto más torpe y bestial fuera el esclavo, más susceptible sería para fines de explotación. Fue esta clase de dueños de esclavos la que finalmente convenció a la mayoría de los sureños de su forma de pensar y, desafortunadamente, determinó que los negros no debían ser educados.[11] Aun así, existía la necesidad de adaptarse y funcionar dentro de la cultura, por lo que tanto los negros libres como los esclavos aprendieron a leer y escribir gracias a frecuentes esfuerzos secretos de los propios negros.

Cada plantación era una economía autosuficiente, más allá de su exportación de cultivos principales y la importación de alimentos. Por lo tanto, requería artesanos y personas con las habilidades necesarias para mantener lo que era esencialmente una comunidad agrícola. Una pequeña porción de esclavos recibió una excelente formación como artesanos y trabajadores manuales. Además, en pueblos y ciudades, los esclavos trabajaban en oficios comerciales, y la tradición artesanal se transmitía de persona a persona. Estas habilidades generalmente no requerían escuelas ni la enseñanza de las artes generales, pero sí exigían un nivel básico de alfabetización.[12]

A pesar de las condiciones opresivas de la esclavitud en los Estados Unidos, una población relativamente grande de esclavos podía leer, escribir y tenía habilidades especializadas. Las familias negras libres que vivían en el noreste tenían una educación igual a la de una familia blanca promedio. Los blancos que vivían en estas regiones eran más liberales con sus esclavos. En Nueva York, se enseñaba a los esclavos a leer y escribir después de terminar su trabajo diario y, para 1708, hasta 200 esclavos estaban siendo educados. Posteriormente, los negros en el Norte recibieron educación mucho antes que los del Sur, aun cuando las leyes de Jim Crow eran predominantes.[13]

Se fomentaba la lectura en la instrucción religiosa, pero no la escritura. Escribir era un símbolo de estatus y no se consideraba necesario para muchos miembros de la sociedad, incluyendo a los esclavos. La educación disponible se basaba en la memorización, los catecismos y las escrituras. Aun así, a pesar de la escasa importancia otorgada a la enseñanza de la escritura, hubo algunas excepciones notables. La más famosa de estas excepciones fue probablemente Phillis Wheatley, cuyos poemas ganaron admiración en ambos lados del Atlántico. Otros dos casos destacados fueron Jupiter Hammon y George Moses Horton.

Phillis Wheatley (1753-1784) fue la primera poeta negra publicada. Nacida en Gambia, África Occidental, fue vendida como esclava a la edad de siete u ocho años y transportada a América del Norte. Fue comprada por la familia Wheatley de Boston, quienes le enseñaron a leer y escribir y alentaron su poesía cuando reconocieron su talento. La publicación de su libro Poems on Various Subjects, Religious and Moral (1773) le trajo fama tanto en Inglaterra como en las colonias americanas. Fue emancipada poco después de la publicación de su libro.[14]

Jupiter Hammon es ampliamente considerado uno de los fundadores de las tradiciones literarias tanto estadounidense como afroamericana. Fue el primer poeta negro estadounidense en ser publicado en los Estados Unidos. Nació en esclavitud el 17 de octubre de 1711, en Lloyd Harbor, Nueva York. La familia Lloyd lo animó a asistir a la escuela, donde aprendió a leer y escribir. Luego trabajó junto a su dueño, Henry Lloyd, como contador y negociador para el negocio familiar.[15]

En sus primeros años, Hammon fue fuertemente influenciado por el Gran Despertar, un importante movimiento de avivamiento religioso de la época, y se convirtió en un cristiano devoto. Publicó su primer poema, "An Evening Thought. Salvation by Christ with Penitential Cries", como hoja suelta en 1761. Pasaron dieciocho años antes de que publicara su segunda obra, "An Address to Miss Phillis Wheatley", un poema en el que dirigía a Wheatley una serie de cuartetas acompañadas de versículos de la Biblia, reconociéndola como la poeta negra más prominente de la época. En 1782, publicó "A Poem for Children with Thoughts on Death". Se desconoce su fecha de muerte, aunque se cree que falleció alrededor de 1806, habiendo permanecido esclavizado durante toda su vida.[16]

George Moses Horton (1798–1884) fue un poeta negro nacido en Carolina del Norte, el primero en ser publicado en el sur de los Estados Unidos. Publicó un libro en 1828, mientras aún era esclavo. Escribió tanto sonetos como baladas. Sus primeras obras se centraban en su vida en servidumbre. Sin embargo, estos temas eran más generales y no necesariamente basados en su experiencia personal. Su estilo poético aparentemente fue influenciado por la poesía europea contemporánea y por escritores blancos de la época; posiblemente un reflejo de sus lecturas y trabajos por encargo. Sin embargo, se refirió a su vida en "una tierra vil y maldita", a la "fatiga, dolor y trabajo" de su existencia, así como a su opresión "porque mi piel es negra". Horton obtuvo su libertad en 1865.[17]

LA MISIÓN DEL CRISTIANISMO

La historia de la educación de los negros antes de la Guerra Civil puede dividirse en tres etapas distintas, aunque superpuestas. Estas son filantropía blanca, autosuperación negra y apoyo público.[18] Blancos prominentes como Benjamin Franklin y John Jay apoyaban la educación de los negros porque el carácter del país se basaba en el concepto de libertad individual. Los negros deberían poder ocupar su "lugar legítimo" entre los demás ciudadanos. Thomas Jefferson sugirió un plan de instrucción que proporcionaba capacitación, bajo la supervisión de blancos, en agricultura y oficios manuales. Esto prepararía a los esclavos para la liberación y colonización, dotándolos de la capacidad para valerse por sí mismos.[19]

A pesar de que convertirse al cristianismo no tenía impacto en su estatus, los grupos misioneros buscaron educar a los negros.[20] La educación formal de la población negra comenzó con la Iglesia de Inglaterra y la organización "Propagation of the Gospel in Foreign Parts", cuya función principal era cristianizar a los nativos americanos en las colonias. Sin embargo, también educaban a los negros. En 1695, Thomas Bray, de la Iglesia de Inglaterra, fue enviado a Maryland para promover la educación de los esclavos. Para 1696, el reverendo Samuel Thomas invitaba a los esclavos a su iglesia en Carolina del Sur para que aprendieran a leer y escribir. Carolina del Sur era un punto de entrada clave para el comercio de esclavos, y su población crecía rápidamente. En 1755, Hugh Bryan, un dueño de esclavos con inclinaciones religiosas, abrió una escuela para esclavos en Virginia, donde estos se reunían en grandes números para aprender de la Biblia.[21]

Durante el período colonial de EE.UU., los esfuerzos de los colonos ingleses por enseñar a los indios a leer fueron casi invariablemente parte de un esfuerzo misionero. Dos grupos religiosos fueron prominentes en ese tiempo: los Congregacionalistas y los Anglicanos. Los Congregacionalistas eran un tipo de organización eclesiástica protestante en la que cada congregación o iglesia local tenía control libre sobre sus propios asuntos. Los Anglicanos estaban relacionados con la Iglesia de Inglaterra. Ambos grupos veían la conversión de los esclavos como una obligación espiritual, y consideraban que la capacidad de leer las escrituras era parte fundamental de este proceso.[22] El "Gran Despertar" fue un período de gran avivamiento religioso que se extendió por las colonias en las décadas de 1730 y 1740. Minimizó la importancia de la doctrina eclesiástica y puso un mayor énfasis en el individuo y su experiencia espiritual. El "Gran Despertar" sirvió como un catalizador para fomentar la educación de todos los miembros de la sociedad.

La Iglesia de Inglaterra estableció en 1701 la Society for the Propagation of the Gospel in Foreign Parts (SPG). La misión de la SPG era convertir a los negros, nativos americanos y blancos no convertidos al cristianismo. Para cumplir con esta misión, la iglesia consideraba necesario que los negros fueran educados, para que pudieran leer la Biblia. En 1704, la SPG fundó en Nueva York la primera escuela en América del Norte dedicada a la educación de negros.[23] La escuela ofrecía una educación religiosa estricta como medio para preparar a sus estudiantes para el bautismo. Sin embargo, la instrucción estaba limitada debido a que los esclavos trabajaban largas y agotadoras jornadas.

Era difícil enseñar a estudiantes agotados, que a menudo eran desalentados por sus amos y apenas comenzaban a aprender el idioma. Aun así, gracias a maestros dedicados como Ellis Neau, un joven evangelista nacido en Francia, cientos de negros en Nueva York aprendieron a leer y escribir. Neau fue especialmente efectivo como instructor de esclavos porque se sabía que, como ex hugonote, había sido víctima de persecución religiosa. Incluso había sido encadenado en una galera de esclavos de un barco francés. Los negros confiaban en Neau y lo respetaban no solo por su sufrimiento pasado, sino también porque seguía sufriendo a manos de aquellos en la colonia que consideraban peligrosa y absurda la idea de educar a los negros.[24]

Los educadores clericales esperaban que sus esfuerzos condujeran a la educación religiosa obligatoria para todos los esclavos. Sin embargo, muchos blancos se oponían a cualquier educación que pudiera llevar a la cristianización de los esclavos, ya que en ese tiempo creían que el bautismo exigía la emancipación. Para calmar estos temores, los funcionarios coloniales tomaron medidas para asegurar que la educación y el bautismo no alteraran el estatus de un esclavo, aprobando una ley en 1706 con ese propósito. A pesar de las dificultades, el número de estudiantes negros siguió creciendo. Para 1710, más de 200 negros fueron educados en la escuela de Neau. La rebelión de esclavos de Nueva York en 1712, una insurrección violenta de esclavos en la ciudad de Nueva York, confirmó los temores de muchos blancos, y las actividades educativas para los negros fueron suspendidas temporalmente. Esta revuelta resultó en ejecuciones brutales y la promulgación de códigos de esclavos más severos, pero los esfuerzos por educar a los negros continuaron durante el período colonial.[25]

Treinta y nueve años después, la SPG fundó otra escuela para negros en Charleston, Carolina del Sur. La Charleston Negro School empleó a dos esclavos como instructores, con la esperanza de que los negros aprendieran con mayor facilidad y disposición de maestros de su propia raza que de maestros blancos. La escuela funcionó durante 22 años, pero cerró cuando el último maestro negro falleci y no se encontró a nadie para ocupar la vacante. La importancia de esta escuela radica en que existió a pesar del Código de Esclavos de Carolina del Sur de 1740, que prohibía a los esclavos reunirse sin supervisión blanca, aprender a leer y escribir, y cultivar su propia comida.[26] También establecía castigos más severos por desobedecer la ley.

Hacia finales del siglo XVIII, organizaciones abolicionistas y miembros adinerados de la Iglesia Cuáquera impulsaron la fundación de escuelas en Nueva York, Nueva Jersey, Pensilvania, Rhode Island, Delaware, Maryland, Virginia, Carolina del Sur y Georgia. Mientras tanto, los negros libres también abrían escuelas de forma independiente. La primera escuela católica oficial para negros fue fundada en Washington D.C. por la hermana Maria Becraft, una católica devota comprometida con la educación de niñas negras. En Charleston, Carolina del Sur, la Brown Fellowship Society, una organización de mulatos, abrió dos escuelas: una para los hijos de los miembros de la sociedad, y otra para negros más oscuros pero libres, y huérfanos.[27]

OPOSICIÓN Y APOYO A LA EDUCACIÓN DE LOS ESCLAVOS

Ganar la guerra contra Inglaterra en 1781 obligó a los Trece Estados a unir sus recursos y minimizar sus diferencias. La Declaración de Independencia, en 1776, proclamó que todos los hombres son creados iguales, y la única manera de justificar la esclavitud era presentar a los esclavizados como seres que no eran plenamente humanos. Una de las primeras batallas que se perdió en el borrador original de Thomas Jefferson fue la eliminación de la frase que criticaba al rey Jorge III por haber esclavizado a los africanos y por anular el intento de Virginia colonial de prohibir la esclavitud. El Congreso Continental eliminó esa frase bajo la presión de los representantes de los Estados del Sur.[28] Los habitantes de Nueva Inglaterra se habían inquietado por el pecado de la esclavitud, pero se vieron obligados a pasarlo por alto temporalmente. Por ejemplo, John Adams, quien estaba apasionadamente en contra de la esclavitud, aceptó sin discusión omitir el pasaje sobre la esclavitud de la Declaración de Independencia, principalmente para mantener unida a la nueva República Americana. Esto fue claramente una derrota para los esclavos, pero lo peor aún estaba por venir en el proceso de redacción de la Constitución.[29]

La lista de restricciones sobre las actividades cotidianas de los esclavos era extensa, pero, en comparación con la prohibición de enseñar a un esclavo a leer y escribir, estas casi nunca se hacían cumplir.[30] Esencialmente, los esclavos recibían poca o ninguna educación formal. Había sido un crimen enseñar a un esclavo a leer, porque la ignorancia aseguraba una fuerza de trabajo más dócil y manejable. Sin embargo, la prohibición de enseñar a leer o escribir a un esclavo era particularmente reveladora. Este acto podía conllevar sanciones de hasta 15 libras esterlinas. Tomó casi un siglo erradicar el analfabetismo masivo, uno de los legados más devastadores de la esclavitud.[31] En el año 1900, casi la mitad—45 por ciento—de los adultos negros en la nación no sabía leer ni escribir. Y en 1940, la proporción seguía siendo considerable, con uno de cada nueve aún analfabeto.[32]

La oposición pública a la educación de los esclavos negros se deducía de las preocupaciones del Estado. La seguridad en la corrección de tales creencias iba acompañada de afirmaciones egoístas de que los africanos no eran educables. Los esfuerzos por "civilizar" y "cristianizar" a los esclavos, por bienintencionados que fueran, estaban condenados al fracaso porque se consideraba que los negros eran incorregibles, menos que plenamente humanos, o por naturaleza aptos solo para tareas simples y sin sentido. Landon Carter, un rico dueño de esclavos en Virginia y ferviente religioso, observó sobre uno de sus esclavos: "Johny es el feligrés más constante que tengo, pero es un borracho, un ladrón y un bribón." Cuando los esclavos experimentaban un "nuevo nacimiento" a través de la predicación avivada, Carter lamentaba las consecuencias para todos los involucrados: "Creo que es por alguna doctrina inculcada por esos bribones que los esclavos de esta colonia se han vuelto mucho peores."[33]

La oposición blanca a la educación y conversión de los esclavos, la complicidad anglicana con la esclavitud y el abandono de los esclavos, así como la resistencia africana al cristianismo anglicano, fueron claramente partes de la historia, pero no toda la historia. La última es más confusa, ambigua y complicada de lo que la mayoría de los relatos suelen describir. Los párrocos anglicanos bautizaban a los esclavos, reconociendo así no solo su membresía en la Iglesia, sino también su humanidad. Los negros asistían al servicio divino, y los párrocos les enseñaban el catecismo y promovían esfuerzos para ampliar su educación básica.[34]

Los primeros defensores de la educación de los esclavos pertenecían a tres categorías: Primero, estaban los amos que deseaban aumentar la eficiencia económica de su mano de obra. Segundo, estaban las personas compasivas que querían ayudar a los oprimidos. Tercero, estaban los misioneros fervorosos, quienes creían que el mensaje del amor divino debía llegar por igual a todos. Estos últimos enseñaban a los esclavos el idioma inglés, para que pudieran aprender los principios de la religión cristiana. Los esclavos tenían su mejor oportunidad de mejorar intelectualmente gracias a la benevolencia de la primera categoría. Cada dueño de esclavos manejaba la situación según su propio criterio, sin importar la opinión pública. Más tarde, cuando se aprobaron leyes para prohibir la educación de los esclavos, algunos amos, siempre una ley en sí mismos, continuaron enseñando a sus esclavos desafiando la legislación hostil. Las personas compasivas, sin embargo, no lograron mucho porque solían ser reformistas que no poseían esclavos y vivían en asentamientos libres muy alejados de las plantaciones donde habitaban los esclavos.[35]

Los misioneros españoles y franceses fueron los primeros en enfrentar este problema y establecieron un ejemplo que influenció la educación de los negros en toda América.

Algunos de estos primeros heraldos del catolicismo mostraron más interés por los indígenas que por los negros, y abogaban por la esclavización de los africanos en lugar de la de los indígenas. Sin embargo, ansiosos por ver a los negros iluminados y traídos a la Iglesia, dirigieron valientemente su atención a la educación de sus esclavos, proveyeron instrucción a los numerosos hijos mestizos y otorgaron a los negros libres los privilegios educativos de las clases más altas. Puestos en vergüenza por este ejemplo noble de los católicos, los colonos ingleses tuvieron que encontrar una forma de superar las objeciones de aquellos que, aunque aceptaban que iluminar a los esclavos no llevaría necesariamente a una insurrección servil, temían que su conversión pudiera conducir a la emancipación. Para enfrentar esta situación, los colonos aseguraron, a través de legislación en sus asambleas y de declaraciones formales del Obispo de Londres, la derogación de la ley que establecía que un cristiano no podía ser esclavizado. Esto permitió acceder a los esclavos, y los misioneros de la Iglesia de Inglaterra, enviados por la Sociedad para la Propagación del Evangelio entre los Paganos en Partes Extranjeras, asumieron la misión de educar a los esclavos con el propósito de un proselitismo extensivo.[36]

Los puritanos liberales habían dirigido su atención a la conversión de los esclavos mucho antes de que los primeros trabajadores de la Iglesia Anglicana establecida abogaran por la abolición. Muchos de ellos justificaban la esclavitud basándose en el precedente de los hebreos, pero creían que las personas en servidumbre debían ser instruidas, tal como lo fueron los siervos en la casa de Abraham. El progreso de esta causa, sin embargo, fue obstaculizado por la clase fanática de puritanos, quienes no veían con buenos ojos la política de incorporar personas indeseables a una Iglesia que entonces estaba estrechamente vinculada con el Estado.[37]

Los Cuáqueros fueron el grupo más significativo en la defensa de la educación de los esclavos. Para 1735, organizaron escuelas para esclavos negros en el Sur, a pesar de la enorme oposición que existía contra la enseñanza de lectura y escritura a los esclavos. Los dueños de esclavos afirmaban que era inútil educarlos, ya que eran mentalmente inferiores y estaban conformes con su existencia actual. Cualquier intento de educarlos podía hacerlos conscientes de su verdadera condición y provocar agitaciones. Sin embargo, los Cuáqueros iniciaron un movimiento reaccionario. Querían que los esclavos fueran hombres y mujeres capaces de ser ciudadanos activos. George Fox, un Cuáquero destacado y defensor de la educación de los negros, habló abiertamente sobre la importancia de enseñar a los negros e indígenas y sobre cómo Cristo murió por todos los hombres. Además, George Keith y William Penn apoyaron la formación religiosa, la oportunidad de superación y la preparación para la emancipación.[38]

Los Cuáqueros estaban tan decididos a disolver el comercio de esclavos que desarrollaron un plan para que los esclavos liberados regresaran a África como misioneros. Como resultado, fueron perseguidos en las comunidades esclavistas por sus creencias y acciones. Hubo una oposición estricta a sus ideas, y se promulgaron leyes que les prohibían reunirse con negros y que los excluían de la enseñanza, al exigir una proclamación que no podían firmar por razones religiosas.[39]

Irónicamente, los Cuáqueros fueron defensores fervientes de la educación de los esclavos, a pesar de que también poseían esclavos. En 1774, John Woolman publicó Some Considerations on the Keeping of Negroes, donde reprendió a los cuáqueros que fundaban y financiaban escuelas, mientras seguían reteniendo esclavos.[40] Los Cuáqueros continuaron abriendo escuelas para niños negros en lugares como Rhode Island, incluso antes de que este se convirtiera en un estado libre.

Los Cuáqueros formaron la Manumission Society para proteger a los esclavos de los cazadores de recompensas ("manu" era un término utilizado indistintamente con abolir). En 1787, este grupo estableció la New York African Free School, para que los negros pudieran protegerse a sí mismos a través de la educación. La escuela comenzó con 40 alumnos cuyos padres eran esclavos. Cuatro años después, contrataron a una maestra femenina, y se permitió la admisión de niñas. El primer edificio fue destruido por un incendio, y en 1820 se construyó un segundo edificio en un terreno donado por la Ciudad de Nueva York, con capacidad para 500 estudiantes adicionales. A pesar de ser un hito importante en la vida de los negros, la escuela no recibió un gran apoyo de los blancos. En el noreste, los negros no eran considerados iguales a los blancos, por lo que, para recibir apoyo, invitaron a académicos de todo el mundo a observar el programa. Los estudiantes realizaban demostraciones de lectura, ensayos, poesía y prosa ante los invitados.[41]

Durante el siglo XVIII, organizaciones religiosas como la Episcopal Society for the Propagation of the Gospel, que trabajaba tanto en el Norte como en el Sur, y la Society of Friends, impartieron educación básica a esclavos y negros libres para que pudieran leer la Biblia. Algunas sociedades abolicionistas, formadas durante la era revolucionaria, también ofrecieron a los negros libres la oportunidad de recibir educación elemental. En 1787, la New York Manumission Society abrió la African Free School, que tuvo tanto éxito que en 1834 ya contaba con seis escuelas adicionales en la ciudad. Finalmente, estas escuelas fueron absorbidas por el sistema de educación pública.[42]

INICIATIVAS EDUCATIVAS PARA LOS NEGROS

Bajo el auspicio de las iglesias negras y de las sociedades de beneficio mutuo, que surgieron a finales del siglo XVIII, los negros libres establecieron sus propias escuelas. Incluso cuando se solicitaba apoyo filantrópico blanco, la iniciativa siempre provenía de los propios negros. En Newport, Rhode Island, un rector episcopal blanco estableció en 1763 una escuela para negros. En 1807, ocho años después de que la escuela cerrara, los líderes de la comunidad negra la reabrieron a través de su recién organizada African Benevolent Society. La institución operó con distintos niveles de éxito, hasta que finalmente la ciudad asumió su control. En 1787, en Boston, Prince Hall lideró un grupo de negros para peticionar a la Corte General de Massachusetts la creación de una escuela, porque los negros "no recibían ningún beneficio de las escuelas gratuitas". Según algunos expertos, algunos niños negros sí asistieron a las escuelas públicas con blancos a finales del siglo XVIII. Sin embargo, la mayoría se retiró debido al ridículo y maltrato.[43]

En 1798, algunos padres negros, con apoyo de amigos blancos, abrieron una escuela privada en la casa de Prince Hall. Siete años después, la institución se trasladó a la African Meeting House. Sin embargo, no fue hasta 1820 que se abrió una escuela pública para negros, y, poco después, los negros perdieron el derecho de asistir a las escuelas blancas. A principios del siglo XIX, varios ministros negros de Filadelfia organizaron escuelas en sus iglesias. La Bethel AME Church fundó la Society of Free People of Color for Promoting the Instruction and School Education of Children of African Descent. En 1812, la New

York Society of Free People of Color estableció una escuela para huérfanos.[44]

Durante el período antebellum, la educación negra nunca superó la segunda etapa. Para principios del siglo XIX, un número considerable de negros libres, que habían logrado una cierta seguridad económica como mecánicos y comerciantes, financiaban sus propias escuelas. En el Sur Profundo, la Brown Fellowship Society de Charleston, desde 1790, proporcionó instalaciones educativas como parte de su programa de bienestar mutuo. Dos décadas después, se organizó la Minor Society para educar a niños indigentes y huérfanos. En 1829, uno de los jóvenes formados por la Minor Society, Daniel Alexander Payne, abrió su propia escuela para niños negros. En Nueva Orleans, la Iglesia Católica Romana educó a algunos negros, pero los prósperos gens de couleur de la ciudad financiaron varias escuelas propias. Los niños mayores fueron enviados a Francia para su educación y, en 1840, los negros establecieron la École des Orphelins Indigents para la educación de los jóvenes de clase baja.[45]

A medida que el sistema racial del Sur se endurecía durante el siglo XIX, la educación de los negros libres fue restringida, aunque nunca eliminada. En 1823, Misisipi prohibió que grupos de más de cinco negros estudiaran juntos. En Charleston, a partir de 1834, se hizo legalmente obligatorio que una persona blanca asistiera a cada reunión de clase. Ante esta situación, Payne cerró su escuela y se trasladó al Norte, donde se convirtió en un distinguido obispo de la Iglesia AME. Sin embargo, algunas escuelas para negros libres continuaron operando. En muchas otras partes del Sur, se realizaban clases privadas, tanto por blancos con mentalidad filantrópica como por negros, a menudo en violación de las regulaciones estatales o municipales.[46]

En los Estados Fronterizos, las autoridades públicas no interfirieron en la educación de los negros, pero los educadores blancos tampoco contribuyeron activamente a su escolarización. Las primeras dos escuelas establecidas por negros en Baltimore ya existían a principios del siglo XIX. Una operaba bajo el auspicio de la Iglesia Metodista de Sharp Street, mientras que la otra fue dirigida por Daniel Coker, el ministro pionero de la Iglesia AME. Pronto, otras iglesias negras comenzaron a operar instituciones educativas. Durante la década de 1820, incluso los adultos recibían instrucción nocturna en diversas materias, incluyendo latín y francés. Algunos filántropos blancos contribuyeron con tiempo, dinero y profesores para apoyar estos esfuerzos. La primera escuela para negros en Washington D.C. fue fundada en 1807 por tres hombres negros analfabetos, dos de los cuales trabajaban en el astillero naval. Ellos construyeron una pequeña escuela de madera y contrataron a un maestro blanco. A partir de 1818, con la apertura de una institución educativa por parte de la Resolute Beneficial Society, los negros de Washington contaron al menos con una escuela bien administrada. En sus esfuerzos, obtuvieron la cooperación de ciertos blancos dedicados. No fue hasta 1862 que las autoridades municipales de Washington se encargaron de crear escuelas para negros.[47]

A pesar del progreso logrado con estos primeros esfuerzos, las constantes quejas sobre la falta de instrucción de los esclavos demostraban que el movimiento carecía de algo para hacerlo más generalizado. Entonces llegaron los días en que la lucha por los derechos humanos, basada en los principios de la Ilustración, despertó la conciencia del mundo civilizado. Este movimiento fue particularmente popular en Francia, donde sus líderes incluyeron a filósofos como Voltaire y Denis Diderot. Uno de los principios fundamentales de la Ilustración era que todas las personas pueden razonar y pensar por sí mismas, y no deben aceptar ciegamente lo que una autoridad dice. Otro principio clave era que una sociedad funciona mejor cuando todos colaboran para construirla. Las personas con poco poder o dinero debían tener los mismos derechos que los ricos y poderosos para ayudar a moldear la sociedad en la que vivían.[48]

Después de 1760, la nueva doctrina social encontró eco entre los colonos americanos. Ellos miraron con nuevos ojos a los negros, y un nuevo amanecer surgió para la raza de piel oscura. Patriotas como Patrick Henry y James Otis, quienes exigían libertad para sí mismos, no pudieron evitar reconocer que los esclavos también tenían derecho al menos a la libertad física. Los frecuentes actos de manumisión y emancipación, que siguieron a este cambio de actitud hacia las personas de color, dejaron en la sociedad a muchos hombres cuyas principales necesidades eran la educación y la formación en los deberes de la ciudadanía. Para promover estas oportunidades, se establecieron escuelas, misiones e iglesias impulsadas por trabajadores religiosos y filantrópicos. Entre estos colaboradores se encontraban los bautistas y metodistas, quienes, gracias al espíritu de tolerancia que trajo consigo la Revolución, tuvieron acceso tanto a negros esclavizados como a negros libres.[49]

Para los negros estadounidenses, al igual que para los estadounidenses en general, la educación era tanto el fundamento de la libertad como uno de sus beneficios. A medida que los negros obtenían su libertad, establecían sus propias escuelas, a menudo basándose en los esfuerzos previos de los grupos evangélicos blancos y los cuáqueros. Los cuáqueros llevaron a cabo un extenso esfuerzo educativo en Filadelfia, iniciando en la década de 1750 y continuando con la Friends African School, fundada en 1770, y la Association for the Free Instruction of Adult Colored People, organizada en 1789.[50] Bajo su auspicio, hombres y mujeres negros recibían educación básica en aulas separadas, los domingos y por las noches durante la semana, en tres ubicaciones diferentes de la ciudad, hasta el estallido de la Guerra de 1812.

En 1790, los miembros de la Pennsylvania Abolition Society formaron un Comité de Educación para apoyar la educación de los negros. Financiaron varias escuelas iniciadas por negros, incluida una fundada por Eleanor Harris, una mujer negra libre. También brindaron apoyo a escuelas dirigidas por Absalom Jones, un abolicionista y clérigo negro, Cyrus Bustill, un mulato nacido en esclavitud que compró su libertad, Ann Williams, una directora de escuela, y Amos White, un maestro. El comité lideró esfuerzos para recaudar fondos para la construcción de una escuela permanente para negros. Clarkson Hall, nombrado en honor al abolicionista británico Thomas Clarkson, abrió sus puertas en 1813, educando a niños negros durante el día y a adultos en la noche. Durante 13 años, según sus patrocinadores abolicionistas, esta escuela representó "una refutación clara de la idea de que las facultades mentales de los descendientes de África son inferiores a las de sus hermanos blancos".[51] Aunque la escuela Clarkson no pudo competir con las escuelas públicas, muchos negros creían que su éxito en mantener una escuela privada ayudó a incentivar la creación de escuelas públicas.[52]

RECOMPENSAS EDUCATIVAS

Con todas estas nuevas oportunidades, los negros demostraron un rápido desarrollo mental. Los hombres de color más inteligentes resultaron ser sirvientes útiles y confiables. Se convirtieron en mejores trabajadores y artesanos, y muchos de ellos mostraron una capacidad administrativa suficiente para gestionar negocios y grandes plantaciones. Además, una mejor educación rudimentaria sirvió como trampolín hacia logros más altos para muchas personas ambiciosas de color. Los negros aprendieron a apreciar y escribir poesía y contribuyeron en matemáticas, ciencia y filosofía. Habiendo refutado las teorías sobre su inferioridad mental, algunos miembros de la raza, en conformidad con la sugerencia del influyente ministro puritano Cotton Mather, fueron empleados para enseñar a niños blancos.[53]

William Syphax, hijo de Charles y Maria Syphax, nació en 1825, poco después de los días turbulentos del Compromiso de Misuri. Fue testigo del creciente odio y las discordias seccionales que llevaron al Compromiso de 1850, y vio los efectos devastadores de la Ley Kansas-Nebraska, la decisión Dred Scott y la incursión de John Brown. Vivió los días caóticos de la disolución de la Unión, la Guerra Civil y la posterior Reconstrucción. A pesar de todo, mantuvo una fe inquebrantable en su pueblo. En cada oportunidad posible, Syphax demostró valentía y firmeza en su lucha por la causa de su gente. Cuarenta y cinco años después, fundaría la primera Escuela Preparatoria para Jóvenes de Color en el Distrito de Columbia.[54] Fundada en 1870, la Preparatory School se convirtió en la M Street High School en 1891 y en la Paul Laurence Dunbar High School en 1916.

Al observar esta evidencia del progreso general de los negros, ciertos educadores abogaron por la creación de escuelas especiales para estudiantes de color. Sin embargo, la fundación de estas instituciones no fue un intento de segregación basado en prejuicios de casta. Más bien, el sistema dual surgió como un esfuerzo por satisfacer las necesidades particulares de un pueblo que recién salía de la esclavitud. Se comprendió rápidamente que su educación ya no debía estar dominada exclusivamente por la religión, sino que debía combinar los beneficios de la educación práctica y cultural. Los maestros en las escuelas negras ofrecían cursos industriales junto con estudios avanzados en literatura, matemáticas, ciencia y lenguas.[55]

PARTE II

De Dred Scott a la Reconciliación

"El odio racial en América aún existe, pero nunca fue comparable a la época inmediatamente posterior a la Guerra Civil. La historia del oeste de nuestra nación no estaría completa sin la historia de los antiguos esclavos que ayudaron a desarrollar el carácter único del Oeste."

— William A. Silverman, 1930-2012

CAPÍTULO TRES

ENCENDIENDO LA GUERRA INEVITABLE

La competencia es un estado común de las cosas en el mundo de los seres vivos. En circunstancias ordinarias, ocurre sin ser percibida, incluso por aquellos que están más directamente involucrados. Sin embargo, en períodos de crisis, cuando los hombres hacen nuevos y conscientes esfuerzos por controlar las condiciones de su vida en común, cuando las fuerzas con las que compiten se identifican con personas específicas, la competencia se convierte en conflicto. Es en lo que se ha descrito como el proceso político donde la sociedad enfrenta conscientemente sus crisis.[1] La guerra es el proceso político definitivo. Es en la guerra donde se toman las grandes decisiones. Las organizaciones políticas existen para lidiar con situaciones de conflicto. Los partidos políticos, los tribunales, la discusión pública y el voto son simplemente sustitutos de la guerra.

La Guerra Civil de los Estados Unidos se libró entre 1861 y 1865 y, como en la mayoría de las guerras, no hubo una sola causa. Los revisionistas históricos han intentado ofrecer diversas explicaciones para el conflicto, pero la mayoría de los académicos identifican la esclavitud como la causa central.[2] Fue el conflicto más terrible que ha experimentado América en su relativamente corta existencia, resultando en la muerte de entre 620,000 y 750,000 soldados estadounidenses.[3]

Durante más de ochenta años, la gente en los estados del Norte y del Sur debatió los temas que finalmente llevaron a la guerra: las políticas y prácticas económicas, los valores culturales, el alcance y poder del gobierno nacional, y el papel de la esclavitud dentro de la sociedad estadounidense. En medio de estas cuestiones más amplias, los soldados individuales tenían sus propias razones para luchar. Sus motivaciones a menudo incluían una combinación compleja de valores personales, sociales, económicos y políticos, los cuales no siempre coincidían con los objetivos expresados por sus respectivos gobiernos o con los de otros miembros de sus familias. En algunos casos, esto resultó en hermanos enfrentándose en batalla en ejércitos opuestos, el del Norte y el del Sur.[4]

El conflicto político entre el Norte y el Sur se hizo evidente en 1819, cuando Misuri solicitó su admisión en la Unión para convertirse en estado. Como las leyes territoriales de Misuri reconocían y permitían la esclavitud, los miembros del Congreso del Norte se opusieron a la solicitud de Misuri, mientras que los congresistas del Sur respaldaron completamente su entrada como estado esclavista. Los debates en los pasillos del Congreso sobre este tema fueron largos y, a menudo, acalorados. Fue durante este debate cuando las tensiones entre el Norte y el Sur ocuparon el centro de la política estadounidense, y la posibilidad de una guerra civil se volvió cada vez más real.[5]

EL CASO DRED SCOTT

El *Compromiso de Misuri* estableció que Misuri sería admitido como un estado esclavista, pero que la esclavitud estaría prohibida en el resto de los territorios al norte de la Línea Mason-Dixon. Esta línea se extiende desde Maryland hacia el oeste hasta el río Ohio, luego sigue el río hacia el sur y finalmente gira hacia el oeste a lo largo del paralelo 36°30' norte, en la frontera sur de Misuri. Se incluyó la región del Bootheel, aunque se extiende por debajo de esta línea. La legislatura estatal de Misuri se enfureció porque esto imponía condiciones a Misuri que no se habían impuesto a otros estados. Como resultado, Misuri se convirtió en el único estado "norteño" donde la esclavitud era legal, y la legislatura estatal declaró que se alinearía con el Sur, lo que avivó aún más el conflicto entre ambas regiones.[6]

Otro factor que contribuyó al inicio de la guerra fue el caso Dred Scott en 1847, en San Luis, Misuri. Catorce años antes de Fort Sumter, Scott, un esclavo, demandó por su libertad. Intentó comprar su propia libertad y la de su esposa, Harriet, pero su solicitud fue rechazada. Entonces, Scott buscó su libertad a través de los tribunales. La Corte Suprema asestó un golpe devastador al movimiento abolicionista con su fallo en 1857.[7] Scott, nacido esclavo en Virginia, reclamó su libertad tras haber vivido durante años fuera del Sur con su dueño, un militar destinado en Illinois y en el Territorio de Wisconsin, donde la esclavitud estaba prohibida. El caso pasó por varios tribunales estatales y locales hasta que finalmente llegó a la Corte Suprema. Allí, el presidente del tribunal, Roger B. Taney, emitió un fallo que horrorizó a los negros estadounidenses y a sus aliados. Taney concluyó que Scott seguía siendo un esclavo y añadió que el Congreso no tenía derecho a legislar contra la esclavitud en los territorios del oeste. Esto invalidó el Compromiso de Misuri de 1820. Aún más preocupante, Taney declaró que los negros no tenían derechos de ciudadanía bajo la Constitución de los Estados Unidos. A pesar de que habían servido en la Revolución Americana, que logró la independencia del país, y en la Guerra de 1812, que la defendió,

a pesar de que podían votar en Nueva Inglaterra y, bajo ciertas condiciones, en otras partes del país e incluso aunque muchos negros poseían pasaportes estadounidenses, Taney proclamó que los negros nunca habían sido, no eran y nunca podrían ser ciudadanos de los Estados Unidos. Declaró que "no tenían derechos que el hombre blanco estuviera obligado a respetar."[8]

La decisión y la opinión de Taney enfurecieron a los negros estadounidenses. Durante toda la década, habían sufrido ataques cada vez mayores contra sus derechos, y ahora, la máxima corte del país les decía que no tenían ningún derecho. En la primavera de 1857, apenas un mes después del fallo, el abolicionista negro Charles Lenox Remond expresó la indignación que tantos sentían en una reunión de protesta en Filadelfia: "No le debemos lealtad a un país que nos aplasta bajo su talón de hierro y nos trata como perros. Ha pasado el tiempo en que la gente de color podía hablar de patriotismo."[9]

En Nueva York, en una reunión presidida por el periodista y reformador social William Lloyd Garrison, Frederick Douglass insistió en que la Constitución podía utilizarse para atacar la esclavitud: "Como hombre, como estadounidense, como ciudadano, como hombre de color de ascendencia anglosajona y africana," argumentó Douglass, "enuncio esta representación como una perversión escandalosa y diabólica de la Constitución, y una descarada tergiversación de los hechos históricos."[10]

El líder político Robert Purvis no estuvo de acuerdo con Douglass: "Afirmo que la Constitución es acorde y apropiada para quienes la redactaron: los esclavistas y sus cómplices." Además, declaró que el gobierno federal: "En su formación y estructura esencial, así como en su práctica, es uno de los despotismos más viles, mezquinos y atroces que jamás hayan visto la luz del sol." Alabando a la sociedad antiesclavista que lideraba una nueva revolución contra este despotismo, Purvis continuó: "Me alegra... que haya una perspectiva de que este gobierno atroz sea derrocado y de que uno mejor se construya en su lugar."[11] Tras la decisión de Dred Scott, algunos negros abandonaron los Estados Unidos y emigraron a Canadá, pero otros redoblaron su determinación de quedarse y luchar por los derechos que la corte les había negado.

LINCOLN, DOUGLAS Y LA ESCLAVITUD

Un informe estadístico sobre la propiedad de esclavos por parte de negros se realizó en 1921, cuando el Director de la Association for the Study of Negro Life and History (ASNLH) obtuvo una subvención de la Laura Spelman Rockefeller Memorial para investigar ciertos aspectos olvidados de la historia de los negros en Estados Unidos. Sin embargo, este informe estadístico no fue el objetivo principal del Departamento de Investigación de la Asociación, sino que surgió como un resultado secundario. Al recopilar los datos para un informe más extenso sobre las familias de negros libres en Estados Unidos en 1830, los investigadores descubrieron tantos casos de negros que poseían esclavos que decidieron prestar especial atención a este aspecto de la historia. Los investigadores quedaron impresionados por la frecuencia con la que los propietarios negros estaban separados de sus esclavos. Al registrar los casos de negros libres que poseían esclavos, fue sencillo también documentar casos de propiedad ausente, lo cual se hizo de manera sistemática.[12]

El propósito del informe era facilitar futuros estudios sobre este grupo olvidado. Muchas personas, incluso aquellas supuestamente bien informadas en historia, se sorprenden al saber que casi medio millón de negros—casi una séptima parte de la población negra en el país—eran libres antes de la emancipación en 1865. Aún más sorprendente para muchos es el hecho de que un número considerable de negros fueron dueños de esclavos y, en algunos casos, controlaban grandes plantaciones.

Según Carter G. Woodson, los registros del censo de 1830 muestran que la mayoría de los negros propietarios de esclavos lo hacían por razones filantrópicas. En muchos casos, el esposo compraba a la esposa, o viceversa. Los esclavos en estas familias eran pocos en comparación con las grandes cantidades que poseían los blancos en las plantaciones bien establecidas. En algunos casos, los esclavos de los negros eran hijos de un padre libre que había comprado a su esposa. Si el padre no la liberaba posteriormente—como ocurrió en muchos casos—, sus propios hijos nacían como esclavos suyos y así eran reportados por los censistas.[13]

La tesis de Woodson y la realidad de la esclavitud entre los negros La tesis de Woodson subestimó el lado materialista de la esclavitud entre los negros al afirmar que la mayoría de los negros libres poseían esclavos por razones filantrópicas. Muchos propietarios negros de esclavos estaban firmemente comprometidos con la esclavitud como un sistema económico y no veían razones para liberar a sus esclavos. Para estos amos de color, los esclavos eran simplemente propiedad que podía comprarse, venderse o intercambiarse. Sus intereses económicos superaban cualquier preocupación moral o culpa que pudieran sentir sobre la esclavitud. Como los propietarios negros se beneficiaban del sistema esclavista, racionalizaban que, dado que la esclavitud era rentable, no podían renunciar a su valiosa propiedad sin ser compensados.[14] Los negros libres que poseían esclavos vivían en estados tan al norte como Nueva York y tan al sur como Florida, extendiéndose hacia el oeste en Kentucky, Misisipi, Luisiana y Misuri. El censo federal de 1830 indica que los negros libres poseían más de 10,000 esclavos en Luisiana, Maryland, Carolina del Sur y Virginia. La mayoría de los propietarios negros de esclavos residían en Luisiana, donde cultivaban caña de azúcar.[15] Además, los propietarios negros continuaron poseyendo esclavos incluso durante la Guerra Civil.

Como compartían intereses económicos con los esclavistas blancos, los dueños negros de esclavos a menudo disfrutaban de una posición social cercana a la de los blancos. No era raro que asistieran a las mismas iglesias, educaran a sus hijos en las mismas escuelas privadas y frecuentaran los mismos lugares de entretenimiento. En estas circunstancias, la mestización se dio de manera natural. Los censistas de 1830 no solían registrar estos datos, pero los pocos que lo hicieron, como en el caso del condado de Nansemond, Virginia, documentaron una situación que hoy se consideraría alarmante. En este condado, entre los propietarios de esclavos aparecían negros libres casados con mujeres blancas, como Jacob of Read y su esposa blanca, o Syphe of Matthews y su esposa blanca. Otros negros con esposas blancas no eran propietarios de esclavos.[16]

La esclavitud ya se había convertido en el tema central de la política estadounidense cuando Abraham Lincoln, un abogado ferroviario y moderado del Partido Republicano, desafió a Stephen A. Douglas por su escaño en el Senado en 1858. Sus posturas sobre la esclavitud y el fallo de Dred Scott fueron factores clave. Douglas, demócrata, aceptó la decisión de Taney. Lincoln argumentó que el fallo malinterpretaba la intención de los redactores de la Declaración de Independencia. Aunque reconoció que los fundadores no quisieron decir que todos los hombres fueran "iguales en todos los aspectos," Lincoln creía que sí reconocieron el derecho fundamental de todos los hombres a la libertad. Según Lincoln, lo incluyeron en la Declaración de Independencia, "no porque fuera práctico para su época, sino para su uso futuro." Los demócratas y Douglas se referían despectivamente a los republicanos como "republicanos negros", acusándolos de promover la igualdad de los negros.[17]

Los republicanos argumentaban que mantener el Oeste libre de esclavitud lo preservaría para los trabajadores blancos libres. Además, condenaban el fallo de Dred Scott, llamándolo parte de la "Conspiración del Poder Esclavista" para subvertir el gobierno federal y expandir la esclavitud en todo el Oeste.[18] Lincoln se cuidó de no parecer un defensor de la mezcla racial, aunque sí condenaba la esclavitud y defendía los derechos de los negros. "Ahora protesto contra la lógica falsa," declaró, "que concluye que, porque no quiero a una mujer negra como esclava, necesariamente debo quererla como esposa."[19] Los debates entre Lincoln y Douglas abarcaron siete encuentros y miles de millas por el estado de Illinois. Lincoln discutió la inmoralidad de la esclavitud. Douglas se centró solo en la política de la institución esclavista.[20]

Los negros no podían votar en Illinois, por lo que poco podían hacer para evitar la derrota de Lincoln. En Nueva York, sin embargo, los negros con propiedades podían votar, lo que les planteó una difícil elección. En las elecciones para gobernador, podían apoyar a: Edwin

D. Morgan, republicano. Gerrit Smith, del Partido Radical Abolicionista. En una reunión en Troy, Nueva York, los negros debatieron sus opciones. Algunos votaron por Gerrit Smith, aunque sabían que no tenía posibilidad de ganar. Otros optaron por el voto pragmático y apoyaron a los republicanos. Tras un acalorado debate, se aprobó una resolución para apoyar a los republicanos, aunque muchos, como el Reverendo Dr. Henry Highland Garnet, presidente de la American and Foreign Anti-Slavery Society, pidieron "que sus nombres no fueran identificados con ella." A pesar de sus diferencias, los negros de Nueva York ayudaron a elegir al republicano como gobernador.[21]

Las raíces de la Guerra Civil estadounidense se encontraban en la institución de la esclavitud, que había existido en América por más de un siglo antes de que Estados Unidos obtuviera su independencia. Para principios del siglo XIX, la esclavitud se limitaba al Sur, donde los esclavos proporcionaban la mano de obra para la economía agrícola basada en cultivos básicos. Durante la primera mitad del siglo, la creciente oposición moral a la esclavitud llevó a una respuesta cada vez más hostil y defensiva por parte del Sur. En el Norte, una minoría apoyaba el abolicionismo, es decir, la abolición inmediata de la esclavitud. En el Sur, la creciente presión abolicionista generó resentimiento y rechazo, convenciendo a muchos de que todos los norteños compartían ese sentimiento.[22]

La coexistencia de un Sur esclavista con un Norte cada vez más antiesclavista hizo inevitable el conflicto. En los años 1840, el debate político se centró en la expansión de la esclavitud en los nuevos territorios.[23] La mayoría de los territorios organizados se perfilaban como estados libres, lo que impulsó el movimiento secesionista en el Sur. Tanto el Norte como el Sur creían que, si la esclavitud no podía expandirse, eventualmente desaparecería.[24] Las disputas sobre la esclavitud, la democracia y el conflicto entre trabajo libre y plantaciones esclavistas causaron la desintegración de los partidos Whig y Know-Nothing, dando lugar a nuevos partidos: Partido Suelo Libre (1848), Partido Republicano (1854), y Partido de la Unión Constitucional (1860). En 1860, el último partido nacional, el Partido Demócrata, se fracturó entre Norte y Sur en su convención en Charleston, Carolina del Sur.[25]

Dado que el sistema constitucional de EE.UU. establecía claramente que las instituciones domésticas de cada estado eran su propia competencia, los norteños no podían hacer nada respecto a la existencia de la esclavitud en los estados sureños ya establecidos. Sin embargo, muchos norteños esperaban evitar que la esclavitud se expandiera a nuevos territorios aún bajo control federal. Por ello, la lucha política comenzó a centrarse en el estatus de la esclavitud en los territorios. Cuando, en 1854, nació el Partido Republicano con la idea central de impedir la expansión de la esclavitud, los sureños se sintieron ofendidos y declararon enérgicamente que sus estados se separarían de la Unión si un republicano era elegido presidente.[26]

En 1860, el electorado puso a prueba las amenazas del Sur al elegir a Abraham Lincoln, del Partido Republicano, en una inusual contienda electoral de cuatro candidatos. Lincoln no recibió ni un solo voto en los estados del Sur. Obtuvo menos de la mitad del voto popular, pero ganó cómodamente la mayoría del Colegio Electoral. Logró la victoria al ganar todos los estados del Norte, excepto Nueva Jersey, donde dividió los votos electorales con el candidato demócrata Stephen A. Douglas. Como muchos otros norteños, Lincoln creía que las amenazas sureñas de secesión eran solo una estrategia intimidatoria. Sin embargo, los sureños no tardaron en cumplir su amenaza y tomaron acciones inmediatas para separarse de la Unión.[27]

SECESIÓN DE LA UNIÓN

El 20 de diciembre de 1860, antes de que Lincoln asumiera la presidencia, Carolina del Sur declaró que ya no formaba parte de la Unión. Durante las seis semanas siguientes, otros seis estados sureños siguieron su ejemplo: Misisipi, Florida, Alabama, Georgia, Luisiana, y Texas. En febrero de 1861, los representantes de estos estados se reunieron en Montgomery, Alabama, y establecieron un gobierno que declararon como los Estados Confederados de América. Eligieron como presidente a Jefferson Davis, de Misisipi, un exoficial del ejército, exsecretario de guerra y exsenador de EE.UU.[28]

Davis afirmó que los estados sureños habían abandonado la Unión "para salvarnos de una revolución" que amenazaba con hacer que la propiedad de esclavos fuera tan insegura que perdería su valor. El secretario de Estado de la Confederación informó a los gobiernos extranjeros que los estados sureños habían formado una nueva nación con el propósito de preservar sus antiguas instituciones de una revolución que amenazaba con destruir su sistema social.[29] A pesar de que muchos sureños creían que el Norte aceptaría pasivamente su secesión sin un conflicto, Davis sospechaba que ocurriría lo contrario.

Lincoln nunca propuso leyes federales contra la esclavitud en los estados donde ya existía. En su discurso de 1858, "House Divided Speech", expresó su deseo de frenar la expansión de la esclavitud y colocarla en un camino que llevaría a su eventual extinción.[30]

En su discurso inaugural, hizo un llamado a la calma y a la razón. Afirmó que los estados no tenían derecho a retirarse de la Unión. Prometió no tomar acciones agresivas contra el Sur, a menos que fueran ellos quienes iniciaran el ataque. Declaró que mantendría los puestos federales restantes en el Sur.[31] El 14 de abril de 1861, la bandera estadounidense fue arriada y la bandera confederada fue izada sobre Fort Sumter.[32] El ataque contra Fort Sumter provocó indignación en el Norte y llevó a la realización de mítines patrióticos y a un auge en el alistamiento militar. La noticia conmocionó al Norte. El 15 de abril, Lincoln emitió una proclamación pidiendo 75,000 milicianos para el servicio nacional por 90 días con el propósito de sofocar una insurrección "demasiado poderosa para ser suprimida por los procedimientos judiciales ordinarios". La respuesta de los estados libres fue abrumadora.[33]

Las reuniones en cada ciudad y pueblo estallaron en vítores por la bandera y juraron venganza contra los traidores. La tierra está en llamas," escribió un profesor de Harvard, nacido durante la presidencia de George Washington. "Nunca supe lo que era una emoción popular. . . . Toda la población, hombres, mujeres y niños, parecen estar en las calles con distintivos y banderas de la Unión." Desde Ohio y el Oeste, resonó "un gran grito de águila" en defensa de la bandera."¡La gente se ha vuelto completamente loca!"[34]

En la ciudad de Nueva York, anteriormente un centro de sentimiento pro-Sur, unas 250,000 personas se reunieron en un mitin en apoyo a la Unión. "El cambio en el sentimiento público aquí es asombroso, casi milagroso", escribió un comerciante neoyorquino el 18 de abril. "Miro con asombro el movimiento nacional aquí en Nueva York y en todos los Estados Libres", agregó un abogado. Una mujer neoyorquina describió el momento como si el país hubiera renacido: "El tiempo antes de Sumter parece de otro siglo. Parece que nunca estuvimos vivos hasta ahora; que nunca tuvimos un país hasta ahora."[35]

Declarando que una rebelión existía, Lincoln convocó 75,000 voluntarios para sofocar la insurrección, con un servicio de tres meses. La cuota fue alcanzada y superada en pocos días. El Sur también estaba emocionado, convencido de que sus líderes finalmente habían golpeado a los odiados yanquis. Jefferson Davis llamó a 100,000 voluntarios por un año, y los hombres del Sur respondieron con igual entusiasmo. Los estados esclavistas de Virginia, Carolina del Norte, Tennessee y Arkansas, ante la elección de luchar con o contra sus estados hermanos de la Confederación, optaron por unirse al Sur. Ansiosa por la prestigiosa herencia de Virginia, cuna de Washington, Madison y Jefferson, la Confederación trasladó su capital a Richmond a finales de mayo.[36]

Cuatro estados esclavistas permanecieron en la Unión. Delaware tenía pocos esclavos y nunca consideró seriamente la secesión. Maryland, en cambio, tenía muchos esclavos en la parte oriental del estado, una región abiertamente pro-confederada. Cuando el Sexto Regimiento de Massachusetts pasó por Baltimore camino a Washington, una turba pro-esclavitud lo atacó, resultando en varios muertos en ambos bandos. Algunos intentaron sacar a Maryland de la Unión para unirse a la Confederación, pero Lincoln actuó con firmeza para sofocar el movimiento secesionista en el estado. Para hacerlo, tuvo que flexibilizar o suspender temporalmente ciertas disposiciones legales. El juez Roger B. Taney, presidente de la Corte Suprema y nativo de Maryland, ordenó que no se encarcelara a un hombre que intentaba reclutar tropas para la Confederación en el estado. Lincoln ignoró la orden, lo que fue aprovechado por la propaganda confederada, aunque, en realidad, sus infracciones a las libertades civiles fueron pocas y limitadas, dada la grave crisis nacional.[37]

Otro estado esclavista en la frontera entre el Norte y el Sur fue Kentucky, tierra natal de Abraham Lincoln y Jefferson Davis. La población de Kentucky estaba fuertemente dividida entre la Unión y la Confederación. Sin embargo, muchos ciudadanos simplemente querían seguir a Kentucky, sin importar el rumbo que tomara. El resultado fue que el estado se declaró neutral y prohibió el movimiento de tropas de ambos bandos en su territorio. Esta neutralidad fue una gran ventaja para la Confederación, ya que protegía el corazón del Sur de una invasión de la Unión. Sin embargo, ambas partes respetaron el acuerdo, pues Lincoln sabía que perder Kentucky podría ser fatal para la causa del Norte. La neutralidad de Kentucky duró todo el verano de 1861, hasta que un general confederado invadió el estado en septiembre. A partir de entonces, Kentucky se inclinó por la Unión, aunque algunos ciudadanos lucharon por el Sur.[38]

El estado fronterizo más occidental era Missouri. Una rápida y decisiva acción de las fuerzas federales evitó que los pro-confederados tomaran el poder en el estado. Sin embargo, Missouri permaneció profundamente dividido y sufrió una feroz guerra de guerrillas, que a veces degeneró en pura bandidaje, incluso después del fin de la guerra. A pesar de la violencia interna, Missouri se mantuvo bajo control de la Unión, y las principales fuerzas confederadas rara vez entraron al estado.[39]

Tras asegurar el control de los estados fronterizos, la Unión estableció un bloqueo naval, mientras ambos bandos reunían ejércitos y recursos. La marina estaba un poco mejor preparada que el ejército para la guerra. Cuando Lincoln asumió la presidencia, solo había 42 barcos en servicio, la mayoría patrullando aguas a miles de kilómetros de EE.UU. Menos de una docena de buques de guerra estaban disponibles de inmediato para defender la costa estadounidense.[40]

LA GUERRA CIVIL

Las tropas de la Unión y la Confederación libraron la primera gran batalla de la guerra en Bull Run (o Manassas Junction), Virginia, el 21 de julio de 1861. Fue la primera prueba de fuerza y, en teoría, el Norte debía haber ganado. Sin embargo, Bull Run resultó en una derrota para los ejércitos de la Unión y un golpe a las expectativas del Norte. Fue casi un ataque al corazón de la Unión, pues tuvo lugar a pocos kilómetros de la capital. Desde los disturbios de Baltimore en abril de 1861 hasta la incursión de Jubal Early en 1864, los habitantes de Washington, D.C., vivieron con el temor intermitente de ser capturados.[41]

No bien habían penetrado los ejércitos, del este y del oeste, en Virginia y Tennessee cuando esclavos fugitivos comenzaron a aparecer en sus filas. Llegaban de noche, cuando las titilantes hogueras de los ejércitos de azul brillaban como estrellas a lo largo del horizonte negro. Eran ancianos, delgados, con cabello canoso y ralo. Eran mujeres con ojos asustados, arrastrando niños hambrientos que sollozaban. Eran hombres y muchachas, robustos pero demacrados, una horda de vagabundos famélicos, sin hogar, indefensos y lastimosos en su sombría desgracia.[42]

Dos enfoques para tratar a estos recién llegados parecían igualmente lógicos para mentes opuestas. Algunos decían: "No tenemos nada que ver con los esclavos." "De ahora en adelante", ordenó el general de la Unión Henry Halleck, "no se debe permitir que los esclavos entren en sus filas en absoluto; si alguno llega sin su conocimiento, cuando sus dueños los reclamen, entrégueselos." Pero otros decían: "Tomamos grano y aves de corral; ¿por qué no esclavos?" Por lo tanto, en agosto de 1861, el mayor general John Fremont declaró libres a los esclavos de los rebeldes de Misuri. Esta acción radical fue rápidamente revocada, pero al mismo tiempo la política opuesta no podía aplicarse con eficacia. Algunos de los refugiados negros se declaraban a sí mismos hombres libres, otros demostraban que sus amos los habían abandonado, y aún otros eran capturados junto con fuertes y plantaciones.[43]

Evidentemente, los esclavos también eran una fuente de fortaleza para la Confederación, ya que se utilizaban como obreros y productores. "Constituyen un recurso militar", escribió el secretario de guerra Simon Cameron a finales de 1861, "y, siendo así, que no se les entregue al enemigo es demasiado evidente para discutirlo." Así que el tono de los jefes militares cambió. El Congreso prohibió la devolución de fugitivos y los "contrabandos" fueron bienvenidos como trabajadores militares. Esto complicó en lugar de resolver el problema. Ahora los fugitivos dispersos se convirtieron en una corriente constante, que fluía más rápido a medida que los ejércitos avanzaban.[44]

IEn 1862, las batallas de la Guerra Civil estadounidense, como Shiloh y Antietam, causaron bajas masivas sin precedentes en la historia militar de los Estados Unidos.[45] En el Este, el comandante confederado Robert E. Lee logró una serie de victorias sobre los ejércitos de la Unión,[46] pero la derrota de Lee en Gettysburg a principios de julio de 1863, donde perdió el 30 por ciento de su ejército, marcó el punto de inflexión en la guerra.[47] La captura de Vicksburg y Port Hudson por Ulysses S. Grant completó el control de la Unión sobre el río Misisipi, y la resistencia confederada colapsó después de que Lee se rindiera ante Grant en Appomattox Court House el 9 de abril de 1865.[48]

La guerra fue la más mortífera en la historia de los Estados Unidos, causando la muerte de 620,000 soldados y un número indeterminado de víctimas civiles. Terminó con la esclavitud en los

Estados Unidos, restauró la Unión al resolver los problemas de la anulación y la secesión, y fortaleció el papel del gobierno federal. Las cuestiones sociales, políticas, económicas y raciales derivadas de la guerra continúan moldeando el pensamiento estadounidense contemporáneo.

LA PROCLAMACIÓN DE EMANCIPACIÓN

El 22 de julio, Lincoln presentó la Proclamación de Emancipación a su gabinete. El presidente informó a su gabinete sobre su intención de emitir una proclamación de libertad e invitó a los miembros a dar su opinión. Solo el director general de correos, Montgomery Blair, disintió, argumentando que tal edicto le costaría a los republicanos el control del Congreso en las elecciones de otoño.

El secretario de Estado, William H. Seward, aprobó la proclamación pero aconsejó su postergación "hasta que puedas presentarla al país respaldada por un éxito militar." De lo contrario, el mundo podría verla "como la última medida de un gobierno agotado, un grito de ayuda… nuestro último alarido en la retirada." La sabiduría de esta sugerencia "me impactó con gran fuerza", dijo Lincoln más tarde. Guardó su proclamación en un cajón, habiendo sido persuadido así a retrasarla hasta después de una victoria de la Unión.[49]

El 22 de septiembre, cinco días después de la batalla de Antietam, Lincoln convocó a su gabinete. Había hecho un pacto con Dios, dijo el presidente, que si el ejército expulsaba al enemigo de Maryland, emitiría su Proclamación de Emancipación. "Creo que ha llegado el momento", continuó. "Ojalá fuera un mejor momento. Ojalá estuviéramos en una mejor condición. La actuación del ejército contra los rebeldes no ha sido exactamente como me hubiera gustado." No obstante, Antietam fue una victoria y Lincoln tenía la intención de advertir a los estados rebeldes que, a menos que regresaran a la Unión antes del 1 de enero, sus esclavos "serán entonces, de ahí en adelante y para siempre libres." El gabinete aprobó la medida, aunque Montgomery Blair repitió su advertencia de que esta acción podría hacer que los elementos de los estados fronterizos se unieran al Sur y daría a los demócratas "un arma… para golpear a la Administración" en las elecciones. Lincoln respondió que había agotado todos los esfuerzos para lograr que los estados fronterizos se unieran a la causa. Ahora "debemos avanzar sin ellos." "Ellos [se] someterán, si no de inmediato, pronto." En cuanto a los demócratas, "usarían sus armas contra nosotros sin importar el camino que tomáramos."[50]

Lincoln emitió su Proclamación de Amnistía y Reconstrucción el 8 de diciembre de 1863. Contenía su indulgente "Plan del Diez Por Ciento" para devolver a los estados del sur su relación adecuada con el gobierno federal.[51] En diciembre de 1863, Lincoln ofreció un modelo para la readmisión de los estados sureños llamado el Plan de Reconstrucción del 10 Por Ciento. Decretaba que un estado podía ser reintegrado a la Unión cuando el 10 por ciento del electorado de 1860 en ese estado hubiera prestado un juramento de lealtad a los Estados Unidos y se comprometiera a acatar la emancipación. Los votantes entonces podrían elegir delegados para redactar constituciones estatales revisadas y establecer nuevos gobiernos estatales. Todos los sureños, excepto los oficiales de alto rango del ejército confederado y los funcionarios del gobierno, recibirían un indulto total. Lincoln garantizó a los sureños que protegería su propiedad privada, aunque no a sus esclavos. Para 1864, Luisiana, Tennessee y Arkansas ya habían establecido gobiernos unionistas en pleno funcionamiento.[52]

Esta política tenía el propósito de acortar la guerra ofreciendo un plan de paz moderado. También tenía la intención de avanzar en su política de emancipación al insistir en que los nuevos gobiernos abolieran la esclavitud. Sin embargo, bajo el plan de Lincoln, la esclavitud podría sobrevivir a la guerra. Su actitud hacia la conveniencia y legalidad de la emancipación, al igual que la de muchas personas en la Unión, había cambiado con las vicisitudes de la guerra. Para finales de 1863, sin embargo, su visión sobre el futuro de la esclavitud se mantenía firme. Creía que cuando la guerra terminara, aquellos que habían sido esclavos antes del conflicto se dividirían en dos grupos.[53]

El primero estaría compuesto por esclavos que habían logrado llegar a las líneas de la Unión o que vivían en áreas ocupadas por los ejércitos unionistas y que estaban incluidos en los términos de la Proclamación de Emancipación. Estas personas serían libres a los ojos de la administración de Lincoln. El segundo grupo estaría conformado por aquellos esclavos que vivían en los estados fronterizos o en áreas exentas de la Proclamación de Emancipación. Estas personas aún no serían libres, pero probablemente serían emancipadas pronto mediante acciones legislativas y judiciales posteriores a la guerra. Este segundo grupo incluía esclavos que vivían en áreas cubiertas por la proclamación, pero que aún no estaban ocupadas por los ejércitos de la Unión. En la visión de Lincoln, la aplicación de la proclamación cesaba con la guerra. No obstante, sus expectativas resultaron ser erróneas, ya que los ejércitos de la Unión, tras el final de la guerra, rara vez esperaban fallos legales y continuaban emancipando esclavos sin importar la ubicación.[54]

Los republicanos radicales en el Congreso estaban complacidos de que el presidente hubiera mantenido su compromiso contra la esclavitud, pero presionaron aún más que Lincoln para garantizar que la emancipación fuera universal, inmediata y legalmente segura. Para lograr estos objetivos, los republicanos en el Congreso trabajaron en dos tipos de legislación distintos pero relacionados. El primero era un proyecto de ley que delineaba los términos bajo los cuales los estados secesionistas volverían a unirse a la Unión, y el segundo era una enmienda constitucional que aboliría la esclavitud en todo el país, incluidos los estados fronterizos. Los historiadores generalmente han considerado estos dos esfuerzos como separados, viendo el primero como el comienzo creativo de un programa de reconstrucción y el segundo simplemente como la fase final y obvia de la emancipación durante la guerra. Sin embargo, ambas iniciativas estaban profundamente conectadas. Ambas implicaban la creación de una nueva Unión, libre de todo rastro de esclavitud. A pesar del énfasis de los historiadores en la manera en que los estadounidenses, en los últimos años de la guerra, consideraban la restauración de la Unión, la mayoría de los estadounidenses de ese periodo estaban igual de interesados, si no más, en la cuestión de cómo hacer que la libertad de los negros fuera definitiva.[55]

En abril de 1864, el Senado aprobó una resolución para la enmienda de abolición y la envió a la Cámara de Representantes. Dos meses después, en junio, la Cámara votó la medida, pero no logró aprobarla con la mayoría de dos tercios requerida. Luego, en julio, el Congreso finalmente aprobó su proyecto de reconstrucción, la llamada Ley Wade-Davis.[56]

Esta legislación es más conocida entre los historiadores por elevar el estándar para los estados que buscaban reingresar a la Unión por encima de la marca establecida por Lincoln. En lugar del 10 por ciento propuesto por Lincoln, el 50 por ciento de los votantes blancos tendrían que prestar un estricto juramento "férreo" antes de que pudiera formarse un nuevo gobierno y ser readmitidos. El proyecto de ley también contenía una diferencia crucial con el plan de Lincoln en lo que respecta a la emancipación. Mientras que la proclamación de reconstrucción del presidente dejaba ambiguo el momento en que se liberaría a los esclavos que no fueron manumitidos por los actos de confiscación ni por la Proclamación de Emancipación, la Ley Wade-Davis concedía libertad inmediata a todos los esclavos en la Confederación.[57]

Fue precisamente esta diferencia la que Lincoln mencionó cuando aplicó su veto de bolsillo a la Ley Wade-Davis. Además de objetar la forma en que el proyecto de ley socavaría los movimientos unionistas en estados confederados como Luisiana y Arkansas, Lincoln protestó que el Congreso no tenía la "competencia constitucional... para abolir la esclavitud en los Estados." En otras palabras, aplicó el mismo criterio con el que había juzgado la constitucionalidad de las leyes anteriores contra la esclavitud en tiempos de guerra. El gobierno federal podía utilizar su "poder de guerra" para liberar a los esclavos de dueños desleales o de áreas específicas en rebelión, pero no podía abolir la esclavitud en todos los estados por medio de una ley; al menos, no mediante un estatuto. La enmienda constitucional propuesta, declaró Lincoln, era el método preferible—y legal—para la emancipación universal.[58]

CONDUCIENDO LA GUERRA HACIA SU CONCLUSIÓN

La convención republicana en Baltimore durante la segunda semana de junio exhibió la habitual pompa y unidad festiva de un partido que renominaba a un presidente en funciones. La asamblea se autodenominó Convención Nacional de la Unión para atraer a los Demócratas de Guerra y unionistas sureños que podrían sentirse incómodos con el nombre de Republicano. No obstante, adoptó una plataforma completamente republicana, que incluía la aprobación de una guerra incesante para forzar la "rendición incondicional" de los ejércitos confederados y la aprobación de una enmienda constitucional para abolir la esclavitud. Cuando se presentó esta última propuesta, "todo el cuerpo de delegados saltó de sus asientos... en un prolongado aplauso", según William Lloyd Garrison, quien estaba presente como reportero de su periódico The Liberator. "¿No era un espectáculo como ese una justa compensación por más de treinta años de oprobio personal?"[59]The platform dealt with the divisive reconstruction issue by ignoring it. Delegations from the Lincoln-reconstructed states of Louisiana, Arkansas, and Tennessee were admitted, while, with the president's covert sanction, the convention made a gesture of conciliation to radicals by seating an anti-Blair delegation from Missouri. The Missourians then cast a token ballot for Ulysses S. Grant before changing its vote to make Lincoln's nomination unanimous.[60]

La única verdadera contienda en la convención fue generada por la nominación a la vicepresidencia. El insulso titular, Hannibal Hamlin, no aportaría ninguna fortaleza a la candidatura. El intento de proyectar una imagen de partido de la Unión parecía requerir la nominación de un Demócrata de Guerra de un estado sureño. Andrew Johnson, de Tennessee, encajaba perfectamente en este perfil.[61] Tras maniobras políticas entre bastidores, cuyos detalles siguen siendo poco claros, Johnson fue nominado en la primera votación.[62] Esta nominación tuvo un impacto mixto en las tensiones entre radicales y moderados dentro del partido. Por un lado, Johnson había tratado con dureza a los "rebeldes" en Tennessee. Por otro lado, encarnaba el enfoque ejecutivo de Lincoln hacia la reconstrucción.

El Partido Demócrata se reunió en convención en Chicago, Illinois, el 30 de agosto de 1864, y nominó a George B. McClellan para la presidencia. Su plataforma proclamó que la guerra era un fracaso y pedía la paz inmediata. McClellan enturbió la situación al aceptar la nominación pero repudiar la plataforma.[63] McClellan poseía todas las cualidades que hacen a un candidato "viable". Tenía un extraordinario encanto personal, realzado por su relativa juventud, su elegante trato y su trasfondo cultural.[64]

Las victorias del general William T. Sherman en septiembre y su continuo avance por Georgia inclinaron fuertemente la opinión pública a favor de Lincoln. La creciente desesperación del Sur, expresada en actos de terrorismo, asaltos bancarios y asesinatos en ciudades del Norte, enfureció a las masas norteñas y resultó ser un fuerte impulso para los republicanos. El resentido George B. McClellan tuvo un desempeño desastroso para los demócratas. Lincoln ganó en todos los estados participantes excepto tres y obtuvo 212 votos electorales de un total de 233. Fue un rotundo voto de confianza por parte del pueblo.[65]

Convencido de que podría reunificar el Norte y el Sur proponiendo una campaña conjunta para expulsar a los franceses de México, Francis Preston Blair, el viejo jacksoniano, tan quijotesco a su manera como Horace Greeley, insistió en que Lincoln le concediera un pase a través de las líneas para presentar esta propuesta a Jefferson Davis. Lincoln no quería saber nada del descabellado plan mexicano de Blair, pero le permitió ir a Richmond para ver qué podía surgir. Por su parte, Jefferson Davis no esperaba nada mejor de las negociaciones que las habituales exigencias de "sumisión incondicional". Sin embargo, vio una oportunidad para encender el apagado ánimo sureño al provocar públicamente tales exigencias. Así, Davis autorizó a Blair a informar a Lincoln que estaba dispuesto a "entrar en conferencia con el propósito de asegurar la paz a los dos países". Lincoln respondió rápidamente que él también estaba dispuesto a recibir propuestas "con el propósito de asegurar la paz para la gente de nuestra única y común nación."[66]

Un enfrentamiento dramático tuvo lugar el 3 de febrero de 1865 a bordo del vapor unionista *River Queen*. Las instrucciones previas de Lincoln al secretario de Estado William H. Seward establecieron la postura inflexible de la Unión durante cuatro horas de conversaciones:[67]

1.   La restauración de la autoridad nacional en todos los Estados.

2.   Ningún retroceso por parte del Ejecutivo de los Estados Unidos en la cuestión de la esclavitud.

3.   Ninguna cesación de hostilidades antes del fin de la guerra y la disolución de todas las fuerzas hostiles al gobierno.

En vano, Alexander H. Stephens, vicepresidente de los Estados Confederados bajo Davis, intentó desviar a Lincoln sacando a relucir el proyecto mexicano de Blair. Igualmente infructuosa fue la propuesta del general David Hunter de establecer un armisticio y convocar una convención de los estados. Lincoln afirmó que no habría armisticio. La rendición era el único medio para detener la guerra. Hunter respondió que incluso Carlos I había llegado a acuerdos con rebeldes armados contra su gobierno durante la Guerra Civil Inglesa. "No pretendo ser un experto en historia", replicó Lincoln. "Lo único que recuerdo con claridad sobre Carlos I es que perdió la cabeza."[68]

Sobre la cuestión del castigo a los líderes rebeldes y la confiscación de sus propiedades, Lincoln prometió un trato generoso basado en su poder de indulto. Respecto a la esclavitud, incluso sugirió la posibilidad de compensar a los propietarios con 400.000.000 de dólares, aproximadamente el 15 por ciento del valor de los esclavos en 1860.[69]

Existe cierta incertidumbre sobre qué quiso decir Lincoln exactamente en estas discusiones con "ningún retroceso... en la cuestión de la esclavitud". Como mínimo, significaba que no habría marcha atrás en la Proclamación de Emancipación ni en otras acciones ejecutivas y legislativas de guerra contra la esclavitud. Ningún esclavo liberado por estos actos podría volver a ser esclavizado. Los sureños preguntaron cuántos esclavos habían sido realmente liberados por estas medidas. ¿Eran todos los esclavos en la Confederación, o solo aquellos que habían caído bajo el control militar de la Unión después de la emisión de la Proclamación? Como medida de guerra, ¿cesaría su aplicación con la paz? Eso quedaría en manos de los tribunales, respondió Lincoln. Seward informó a los comisionados que la Cámara de Representantes acababa de aprobar la Decimotercera Enmienda. Su ratificación haría irrelevantes todas las demás cuestiones legales. Si los estados del Sur regresaban a la Unión y votaban en contra de la ratificación, derrotándola en el proceso, ¿sería válida tal acción? Eso aún estaba por verse, dijo Seward.[70]

En cualquier caso, comentó Lincoln, la esclavitud, al igual que la rebelión, estaba condenada. Los líderes sureños debían reducir sus pérdidas, volver a la antigua lealtad y salvar la sangre de miles de jóvenes que se derramaría si la guerra continuaba. Cualesquiera que fueran sus preferencias personales, los comisionados no tenían poder para negociar tales términos. Regresaron desalentados a Richmond.[71]

Las expresiones sureñas de conmoción y traición ante la exigencia del Norte de una "rendición incondicional" eran deshonestas. Lincoln no les había dado ninguna razón para esperar otra cosa. Los tres comisionados redactaron un informe breve y directo sobre su misión. Cuando Davis intentó que añadieran frases expresando resentimiento por la "sumisión degradante" y la "rendición humillante", se negaron, sabiendo que el presidente deseaba utilizarlos para desacreditar por completo la idea de negociaciones. Así que, el 6 de febrero, Davis añadió él mismo esas frases en un mensaje al Congreso que acompañaba el informe de los comisionados. El Sur debía seguir luchando, declaró Davis esa noche en un discurso público que respiraba "desafío inconquistable". Nunca nos someteremos a la "desgracia de la rendición", proclamó el líder confederado. Denunciando al presidente del Norte como "Su Majestad Abraham el Primero", Davis predijo que Lincoln y Seward descubrirían que "habían estado hablando con sus amos". Los

ejércitos sureños aún "obligarían a los yanquis, en menos de 12 meses, a pedirnos la paz en nuestros propios términos".[72]

No es una desvalorización de la devoción espiritual de Lincoln por la causa de la Unión decir que su política se caracterizó por su habitual comprensión de las realidades de la situación. Su problema era asegurar su reelección en noviembre, y esa reelección requería el apoyo de una base diversa de votantes. Para retener ese apoyo, la política que había ideado previamente debía mantenerse en un tiempo de desánimo y desesperación. Incluso cuando un "simún de paz" lanzaba polvo a los ojos de los votantes del Norte, debía mantenerse firme e inquebrantable.[73]

Lincoln se mantuvo fiel a su política de guerra y paz. Sus términos se expresaron en su forma más breve en A Quien Pueda Concernir, la respuesta a los comisionados confederados. Estaba dispuesto a negociar sobre los detalles, como demostró con su esquema para la misión de James Jaquess y James R. Gilmore. Habló sobre compensación para los esclavos con un visitante en la Casa Blanca en agosto, pero, en cuanto a las condiciones fundamentales de reunificación y libertad, nunca titubeó.[74]

Por otro lado, se podría decir que en su carta a Charles D. Robinson y en las instrucciones para una comisión a Richmond, que propuso como respuesta al Comité Ejecutivo Republicano, hubo una indicación de que modificó su política. Para responder a esta afirmación, deben considerarse las negociaciones de paz de julio de 1864. Si Lincoln hubiera necesitado comprender las cuestiones de la guerra, las aventuras de Greeley, Jaquess y Gilmore se lo habrían dejado claro. Los resultados de sus misiones proporcionaron nuevas pruebas de que la Confederación luchaba por su independencia y solo por su independencia. Fortalecido por esta reafirmación, Lincoln podía permitirse ser ambiguo en su carta a Robinson y omitir en sus instrucciones no utilizadas del 24 de agosto cualquier referencia a la esclavitud. Dado que el presidente veía la situación con una claridad inquebrantable, estaba justificado en aprovecharla con fines políticos.[75]

La escena de la segunda investidura de Lincoln fue impresionante. La mañana había sido inclemente, con una tormenta tan violenta que, hasta pocos minutos antes del mediodía, se suponía que el Discurso Inaugural tendría que ser pronunciado en la Cámara del Senado. A pesar de la tormenta, la gente se reunió en enormes cantidades frente al Capitolio y, justo antes del mediodía, la lluvia cesó. Las nubes se disiparon y el Presidente prestó juramento ante el presidente del Tribunal Supremo, Salmon P. Chase. El cielo azul apareció sobre él y una pequeña nube blanca, como un pájaro en vuelo, pareció posarse sobre su cabeza. La luz del sol rompió a través de las nubes y cayó sobre él con un resplandor que, más tarde, se sintió como un emblema de la corona de mártir, que tan pronto descansaría sobre su cabeza.[76]

CAPÍTULO CUATRO

DE LA ACOMODACIÓN AL CONFLICTO

✹

Las adaptaciones a la esclavitud podrían haber evolucionado hacia la asimilación; es decir, "un proceso de interpenetración y fusión en el que las personas y los grupos adquieren los recuerdos, sentimientos y actitudes de otras personas o grupos, y, al compartir su experiencia e historia, se incorporan a una vida cultural común."[i] En cambio, las adaptaciones a la esclavitud persistieron durante un largo período, fueron interrumpidas y luego se disolvieron en el conflicto de la guerra civil.

El movimiento industrial mundial revolucionó tanto el hilado como el tejido, lo que incrementó la demanda de fibra de algodón y dio lugar al sistema de plantaciones del Sur. Esto requirió un mayor número de esclavos. Al volverse demasiado numerosos para ser considerados parte del cuerpo político concebido por John Locke, el barón de Montesquieu y Sir William Blackstone, los esclavos estaban condenados a vivir sin ninguna ilustración en absoluto. A partir de entonces, los ricos plantadores consideraron imprudente educar a hombres destinados a vivir en el mismo nivel que las bestias. Además, algunos creían que era más rentable trabajar a un esclavo hasta la muerte durante siete años y comprar otro en su lugar en lugar de educarlo y humanizarlo con el propósito de aumentar su eficiencia.[2]

LOS NUEVOS CÓDIGOS

El aumento en el número de negros generó temores entre los blancos sobre el desorden y la insurrección. Esto llevó a la promulgación de estrictos códigos esclavistas para regular las actividades de los negros.

La legislación prohibitiva duró más de un siglo, comenzando con la Asamblea de Carolina del Sur, que promulgó la "Ley de los Negros" en 1740, estableciendo el código de esclavos de Carolina del Sur. Esta ley se aprobó en respuesta a la rebelión de esclavos de Stono de 1739, liderada por un esclavo africano nativo llamado Cato.[3] Fue el levantamiento más grave del período colonial.[4]

La rebelión comenzó el domingo 9 de septiembre de 1739, aproximadamente a 20 millas de Charlestown. Un grupo de 20 esclavos negros se reunió en secreto cerca del río Stono, en Carolina del Sur, para planear su escape hacia la libertad. Poco después, irrumpieron en una tienda, mataron a los dos dependientes y robaron las armas y la pólvora que había dentro. Luego, el grupo avanzó hacia el sur en dirección a San Agustín, incendiando y matando a blancos mientras otros esclavos se les unían. Mientras cabalgaba hacia Charlestown, el vicegobernador William Bull vio al grupo y alertó a los blancos. Los negros siguieron avanzando, bailando, cantando y golpeando tambores para atraer a otros esclavos. Por la tarde, el grupo se detuvo después de haber recorrido más de 10 millas y decidió esperar hasta la mañana antes de cruzar el río Edisto.[5]

Con un número estimado de entre 60 y 100 participantes, el grupo fue interceptado por un grupo de plantadores blancos que oscilaba entre 20 y 100 hombres. Se produjo una batalla y, según algunos relatos secundarios, el levantamiento fue sofocado al anochecer. Otras versiones indican que un pequeño grupo de esclavos continuó hasta la frontera sur, donde fueron confrontados por blancos el sábado siguiente. Se estima que 21 blancos y 44 negros murieron en la rebelión del río Stono.[6]

La ley de Carolina del Sur también sirvió de modelo para el código de esclavos de Georgia de 1755[7] y permaneció prácticamente inalterada hasta la emancipación en 1865. El nuevo código despojó a los negros esclavizados de cualquier tipo de protección legal. Por ejemplo, el asesinato de un esclavo por parte de un blanco se redujo a un simple delito menor castigado con una multa. Los esclavos nunca podían atacar físicamente a una persona blanca, excepto en defensa de la vida de su amo. Podían ser ejecutados por planear una insurrección, conspirar para escapar, incendiar un barril de alquitrán o una "pila de arroz", o enseñar a otro esclavo "el conocimiento de cualquier raíz, planta o hierba venenosa." Gran parte de la Ley de los Negros se dedicó a controlar hasta los aspectos más minúsculos de la vida de los esclavos. Por ejemplo, no se les permitía vestirse "por encima de la condición de esclavos." Su ropa solo podía confeccionarse con una lista de telas toscas aprobadas. Se les prohibía aprender a leer y escribir y no se les permitía reunirse entre ellos. Los negros que violaban estas disposiciones eran castigados con azotes.[8]

Mientras Carolina del Sur y Georgia eran prescriptivas en sus medidas legislativas, otros estados abordaron el problema de diversas maneras. A los negros, más allá de un cierto número, no se les permitía reunirse con fines sociales o religiosos, excepto en presencia de ciertos hombres blancos "discretos". Se privó a los esclavos del contacto beneficioso con personas libres de color porque los hombres y mujeres libres fueron expulsados de algunos estados del sur. Los amos, que habían empleado a sus esclavos favoritos en posiciones que requerían conocimientos de contabilidad, impresión y oficios similares, fueron obligados por ley a interrumpir esa costumbre. Tanto los maestros privados como los públicos tenían prohibido ayudar a los negros a adquirir conocimientos de cualquier manera.[9]

Para ese momento, muchas personas en el sur habían llegado a la conclusión de que la elevación intelectual hacía a los hombres incapaces para la servidumbre y volvía imposible retenerlos en esa condición. En otras palabras, cuanto más se cultiven las mentes de los esclavos, más inútiles se vuelven. Desarrollan un mayor aprecio por los privilegios a los que no pueden acceder, y lo que se pretendía como una bendición se convierte en una maldición. Si han de permanecer en esclavitud, deben mantenerse en el estado más bajo de ignorancia y degradación. Cuanto más cerca se les lleve a la condición de bestias, más probabilidades habrá de que conserven su apatía. Finalmente, las medidas promulgadas para evitar la educación de los negros no solo prohibieron su asociación con sus semejantes para ayudarse mutuamente, sino que también cerraron la mayoría de las escuelas para negros en el sur. En varios estados, estas medidas convirtieron en un crimen que una persona negra enseñara incluso a sus propios hijos.[10]

Las leyes de Misisipi aprobadas en el sur después de la Guerra Civil (1865-1867) fueron ampliamente consideradas como el primer conjunto de Códigos Negros; es decir, un cuerpo de leyes, estatutos y normas promulgadas por los estados del sur inmediatamente después de la Guerra Civil para recuperar el control sobre los esclavos liberados, mantener la supremacía blanca y garantizar el suministro continuo de mano de obra barata. Estos códigos representaron un esfuerzo concertado de los legisladores blancos para restaurar la relación amo-esclavo bajo un nuevo nombre. En pocos meses después de que Misisipi aprobara su primera ley de este tipo, Alabama, Georgia, Luisiana, Florida, Tennessee, Virginia y Carolina del Norte siguieron su ejemplo promulgando leyes similares.[11]

Bajo la esclavitud, los blancos habían disciplinado a los negros mayormente fuera del ámbito legal, mediante azotes extralegales administrados por los dueños de esclavos y sus capataces. Después de la emancipación de los esclavos, los blancos, presas del pánico, temían que los negros buscaran venganza contra ellos por el trato duro e inhumano que habían recibido en las plantaciones del sur. Algunos estados limitaron el tipo de propiedad que los negros podían poseer. En otros, se les excluyó de ciertos negocios o de los oficios especializados. A los antiguos esclavos también se les prohibió portar armas de fuego o testificar en los tribunales, excepto en casos relacionados con otros negros. Se permitió el matrimonio legal entre negros, pero el matrimonio interracial fue prohibido.[12]

EMANCIPACIÓN

FDesde los primeros días de la Guerra Civil, los esclavos habían actuado para asegurar su propia libertad. La *Proclamación de Emancipación*[13] confirmó su insistencia en que la guerra por la Unión debía ser una guerra por la libertad. Agregó una fuerza moral a la causa de la Unión y fortaleció tanto su posición militar como política. Con este decreto, Lincoln esperaba inspirar a todos los negros y esclavos en la Confederación a apoyar la causa de la Unión. También consideró que era necesario para evitar que Inglaterra y Francia reconocieran políticamente y brindaran ayuda militar a la Confederación. Sin embargo, al tratarse de una medida militar, la *Proclamación* tenía muchas limitaciones. Aplicaba únicamente a los estados que se habían separado de la Unión, dejando intacta la esclavitud en los estados fronterizos leales. También eximía expresamente a las partes de la Confederación que ya habían sido tomadas por la Unión. Lo más importante es que la libertad que prometía dependía de la victoria militar de la Unión.[14]

Si bien no puso fin a la esclavitud en la nación, la *Proclamación de Emancipación* transformó fundamentalmente el carácter de la guerra. A partir del 1 de enero de 1863, cada avance de las tropas federales expandió el dominio de la libertad. Además, anunció la aceptación de hombres negros en el Ejército y la Marina de la Unión, permitiendo que los liberados se convirtieran en liberadores. Para el final de la guerra, casi 200,000 soldados y marineros negros habían luchado por la Unión y la libertad.[15]

Para cuando el presidente confederado Jefferson Davis fue capturado, Lincoln ya había muerto. El 14 de abril, Viernes Santo, Lincoln asistió a la obra de teatro Our American Cousin en el Teatro Ford en Washington. Fue asesinado por John Wilkes Booth, un actor, oriundo de Maryland y simpatizante confederado, además de miembro de una red de espionaje confederada. Simultáneamente, Lewis Powell, alias Lewis Paine, atacó con un cuchillo y dejó gravemente herido al Secretario de Estado William H. Seward en su propia casa, donde estaba postrado en cama debido a heridas de un accidente en carruaje. Powell era miembro de la misma red de espionaje que Booth. Posteriormente, fue ahorcado junto con otros tres cómplices. Booth, sin embargo, evitó la horca al ser abatido a tiros o al suicidarse para evitar su captura, varios días después del crimen.[16]

Las semanas posteriores al asesinato de Lincoln fueron una sucesión vertiginosa de acontecimientos. Imágenes impactantes se disolvieron y reformaron en un caleidoscopio de emociones que dejó a muchos traumatizados o eufóricos. Entre ellas, Lincoln yaciendo en capilla ardiente en la Casa Blanca el 19 de abril, mientras el General Ulysses S. Grant lloraba sin disimulo ante su féretro. Los ejércitos confederados se rindieron uno tras otro, mientras Jefferson Davis huía hacia el sur con la esperanza de restablecer su gobierno en Texas y continuar la guerra hasta alcanzar la victoria. Siete millones de hombres, mujeres y niños se alinearon a lo largo de las vías para ver pasar el tren fúnebre de Lincoln en su camino de regreso a Springfield.[17]

El 27 de abril, el barco de vapor *Sultana*, que transportaba a prisioneros de guerra de la Unión liberados, explotó en el río Misisipi, causando una pérdida de vidas comparable a la del *Titanic* medio siglo después. El 10 de mayo, Jefferson Davis fue capturado en Georgia y falsamente acusado de complicidad en el asesinato de Lincoln. Fue encarcelado y encadenado temporalmente en Fortress Monroe, Virginia, donde permaneció dos años sin juicio, hasta que fue liberado. Vivió hasta los 81 años y se convirtió en parte del círculo literario de exconfederados, cuyos seguidores escribieron extensos tomos para justificar su Causa Perdida.

Los ejércitos de la Unión, con la Armada del Potomac y el Ejército de Georgia de Sherman, marcharon con 200,000 soldados en un Gran Desfile por la Avenida Pensilvania los días 23 y 24 de mayo, en una muestra de poder y catarsis antes de ser desmovilizados, reduciendo el número de tropas de más de un millón de soldados a menos de 80,000 en el plazo de un año. Finalmente, el ejército en tiempos de paz quedó reducido a 27,000 efectivos. Mientras tanto, los soldados confederados derrotados y harapientos regresaban a sus hogares, mendigando o robando para sobrevivir en el camino.[18]

Tras el asesinato de Lincoln en abril de 1865, los sureños, atónitos por su derrota y sus posibles consecuencias, estaban dispuestos a aceptar casi cualquier cosa. Como dijo el editor del Raleigh Press al periodista Whitelaw Reid en el verano de 1865, estaban "dispuestos a aceptar cualquier base de reorganización que el Presidente prescribiera." Incluso el sufragio negro "sería preferible a permanecer desorganizados y sería aceptado por la gente."[19] Sin embargo, el presidente Andrew Johnson desperdició esta oportunidad de inaugurar una política que al menos habría protegido los derechos mínimos de los exesclavos. Se le advirtió de antemano. Negros en Alejandría, unionistas en Maryland y Virginia, así como funcionarios en Luisiana, entre otros, le enviaron cartas y peticiones instándolo a no abandonar a los unionistas y a los negros a la merced de los rebeldes que regresaban al poder.[20]

RECONSTRUCCIÓN

La reacción del Norte ante los Códigos Negros, así como ante los violentos disturbios anti-negros en Memphis y Nueva Orleans en 1866, ayudó a impulsar la Reconstrucción Radical y las enmiendas Decimocuarta y Decimoquinta. La Reconstrucción abolió los Códigos Negros, pero, tras su finalización, muchas de sus disposiciones fueron reinstauradas en las leyes de segregación Jim Crow.

La Reconstrucción fue una de las eras más turbulentas y controvertidas en la historia de los Estados Unidos. Representó el primer experimento de democracia interracial en América. El presidente Andrew Johnson favoreció un enfoque indulgente, pidiendo el retorno inmediato de los antiguos estados confederados a la Unión, sin ninguna garantía de derechos civiles para los negros.[21] Sin embargo, así como el destino de la esclavitud fue central en la Guerra Civil, la política divisiva de la Reconstrucción giró en torno al estatus que asumirían los exesclavos en la nación reunificada.[22]

El presidente Johnson anunció sus planes para la Reconstrucción a finales de mayo de 1865. Sus políticas reflejaban tanto su firme unionismo como su convicción en los derechos de los estados. Según Johnson, los estados del Sur nunca habían renunciado a su derecho a autogobernarse, por lo que el gobierno federal no tenía derecho a determinar requisitos de votación ni otras cuestiones estatales. Bajo su política de Reconstrucción Presidencial, toda la tierra confiscada por el Ejército de la Unión y distribuida a los esclavos liberados por el Ejército o la Oficina de Libertos, fue devuelta a sus antiguos dueños. Aparte de ser obligados a acatar la Decimotercera Enmienda, jurar lealtad a la Unión y pagar la deuda de guerra, los estados del Sur tuvieron libertad total para reconstruirse.[23]

El Congreso, controlado por los republicanos, se opuso al plan de Johnson y se negó a admitir a los congresistas de los antiguos estados confederados.[24] A pesar de los vetos de Johnson, el Congreso renovó la Oficina de Libertos y aprobó la Ley de Derechos Civiles de 1866. Durante la campaña electoral del Congreso más tarde ese año, Johnson llevó su caso al pueblo en su famosa gira de discursos "Swing Around the Circle".[25] Para ganar apoyo, presionó a Ulysses S. Grant, el hombre más popular del país en ese momento, para que lo acompañara en la gira. Grant, deseoso de mantenerse leal, aceptó.[26]

Sin embargo, Grant llegó a la conclusión de que Johnson agitaba la opinión conservadora intencionalmente para desafiar la Reconstrucción del Congreso. Cada vez más distanciado del presidente, Grant consideraba los discursos de Johnson como una "vergüenza nacional". Públicamente, intentó mostrarse leal, pero sin alienar a los legisladores republicanos clave para su futura carrera política. Temiendo que las diferencias entre Johnson y el Congreso provocaran una nueva insurrección, ordenó que los arsenales del Sur enviaran armas al Norte para evitar que los gobiernos estatales sureños las capturaran.[27]

Las elecciones de 1866 cambiaron decisivamente el equilibrio de poder, otorgando a los republicanos el control del Congreso y los votos suficientes para superar los vetos de Johnson. El Congreso rechazó el argumento de Johnson de que tenía poderes de guerra para decidir sobre la Reconstrucción, argumentando que la guerra había terminado. El Congreso determinó que tenía la autoridad principal para decidir cómo procedería la Reconstrucción, ya que la Constitución exigía que garantizara un gobierno republicano en cada estado.[28] La pregunta central era cómo funcionaría el republicanismo en el Sur, es decir: Cómo los negros recién liberados obtendrían la ciudadanía. Cuál sería el estatus de los estados confederados. Cuál sería el destino de los hombres que habían apoyado a la Confederación.[29]

Para 1866, Johnson, un demócrata jeffersoniano-jacksoniano de línea dura, rompió con los republicanos moderados y se alineó más con los demócratas que se oponían a la igualdad y a la Decimocuarta Enmienda, que otorgaba ciudadanía a los exesclavos.[30] Los radicales atacaron las políticas de Johnson, especialmente su veto a la Ley de Derechos Civiles de 1866, que tenía como objetivo proteger los derechos civiles de los negros. El Congreso finalmente se impuso. Se convirtió en una práctica rutinaria para el Congreso anular los vetos de Johnson y, cuando despidió a un miembro de su gabinete sin el permiso del Senado después de que el Congreso aprobara una ley que le negaba ese poder, la Cámara de Representantes lo sometió a juicio político. El Senado quedó a un solo voto de la mayoría de dos tercios requerida para destituirlo del cargo.[31]

Los republicanos establecieron siete distritos militares en el Sur y utilizaron personal del Ejército para administrar la región hasta que se pudieran establecer nuevos gobiernos leales a la Unión. Se otorgó ciudadanía y derecho al voto a los exesclavos. Se asignaron ciertos terrenos exclusivamente para ser trabajados y utilizados por libertos. Estas reservas fueron llamadas Colonias de Trabajo de Libertos. Se establecieron escuelas, tanto en las colonias de vivienda como en las colonias de trabajo.[32] Además, se suspendió el derecho al voto de aproximadamente 10,000 a 15,000 hombres blancos, quienes habían sido funcionarios confederados o oficiales de alto rango.

Con el derecho al voto, los negros comenzaron a participar en la política. Se formó una coalición republicana compuesta por negros, sureños leales a la Unión y norteños que migraron al Sur, con el objetivo de organizar convenciones constitucionales y redactar nuevas constituciones estatales que implementaran cambios en favor de los exesclavos. Algunos de los norteños eran nativos que regresaban, pero la mayoría eran veteranos de la Unión. A este grupo se le llamaba despectivamente "carpetbaggers" (aventureros oportunistas). Muchos de ellos eran agentes de capital, que llegaron con la mentalidad de inversión en un territorio conquistado o colonial. Traían capital, lo invertían, se quedaban a cargo para supervisar las ganancias y adquirían poder para proteger esas ganancias. Por otro lado, también había maestros, capellanes del Ejército, trabajadores sociales y otros que se involucraron plenamente en los aspectos sociales de la nueva democracia.[33]

Las enmiendas constitucionales y las reformas legislativas que sentaron las bases para la fase más radical de la Reconstrucción fueron promulgadas entre 1865 y 1871. La Decimotercera Enmienda abolió la esclavitud. La Decimocuarta Enmienda garantizó la ciudadanía y la igualdad ante la ley para todas las personas. La Decimoquinta Enmienda prohibió la discriminación en los derechos de voto por motivos de "raza, color o condición previa de servidumbre". Los gobiernos republicanos radicales en el Sur intentaron abordar los problemas heredados de la Guerra Civil y la abolición de la esclavitud. Los carpetbaggers (norteños que se establecieron en el Sur), los scalawags (sureños blancos republicanos) y los negros comenzaron a reconstruir la economía y la sociedad sureña. Se restauró la producción agrícola. Se reconstruyeron las carreteras. Se adoptó un sistema fiscal más equitativo. Se extendió la educación a negros y blancos pobres. Los exesclavos vieron garantizados sus derechos civiles y políticos. Por primera vez, los negros pudieron participar plenamente en la vida política y económica del Sur como ciudadanos de pleno derecho.[34]

EL KU KLUX KLAN

Un número creciente de sureños blancos recurrió a la violencia en respuesta a los cambios revolucionarios de la Reconstrucción Radical. La primera rama del Ku Klux Klan (KKK) se estableció en Pulaski, Tennessee, en mayo de 1866. Un año después, se formó una organización general de Klans locales en Nashville. La mayoría de sus líderes eran exmiembros del Ejército Confederado, y su primer Gran Mago fue Nathan Forrest, un general confederado durante la Guerra Civil.[35] Entre 1866 y 1871, el KKK operó como una sociedad secreta de vigilantes, cuyos miembros vestían túnicas blancas para ocultar sus identidades y cabalgaban de noche para aplicar su versión de la "justicia." Su apariencia tenía el objetivo de atemorizar a la comunidad negra y, cuando el terror no era suficiente, recurrían al látigo y la horca.[36]

El KKK desempeñó un papel violento contra los negros en el Sur durante la era de la Reconstrucción en la década de 1860. Aunque la organización carecía de una estructura jerárquica a nivel regional o nacional, grupos similares surgieron en todo el Sur, adoptando el mismo nombre y métodos.[37]En el Sur rural de la posguerra, la violencia nocturna en grupos pequeños se convirtió en una táctica práctica y efectiva. Requería poca organización o planificación, podía responder con rapidez a las condiciones locales y se apoyaba en redes comunitarias que los norteños interesados en suprimirla encontraban difíciles de descifrar.

A principios del período de posguerra, especialmente entre 1866 y 1867, exsoldados confederados y otros individuos aprovecharon el estado debilitado del Sur para fundar grupos de "vigilantes" o "guerrillas" en toda la región. La mayoría de estos grupos eran anónimos, pero algunos adoptaron nombres propios o se les asignaron nombres. La Black Horse Cavalry usaba pintura negra en la cara mientras aterrorizaba a los trabajadores en Franklin Parish, Luisiana. Los Pale Faces surgieron en 1867 en el centro de Tennessee. Los Caballeros de la Camelia Blanca (Knights of the White Camellia) se formaron en Luisiana en la primavera de 1867. Numerosos grupos sin nombre, conocidos como "slickers", recorrieron las zonas rurales del Sur durante los primeros años de la Reconstrucción.[38]

Sin embargo, todas estas formas de violencia compartían una debilidad significativa como método para restablecer la supremacía blanca. En lugar de representar la voz de un Sur blanco derrotado pero no doblegado, transmitían un mensaje de furia desorganizada. Los ataques individuales de blancos contra negros, los disturbios sangrientos y los grupos de "slickers" lograban afirmar el control local blanco e intimidar a los negros sureños, pero sus enfrentamientos carecían de cohesión política. Si bien su naturaleza espontánea, esporádica y negable los ayudaba a evitar una intervención directa del Norte, la suma de miles de ataques individuales, varios disturbios sangrientos y cientos de grupos de "slickers" no logró convertirse en un movimiento unificado con un impacto político coordinado.[39]

El KKK resolvió el problema de la fragmentación de los grupos supremacistas blancos en el Sur. Revalorizó los ataques nocturnos de grupos locales, permitiendo que los Ku-Klux permanecieran pequeños, descentralizados y difíciles de detectar o reprimir. Al mismo tiempo, se presentaban como parte de un único movimiento de resistencia sureño. Combinando una organización a pequeña escala con un discurso unificador a nivel regional, los numerosos grupos que conformaron el primer KKK se convirtieron en el movimiento terrorista doméstico más extendido y mortal en la historia de Estados Unidos.[40]

Esencialmente, el KKK fue un vehículo de resistencia sureña blanca contra las políticas republicanas de la era de la Reconstrucción, cuyo objetivo era establecer la igualdad política y económica para los negros. Sus miembros emprendieron una campaña clandestina de intimidación y violencia dirigida contra líderes republicanos blancos y negros. A pesar de que el Congreso aprobó leyes para frenar el terrorismo del Klan, la organización tenía como objetivo principal restablecer la supremacía blanca, lo cual logró con las victorias demócratas en los estados del Sur en la década de 1870.

En 1870 y 1871, el gobierno federal aprobó los Force Acts, que fueron utilizados para procesar crímenes del Klan y reprimir su actividad.[41] En algunos estados del Sur, los republicanos organizaron unidades de milicia para desmantelar al Klan. Sin embargo, a partir de 1874, nuevos grupos paramilitares como la White League y los Red Shirts iniciaron una nueva oleada de violencia destinada a suprimir el derecho al voto de los negros y expulsar a los republicanos del poder.[42] Estas acciones permitieron que los demócratas segregacionistas recuperaran el poder en todos los estados del Sur para 1877, además de desorganizar a los republicanos y aterrorizar a los negros para impedir que votaran.[43]

Tras un período de declive, el KKK resurgió en el siglo XX, impulsado por grupos nativistas protestantes blancos que organizaron quema de cruces, mítines, desfiles y marchas. También denunciaron la inmigración, el catolicismo, el judaísmo, los negros y los sindicatos. En 1924, el KKK logró un éxito moderado al conseguir que algunos de sus miembros fueran elegidos para cargos políticos. Cinco miembros del Klan llegaron al Senado de EE.UU., entre ellos Hugo Black, de Alabama, quien luego sería juez de la Corte Suprema y terminaría desencantándose con el Klan. Sin embargo, donde el KKK logró un dominio total fue en Indiana, el único estado del país en el que cada condado tenía un Klavern.[44]

El rápido crecimiento del KKK en el estado de Indiana se atribuyó en gran medida al Gran Mago David Curtis Stephenson, quien se aprovechó de un virulento sentimiento anticatólico. Fundó una revista del Klan titulada The Fiery Cross, que se volvió enormemente popular. Las figuras políticas de Indiana que hablaban en contra del Klan sabían con certeza que en la siguiente edición de The Fiery Cross leerían acusaciones sobre supuesto gangsterismo y prostitución en sus ciudades o condados. Stephenson también organizó un programa en el que el Klan investigaba los antecedentes de cada candidato que se postulaba para un cargo, desde la junta escolar hasta juez o alcalde. Se llevaron a cabo campañas agresivas contra todos los católicos, negros, judíos y cualquier otra persona que el KKK considerara indeseable. Además, antes de las elecciones de 1924, el Klan de Indiana envió 250,000 boletas de muestra a sus miembros, indicando por qué candidatos debían votar. El resultado fue que el klansman Ed Jackson, un desconocido antes de las primarias, ganó las elecciones para gobernador en 1924, y otros miembros del KKK también fueron arrastrados al poder. Poco después, la imagen del Klan de Indiana y de la organización nacional quedó destruida por las acusaciones de que Stephenson había asesinado a una joven llamada Madge Oberholzer. El incidente provocó la caída del Klan y marcó el fin de la mayor era de popularidad del KKK en su historia.[45]

Durante su juicio, sus compañeros del Klan alentaron a Stephenson asegurándole que el jurado había sido manipulado a su favor. Además, incluso si lo declaraban culpable, el gobernador Jackson ciertamente lo indultaría. Stephenson fue condenado por asesinato en segundo grado y Jackson no hizo nada. Temía que alinearse con su amigo del KKK equivaliera a un suicidio político. Enfurecido por la negativa de Jackson a ayudarlo, el condenado Gran Mago reveló a los medios toda la corrupción en torno a las elecciones de 1924, incluyendo que el alcalde de Indianápolis, John Duvall, había firmado un documento en el que se comprometía a no nombrar a nadie en la junta de obras públicas sin el consentimiento de Stephenson, y que Jackson había aceptado contribuciones de campaña no declaradas del KKK. Las carreras políticas de Jackson y Duvall quedaron arruinadas, al igual que las de decenas de otros políticos de Indiana.[46]

Para cuando las investigaciones se ralentizaron hasta casi detenerse y los martillos de los jueces dejaron de sonar, la membresía del Klan de Indiana había caído en picada, pasando de 350,000 miembros a apenas 15,000. La organización nacional sufrió un golpe similar cuando 600 Klansmen en New Haven, Connecticut, renunciaron de una sola vez y enviaron una resolución a la Sede Imperial declarando que ya no podían seguir siendo miembros y al mismo tiempo conservar su respeto propio. De manera correspondiente, el KKK perdió casi todos sus miembros en el Sur Profundo.[47]

El desplome de la Bolsa de Valores en 1929 dio paso a la Gran Depresión. En 1930, los propietarios corporativos de la icónica película Birth of a Nation la volvieron a poner en circulación con nueva banda sonora y efectos de sonido. Sin embargo, la reacción del público no fue la misma que 15 años antes. Casi nadie asistió, excepto reclutadores del Klan que esperaban encontrar nuevos miembros en un intento desesperado y vano por revitalizar la organización. No solo las actividades ilegales del Klan de Indiana y el ataque y asesinato de una joven por su líder en la década de 1920 resultaban repugnantes para el público, sino que ahora la preocupación de los estadounidenses por la lucha diaria por la supervivencia era mucho más importante que cualquier pensamiento sobre el Klan. Lo que quedaba del liderazgo del KKK continuó intentando infundir miedo y odio entre los estadounidenses culpando a judíos, católicos y negros por la peor crisis económica en la historia del país. Pocas personas dieron crédito a las acusaciones del KKK.[48]

Eventualmente, el Klan encontró una causa en la legislación del New Deal, creada por el presidente Franklin Roosevelt, quien asumió el cargo en 1933. Culparon a los judíos que formaban parte del recién creado gabinete por políticas que el KKK consideraba peligrosas para la libertad estadounidense y reclutaron miembros de los sindicatos que estaban ganando fuerza durante la administración de Roosevelt. El Mago Imperial Hiram Wesley Evans, quien se había mantenido en su puesto a pesar de la casi total pérdida de apoyo público, intentó vincular el sindicalismo con el comunismo, pero tuvo poco éxito. Apenas unas semanas después de que Roosevelt asumiera la presidencia, Adolf Hitler y el Partido Nacionalsocialista Obrero Alemán (nazis) tomaron el control de Alemania y, como era de esperarse, se hicieron comparaciones entre las filosofías y tácticas del KKK y las de los nazis. El reverendo Otto Strohschein, un ex-Klansman estadounidense que se mudó a Alemania en 1923, fundó un

Klavern del Klan en ese país, el cual eventualmente creció hasta alcanzar los 300 miembros.[49]

Los sentimientos de aquellos con inclinaciones nazis eran favorables hacia el KKK. Los Klansmen en áreas con grandes poblaciones judías, particularmente en Nueva York, elogiaban a Hitler por su antisemitismo y los programas antijudíos que estaba implementando en Alemania. El líder del Partido Nazi Americano, Fritz Kuhn, intentó fusionar su organización con el Ku Klux Klan, pero las conversaciones terminaron en 1939 cuando fue condenado por malversación de fondos y enviado a prisión. Su reemplazo, G. William Kunze, organizó un mitin conjunto de nazis y Klansmen en el verano de 1940, lo que llevó a un comité del Congreso a investigar lo que se consideraba una peligrosa alianza de extremistas de derecha. Al final, no tuvo importancia. El Partido Nazi Americano fue obligado a disolverse cuando Estados Unidos entró en la Segunda Guerra Mundial.[50]

Los miembros individuales del Klan aún operaban en todo el Sur, pero la organización apenas se sostenía para principios de la década de 1950. Sin embargo, una decisión de la Corte Suprema en 1954 les brindó una causa en torno a la cual reagruparse. La Corte determinó en Brown v. Board of Education que las políticas de segregación racial del Sur, basadas en el principio de "separados pero iguales", eran inherentemente desiguales y votó para eliminar la segregación escolar. Los estados del Sur ignoraron en gran medida el fallo, lo que llevó a la Corte a ordenar en 1955 que los distritos escolares segregados debían integrarse "con toda la rapidez deliberada". Ese lenguaje ambiguo permitió a los líderes de las escuelas del Sur retrasar aún más la implementación de la integración y le dio al KKK la oportunidad de aumentar su membresía y acelerar su violencia contra los negros.[51]

Para 1957, el KKK contaba con aproximadamente 40,000 miembros, la mayoría de los cuales eran matones racistas y violentos que atacaban a quienes percibían como enemigos. El movimiento por los derechos civiles había comenzado y, aunque la mayoría de los negros seguían el liderazgo del Dr. Martin Luther King, Jr., un ministro de 27 años que rechazaba la violencia, otros estaban lo suficientemente enfadados como para contraatacar. Robert Williams, un veterano de guerra negro y exmarine, logró integrar la biblioteca en Monroe, Carolina del Norte, antes de poner su mirada en piscinas, restaurantes y otros lugares públicos. El KKK respondió aterrorizando a la comunidad negra local, lo que motivó a Williams a solicitar y recibir una acreditación de la Asociación Nacional del Rifle (NRA). Entrenó a sus amigos en el uso de armas de fuego y, en el verano de 1957, cuando Klansmen encapuchados condujeron por su calle tocando las bocinas y gritando amenazas, se sorprendieron al ver a Williams y a otros negros disparando contra ellos con rifles. Los Klansmen, que no eran sus iguales en puntería, huyeron rápidamente del área.[52]

El movimiento por los derechos civiles de la década de 1960 también fue testigo de un resurgimiento de la actividad del KKK, incluyendo atentados contra escuelas e iglesias negras y violencia contra activistas negros y blancos en el Sur. El Dr. Martin Luther King lanzó su campaña con un boicot a los autobuses en Montgomery, Alabama, donde a los negros se les obligaba a sentarse en la parte trasera de los vehículos. La integración oficial de los autobuses de Montgomery un año después resultó ser la primera de una larga serie de triunfos para el Dr. King y otros negros del Sur. Oponiéndose al movimiento por los derechos civiles y a su intento de poner fin a la segregación racial y la discriminación, el Klan capitalizó los temores de los blancos para crecer hasta alcanzar una membresía de aproximadamente 20,000 personas. Presentó el movimiento por los derechos civiles como una conspiración comunista y judía y llevó a cabo actos terroristas diseñados para frustrar e intimidar a sus miembros.[53]

Los adherentes del KKK fueron responsables de actos como el atentado de 1963 contra la Iglesia Bautista de la Calle Dieciséis en Birmingham, Alabama, en el que murieron cuatro niñas negras y muchas otras personas resultaron heridas, así como del asesinato en 1964 de los activistas por los derechos civiles Michael Schwerner, Andrew Goodman y James Chaney en Misisipi. El Klan también fue responsable de muchas otras golpizas, asesinatos y atentados, incluyendo ataques contra los Freedom Riders que buscaban integrar los autobuses interestatales. En muchos casos, la Oficina Federal de Investigaciones (FBI), bajo el control de J. Edgar Hoover, se dice que tenía información de inteligencia que podría haber evitado la violencia del Klan y llevado a la condena de sus perpetradores. Sin embargo, el FBI hizo poco para oponerse al Klan durante el auge del movimiento por los derechos civiles.

LOS DEMÓCRATAS CONSOLIDAN EL CONTROL POLÍTICO EN EL SUR

Desde 1865 hasta la década de 1870, la tendencia general en la nación fue hacia una mayor aceptación del patrocinio negro. La Ley de Derechos Civiles de 1866 del gobierno federal les garantizaba "igual beneficio de las leyes".[54] Esto provocó una oleada de demandas de prueba, pero la mayoría de los fallos en los tribunales estatales y federales entre 1865 y 1880 favorecieron los derechos de los negros. Estas decisiones ejercieron una presión constante sobre los dueños de negocios para relajar las barreras raciales.[55]

Para 1870, todos los antiguos estados confederados habían sido readmitidos en la Unión y las constituciones estatales, redactadas durante los años de la Reconstrucción Radical, fueron las más progresistas en la historia de la región. La participación de los negros en la vida pública del Sur después de 1867 fue, con mucho, el desarrollo más radical de la Reconstrucción, que fue esencialmente un experimento a gran escala de democracia interracial. No se parecía a ninguna otra sociedad que hubiera abolido la esclavitud. Durante este período, los negros fueron elegidos para los gobiernos estatales del Sur y el Congreso de los Estados Unidos. Entre otros logros de la Reconstrucción se encontraban los primeros sistemas de escuelas públicas financiadas por el estado en el Sur, una legislación fiscal más equitativa, leyes contra la discriminación racial en el transporte público y en los alojamientos, así como ambiciosos programas de desarrollo económico, incluyendo ayudas para ferrocarriles y otras empresas.[56] La Reconstrucción había logrado algunos avances en la provisión de derechos iguales para los exesclavos bajo la ley, y los negros estaban votando y ocupando cargos políticos. Las legislaturas republicanas, coaliciones de blancos y negros, establecieron los primeros sistemas de escuelas públicas en el Sur.

Abraham Lincoln alteró el equilibrio económico y el orden político de los Estados Unidos. Primero destruyó el equilibrio tradicional de poder económico entre el Sur y el Norte, y luego desmanteló el esquema político de control sureño sobre la esclavitud. Cualquiera que haya sido el resultado inmediato de la Guerra Civil, las causas más remotas del conflicto deben, sin duda, buscarse en las grandes fuerzas cósmicas que derribaron las barreras que anteriormente separaban a las razas y a los partidos políticos Demócrata y Republicano. Sin embargo, el asesinato de Lincoln por Booth devolvió a los Estados Unidos a viejas intimidades políticas, y los demócratas pudieron recuperar el control político e iniciar nuevas formas de competencia, rivalidad y conflicto; es decir, la segregación de "Jim Crow".[57]

De 1873 a 1877, los demócratas blancos conservadores, que se autodenominaban "Redeemers", recuperaron el poder en las elecciones estatales en toda la antigua Confederación. Varios estados mantuvieron las constituciones reescritas durante los años de la Reconstrucción por muchos años. Otros utilizaron legislación separada para revertir parte del progreso de la Reconstrucción. En 1877, el presidente republicano Rutherford Hayes retiró las tropas federales, lo que provocó el colapso de los tres últimos gobiernos estatales republicanos restantes. A través de la promulgación de estatutos y constituciones que restringían el derecho al voto, así como mediante métodos extralegales, los demócratas blancos posteriormente eliminaron a la mayoría de los negros y a cientos de miles de blancos pobres de los padrones electorales en todos los estados del Sur.[58] Establecieron un sistema de partido único y aplicaron un régimen de segregación racial que perduró en todo el Sur hasta la década de 1960. El resentimiento por el intenso partidismo de la época perduró hasta el siglo XX. Sin embargo, en otros aspectos, los blancos del Norte y del Sur comenzaron un proceso de reconciliación, que alcanzó mayores alturas a principios del siglo XX.[59]

Durante la década de 1870, ningún estado de la Unión, independientemente de su relación con la línea Mason-Dixon, tenía leyes que exigieran la separación de blancos y negros en lugares de alojamiento público, como los vagones para fumadores en los ferrocarriles o los balcones en los teatros. En cambio, los negros se sentaban junto a los clientes blancos que no podían pagar boletos de primera clase. Sin embargo, algunos establecimientos del Norte y del Oeste rechazaban por completo el patrocinio negro.[60] La situación era muy similar en las ciudades más grandes de los estados fronterizos y en el Sur Profundo. La mayoría de los establecimientos admitían a negros en instalaciones de segunda clase. Algunos proporcionaban un servicio de primera clase a negros con alto estatus social, como funcionarios públicos federales y estatales, oficiales del ejército, periodistas y clérigos itinerantes. Por otro lado, muchos lugares, especialmente en las zonas rurales, estaban cerrados a las personas negras sin importar su riqueza o estatus.[61]

Aun así, incluso con la Ley de Derechos Civiles federal y las tres enmiendas constitucionales, el juez de la Corte Suprema de los EE.UU., Joseph P. Bradley, escribió en la opinión del Tribunal que el Congreso no podía proteger a los negros contra la discriminación a menos que estuviera involucrada una "acción estatal".[62] Como resultado, la reconciliación coincidió con el punto más bajo de las relaciones raciales en los Estados Unidos, período en el cual aumentó la segregación racial en todo el país. Junto con la segregación, vino la privación del derecho al voto para la mayoría de los negros en el Sur y un incremento de la violencia racial. Las enmiendas decimotercera, decimocuarta y decimoquinta fueron legados constitucionales del período Radical. Estas establecieron los derechos en los que los estadounidenses negros, los blancos pobres y sus aliados basaron una extensa litigación que llevó a fallos de la Corte Suprema de los EE.UU. a partir de principios del siglo XX. Estos fallos anularon disposiciones de privación de derechos y legislación de derechos civiles que se había promulgado a mediados de la década de 1860.

LA LUCHA POR LA EDUCACIÓN NEGRA

En los primeros días del conflicto, una medida para garantizar el apoyo a la Confederación provocó el despido de maestros que no eran percibidos como totalmente alineados con los objetivos confederados. Otros docentes abandonaron sus puestos para unirse a las filas del ejército, y el bloqueo de los puertos sureños por parte de la Unión causó estragos en la educación. Las escuelas del Sur dependían de editores de libros de texto del Norte para obtener sus materiales, pero con el avance del bloqueo se encontraron con una grave escasez de ellos. Por necesidad, Mobile, Alabama, se convirtió en poco tiempo en un centro de publicación de libros de texto en el Sur.[63]

Desde los primeros días de su libertad, sin embargo, los esclavos liberados exigieron educación formal. La legislación aprobada en 1829 había tipificado como delito enseñar a leer a los esclavos, y las actitudes blancas desalentaban la alfabetización dentro de la comunidad negra libre. Aun así, cuando las escuelas para personas liberadas abrieron a principios de 1865, estaban abarrotadas. En el primer año de la libertad de los negros, al menos 8,000 exesclavos asistían a escuelas en Georgia. Ocho años después, las escuelas para negros luchaban por contener a casi 20,000 estudiantes.[64]

El servicio en la guerra y la agitación económica afectaron la educación pública. Por ejemplo, en Alabama, el superintendente estatal de educación, Gabriel DuVal, no podía dedicar toda su atención a ese cargo porque también era capitán de una compañía de voluntarios de Alabama. Los $500,000 que se habían gastado en educación pública en 1858 disminuyeron casi a la mitad en 1861. Para 1865, la educación pública en Alabama recibió solo $112,000.[65]

Durante la Reconstrucción, las escuelas públicas en el Sur disfrutaron de mayor financiación que antes y durante la Guerra Civil. Los gobiernos republicanos fomentaron el crecimiento educativo, creyendo que la educación podría ser clave para el progreso social. Los gobiernos locales aumentaron considerablemente las tasas de impuestos a la propiedad, lo que generó mayores ingresos a pesar de la depreciación del valor de las propiedades después de la guerra. En 1860, Alabama recaudó apenas $530,000 sobre propiedades con un valor estimado de $432 millones, en comparación con más de $1.4 millones sobre propiedades valoradas en $156 millones para 1870. El costo promedio del gobierno estatal y local entre 1858 y 1860 fue de $800,000; para 1868, superaba los $4 millones.[66]

La hostilidad racial impidió el establecimiento de escuelas racialmente integradas. Durante el día, los maestros afiliados a las escuelas negras enseñaban a los niños. Por la noche, proporcionaban instrucción a adultos, muchos de los cuales estaban motivados para aprender a leer con el fin de estudiar la Biblia. Los supremacistas blancos contrarrestaron este desarrollo incendiando escuelas negras y aterrorizando a maestros y estudiantes. Sin embargo, existía una enorme sed de educación entre los negros, y las iglesias negras a menudo asumieron la tarea de proporcionarla.[67]

Para 1870, 41,300 negros y 75,800 blancos asistían a escuelas públicas. Un año después, 54,300 negros y 87,000 blancos estaban inscritos. Gran parte del aumento en la matrícula entre los exesclavos se debió a las actividades de la Freedmen's Bureau, que asistió a los exesclavos en su transición a la libertad.[68]

En marzo de 1865, el Congreso de los Estados Unidos creó la Bureau of Refugees, Freedmen, and Abandoned Lands para ayudar a los negros en su transición de la esclavitud a la libertad tras la Guerra Civil. Más comúnmente conocida como la Freedmen's Bureau, fue la primera organización de su tipo, una agencia federal establecida exclusivamente con fines de bienestar social. Bajo la dirección del

Mayor General Oliver O. Howard, la agencia proporcionó raciones a refugiados y personas liberadas que habían sido desplazadas por la guerra. También estableció escuelas y hospitales, supervisó el desarrollo de un sistema de trabajo por contrato y creó tribunales militares para resolver disputas legales. Aunque sus operaciones cesaron en Georgia y otros estados tan pronto como en 1870, la agencia siguió funcionando hasta 1872, cuando el Congreso permitió que expirara su autorización.[69]

El 20 de mayo de 1865, Howard nombró al Brigadier General Rufus Saxton para supervisar los esfuerzos de la agencia en Georgia, Carolina del Sur y Florida. Saxton había pasado la mayor parte de la guerra en las Sea Islands de Carolina del Sur como parte de una fuerza de ocupación de la Unión que supervisaba plantaciones abandonadas y a sus residentes negros. Como comisionado asistente de la agencia, continuó en gran medida con sus esfuerzos de tiempos de guerra, alentando a los esclavos liberados a reasentarse en tierras abandonadas o confiscadas y promoviendo la adquisición de tierras como un paso esencial hacia la autosuficiencia. Su defensa del trabajo libre y de los contratos escritos ayudó a dar forma a los esfuerzos de la agencia en los años siguientes.[70]

Saxton luchó por imponer el orden en los territorios del interior del estado y, en septiembre de 1865, fue relevado de su mando en Georgia. La presencia de la agencia se expandió bajo su sucesor, el Brigadier General Davis Tillson, y, para septiembre de 1866, la agencia había distribuido más de 800,000 raciones en todo el estado. Aunque gran parte de las raciones se destinaron a negros, un número sorprendente de blancos pobres también se benefició de las medidas de ayuda de la agencia. En Georgia, los blancos recibieron casi una quinta parte de las raciones de la agencia. En toda la región, los blancos recibieron más de una cuarta parte.[71]

El Freedmen's Bureau logró poco éxito en materia de derechos civiles. Sus propios tribunales estaban mal organizados y tuvieron una duración breve. Solo se pudieron sostener las formas más básicas del debido proceso legal para los libertos en los tribunales civiles. Su mayor fracaso estuvo relacionado con la redistribución de tierras. Obstaculizada por la política del presidente Andrew Johnson, quien restauró tierras abandonadas a los sureños indultados, la agencia se vio obligada, debido a la firme negativa del Congreso a considerar cualquier forma de redistribución de tierras, a supervisar acuerdos de aparcería que inevitablemente se volvieron opresivos. El Congreso, preocupado por otros intereses nacionales y respondiendo a la continua hostilidad de los sureños blancos, disolvió la agencia en julio de 1872.[72]

CAPÍTULO CINCO

LA FILOSOFÍA DE LA EDUCACIÓN

La educación casi siempre tiene como objetivo la asimilación, es decir, la fusión de dos o más culturas en un conjunto único de tradiciones y memorias compartidas. Para los esclavos estadounidenses emancipados, la educación fue el camino hacia la libertad. Sin embargo, la educación pública en el Sur prácticamente cesó durante la larga Guerra Civil. Hubo sureños que no se oponían seriamente a la ilustración de los negros, pero los negros sureños más temerosos pronto encontraron otras razones para adoptar una actitud poco caritativa. Durante el primer cuarto del siglo XIX, fuerzas efectivas estaban aumentando rápidamente el número de reaccionarios locales, quienes, a través de la opinión pública, prohibieron gradualmente la educación de las personas de color en todos los lugares, excepto en ciertas comunidades urbanas donde los negros progresistas habían sido suficientemente ilustrados para proveer sus propias instalaciones educativas.[1]

Una respuesta de los negros inteligentes fue la circulación de relatos antiesclavistas relacionados con los abusos cometidos contra los negros y las bien representadas hazañas de François Dominique Toussaint Louverture, uno de los líderes de la Revolución Haitiana. Además, refugiados de Haití se establecieron en Baltimore, Norfolk, Charleston y Nueva Orleans, donde transmitieron a los negros locales un relato de primera mano sobre cómo los hombres negros en las Indias Occidentales habían corregido sus agravios. Al mismo tiempo, ciertos abolicionistas elogiaban, en presencia de esclavos, los métodos sangrientos de la Revolución Francesa. Cuando esta iluminación produjo desórdenes al punto de que los propietarios de esclavos vivían con el temor de una insurrección servil, los estados del Sur adoptaron una política totalmente reaccionaria, haciendo que la educación de los negros fuera prácticamente imposible.[2]

INFLUENCIA DEL EXTRANJERO

Los avances rápidos que lograron los negros en su desarrollo mental después de la era revolucionaria fueron tan sorprendentes que algunos comenzaron a favorecer la política retrógrada de educarlos solo con la condición de que fueran colonizados. El movimiento de colonización fue apoyado por algunos hombres blancos que, al ver el progreso educativo de las personas de color durante el período de mejores comienzos, sintieron que deberían tener la oportunidad de ser trasplantados a un país libre, donde pudieran desarrollarse sin restricciones.[3]

En 1804, el gobierno haitiano intentó atraer a los negros estadounidenses. Para finales de la década de 1810, tuvo cierto éxito. En comunicación directa con la comunidad negra de Nueva York, Haití ofreció pagar el pasaje y proporcionar tierras a aquellos que decidieran establecerse allí. Cuando Prince Saunders presentó la idea en la reunión de 1818 de la Convención Americana para Promover la Abolición de la Esclavitud en Filadelfia, fue recibida con entusiasmo.[4]

Paul Cuffee fue un hombre de negocios cuáquero negro, capitán de barco, patriota y abolicionista. De ascendencia Aquinnah Wampanoag y Ashanti africano, ayudó a colonizar Sierra Leona. Cuffee construyó un imperio naviero lucrativo y, además, estableció la primera escuela racialmente integrada en Westport, Massachusetts.[5] Devoto cristiano, Cuffee a menudo predicaba y hablaba en los servicios dominicales de la Casa de Reunión multirracial de la Sociedad de Amigos en Westport, Massachusetts.[6] En 1813, donó la mayor parte del dinero necesario para construir un nuevo lugar de reunión. Muchos esclavos liberados se habían mudado de Estados Unidos a Nueva Escocia después de la Revolución Americana, y Cuffee se involucró en el esfuerzo británico por reasentarlos en la colonia de Sierra Leona. También ayudó a establecer The Friendly Society of Sierra Leone, que proporcionó apoyo financiero para la colonia.

En 1816, Cuffee concibió un plan de emigración masiva para los negros estadounidenses, tanto a Sierra Leona como, posiblemente, a la recién liberada Haití.[7] El Congreso rechazó su petición de financiar un regreso a Sierra Leona. Muchos negros comenzaron a mostrar interés en emigrar a África, y algunas personas creían que esta era la mejor solución para los problemas de tensión racial en la sociedad estadounidense. Cuffee fue persuadido por los Reverendos Samuel J. Mills y Robert Finley para ayudarles con los planes de colonización africana de la Sociedad Americana de Colonización (ACS, por sus siglas en inglés), pero quedó alarmado por el racismo evidente de muchos de los miembros de la ACS.

Los cofundadores de la ACS, en particular Henry Clay, abogaban por exportar a los negros liberados como una forma de deshacerse en el Sur de agitadores "problemáticos" que pudieran amenazar el sistema de plantaciones esclavistas.[8] Otros estadounidenses también se involucraron activamente con la ACS y encontraron que había más razones para fomentar la emigración a Haití, donde los inmigrantes estadounidenses serían bien recibidos por el gobierno del presidente Jean-Pierre Boyer.

James Forten y los reverendos Richard Allen y Peter Williams, junto con muchos otros partidarios de la emigración a Haití, habían respaldado los planes de emigración africana de Cuffee, pero se sentían aún más cómodos con la idea de Haití como alternativa por su cercanía. El apoyo de Forten fue significativo, ya que era un prominente abolicionista negro, inventor y empresario, además de uno de los estadounidenses más ricos de su época.[9]

Prince Saunders, por su parte, había sido uno de los primeros corresponsales de Cuffee en la Boston African Institution. Nacido en Vermont, educado en la Moor and Indian School, asociada al Dartmouth College, Saunders se encontraba enfermo y con licencia de su trabajo como maestro en la African School de Boston. Su médico le recomendó un viaje largo a un clima más cálido, y, en 1815, siguiendo en parte este consejo, Saunders escribió a Cuffee informándole que él y varias familias de Boston estaban interesados en emigrar a Sierra Leona. Como preparación para su emigración a África, Saunders viajó a Londres para formarse como misionero. En ese momento, los abolicionistas británicos estaban explorando la posibilidad de Haití como destino para los esclavos emancipados estadounidenses y, a su vez, el gobernante haitiano, el rey Henri

Christophe, había expresado la necesidad de maestros. Como resultado, William Wilberforce persuadió a Prince Saunders para que fuera allí a ayudar a establecer escuelas.[10]

Durante los años siguientes, Saunders reclutó maestros y promovió el interés por Haití, dividiendo su tiempo entre Inglaterra, Estados Unidos y Haití, donde Christophe lo nombró ministro de educación. Saunders, el abolicionista británico Thomas Clarkson y el rey desarrollaron un plan para que Haití ofreciera asilo a esclavos estadounidenses emancipados, como alternativa al plan de la American Colonization Society. Sin embargo, los esfuerzos de Saunders en favor de Haití fueron interrumpidos debido a conflictos personales con Christophe, un golpe de estado contra el rey y la muerte de Christophe en el otoño de 1820.[11]

SISTEMATIZACIÓN TEMPRANA DE LAS ESCUELAS PARA NEGROS

Después de la Guerra Civil, hubo una gran demanda de educación en el Sur. A principios del siglo XIX, existía menos oposición a la educación de los negros que en los años previos a la Guerra Civil. Sin embargo, los primeros estudiantes tendían a ser privilegiados. Los hijos de negros libres prósperos y los sirvientes de familias prominentes o funcionarios gubernamentales asistían a escuelas privadas establecidas por negros libres o blancos filántropos.[12]

Si bien la benevolencia privada del Norte y el gobierno federal merecen crédito por la ayuda brindada a la educación de los negros en el Sur durante la Reconstrucción, el impulso principal y la fuerza que la sostuvo provino de los propios negros. Las primeras escuelas después de la guerra eran escuelas clandestinas previas, que operaban abiertamente en enero de 1865. Hombres y mujeres negros alfabetizados abrieron nuevas escuelas autosuficientes. A mediados de 1865, las organizaciones de ayuda a los libertos del Norte comenzaron a establecer escuelas. Casi 50 sociedades de ayuda trabajaban en la educación de los libertos en la década de 1860. Estas organizaciones benéficas recaudaban fondos, reclutaban maestros y trataban de mantener el futuro de los esclavos liberados en la agenda pública del Norte.[13]

La Freedmen's Bureau no contrataba maestros ni operaba escuelas directamente. En su lugar, asistía a las sociedades de ayuda en su esfuerzo por satisfacer la creciente demanda educativa de los negros. La agencia alquilaba edificios para aulas, proporcionaba libros y transporte para los maestros, supervisaba las escuelas y ofrecía protección militar a los estudiantes y docentes contra los opositores a la alfabetización de los negros. Los sureños nativos, tanto negros como blancos, junto con los maestros del Norte, asumieron la tarea de enseñar en las escuelas para negros libres.[14]

De los casi 600 maestros en las escuelas de Georgia durante la Reconstrucción, más de una quinta parte eran georgianos nativos, incluidos casi 50 blancos. El 25% de los maestros eran negros. Más de la mitad de los maestros negros eran de Georgia, mientras que los otros provenían del Sur costero, Pensilvania, Nueva Jersey, Nueva York, Massachusetts y Ohio. Aunque los maestros sureños de la época raramente habían completado la escuela secundaria, muchos de los maestros del Norte que enseñaban a los libertos habían egresado de instituciones de educación superior, como Dartmouth College en New Hampshire, Yale University en Connecticut, Oberlin College en Ohio y Mount Holyoke en Massachusetts. Los maestros negros habían asistido a instituciones como Oberlin, Wilberforce University en Ohio y Lincoln University en Pensilvania.[15]

Incluso donde la Freedmen's Bureau y la ayuda del Norte no alcanzaron al Sur, los negros brindaron un apoyo sustancial a las escuelas. Pagaban cuotas mensuales de matrícula, recaudaban fondos para el alojamiento y la alimentación de los maestros, compraban terrenos para construir escuelas y donaban materiales y mano de obra para levantarlas. También crearon y sostuvieron escuelas independientes de los esfuerzos del Norte. Hasta 1870, los negros, que constituían casi la mitad de la población del estado, mantenían sus propias escuelas y, al mismo tiempo, pagaban impuestos escolares para financiar las escuelas blancas de las cuales estaban excluidos.[16]

Los adultos negros deseaban los beneficios de la alfabetización para sí mismos con la misma pasión con la que querían escuelas para sus hijos. En invierno y durante los tiempos de inactividad entre la siembra y la cosecha, padres y madres recitaban junto a sus hijos en las escuelas. Para satisfacer la demanda de educación para adultos que no podían asistir a clases regulares, los maestros organizaron escuelas nocturnas y escuelas dominicales. Durante la Reconstrucción, los maestros informaron que los adultos a menudo constituían un tercio de sus estudiantes. Los estudiantes adultos también fueron atendidos por instituciones de educación secundaria y superior. Estas iban desde escuelas normales para la formación de maestros en Macon, Columbus, Savannah, y otras ciudades, hasta escuelas preparatorias adjuntas a colegios y los colegios mismos. Entre los colegios estaban Atlanta University, Clark College (más tarde Clark Atlanta University) y el Augusta Institute (más tarde Morehouse College).[17]

Además de proporcionar instrucción básica, los negros libres del Norte ayudaron a sus compañeros a hacer posible lo que hoy llamamos educación superior. Durante el segundo cuarto del siglo XIX, la formación avanzada de los negros fue casi prohibida debido a la negativa de las academias y colegios a admitir a personas de color. Debido a estas condiciones, los esfuerzos de larga data para fundar universidades para negros comenzaron a dar frutos incluso antes de la Guerra Civil. Más tarde, después de la guerra, algunas instituciones del Norte admitieron a negros por diferentes motivos. Algunos colegios buscaban prepararlos para servir en Liberia, mientras que otros, proclamando su conversión a la doctrina de la educación democrática, abrieron sus puertas a todos.[18]

Los defensores de la educación superior para los negros se encontraron con una oposición considerable. La concentración en las comunidades del Norte de fugitivos sin recursos expulsados del Sur requirió un reajuste en las condiciones. La formación de los negros, en cualquier forma, era muy impopular incluso en muchas partes del Norte. Cuando los prejuicios perdieron algo de su fuerza, los amigos de los negros hicieron más que nunca por ayudarlos en su educación. Sin embargo, ante las condiciones cambiantes, la mayoría de estos filántropos concluyó que los negros necesitaban con urgencia una educación práctica. Los educadores intentaron primero proporcionar dicha formación ofreciendo cursos clásicos y vocacionales en lo que llamaron "escuelas de trabajo manual". Cuando estas no lograron satisfacer la emergencia, abogaron por una capacitación vocacional real. Para hacer extensivo este nuevo sistema, los negros cooperaron libremente con sus benefactores, asumiendo una parte nada despreciable de la carga, ya que, al mismo tiempo, pagaban impuestos para financiar las escuelas públicas a las que no podían asistir.[19]

Esta situación permitió a los abolicionistas darse cuenta de que habían cometido un error al promover el establecimiento de escuelas separadas para negros. En un principio, la segregación de los estudiantes negros se concibió como una medida especial para poner a los jóvenes de color en contacto con maestros comprensivos que conocieran sus necesidades. Sin embargo, cuando las escuelas públicas, desarrolladas con recursos estatales, se transformaron en un sistema más deseable y mejor equipado que las instituciones privadas, las organizaciones antiesclavistas en muchos estados del Norte comenzaron a exigir que los negros fueran admitidos en las escuelas públicas. Tras extensas discusiones, ciertos estados de Nueva Inglaterra finalmente decidieron admitir a los negros en sus escuelas públicas y no experimentaron grandes inconvenientes con el cambio. No obstante, en la mayoría de los demás estados del Norte, las escuelas separadas para negros no dejaron de existir hasta el final de la Guerra Civil.[20]

Los maestros negros en todos los niveles dependían de los líderes comunitarios blancos. Esta dependencia era especialmente fuerte en el caso de los maestros de escuelas primarias en distritos rurales. Sus salarios eran bajos y no tenían estabilidad laboral. Además, podían ser utilizados como transmisores de las expectativas y exigencias de los blancos sobre la comunidad negra.[21]

La extrema dependencia y pobreza de los maestros negros en las zonas rurales, sumada a la existencia de negros que estaban en mejor posición y gozaban de mayor independencia, prácticamente excluyó a los maestros de cualquier estatus de liderazgo en la comunidad negra. No obstante, en lo que respecta a su labor docente, tenían más independencia de la que aparentaban. Esto se debía únicamente a que el superintendente blanco y la junta escolar blanca solían prestar tan poca atención a lo que sucedía en las escuelas negras que había condados donde el superintendente nunca había visitado la mayoría de sus escuelas para negros. Si los informantes negros no enviaban reportes de que la maestra inculcaba ideas erróneas a los niños, la maestra rural negra generalmente era ignorada.[22]

La situación era diferente en las ciudades. Las escuelas primarias y secundarias para negros eran mejores; los maestros estaban mejor capacitados y recibían mejores salarios. Dentro de la comunidad negra, los maestros gozaban de un mayor estatus social. Además, como individuos, lograban cierto grado de independencia, ya que, por lo general, eran anónimos para el superintendente blanco y la junta escolar. La comunidad blanca no seguía de cerca lo que ocurría entre los negros. Sin embargo, el director negro de una escuela en la ciudad era directamente responsable ante los funcionarios blancos y supervisaba a sus maestros con más rigor que los superintendentes de las escuelas rurales.[23]

Una de las primeras escuelas para negros en Washington, D.C., fue la Union Seminary School, fundada por John F. Cook, Sr., en H Street, cerca de la calle 14, N.W. Nacido esclavo, Cook obtuvo su libertad cuando su extraordinaria tía, Alethia Browning Tanner, compró no solo su propia libertad, sino también la de su hermana y la de los cuatro hermanos de Cook, con las ganancias de su huerto de verduras cerca de Lafayette Square. En 1834, Cook se convirtió en maestro del Union Seminary. El plan de estudios de la escuela incluía lectura, redacción, recitación, escultura, fisiología y salud. El edificio fue parcialmente destruido por algunos ciudadanos blancos del Distrito durante los disturbios de la Nieve de 1835 (Snow Riot).[24]

Cook buscó refugio en Pensilvania, donde fundó otra escuela. Regresó al Distrito de Columbia en 1836 y, en 1841, el reverendo Cook y Charles Stewart organizaron formalmente la Iglesia Presbiteriana de la Calle Quince, la primera de su denominación en la ciudad. En 1843, Cook fue elegido como su primer pastor y estableció una escuela allí. Desempeñó ambos roles hasta su muerte en 1855. Su hijo sobreviviente, George Cook, dirigió la escuela de la iglesia hasta su cierre en 1867.[25]

Tras la aprobación de un acto del Congreso que creó el sistema de escuelas públicas en 1864, las escuelas para negros de Washington y Georgetown fueron organizadas bajo una junta de fideicomisarios negra. En 1874, esta junta se consolidó con otras tres para crear una junta de 19 miembros que supervisaba todas las escuelas del Distrito.[26] Después de que Washington perdiera su autonomía en 1879, los comisionados del Distrito comenzaron a designar a los miembros de la junta, y las escuelas negras y blancas pasaron a estar bajo la supervisión de superintendentes separados. George F. T. Cook, uno de los hijos de John F. Cook, Sr., fue nombrado superintendente de las escuelas para negros, cargo que ocupó hasta que el sistema escolar fue reorganizado en 1900. Tanto las escuelas negras como las blancas dependían directamente de la Junta de Fideicomisarios, en la cual, por costumbre, tres hombres negros solían ocupar puestos. A partir de 1895, las mujeres también comenzaron a formar parte de la junta.[27]

EDUCACIÓN CLÁSICA VERSUS EDUCACIÓN INDUSTRIAL

Tan pronto como comenzó el movimiento por la educación de la juventud negra, se desató la disputa sobre si su formación debía ser "clásica" o "industrial".[28] Si los sureños blancos debían permitir que los negros recibieran algún tipo de educación, querían que fuera de la clase que los convirtiera en mejores sirvientes y obreros, no una que los enseñara a salirse de su "lugar". Los maestros de Nueva Inglaterra, quienes realizaron la mayor parte de la enseñanza en un inicio, querían formar a los negros como ellos mismos habían sido formados en el Norte; las "tres R" a nivel elemental, con materias como latín, griego, geometría y retórica en los niveles secundarios y universitarios.[29]

En 1868, el general Samuel C. Armstrong, un oficial de la Unión durante la Guerra Civil, fundó el Hampton Normal and Agricultural Institute en la región costera de Virginia como una "institución agrícola". Armstrong quería continuar la tradición de artesanos calificados que había existido entre los negros antes de la Guerra y, como escribió el presidente de la escuela en el informe anual de 1872: "Se necesitan agricultores y mecánicos hábiles más que poetas y oradores". Su alumno más célebre, Booker T. Washington, fundó el Instituto Tuskegee en Alabama y se convirtió en el apóstol de la educación industrial para los negros. En su famoso discurso del Compromiso de Atlanta de 1895 dirigido a los afroamericanos, exhortó a los negros a "echar su cubo donde estén". Washington instaba a los negros a desarrollar ante todo sus perspectivas económicas, comprendiendo que "hay tanta dignidad en labrar un campo como en escribir un poema". Armstrong y Washington mantuvieron estrechos vínculos personales durante toda su vida y, de hecho, Armstrong ayudó a proporcionar la publicidad y los contactos financieros tan necesarios para el éxito de Tuskegee.[30]

No cabe duda de que, más allá de los méritos pedagógicos de este tipo de educación, el mensaje de Washington fue sumamente oportuno en la situación de poder real de la Restauración. Reconcilió a muchos hombres blancos del Sur con la idea de la educación para los negros, y probablemente Washington tuvo un papel importante en salvar la educación negra del grave peligro de ser destruida. Mientras tanto, los defensores de la educación clásica de Nueva Inglaterra y sus seguidores continuaron en Atlanta, Fisk y algunos otros centros sureños de educación universitaria para negros. Las escuelas primarias — prácticamente no existían escuelas secundarias para negros en el Sur en ese momento— seguían los modelos establecidos por las universidades dominantes.[31]

La lucha entre el grupo conservador y el radical de líderes negros se centró en el tema de la educación "industrial" versus "clásica" para los negros. En 1853, Frederick Douglass se expresó a favor de "una escuela industrial" cuando Harriet Beecher Stowe ofreció algo de dinero para esto o para una "institución educativa pura y simple". Deseaba establecer "... una serie de talleres, donde la gente de color pudiera aprender algunos oficios, trabajar el hierro, la madera y el cuero, y donde también se pudiera enseñar una educación básica en inglés". Su opinión era que "... la falta de dinero era la raíz de todos los males para la gente de color. Estaban excluidos de todos los empleos lucrativos y obligados a ser simplemente barberos, camareros, cocheros y similares, con salarios tan bajos que apenas podían comprar algo o nada".[32] Sin embargo, Booker T. Washington se convirtió en el defensor de la primera postura, respaldado por el Sur blanco y la mayor parte de la filantropía del Norte.

William Edward Burghardt Du Bois, quien obtuvo su doctorado en sociología en Harvard en 1895, encabezó un grupo de intelectuales negros que temían que, en la mayoría de los casos, la intención —y, en cualquier caso, el resultado— del énfasis en la educación industrial fuera mantener a los negros fuera de la cultura superior y más general de Estados Unidos. Du Bois fue profundamente influenciado por el nuevo enfoque histórico del profesor Albert Bushnell Hart, un historiador formado en Alemania y catedrático de gobierno e historia en la Universidad de Harvard, así como por las conferencias filosóficas de William James, considerado el padre de la psicología estadounidense. También recibió influencias intelectuales de sus estudios y viajes realizados entre 1892 y 1894 en Alemania, donde estuvo matriculado en la Friedrich-Wilhelm III Universität (comúnmente conocida en ese entonces como Universidad de Berlín, pero renombrada como Universidad Humboldt después de la Segunda Guerra Mundial). Debido al vencimiento de la beca del Slater Fund que financiaba su estadía en Alemania, Du Bois no pudo cumplir con los requisitos de residencia necesarios para obtener formalmente el título de doctor en economía, a pesar de haber completado la tesis doctoral exigida (sobre la historia de la agricultura en el sur de los EE. UU.) durante su estancia.[33]

Con la publicación de *Souls of Black Folk,* Du Bois emergió como el portavoz más destacado de la oposición a la política de conservadurismo político y acomodo racial de Washington. Irónicamente, Du Bois había mantenido una distancia prudente respecto a los opositores de Washington y rara vez había hecho declaraciones abiertas contra el llamado Mago de Tuskegee. Su carrera incluyó varios episodios en los que estuvo a punto de terminar enseñando en Tuskegee. Solicitó trabajo a Washington poco después de regresar de Berlín, pero tuvo que rechazar la oferta económicamente superior de Tuskegee porque ya había aceptado una plaza en Wilberforce. En varias otras ocasiones, Washington —a veces impulsado por Hart— trató de reclutar a Du Bois para que se uniera a él en Tuskegee, una campaña de persuasión que continuó al menos hasta el verano de 1903, cuando Du Bois enseñó en la escuela de verano de Tuskegee.[34]

Al inicio de su carrera, además, las opiniones de Du Bois mostraban una similitud superficial con las de Washington. De hecho, había elogiado el discurso del "Compromiso de Atlanta" de 1895, en el cual Washington proponía a las élites blancas del sur un acuerdo en el que los negros renunciarían a sus derechos políticos y civiles a cambio de oportunidades económicas. Como muchos negros de élite de la época, Du Bois no se oponía a algún tipo de restricción al sufragio, siempre y cuando se basara en requisitos educativos y se aplicara por igual a blancos y negros.[35]

Este debate fue importante en el desarrollo de las ideologías negras, pero tuvo escasa relevancia para el desarrollo real de la educación de los negros en el Sur, dominada por los blancos. Si la educación negra en el Sur no se transformó completamente en educación industrial a nivel elemental, la principal explicación fue, como veremos, el creciente costo de ese tipo de formación tras la Revolución Industrial y el interés competitivo de los trabajadores blancos por mantener a los negros fuera de los oficios y la industria. A nivel superior, la educación negra no vocacional tenía, como siempre enfatizó Du Bois, su mayor fortaleza en el hecho de que el Instituto Tuskegee y otras escuelas similares habían generado una demanda de maestros con una formación educativa más amplia.[36]

Du Bois y Washington compartían metas en cuanto a la educación y la sociedad, pero hacían énfasis en aspectos diferentes. Ambos reconocían los muy bajos niveles de educación, habilidades, conducta e higiene entre la mayoría de los negros a finales del siglo XIX.

Después de todo, estaban apenas a una generación del mundo de la plantación esclavista.[37] Durante esta época, Du Bois criticó los hábitos de consumo extravagantes que observó entre los negros. En su estudio The Philadelphia Negro, también habló de manera más general sobre la "Gran Carencia que enfrenta nuestra raza en el mundo moderno, la Carencia de Energía", que atribuía a una "indolencia" que se había convertido en una especie de "herencia social".[38] Incluso si los blancos perdieran sus prejuicios raciales de la noche a la mañana, según Du Bois, eso haría poca diferencia en la posición económica de la mayoría de los negros. Aunque "algunos pocos serían promovidos y algunos pocos conseguirían nuevos puestos" como resultado del fin de la discriminación, "las masas permanecerían como están" hasta que la generación más joven comenzara a "esforzarse más", a medida que la raza "perdiera la excusa omnipresente del fracaso: el prejuicio."[39]

Du Bois veía que muchos negros caían en la "indiferencia apática o indolencia, o en una fanfarronería temeraria".[40] Al igual que Washington, Du Bois percibía una necesidad enorme de superación personal entre los negros en este momento histórico. La gran diferencia era que Washington hizo de la superación personal el objetivo principal y predominante del tipo de educación que estableció en el Instituto Tuskegee.[41]

Los estudiantes del Instituto Tuskegee recibían formación en habilidades laborales, incluyendo aquellas que les permitieron construir muchos de los edificios del propio instituto. Se les enseñaba comportamiento, higiene y otras cuestiones mundanas pero importantes que necesitaban para tomar control de sus propias vidas y progresar en el mundo. Contrario a la leyenda, Washington nunca renunció a los derechos iguales. "Es importante y justo que todos los privilegios de la ley sean nuestros, pero es mucho más importante que estemos preparados para ejercer esos privilegios", dijo en su histórico discurso en la Exposición de Atlanta.[42] Al vincular derechos con responsabilidades, Washington pudo dirigirse tanto a los negros como a los blancos presentes en la audiencia desde un terreno común. Al vincular los destinos de las dos razas, logró ganar el apoyo de algunos blancos al argumentar que los negros o ayudarían a levantar al Sur o contribuirían a hundirlo.[43] Du Bois, de forma similar, dijo a los blancos del Sur: "Si no los elevan, ellos los arrastrarán hacia abajo".[44]

Aunque ambos hombres dijeron muchas cosas similares en su momento, también fueron claras sus diferencias de enfoque. Comenzando por la educación, Du Bois enfatizaba la educación académica para quienes él llamaba "el décimo talentoso"[45] de la raza.

Eran, en su mayoría, personas como el propio Du Bois: educadas, cultas, descendientes de los "hombres libres de color" de la época anterior a la guerra. Para ese "décimo talentoso", la educación vocacional habría significado un retroceso. La misma frase "décimo talentoso" reconocía implícitamente que eso no era lo más necesario para la mayoría de los negros en aquel momento. Aunque Du Bois reconocía la necesidad y los logros de la educación vocacional, "logros de los cuales tiene motivos para sentirse orgullosa",[46] él promovía un tipo de educación muy distinto para una clase de personas muy diferente. Esa educación y esa clase de personas estaban destinadas a liderar la lucha política por los derechos civiles, como ejemplificaba la Asociación Nacional para el Progreso de las Personas de Color (NAACP), de la cual Du Bois fue uno de los fundadores.[47]

Así como Du Bois reconocía la necesidad de la educación vocacional para muchos negros, Washington también reconocía la necesidad de la educación académica para otros. Formó parte del consejo de administración de Howard University y Fisk University, cuyas misiones educativas eran muy distintas a la del Instituto Tuskegee. Usó su influencia para conseguir apoyo financiero para Howard y otras instituciones académicas negras como Talladega College y Atlanta University.[48] Aunque consideraba que la mayoría de los negros de su época necesitaban adquirir primero habilidades prácticas para el trabajo, Washington declaró: "Le diría al chico negro lo mismo que le diría al chico blanco: obtén todo el desarrollo mental que tu tiempo y tu bolsillo te permitan." Aun así, afirmaba: "No rebajaría ni un ápice el nivel del desarrollo mental, porque, para el negro, como para todas las razas, la fortaleza mental es la base de todo progreso."[49] Kelly Miller, el primer estudiante negro de posgrado en matemáticas, consideraba que la controversia sobre las diferencias filosóficas en la educación era obra de "entusiastas tuertos,"[50] más que de hombres como Du Bois y Washington, quienes veían la necesidad de ambos enfoques.

Booker T. Washington veía su principal tarea como "la promoción del progreso entre las masas, y no el cultivo especial de unos pocos."[51] Consideraba su labor como educador de su época como preparatoria, como "poner los cimientos para las masas,"[52] pero no para confinar a toda la raza al trabajo para el cual el Instituto Tuskegee preparaba inmediatamente a sus estudiantes. Luego de hablar con orgullo de un graduado de Tuskegee cuyo conocimiento en química había incrementado varias veces la cosecha promedio de batatas, dijo: "Mi teoría de la educación para el negro no lo confinaría, por ejemplo, eternamente al trabajo agrícola, a la producción de las mejores y más dulces batatas. Sin embargo, si tiene éxito en esta industria, puede sentar las bases sobre las que sus hijos y nietos puedan crecer hacia cosas más elevadas e importantes en la vida."[53] Incluso en el presente, afirmaba, "necesitamos profesionales hombres y mujeres"[54] y miraba hacia un futuro donde hubiera más abogados, congresistas y profesores de música negros exitosos.[55]

En cuanto a los derechos civiles, Booker T. Washington escribió en 1899: "No estoy a favor de que el negro renuncie a nada que sea fundamental y que le haya sido garantizado por la Constitución de los Estados Unidos."[56] Su postura pública general era que estaba demasiado ocupado con el auto-mejoramiento de los negros como para involucrarse en controversias políticas. Sin embargo, cuando se examinaron sus documentos tras su muerte, quedó claro que en privado había instado a otros negros a luchar por los derechos civiles e incluso había financiado en secreto desafíos legales contra las leyes de Jim Crow en el Sur.[57]

Washington era plenamente consciente de que haber hecho estas cosas públicamente habría puesto en peligro el apoyo financiero blanco del que dependía el Instituto Tuskegee. Esto no era simplemente una cuestión de proteger sus propios intereses. Comprendía las repercusiones para otros si hacía declaraciones explosivas en la volátil atmósfera racial de la época. "Podría provocar una guerra racial en Alabama en seis semanas si quisiera," dijo, pero hacerlo "borraría los logros de décadas de trabajo."[58] Sin embargo, también entendía que debían hacerse desafíos abiertos a la discriminación racial. Como escribió a Oswald Garrison Villard, uno de los fundadores de la N.A.A.C.P., "hay trabajo por hacer que nadie colocado en mi posición puede hacer."[59]

Aunque Du Bois no podía conocer todas las acciones que Washington realizaba en secreto, sí tenía una visión clara del hombre en sí, y sabía dónde residían sus lealtades. Du Bois dijo de Washington: "No tenía fe en los blancos, ni la más mínima."[60] Booker T. Washington practicaba lo que una generación posterior de militantes negros solo predicaría: avanzar la causa de los negros "por todos los medios necesarios."[61] El decano de la Universidad Howard, Kelly Miller, dijo de Washington que el avance de la raza negra "es la principal carga de su alma."[62]

A pesar de las diferencias entre Du Bois y Washington, y las rivalidades entre sus respectivos seguidores, esto no impidió que existiera civilidad entre los dos hombres. En la autobiografía de Booker T. Washington, Up from Slavery, escribió sobre una reunión organizada por unas "buenas damas de Boston" en 1899 donde, además de "un discurso mío, el Sr. Paul Lawrence Dunbar leyó algunos de sus poemas y el Dr. W.E.B. Du Bois leyó un boceto original."[63]

UNA PROCLAMACIÓN EDUCATIVA

El sistema escolar del Distrito de Columbia se convirtió desde temprano en un imán para maestros negros, ya que los salarios eran relativamente altos. Además, el sistema escolar segregado disminuía los efectos de la discriminación, y las comodidades de la sociedad negra de Washington ofrecían un estilo de vida atractivo para los docentes. Para 1869, la mitad de los maestros en las escuelas para negros eran negros y, para 1901, el último maestro blanco se habría retirado.[64]

El líder del grupo que fundó la primera escuela secundaria para personas negras fue un hombre notable llamado William Syphax. Syphax creció como hombre libre, ya que fue liberado en su infancia en 1826, y se convirtió en un activista por los derechos civiles dentro de la comunidad negra de Washington a mediados del siglo XIX. Fue descrito como un hombre de "valentía indomable e integridad inquebrantable" que "se atrevía a exigir lo que le correspondía a su raza, sin temerle a ningún hombre, sin importar su posición o color." El contenido y el tono de sus mensajes a funcionarios municipales y federales respaldan claramente esta descripción. Tenía una visión firme respecto a la educación. Si bien el grupo que él lideraba prefería maestros negros para niños negros, no estaban dispuestos a comprometer la calidad solo por representación racial. Consideraban que era una "violación de nuestro juramento oficial contratar maestros inferiores cuando se pueden conseguir maestros superiores por el mismo dinero." Syphax también fue igual de directo al decirle a la comunidad negra que los padres debían enviar a sus hijos a la escuela con respeto por los maestros y con disposición a someterse a la disciplina y al trabajo arduo si querían que su educación tuviera algún valor.[65]

Solo se han conservado informes fragmentados, inconexos e inconclusos, y el paso de los años ha borrado los recuerdos de muchos de los descendientes de Syphax. Aquellos que vivieron y se relacionaron con él han fallecido. Nació poco después de los días turbulentos del *Compromiso de Misuri* y fue testigo del creciente odio y de las discordias seccionales que resultaron del *Compromiso de 1850*. Igualmente, vio los efectos devastadores de la *Ley Kansas-Nebraska*, la *decisión del caso Dred Scott* y la incursión de John Brown. Vivió los días agitados de la esclavitud, la desunión, la guerra civil y la posterior reconstrucción. Sin embargo, a lo largo de todo ello, Syphax mantuvo una fe constante en su pueblo y, en cada oportunidad posible, proyectó claramente una actitud de hombría y fortaleza en sus esfuerzos por defender su causa. Fue honesto, valiente y frugal en todos sus asuntos, y nunca descendió de su pedestal elevado.[66]

Syphax no era ciego a las deficiencias de su propio pueblo. En una circular dirigida a la población negra de Washington y Georgetown, con fecha del 10 de septiembre de 1868, les instaba a cooperar con los miembros del consejo en sus esfuerzos por hacer que las escuelas fueran lo más eficientes posible para "el gran fin para el que fueron establecidas."[67] Esta circular fue enviada a los ministros y a los ciudadanos prominentes de Washington y Georgetown. En su fervor por lograr la cooperación de los padres, Syphax expresó una visión y una interpretación del valor de la educación que lo colocaban muy por delante de su tiempo. Fácilmente podría haber estado viviendo en el siglo XX cuando estableció un sistema de creencias, principios u opiniones para las escuelas negras que se convirtió en una filosofía adoptada por los primeros educadores, padres y estudiantes negros. En su circular proponía a los ministros y ciudadanos lo siguiente:

1. Los ministros debían transmitir a sus congregaciones la necesidad de la educación para preparar a sus hijos para los nuevos deberes de la libertad y la igualdad civil, a fin de que pudieran desempeñar con dignidad cargos de honor y responsabilidad. Esto no puede lograrse en la ignorancia.

2. Los padres debían enviar a sus hijos a la escuela puntualmente el primer día del año, con el fin de que la escuela pudiera organizarse con rapidez y para evitar que ciertos estudiantes llevaran ventaja a quienes llegaban tarde.

3. Se exhortaba a los padres a enviar a sus hijos con regularidad y puntualidad a la escuela. Muchos padres, sin apreciar

completamente la importancia de la asistencia regular, a menudo los mantenían en casa por razones triviales, en perjuicio tanto de sus propios hijos como del conjunto escolar. La impuntualidad también era un gran vicio. El hábito de levantarse temprano y llegar puntualmente a la escuela fomentaría una costumbre valiosa para toda la vida tanto en los niños como en sus padres.

4. Los padres debían apoyar siempre las normas y la buena disciplina de las escuelas. No debían faltar el respeto a los maestros en presencia de sus hijos, ni tomar partido por los estudiantes en contra del maestro antes de visitar la escuela, realizar una investigación calmada del asunto y determinar con claridad que el docente estaba equivocado. Incluso en esos casos, el padre debía hablar con el maestro en privado o dirigirse al superintendente o a los consejeros escolares, en lugar de reprocharle frente a los alumnos.

5. Los padres debían visitar las escuelas, conocer a los maestros y observar cómo se llevaban a cabo las clases. Esto indicaría un interés en el progreso académico de sus hijos y estimularía a los docentes a comprometerse aún más con su labor.

6. Los ministros debían predicar con el ejemplo visitando también las escuelas; los niños entonces percibirían que existía una armonía entre la iglesia y la escuela.

7. Todos debían apoyar a los consejeros escolares en su determinación de elevar el nivel de las escuelas insistiendo en un alto estándar de cualificación para los docentes, sin importar su color. Se daría preferencia a maestros negros siempre que sus calificaciones fueran equivalentes, ya que "consideramos una violación de nuestro juramento oficial emplear maestros inferiores cuando se pueden conseguir superiores por el mismo dinero." Los maestros negros serían contratados tan pronto como demostraran competencia, una vez hubieran disfrutado de "las mismas oportunidades durante un periodo de tiempo suficiente."

Estas fueron las exhortaciones y advertencias de William Syphax a su pueblo,[68] en su esfuerzo por guiar a los negros hacia la asimilación. El primer período de competencia y conflicto en los días coloniales fue seguido por la institucionalización de la esclavitud, una forma de acomodación que comenzó a surgir en la década de 1660 y culminó con el final de la Guerra Civil en 1865. Tras un breve período de renovado conflicto durante la Reconstrucción, una segunda acomodación —la segregación legal o de jure— estabilizó las relaciones entre blancos y negros, con los blancos aún en una posición de poder. Cada avance en educación e inteligencia ponía en manos de los negros la técnica del hombre blanco para comunicarse y organizarse y, por lo tanto, contribuía a la expansión y consolidación del mundo negro dentro del mundo blanco.[69]

Muchos otros negros que fueron educadores en el sistema de escuelas públicas del Distrito de Columbia hicieron contribuciones importantes a la educación de los afroamericanos. En 1864, el Congreso aprobó una ley que disponía que parte de los fondos recaudados en Washington y Georgetown se reservaran para escuelas para personas de color, en proporción al número de niños de esta raza, entre seis y 17 años, que formaban parte de la población escolar total. Cinco escuelas (1866–1868) se inauguraron con siete maestros y 400 estudiantes.[70]

PARTE III

El Paradigma

"La base de todo gobierno libre y de todo orden social debe establecerse en las familias y en la disciplina de la juventud. Los jóvenes no solo deben recibir conocimientos, sino que deben acostumbrarse a la subordinación y estar sometidos a la autoridad e influencia de buenos principios. Servirá de poco que los jóvenes comprendan la verdad y los principios correctos si no están habituados a someterse a ser gobernados por ellos."

— Noah Webster, 1758-1843

CAPÍTULO SEIS

LA CULTURA DE LA COMUNIDAD NEGRA ANTES DE 1960

El entorno cultural en el que vive una persona es un factor fundamental que tanto favorece como limita el progreso humano. Para los negros en los Estados Unidos, la esclavitud y, más tarde, la segregación fueron una fuerza dinámica en el desarrollo de su comunidad. Así, los negros observaban con desesperación cómo se sentaban las bases del sistema de Jim Crow y se levantaban muros de segregación a su alrededor. Su desencanto con las esperanzas depositadas en las enmiendas de la Guerra Civil y las leyes de reconstrucción era casi total hacia 1890.

El compromiso estadounidense con la igualdad, solemnemente atestiguado por tres enmiendas a la Constitución y varias leyes detalladas de derechos civiles, fue prácticamente repudiado. Lo que había comenzado como una retirada en 1877 se convirtió en una derrota total. Los radicales y liberales del Norte habían abandonado la causa; los tribunales habían dejado a la Constitución indefensa, y el Partido Republicano había traicionado la causa que antes había defendido. Una ola de racismo crecía en el país sin oposición. Los negros celebraron no menos de cinco convenciones nacionales en 1890 para considerar su difícil situación, pero todo lo que pudieron hacer fue aprobar resoluciones de protesta y confesar su impotencia.[1]

EEn 1896, en el caso Plessy v. Ferguson, la Corte Suprema dictaminó que no era incorrecto que un estado empleara prácticas discriminatorias de asientos en el transporte público y que cada estado podía exigir la segregación en dicho transporte. Esto respaldó la ley de transporte que ordenaba instalaciones separadas pero iguales para negros y blancos.[2] Esencialmente, la Corte avaló la segregación con razonamientos inconsistentes porque esta se correspondía con los "usos, costumbres y tradiciones establecidos del pueblo". Posteriormente, emitió otras decisiones significativas que sancionaban la segregación racial en distintas circunstancias y lugares. Una de estas decisiones autorizó escuelas segregadas racialmente. La segregación, según la Corte, no constituía discriminación.[3] Plessy v. Ferguson se mantuvo como ley vigente durante exactamente 58 años, desde el 18 de mayo de 1896 hasta el 17 de mayo de 1954, cuando finalmente se reconoció que lo separado no era igual.

Existen ciertos tipos de conducta que se consideran esenciales para el bienestar de una comunidad; es decir, costumbres, normas morales y valores. Estos implican juicios morales de la sociedad sobre lo que está bien y lo que está mal. También se relacionan con aspectos importantes de la vida como la honestidad y la equidad en el trato con los demás, las relaciones entre los sexos, la seguridad de la vida y la propiedad, y la lealtad a la nación. Para promover los intereses importantes de la comunidad negra como grupo, se estableció un paradigma social basado en un patrón complejo de comportamientos centrado en la iglesia, la lealtad al país y la familia. Estos tres factores constituían los intereses y necesidades centrales de la comunidad y contribuyeron en gran medida a lo que se consideraba la "buena vida" y el bienestar general del pueblo negro.[4]

RELIGIÓN

Con pocas excepciones, los esclavos negros traídos a América no habían sido convertidos al cristianismo.[5] Durante casi un siglo, muchos dueños de esclavos se mostraron reacios a permitir que los negros recibieran instrucción religiosa, ya que creían que un cristiano bautizado no podía ser mantenido como esclavo. Sin embargo, cuando los teólogos, legisladores y tribunales declararon, hacia el año 1700, que la conversión al cristianismo no era incompatible con la condición terrenal de esclavo, muchos amos se esforzaron por proporcionar enseñanza religiosa y lugares de culto para sus esclavos. Otros, simplemente, no hicieron nada para obstaculizar la labor misionera entre ellos.[6]

Sin duda, el principal motivo del amo era que la religión cristiana, tal como se exponía, se adecuaba a sus intereses para mantener a los esclavos humildes, mansos y obedientes. El deber cristiano de difundir el evangelio se tomaba muy en serio, particularmente como una forma de compensar las muchas otras privaciones a las que los negros estaban sometidos. La idea del culto libre era demasiado poderosa. A los esclavos se les permitía entrar en la mayoría de las iglesias blancas e incluso podían reunirse por su cuenta, siempre que un ministro blanco los dirigiera o que algún blanco los observara.[7]

El servicio religioso era una de las pocas ocasiones en que los esclavos podían congregarse. Allí podían sentir una unión espiritual con otros negros. Podían sentir que eran iguales al hombre blanco ante los ojos de Dios y podían ver a uno de los suyos, el predicador, elevarse por encima del nivel muerto de la esclavitud e incluso, ocasionalmente, ser admirado por personas blancas. Los esclavos de una plantación podían considerar al predicador negro como su líder, alguien que podía acudir al amo blanco y pedirle pequeños favores.[8]

En el Norte, las pocas iglesias negras existentes antes de la Guerra Civil continuaron desempeñando las mismas funciones que habían cumplido previamente. Muchas de ellas, al igual que algunas iglesias blancas, eran "estaciones" en el "ferrocarril subterráneo", donde un esclavo fugitivo podía obtener medios para establecerse en el Norte o para continuar hacia Canadá. La iglesia negra del Norte también era un centro de actividades abolicionistas negras. El tema de la esclavitud en la política nacional de esa época otorgó a la iglesia negra del Norte un interés e implicación en los asuntos terrenales tan grande como el que tiene hoy.

Probablemente, solo una minoría de los esclavos negros eran cristianos nominales en el momento de la emancipación.[9] Al final de la Guerra Civil, hubo, por un lado, una expulsión casi completa y permanente de los negros de las iglesias blancas del Sur. Por otro lado, se produjo un movimiento generalizado entre los propios negros para fortalecer sus propias denominaciones. Este período fue testigo de otra ola de conversión de los negros al cristianismo y del firme establecimiento de la iglesia negra independiente. Los líderes religiosos negros del Sur recibieron ayuda de misioneros blancos y negros del Norte. Al observar la situación de la iglesia en la década de 1870, Sir George Campbell ofrece el siguiente panorama de esta actividad religiosa:

Todo hombre y toda mujer desea ser un miembro activo de la Iglesia. Y aunque sus predicadores son en gran medida sus líderes, estos predicadores son elegidos por el pueblo y desde el pueblo, bajo un sistema en su mayoría congregacional, y son más bien predicadores porque son líderes que líderes porque son predicadores. En este tema de la religión, los negros se han emancipado completamente de toda guía blanca: tienen sus propias iglesias y sus propios predicadores, todos hombres de color; y la participación que tienen en el autogobierno de sus iglesias constituye realmente una educación muy importante. A nuestros ojos, los predicadores pueden parecer peculiares. Los oradores estadounidenses tienden a exagerar y enfatizar nuestro estilo, y los predicadores negros exageran un poco más el estilo americano; pero en general, me sentí considerablemente edificado por ellos. Llegan al punto de una manera que resulta refrescante después de algunos sermones que uno ha escuchado."*10

Muchos líderes políticos negros durante la Reconstrucción fueron reclutados entre los predicadores. Después de la Reconstrucción, muchos de ellos regresaron al púlpito. Bajo la presión de la reacción política, la iglesia negra en el Sur retomó en gran medida el mismo papel que tenía antes de la Guerra Civil. La frustración negra se sublimó en emocionalismo, y las esperanzas de los negros se depositaron en el más allá. Los predicadores negros incluso exhortaban a sus feligreses a obedecer todas las reglas del sistema de castas. Sin embargo, surgió un nuevo factor que aumentó la posibilidad de que la iglesia negra sirviera como una agencia de poder para el pueblo negro: los predicadores blancos y los observadores blancos en la iglesia negra desaparecieron. No obstante, permaneció el "soplón" negro que informaba a los blancos sobre las actividades de los negros en la iglesia y en otros ámbitos de la comunidad negra.[11]

En la década de 1890, el impulso por reformar la sociedad en general condujo naturalmente a reformas orientadas a combatir la discriminación racial. Bajo el liderazgo del reverendo Walter H. Brooks, la iglesia Nineteenth Street Baptist entró en una nueva fase de conflicto dentro de la iglesia negra y, por consiguiente, entre los negros privilegiados. A medida que el racismo y la segregación aumentaban en la sociedad estadounidense en la década de 1890, la iglesia blanca comenzó a absorber algunas de estas ideas. Los ministros negros se vieron obligados a defender el cristianismo organizado frente a acusaciones de hipocresía por parte de una dirigencia que empezaba a darse cuenta de que la asimilación no llegaría pronto.[12]

Los negros comenzaron a abogar por la solidaridad racial, comprendiendo que esta era la única forma de escapar de la dependencia de los blancos. La iglesia negra lideró la creación de instituciones paralelas negras que aliviarían esta dependencia. Brooks fue particularmente vocal en las disputas entre la iglesia bautista negra y sus contrapartes blancas a finales de la década de 1880 y en la de 1890.[13]

Las principales organizaciones para los bautistas en el país eran las Convenciones Bautistas del Norte y del Sur, controladas por bautistas blancos. La mayoría de las iglesias bautistas negras estaban afiliadas a la Convención Bautista del Norte. La Convención administraba los esfuerzos misioneros en el extranjero, la American Baptist Home Mission Society (ABHMS), y distribuía literatura denominacional a través de la American Baptist Publication Society. Durante la década de 1880, los negros comenzaron a exigir el nombramiento de docentes negros en las escuelas para negros administradas por la ABHMS. Además, los ministros y mujeres negras activas en el movimiento por la educación se quejaban de que la American Baptist Publication Society no aceptaba obras de teólogos negros, y que la única literatura para escuelas dominicales disponible para las iglesias negras era escrita por blancos. Walter H. Brooks fue uno de los ministros negros que protestó contra las políticas de la Convención.[14]

Brooks ya se había hecho un nombre como defensor de la educación antes de su llegada a Washington. En 1881, escribió un artículo muy leído en el que abogaba por la expansión del currículo en los colegios bautistas para negros más allá de los cursos teológicos existentes; deseaba que se incluyeran cursos como los que ofrecían las universidades de Howard y Fisk. Enfatizaba particularmente la importancia de la educación para las mujeres negras. En respuesta a sus solicitudes y a las de otros, los blancos del norte establecieron el Hartshorn Memorial College en Richmond, Virginia, para la educación de mujeres negras.[15]

En Washington, Brooks lideró un grupo de ministros negros en la protesta contra la administración del presidente blanco del seminario

Wayland, afiliado a los bautistas, George Merrill Prentie King. Acusaron a King de castigos corporales arbitrarios y de abuso hacia las estudiantes negras de Wayland. A pesar de la protesta, la ABHMS no destituyó a King.[16] La falta de resolución condujo a exigencias de los negros por una separación de los bautistas blancos, de manera similar a cómo la iglesia African Methodist Episcopal (AME) se había separado de los metodistas a principios del siglo XIX.[17]

Para el cambio de siglo, las iglesias negras habían establecido identidades distintas con una sólida reputación como líderes raciales. Lo que los negros de clase media habían buscado para sí mismos en la década de 1880, ahora lo buscaban para el resto de su raza. La iglesia negra lideró el movimiento por la educación de los negros y por el fortalecimiento de instituciones independientes.[18]

El ideal de una iglesia progresista dedicada al progreso racial fue la Iglesia Presbiteriana de la Calle Quince bajo el liderazgo de Francis J. Grimké. La iglesia había sido organizada en 1841 por nada menos que John F. Cook. Entre sus primeros ministros se encontraban notables como Benjamin Tanner, William B. Evans y Henry Highland Barnet. En 1878, Francis J. Grimké asumió las funciones ministeriales, y salvo por una pausa de tres años en Jacksonville, Florida, durante la década de 1880, sirvió como ministro durante casi 50 años. Aunque los presbiterianos negros nunca establecieron una jerarquía separada de sus contrapartes blancas, ministros como Grimké mantuvieron constantemente el tema del racismo ante los sínodos de la iglesia. Según un historiador contemporáneo, la llegada de Grimké a la Iglesia Presbiteriana de la Calle Quince marcó "un gran despertar espiritual como resultado de su poderosa predicación."[19]

Grimké fue un brillante y fogoso orador que se convirtió en el primer líder negro en desafiar la política de acomodo de Booker T. Washington. Sostenía que los negros debían luchar por la justicia que merecían. Denunció las políticas racistas de la "federación de iglesias blancas" y señaló directamente a la Asociación Cristiana de Jóvenes (YMCA) por sus políticas segregacionistas. Grimké también cuestionó la jerarquía racial y las prácticas discriminatorias de la Iglesia Presbiteriana. Como temprano simpatizante del Movimiento de Niagara, Grimké ayudó a fundar la Academia Negra Americana y fue miembro del consejo directivo de la Universidad de Howard.[20]

Durante su primer año como ministro, muchas personas nuevas se unieron a la congregación, la mayoría de las cuales tenía un estatus de clase media reconocible. Además, estos recién llegados no eran pasivos dentro de la iglesia. Cuatro años después de unirse, James H. Meriwether fue elegido anciano; dos años más tarde, Furman J. Shadd se convirtió en síndico. La iglesia eliminó de sus registros a los miembros que no participaban activamente pero aún figuraban en las listas. Para 1890, estaba claro que la Iglesia Presbiteriana de la Calle Quince se había convertido en una iglesia influyente y activista.[21] Grimké predicaba con regularidad sermones especiales sobre temas raciales durante la semana de la investidura presidencial, ya que en esa época muchos representantes de la raza acudían a su iglesia desde todo el país, lo que le permitía llegar a una audiencia más amplia.[22]

Grimké ejemplificaba a la nueva generación de ministros. Estaba educado y citaba poesía y teorías científicas en sus sermones. Además, habiendo crecido durante la Reconstrucción, tenía confianza en las capacidades de su raza y en la capacidad de la raza blanca para reconocer dichas capacidades. Por lo tanto, no dudaba en recordar a las iglesias blancas su deber con la raza negra y, aunque su tono se mantenía esencialmente cortés, no dudaba en alzar la voz contra la injusticia.[23]

Grimké creía que la iglesia debía ser el centro de la vida moral y espiritual y, además, la fuente de información sobre lo que era bueno. Los miembros debían inspirar bondad y cumplir con este ideal a través de su carácter y su vida personal. El ministro, por su parte, debía estar por encima de todo reproche. Su principal propósito era enseñar y predicar y, por ello, debía estar completamente preparado tanto intelectual como espiritualmente.[24]

Aunque Grimké estaba dispuesto a hablar abiertamente sobre los temas de actualidad, podía ofrecer pocas soluciones espirituales a su congregación. En sus sermones "Señales de un futuro más brillante" y "Dios y la oración como factores en la lucha", señalaba con orgullo que la raza había superado el simple afán por acumular bienes materiales y había comenzado a defender sus derechos. Sin embargo, las principales razones que podía ofrecer para mantener la esperanza eran, primero, que Dios existía y, por tanto, la injusticia no podía prevalecer, y segundo, que la oración era una fuerza poderosa que podía ayudar a corregir las injusticias.[25] Para una audiencia sofisticada como la de la Iglesia Presbiteriana de la Calle Quince, este pensamiento era reconfortante, pero ofrecía poco consejo práctico.

Aunque la iglesia negra estaba orientando a los negros acomodados hacia sus responsabilidades, también estaban ocurriendo otros cambios. La sociedad estadounidense estaba adoptando el método científico y la religión estaba perdiendo autoridad. El prejuicio racial dentro de las iglesias estadounidenses causaba desilusión entre los líderes negros. Finalmente, a medida que la clase media negra aprovechaba las oportunidades educativas, se desarrolló una nueva clase dirigente. Esta se centraba en profesionales negros, distintos de los ministros, y en empresarios que contaban con los medios económicos y los conocimientos prácticos necesarios para patrocinar movimientos de progreso racial fuera del ámbito eclesiástico.[26]

La religión siguió siendo espiritualmente importante para la comunidad negra en el siglo XX, pero desempeñó un papel cada vez menor en la vida cotidiana. Las iglesias negras adaptaron sus programas para abordar los intereses de bienestar social de sus congregaciones, pero no siempre pudieron competir con las organizaciones laicas. A medida que la clase media negra se volvió cada vez más educada y profesional, esperaba más de las iglesias de lo que estas eran capaces de ofrecer. Los profesionales se convirtieron en los líderes comunitarios que antes habían sido los ministros, aunque la iglesia siguió desempeñando un papel importante en la formación de los valores de esos líderes. Gradualmente, el progreso racial adoptó un aspecto más secular y, en ciertos aspectos, desplazó a la religión. Booker T. Washington procuraba "inculcar en estos jóvenes que salen como líderes de su pueblo el sentimiento de que la gran tarea de elevar a la raza, aunque para otros pueda ser simplemente una obra de humanidad, para ellos, y para todo otro miembro de la raza negra, es una obra religiosa."[27] No obstante, los miembros individuales de la comunidad negra, particularmente las mujeres involucradas en actividades reformistas, encontraron en la participación activa en la iglesia beneficios tanto espirituales como seculares.

No debería sorprender que las clases en las escuelas secundarias M Street y Dunbar comenzaran por la mañana con la recitación del Padrenuestro. La escuela, al igual que la iglesia negra, reflejaba y reforzaba los ideales de la clase media. En la década de 1880, la iglesia buscaba una identidad para diferenciarse de las masas, al igual que sus miembros más acomodados. En la década de 1890, tomó la delantera en la protesta contra la discriminación, el establecimiento de instituciones independientes y la ruptura con el control blanco. En el siglo XX, se involucró en la reforma del bienestar social para retener el interés de los miembros que ya estaban activos en el avance racial. Aunque la iglesia perdió gran parte de su influencia con la secularización de la sociedad, fue ella quien, en última instancia, moldeó los valores de los negros de clase media y los condujo a abrazar la reforma secular. Al proporcionar estatus social y, al mismo tiempo, fomentar el orgullo racial y el progreso, la iglesia negra creó líderes con un mayor compromiso con su comunidad y su raza.[28]

PATRIOTISMO Y LUCHA POR LA REPÚBLICA

La comunidad negra era una comunidad patriótica. La herencia militar de los estadounidenses negros es tan antigua como la historia de su presencia en América del Norte. No es de extrañar que el Juramento de Lealtad se recitara cada mañana en las escuelas negras. Además, el primer Cuerpo de Cadetes de una escuela secundaria negra fue organizado en 1888 en M Street High (que más tarde se convertiría en Dunbar High School) por Christian Fleetwood y fue un gran motivo de orgullo para la escuela y la comunidad. El propósito del cuerpo era enseñar disciplina y liderazgo..

Desde la primera visita registrada en 1528 de una persona negra a lo que hoy es Estados Unidos, los negros, esclavos y no esclavos, participaron en acciones militares o cuasi militares. Tal participación no ha recibido una cobertura extensa en los libros generales de historia, ni fue emprendida sin dificultades. A lo largo de los años, los estadounidenses blancos han sido ambivalentes con respecto a la participación de los negros en las organizaciones militares y, en la mayoría de los casos, han alentado o permitido su inclusión en actividades militares solo cuando las circunstancias los obligaban a hacerlo. Aun así, los negros han luchado por los Estados Unidos de América en todas las guerras de la historia de esta república.[29]

Algunas personas negras lucharon en la Revolución Americana (1775–1783) porque la vieron como una lucha por su propia libertad y emancipación de la esclavitud. Otros respondieron a la Proclamación del Conde de Dunmore[30] y lucharon por su libertad como leales negros. Benjamin Quarles consideraba que el papel de los negros en la Revolución Americana puede entenderse "al darse cuenta de que la lealtad no era a un lugar o a una persona, sino a un principio."[31] Independientemente de dónde residieran las lealtades de los negros, a menudo se pasa por alto que contribuyeron mucho al nacimiento de los Estados Unidos. Durante la Guerra de Independencia, los negros sirvieron tanto en el Ejército Continental como en el Ejército Británico. Se estima que 5,000 afroamericanos sirvieron como soldados en el Ejército Continental,[32] mientras que más de 20,000 lucharon por la causa británica.[33]

La Guerra Civil no fue una excepción; la dificultad residía en obtener la sanción oficial. En el otoño de 1862, se habían levantado al menos tres regimientos de tropas negras de la Unión en Nueva Orleans, Luisiana: el Primer, Segundo y Tercer Regimiento de la Guardia Nativa de Luisiana. Estas unidades luego se convirtieron en el Primer, Segundo y Tercer Regimiento de Infantería del Cuerpo d'Afrique, y más tarde en el 73.º, 74.º y 75.º Regimiento de Infantería de Color de los Estados Unidos (USCI, por sus siglas en inglés). El Primer Regimiento de Carolina del Sur de Infantería (Descendencia Africana) no fue organizado oficialmente hasta enero de 1863. Sin embargo, tres compañías del regimiento participaron en expediciones costeras desde noviembre de 1862. Se convertirían en el 33.º USCI. De manera similar, el Primer Regimiento de Infantería de Color de Kansas (más tarde el 79.º [nuevo] USCI) no fue incorporado oficialmente hasta enero de 1863, a pesar de que el regimiento ya había participado en la acción de Island Mound, Misuri, el 27 de octubre de 1862. Estos primeros regimientos no oficiales recibieron poco apoyo federal, pero demostraron la fuerza del deseo de los negros de luchar por la libertad.[34]

La primera autorización oficial para emplear a personas negras en el servicio federal fue la Ley de Confiscación y Milicia del 17 de julio de 1862. Esta ley permitía al presidente Abraham Lincoln aceptar a personas negras en el servicio militar y le daba permiso para utilizarlas para cualquier propósito "que él considere mejor para el bienestar público." Sin embargo, el presidente no autorizó el uso de soldados negros en combate hasta la emisión de la Proclamación de Emancipación el 1 de enero de 1863: "Y además declaro y hago saber que dichas personas, en condiciones adecuadas, serán recibidas en el servicio armado de los Estados Unidos para guarnecer fuertes, posiciones, estaciones y otros lugares, y para tripular embarcaciones de todo tipo en dicho servicio." Con estas palabras, el ejército de la Unión cambió.[35]

A finales de enero de 1863, el gobernador John Andrew de Massachusetts recibió permiso para formar un regimiento de soldados negros estadounidenses. Este fue el primer regimiento negro organizado en el Norte. Sin embargo, el ritmo para organizar regimientos adicionales fue muy lento. Para cambiar esto, el secretario de Guerra Edwin M. Stanton envió al general Lorenzo Thomas al valle inferior del Misisipi en marzo para reclutar negros. A Thomas se le otorgó una autoridad amplia. Debía explicar la política de la administración respecto a estos nuevos reclutas y encontrar voluntarios para formar y comandar las unidades. Stanton deseaba que todos los oficiales de tales unidades fueran blancos, pero esa política se flexibilizó para permitir la inclusión de cirujanos y capellanes negros. Al final de la guerra, había al menos 78 oficiales negros en el ejército de la Unión. El esfuerzo de Thomas fue muy exitoso y, el 22 de mayo de 1863, se estableció la Oficina de Tropas de Color para coordinar y organizar regimientos de todas partes del país. Creada bajo la Orden General N.° 143 del Departamento de Guerra, la oficina era responsable de manejar "todos los asuntos relacionados con la organización de Tropas de Color."[36]

Para 1865, más de 37,000 soldados negros habían muerto en la Guerra Civil, casi el 35 por ciento de todos los negros que sirvieron en combate. Este alto número de bajas reflejaba el hecho de que las unidades negras habían servido en todos los teatros de operaciones y en la mayoría de los enfrentamientos importantes, a menudo como tropas de asalto. Algunas de estas bajas se debieron a equipo deficiente, mala atención médica y la política de "no dar cuartel" seguida por las fuerzas confederadas que los enfrentaban. Para los propios soldados negros, estas bajas reflejaban su gran deseo de demostrarle a una nación indiferente su derecho a la ciudadanía plena y a la participación después de la guerra. Estaban luchando por ser libres, no para regresar como esclavos.[37]

La comunidad negra se vio galvanizada por la Primera Guerra Mundial en su esfuerzo por hacer que Estados Unidos fuera verdaderamente democrático, asegurando la ciudadanía plena para todos sus habitantes. Los soldados negros, que continuaban sirviendo en unidades segregadas, participaron en protestas contra la injusticia racial tanto en el frente interno como en el extranjero. Aunque muchos soldados negros estaban deseosos de combatir, la mayoría prestó servicios de apoyo. Solo un pequeño porcentaje participó directamente en el combate. Aun así, la presencia afroamericana en Francia, ayudando en cualquier capacidad, provocó a menudo una gratitud abrumadora por parte de los franceses. Tanto las tropas francesas como las estadounidenses disfrutaban al escuchar a las bandas negras que introdujeron ritmos de blues y jazz previamente desconocidos para sus oyentes.[38]

La Primera Guerra Mundial también provocó muchos cambios sociales y económicos dentro de los Estados Unidos. Los hombres negros emergieron de la guerra como una cohorte con expectativas crecientes. Ya no estaban dispuestos a aceptar pasivamente las indignidades y abusos de las leyes de Jim Crow y otras formas de discriminación racial. Ahora tenían una nueva determinación de lograr la realización práctica de los derechos constitucionales y civiles otorgados una generación antes, en los años posteriores a la Guerra Civil.

En 1919, el Dr. George E. Haynes, educador que se desempeñaba como director de Economía Negra en el Departamento de Trabajo de los EE. UU., escribió: "El regreso del soldado negro a la vida civil es una de las cuestiones más delicadas y difíciles que enfrenta la Nación, en el norte y el sur."[39] Un veterano negro escribió una carta al editor del Chicago Daily News diciendo que los veteranos negros que regresaban:

> . . . son ahora hombres nuevos y hombres del mundo, si se quiere; y sus posibilidades para la dirección, la orientación, el uso honesto y el poder son ilimitadas, solo necesitan ser instruidos y guiados. Han despertado, pero aún no tienen la concepción completa de a qué han despertado.[40]

En consecuencia, el escenario estaba preparado en 1919, cuando el Distrito de Columbia estalló en lo que los periódicos llamaron un "motín racial." Después de ganar la Gran Guerra, los veteranos de Washington regresaron a una ciudad donde era difícil encontrar empleos estables para trabajadores de cualquier raza. Marineros blancos mendigaban en el centro con sus uniformes. Soldados negros que habían luchado en Francia escuchaban con incredulidad a sus esposas explicar que no había empleos disponibles para ellos.[41] Nadie sabe exactamente cómo o dónde comenzó, pero en una noche bochornosa de sábado, el 19 de julio de 1919, empezó a correr la voz entre los bares y salones de billar del centro de Washington, donde multitudes de soldados, marineros y marines recién llegados de la Gran Guerra estaban disfrutando de su permiso de fin de semana.[42]

Un sospechoso negro, interrogado por un presunto intento de agresión sexual contra una mujer blanca, había sido liberado por la Policía Metropolitana de D.C. La mujer era esposa de un marinero. Así que los murmullos ebrios sobre la venganza circularon rápidamente entre cientos de hombres blancos uniformados. La turba ganó fuerza en un barrio sórdido cercano a Pennsylvania Avenue NW llamado "Murder Bay", conocido por sus peleadores y burdeles. La multitud cruzó el Mall, cubierto de árboles, en dirección a una sección del suroeste mayoritariamente habitada por negros pobres. En su camino recogieron garrotes, tubos de plomo y pedazos de madera. Cerca de las calles Ninth y D SW, cayeron sobre un hombre negro desprevenido llamado Charles Linton Ralls, quien paseaba con su esposa, Mary. Ralls fue perseguido y brutalmente golpeado. La turba luego atacó a otro hombre negro, George Montgomery, de 55 años, quien regresaba a casa con las compras. Le fracturaron el cráneo con un ladrillo.[43]

La violencia encontró solo una resistencia dispersa en la comunidad negra y la policía brillaba por su ausencia. Cuando finalmente llegó en fuerza el Departamento de Policía Metropolitana, sus oficiales blancos arrestaron a más negros que blancos, enviando un claro mensaje sobre sus simpatías. Miles de veteranos blancos uniformados sacaron a negros de los tranvías y las aceras y los golpearon sin piedad. Las mujeres negras lloraban en las calles pidiendo a Dios que las salvara. "Antes de perder el conocimiento," recordó Francis Thomas, de 17 años, "podía oír [a dos mujeres negras] suplicando al Señor que no las dejaran matar." Un hombre negro de 22 años, Randall Neale, caminaba cerca de las calles 4th y N NW cuando un marine blanco le disparó desde un tranvía en movimiento y lo mató.[44]

Para el domingo por la noche, la comunidad negra de Washington había tenido suficiente. Veteranos francotiradores limpiaron sus rifles antes de escalar los muros hasta el techo del Teatro Howard. U Street, N.W. era su Rubicón, y la defendieron contra la invasión blanca. El Washington Post informó: "En el distrito negro a lo largo de la U Street desde la Séptima hasta la Calle Catorce, los negros comenzaron temprano en la noche a vengarse por los ataques a su raza en el centro la noche anterior." Después de asegurar sus vecindarios, algunos hombres negros pasaron a la ofensiva, sacando a pasajeros blancos desprevenidos de los tranvías y golpeándolos brutalmente. Hombres negros y blancos intercambiaron disparos desde autos en movimiento.[45] Cuando terminó la violencia, un total de 15 personas habían muerto: 10 blancos, incluidos dos policías, y cinco negros. Cincuenta personas resultaron gravemente heridas y otras 100 sufrieron lesiones menos graves. Fue una de las pocas veces en que las muertes blancas superaron a las negras.[46]

Más de 400,000 negros sirvieron uniformados durante la Primera Guerra Mundial (1914–1918). De estos, aproximadamente el 10 por ciento fue asignado a unidades de combate; el resto, a unidades de estibadores, depósitos y otros servicios laborales. A pesar de la segregación y de asignaciones discriminatorias, más de 1,300 negros recibieron comisiones como oficiales (menos del uno por ciento del total de oficiales), la mayoría como tenientes segundos o primeros, aunque algunos alcanzaron el rango de capitanes. El oficial negro de mayor rango, el coronel Charles Young, fue retirado a la fuerza al comienzo de la guerra por razones médicas. Algunas personas sugirieron que, dado su rango y la expansión del Ejército, fue apartado para evitar que fuera ascendido a general de brigada. Otros tres oficiales negros alcanzaron el rango de oficial de campo durante la guerra: dos en el 370.º Regimiento de Infantería y uno en el 9.º de Caballería, que no vio acción en el extranjero.[47]

Durante la Segunda Guerra Mundial (1941–1945), los soldados y civiles negros libraron una batalla en dos frentes. Enfrentaban al enemigo en el extranjero y, adicionalmente, la lucha contra el prejuicio en casa. "Los soldados estaban combatiendo al peor racista del mundo, Adolf Hitler, en el ejército más segregado del mundo," dice el historiador y explorador residente de National Geographic Stephen Ambrose. "La ironía no pasó desapercibida." Como en la Primera Guerra Mundial, los soldados negros fueron relegados a unidades de servicios bajo supervisión de oficiales blancos, desempeñándose comúnmente como cargadores o cocineros.[48]

Los soldados negros generalmente estaban restringidos del combate, pero las realidades de la guerra pronto desdibujaron las líneas raciales. Un avance significativo ocurrió durante la Batalla de las Ardenas a fines de 1944. El general Dwight D. Eisenhower, enfrentado al avance del ejército de Hitler en el Frente Occidental, desegregó temporalmente al ejército y pidió asistencia urgente en las líneas del frente. Más de 2,000 soldados negros se ofrecieron como voluntarios para luchar. De manera similar, las demandas en Italia llamaron a la acción a los aviadores de Tuskegee. En 1944, comenzaron a volar junto a pilotos blancos en el teatro europeo, llevando a cabo exitosas misiones de bombardeo y convirtiéndose en la única unidad estadounidense en hundir un destructor alemán. Las mujeres negras también lucharon por participar en el esfuerzo bélico como enfermeras. A pesar de las protestas iniciales de que no era apropiado que enfermeras negras atendieran a soldados blancos, el Departamento de Guerra cedió y el primer grupo de enfermeras negras del Cuerpo de Enfermeras del Ejército llegó a Inglaterra en 1944.[49]

En 1941, A. Philip Randolph amenazó al presidente Franklin D. Roosevelt con una marcha sobre Washington D.C. de 100,000 personas para protestar contra la discriminación laboral. En respuesta, Roosevelt emitió la Orden Ejecutiva 8802, que prohibía la discriminación en empleos de defensa o en el gobierno. A medida que la guerra se prolongaba, afectó a la sociedad estadounidense en casi todos los niveles. Sacudió a la sociedad y alteró antiguos patrones de segregación social y económica que habían relegado a los estadounidenses negros a un rol inferior. En 1948, el presidente Harry S. Truman firmó la Orden Ejecutiva 9981, que desegregó al ejército y al gobierno civil.[50]

LA FAMILIA NEGRA: CONTROVERSIA Y ESTABILIDAD

IEn 1891, Frederick Douglass señaló que "donde no hay familia no hay moralidad, ni verdad, ni felicidad."[51] Que la institución familiar era importante para los negros, no cabe duda. Era la primera y principal influencia que un niño sentía. Proporcionaba protección contra las presiones de la sociedad. Para aquellos con un historial familiar antiguo, creaba identidad. Cuando se unían familias más acomodadas, reafirmaban su estatus social. Además, para la clase media negra de Washington, D.C., a principios del siglo XX, la familia era una incubadora de líderes para la siguiente generación.[52] Hoy, sin embargo, ese concepto de la familia negra ha cambiado, y merece cierta discusión debido a la psique familiar de los estudiantes de M Street/Dunbar High School.

Las familias negras a principios del siglo XX exhibían los valores típicos característicos de la clase media, incluso cuando no tenían los medios financieros para sostener ese estilo de vida. Los valores típicamente asociados con un estilo de vida de clase media negra incluían un plan que preveía la jubilación, el deseo de controlar su propio futuro, el respeto y la obediencia a la ley, y el deseo de una buena educación para ellos y sus hijos. El camino hacia el progreso socioeconómico era a través de una buena educación y trabajo duro. Los valores consistentes con este estilo de vida incluían el deseo de proteger a sus familias de diversas dificultades, como problemas de salud, dificultades económicas y crimen.[53]

En los tiempos anteriores a la década de 1950, la familia negra enseñaba valores que habían cambiado poco entre 1880 y 1920. Reforzados por los que enseñaba la iglesia, estos valores eran la piedra angular del "respeto", la frugalidad, el trabajo duro, el amor propio y la rectitud. Los padres tenían un papel valioso dentro de la familia. Traían a casa el sueldo que daba techo y comida a sus familias y proporcionaba un pequeño extra para clases de baile, uniformes deportivos y bicicletas para los niños. Traer el sustento al hogar era de vital importancia, porque nada es más devastador para la vida de los niños que la pobreza. Mantener a los hijos alimentados, con techo y fuera de la pobreza era significativo.[54]

El padre negro era el guardián moral de la familia, el símbolo de masculinidad para sus hijos y un disciplinario estricto. Además, en la familia negra biparental, el padre desempeñaba muchos roles, incluyendo el de compañero, proveedor de cuidados, esposo, protector, modelo, guía moral y maestro.[55] Aun así, la familia también enseñaba responsabilidad hacia la raza. Los padres eran el ejemplo a seguir para los hijos y, si los padres se involucraban en los esfuerzos por el progreso racial, probablemente los hijos harían lo mismo. Incluso si los padres solo expresaban de palabra el ideal de solidaridad racial, los hijos les tomaban la palabra.[56]

El afecto natural de los negros hacia sus hijos les ofrecía lo que veían como una oportunidad personal de elevar a la raza criando hijos e hijas inteligentes y educados que, a su vez, continuarían el trabajo que sus padres habían comenzado. La cercanía de estas familias puede haber sido un mecanismo de defensa frente a la discriminación del mundo exterior, pero sin duda era legítima. El calor que creaban en el ambiente del hogar proporcionaba refugio, pero, a la vez, alimentaba el crecimiento de niños felices y brindaba continuidad y esperanza para el futuro. La mayoría de los matrimonios eran asociaciones forjadas para avanzar en las metas familiares, así como para perpetuar el estatus. El divorcio no era desconocido, pero era raro. Las separaciones no eran inusuales. La familia negra en Washington era una línea de defensa contra la sociedad, y sus valores y estrategias aseguraban que el estatus familiar continuara a través de las generaciones.[57]

La controversia actual sobre la desintegración de la familia negra y las razones de las altas tasas de hogares encabezados por mujeres entre los negros se remonta a la publicación del Informe Moynihan[58] sobre la familia negra en 1965. En dicho informe se argumentaba que los patrones familiares entre los afroamericanos eran fundamentalmente diferentes de los encontrados entre los blancos, y que la inestabilidad familiar entre los negros era la causa principal de los problemas sociales y económicos que sufrían. Los patrones familiares de los negros se atribuían a la esclavitud y a la opresión racial, cuyo objetivo había sido humillar al hombre negro. El informe generó un amargo debate porque, basándose en la comparación de los datos del Censo de 1950 y 1960, caracterizaba a la familia negra como "desmoronándose" y como "una maraña de patologías". Al hacerlo, el informe hacía eco del mensaje de la obra clásica del sociólogo E. Franklin Frazier, La familia negra en los Estados Unidos.[59]

Frazier sostenía que la inestabilidad familiar entre los negros era resultado de los efectos de la esclavitud sobre la vida familiar afroamericana. En consecuencia, debido a la falta de matrimonios entre esclavos y a la constante separación de las familias cuando se vendía a los hombres y a los hijos mayores, la esclavitud estableció un patrón de familias negras inseguras e inestables. La esclavitud, por tanto, destruyó todos los lazos familiares excepto los que existían entre madre e hijo, dando lugar a un patrón de familias negras centradas en la figura materna.[60] Frazier argumentaba, además, que los negros recién liberados eran gente del campo, con los patrones familiares típicos de una sociedad agrícola tradicional: nacimientos fuera del matrimonio e inestabilidad marital. Cuando estas personas sencillas migraron al norte en grandes números, se encontraron con formas de vida desconocidas en las ciudades industriales. No supieron cómo adaptarse a las nuevas condiciones y sus vidas familiares se desorganizaron, lo que provocó tasas crecientes de criminalidad, delincuencia juvenil, y otros problemas.[61]

Por otro lado, en respuesta al Informe Moynihan, el historiador Herbert Gutman emprendió un extenso estudio sobre las familias negras. Su libro, La familia negra en la esclavitud y la libertad, 1750–1925, fue publicado en 1976. Gutman razonó que si Moynihan tenía razón, entonces debería haber habido una prevalencia de hogares encabezados por mujeres durante la esclavitud y en los años inmediatamente posteriores a la emancipación. Sin embargo, descubrió que al final de la Guerra Civil, en Virginia, la mayoría de las familias de antiguos esclavos tenían dos progenitores, y la mayoría de las parejas mayores habían vivido juntas durante mucho tiempo (véanse las Tablas 6-1 y 6-2). Atribuyó estos hallazgos a la resiliencia de los afroamericanos, quienes crearon nuevas familias después de que los esclavistas separaran a sus familias originales. Gutman concluyó que Moynihan y Frazier habían "subestimado las capacidades adaptativas de los esclavizados, de sus hijos nacidos en esclavitud y de los descendientes de ambos."

Composición de los hogares negros con dos o más residentes en los condados de Montgomery, York y Princess Anne, Virginia, 1865-1866

Type of household	*Montgomery County*	*York County*	*Princess Anne County*
Husband-wife	18%	26%	17%
Husband-wife - children	54	53	62
Father-children	5	5	4
Mother-children	23	16	17
Number	498	997	375

Fuente: Herbert G. Gutman, *The Black Family in Slavery and Freedom, 1750-1925*. p. 11.

Tabla 6-1

Duración de los matrimonios de esclavos registrados en los condados de Nelson y Rockbridge, Virginia, 1866

Years married	*Nelson County*	*Rockbridge County*
Under 10	45%	49%
10-19	24	18
20-29	16	22
30-39	8	7
40 +	7	4
Number	616	230
Unknown	4	6

Duración de los matrimonios de esclavos y edades de los hombres y mujeres registrados en el condado de Rockbridge, Virginia, 1866

Years Married In 1866	*Age of Registrant in 1866*					
	15-19	*20-29*	*30-39*	*40-49*	*50+*	*Number*
Under 2	50%	9%	9%	5%	1	30
2-9	50	82	46	24	16	194
10-19	0	9	38	17	9	84
20-29	0	0	7	50	34	102
30+	0	0	0	4	40	50
Number	6	114	113	111	116	460
Age unknown						12

Fuente: Herbert G. Gutman, *The Black Family in Slavery and Freedom, 1750 - 1925.* p. 12.

Tabla 6-2

Por el contrario, Erol Ricketts, demógrafo y sociólogo de la Fundación Rockefeller, descubrió que los datos del Censo Nacional correspondientes a los años decenales de 1890 a 1920 muestran que los negros se casaban más que los blancos, a pesar de una escasez constante de varones negros debido a sus mayores tasas de mortalidad.[62] En tres de los cuatro años decenales, hubo una mayor proporción de hombres negros actualmente casados que de hombres blancos (véase la Tabla 6-3). Incluso en esos años, la tasa de hogares encabezados por mujeres fue más alta entre los negros que entre los blancos, pero la causa era la alta tasa de viudez, no una menor tasa de matrimonios.

Estado civil de la población de 15 años y más, 1890-1920

	Blacks				Whites-Native Parentage			
	1890	1900	1910	1920	1890	1900	1910	1920
Single								
Male	19.0	19.2	15.4	32.6	41.7	40.2	39.0	35.3
Female	20.0	29.9	26.6	24.1	32.0	31.4	30.1	27.7
Married								
Male	55.5	54.0	57.2	60.4	53.9	54.6	55.7	59.1
Female	54.6	53.7	57.2	59.6	57.0	57.3	59.0	60.7
Widowed								
Male	4.3	5.7	6.2	5.9	3.9	4.5	4.4	4.6
Female	14.4	15.4	14.8	14.8	10.5	10.7	10.1	10.7
Sex ratio	99.5	98.6	98.9	99.2	105.4	104.9	106.6	104.4
% urban		21.0	27.0	34.0		42.0	48.0	53.0

Fuente: Decennial Census, U.S. Census Bureau

Tabla 6-3

Considerando el debate continuo sobre el origen de los problemas de formación familiar entre los negros, incluidos los hogares encabezados por mujeres, resulta útil examinar los datos históricos disponibles correspondientes a los años decenales de 1890 a 1980, presentados en la Tabla 6-4. Los datos muestran que, contrariamente a las creencias generalizadas, hasta 1960 las tasas de matrimonio tanto para mujeres negras como blancas eran más bajas a finales del siglo XIX y alcanzaron su punto máximo en 1950 para las negras y en 1960 para las blancas.[63] Aún más revelador, los datos muestran claramente que las mujeres negras se casaban a tasas más altas que las mujeres blancas de padres nacidos en Estados Unidos hasta 1950.

Comparación de los patrones matrimoniales de negros y blancos, 1890-1980

(Porcentaje de mujeres alguna vez casadas de 15 años y más)

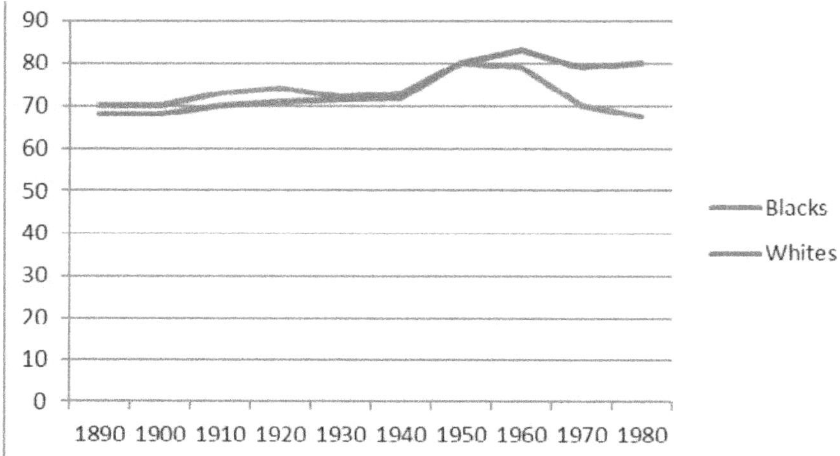

Fuente: Decennial Census, U.S. Census Bureau

Tabla 6-4

Además, la serie decenal sobre hogares encabezados por mujeres correspondiente a los años de 1930 a 1980 (presentada en la Tabla 6-5) muestra que la tasa de hogares encabezados por mujeres negras en 1980 fue la más alta de toda la serie. Curiosamente, los datos revelan que las tasas de hogares encabezados por mujeres negras disminuyeron hasta alcanzar su nivel más bajo en 1950, solo para aumentar drásticamente a partir de entonces.[64]

Familias encabezadas por mujeres, 1930-1980

	White Female Heads As % of White Families					Black Female Heads As % of Black Families				
	All	Urban	Rural-Nonfarm	Rural-Farm	% White Population That is Urban[a]	All	Urban	Rural-Nonfarm	Rural-Farm	% Black Population That is Urban[a]
1930	12.0	14.4	12.0	5.0	59.4	19.3	25.2	20.6	10.5	47.4
1940[b]	14.5	17.3	13.1	7.2	65.2	22.6	29.5	21.7	11.5	52.3
1950[b]	8.5	9.7	7.2	4.3	65.9	17.6	19.8	18.1	9.2	66.2
1960	8.1	9.0	6.5	4.2	70.2	21.7	23.1	19.5	11.1	76.5
1970	9.0	10.0	6.3	n.a.	72.1	27.8	29.3	20.1	n.a.	83.3
1980	11.2	12.8	7.6	n.a.	70.2	37.8	39.6	26.8	n.a.	86.1

Fuente: Decennial Census, U.S. Census Bureau

a Porcentaje de la población total, no solo de los hogares encabezados por mujeres.

b Las cifras para los negros corresponden a la población no blanca.

n.d. = no disponible.

Tabla 6-5

¿Qué fue lo que desestabilizó a la familia negra? Los estadounidenses negros avanzaban por un camino hacia la estabilidad familiar, incluso en una sociedad segregada, cuando se decidió comenzar a subsidiar la ilegitimidad. Muchas personas sabían que otorgar beneficios para viudas a mujeres solteras con hijos ilegítimos tendría consecuencias desastrosas.[65] Un defensor del bienestar social a principios del siglo XX, Homer Folks, advirtió ya en 1914 que otorgar pensiones por "abandono o ilegitimidad tendría el efecto de ser una recompensa por estos crímenes contra la sociedad".[66] Sin embargo, este fue exactamente el sistema que se implementó bajo la política de la "Gran Sociedad" de Lyndon B. Johnson.[67]

El trágico legado de la Gran Sociedad es la violencia infligida a la familia como institución. A través de una serie de acciones, calculadas o no, la familia fue devaluada como cimiento de la sociedad civil y reemplazada por el gobierno actuando in loco parentis, no solo para los niños que encuentra, sino también para sus padres. Los requisitos de "hogar adecuado" para acceder a la asistencia social, como tener un esposo, fueron eliminados por considerarse irracionales y racistas por parte de los progresistas liberales en la Oficina Federal de Asistencia Pública.[68] Para 1960, solo el ocho por ciento de los beneficios sociales destinados a viudas o esposas con esposos discapacitados eran recogidos por tales. Más del 60 por ciento de los pagos de Ayuda a Familias con Hijos Dependientes (AFDC, por sus siglas en inglés) se destinaban a hogares con "padre ausente". Ese fue el año en que las tasas de matrimonio de la población negra comenzaron un descenso vertiginoso, al principio gradual, con la tasa de matrimonio de las mujeres negras cayendo por debajo del 70 por ciento por primera vez en 1970.[69] Sin embargo, incluso en ese entonces, la mayoría de los niños negros aún vivían con ambos padres.[70] Como señala Ricketts, "el argumento de que los niveles actuales de familias encabezadas por mujeres entre los negros se deben directamente al legado cultural de la esclavitud y que los patrones de formación familiar de los negros son fundamentalmente distintos a los de los blancos no está respaldado por los datos."[71]

CAMBIO SOCIAL E INESTABILIDAD

A finales de la década de 1960 y principios de la de 1970, se produjo una violenta agitación cultural en los Estados Unidos. Muchos jóvenes blancos comenzaron a exigir un cambio revolucionario y se les unieron muchos jóvenes negros que, al parecer, vieron esto como una extensión del movimiento por los derechos civiles. Los valores tradicionales, las normas y las costumbres fueron barridos. Las lealtades sociales a la religión, el patriotismo y el compromiso familiar quedaron "pasadas de moda". El comportamiento disfuncional estaba "de moda".

Muchos estadounidenses adoptaron perspectivas políticas anticapitalistas y antiimperialistas y, mientras los jóvenes estadounidenses morían en Vietnam, llevaban banderas cubanas y del Vietcong mientras coreaban con burla: "Ho Ho Chi Minh, el FLN [Frente de Liberación Nacional] va a ganar".[72] Un movimiento contra la guerra floreció en campus universitarios de élite como Columbia, Harvard y Berkeley, los cuales estaban, a su vez, sumidos en el caos por cuestiones relacionadas con los planes de estudio, la gobernanza y las relaciones de las universidades con el gobierno federal. Para 1967, el presidente Lyndon B. Johnson no podía viajar por el país sin enfrentarse a manifestantes, cánticos ofensivos y amenazas de violencia.

Agravando los problemas políticos en los campus universitarios y escolares estaba el llamado movimiento contracultural o hippie, en el que los jóvenes abandonaron por completo los valores de la clase media mientras "se prendían, sintonizaban y se desconectaban". Estados Unidos fue testigo de la proletarización de una minoría dominante que fijaba el estándar de valores para la sociedad en general mediante la imitación de aquellos que se encontraban en el estrato más bajo de la sociedad.[73] Así, la brecha cultural entre clases resultó ser menor de lo que cabía esperar, ya que una imitación y reverencia hacia el comportamiento de las clases bajas se manifestó de diversas maneras.

En tan solo unos pocos años, muchos jóvenes estadounidenses —y también jóvenes en Europa— dejaron crecer su cabello y cambiaron sus tacones altos y faldas, sus corbatas y camisas abotonadas por jeans rotos, camisetas teñidas con nudos (tie-dye) y zapatillas sucias. Hablaban abiertamente sobre el "amor libre" y lo practicaban. Escuchaban música incomprensible para sus padres, fumaban marihuana y rechazaban la autoridad. Sin embargo, aunque la mayoría de los jóvenes estadounidenses no eran hippies malhablados, consumidores de drogas, partidarios del amor libre, miembros de coaliciones antibélicas o marxistas, había suficientes contraculturales telegénicos y anti-sistema en Columbia, Harvard y Berkeley como para sugerir que la próxima generación del establishment podría no parecerse a la anterior.[74] Los valores anteriores a 1960 de Dios, patria y familia fueron abandonados: Dios ha muerto,[75] "Los obreros no tienen patria",[76] y las familias disfuncionales se han convertido en la norma.[77]

y familia fueron abandonados: Dios ha muerto,[75] "Los obreros no tienen patria",[76] y las familias disfuncionales se han convertido en la norma.[77]

CAPÍTULO SIETE

LAS LOCALIDADES DE WASHINGTON Y GEORGETOWN

Una comunidad consiste en un grupo de personas que viven en un área local y comparten ciertos intereses y problemas en común y, precisamente por compartir intereses y problemas, los miembros de una comunidad deben cooperar y organizarse. Después de la Guerra Civil, la comunidad negra de Washington-Georgetown hizo un esfuerzo consciente por controlar las condiciones de su vida en común al identificar las fuerzas con las que estaban compitiendo y en conflicto. El entorno cultural de la comunidad negra dio forma a la estructura de las ideologías educativas que fueron compartidas públicamente en las iteraciones de lo que eventualmente se convertiría en la Paul Lawrence Dunbar High School en el Distrito de Columbia. En este sentido, la escuela se convirtió en parte de un proceso político para enfrentar los límites de la competencia que los negros tenían al tratar con los blancos.

La comunidad negra de Washington-Georgetown había sido testigo del Compromiso de Misuri de 1820, el Compromiso de 1850, la Ley Kansas-Nebraska de 1854, la Decisión Dred Scott y el ataque de John Brown. La Guerra Civil, el asesinato de Lincoln y las elecciones posteriores cambiaron decisivamente la situación hacia una de segregación racial bajo las leyes de Jim Crow. Blancos y negros estaban haciendo los ajustes internos necesarios ante situaciones sociales creadas por la competencia y el conflicto.

Estas adaptaciones heredadas socialmente surgieron del dolor y las luchas de generaciones anteriores y fueron transmitidas a, y aceptadas por, las generaciones siguientes como parte del orden social natural e inevitable. Estas formas de control limitaban la competencia con respecto al estatus de los negros en una sociedad racialmente segregada: social, política y económicamente.[1]

GEORGETOWN

Georgetown está delimitado por el río Potomac al sur, Rock Creek al este, Burleith y Glover Park al norte, y la Universidad de Georgetown en el extremo oeste del vecindario. Gran parte de Georgetown está rodeada de parques y espacios verdes que ofrecen recreación y sirven como zonas de amortiguamiento ante el desarrollo en vecindarios adyacentes. Rock Creek Park, el Cementerio Oak Hill, Montrose Park y Dumbarton Oaks se encuentran a lo largo del borde norte y este de Georgetown, al este de Wisconsin Avenue.[2] El vecindario está situado en laderas que dominan el río Potomac, por lo que existen pendientes bastante pronunciadas en las calles que corren de norte a sur. Los famosos "escalones de El exorcista" que conectan M Street con Prospect Street fueron necesarios debido al terreno montañoso de la zona. Los principales corredores comerciales de Georgetown son M Street y Wisconsin Avenue, cuyas tiendas de alta moda atraen durante todo el año a numerosos turistas, así como a compradores locales. Entre las calles M y K corre el histórico Canal de Chesapeake y Ohio.

En 1632, el comerciante inglés de pieles Henry Fleet documentó por primera vez una aldea nativa americana (Nacotchtank) llamada Tohoga en el sitio donde actualmente se encuentra Georgetown y estableció allí relaciones comerciales.[3] En el momento de su incorporación en 1751, Georgetown formaba parte de la colonia británica de la Provincia de Maryland. La legislatura de Maryland autorizó la compra de 60 acres (240,000 m²) de tierra a George Gordon y George Beall por el precio de £280,[4] y un levantamiento topográfico del pueblo se completó en febrero de 1752.[5]

Ubicado en la línea de caída, Georgetown era el punto más lejano río arriba al que los barcos oceánicos podían navegar por el río Potomac. Alrededor de 1745, Gordon construyó una casa de inspección de tabaco a lo largo del Potomac. El tabaco ya se transfería de la tierra a las vías fluviales en ese lugar cuando se construyó la casa de inspección. Alrededor de ella se erigieron almacenes, embarcaderos y otros edificios, lo que rápidamente dio lugar a una pequeña comunidad. No pasó mucho tiempo antes de que Georgetown se convirtiera en un puerto próspero, facilitando el comercio y el envío de tabaco y otros bienes desde la Maryland colonial.[6] Uno de los negocios de exportación de tabaco más prominentes fue Forrest, Stoddert and Murdock, formado en 1783 en Georgetown por Uriah Forrest, Benjamin Stoddert y John Murdock.[7]

Dado que Georgetown fue fundada durante el reinado de Jorge II de Gran Bretaña, algunos especulan que la ciudad fue nombrada en su honor. Otra teoría sostiene que el pueblo recibió su nombre por sus fundadores, George Gordon y George Beall. La Legislatura de Maryland emitió formalmente la carta fundacional del pueblo e incorporó oficialmente la ciudad en 1789.[8] Robert Peter, uno de los primeros en establecer un negocio (exportación de tabaco) en la ciudad, se convirtió en el primer alcalde de Georgetown en 1790.[9]

Benjamin Stoddert fue una figura importante en la historia temprana de Georgetown, habiendo servido previamente como Secretario de la Junta de Guerra bajo los Artículos de la Confederación. Al llegar allí en 1783, se asoció con el General Uriah Forrest para convertirse en propietario original de la Potomac Company. Finalmente, fue dueño de Halcyon House en la esquina de las calles 34 y Prospect. Stoddert compró acciones del gobierno federal bajo el plan de asunción de deuda de Alexander Hamilton. La propuesta de Hamilton consistía en que el gobierno federal "asumiera" las deudas de los estados dentro de los Estados Unidos para estimular la economía y fortalecer la nación como un frente unificado. Posteriormente, Hamilton presentaría una solicitud para crear un banco nacional que ayudara a circular la moneda y facilitara las transacciones financieras del gobierno.[10]

Los términos de la transferencia de tierras al gobierno federal para crear la capital nacional fueron negociados por Stoddert y otros propietarios de tierras del Potomac durante una cena en la casa de Forrest en Georgetown el 28 de marzo de 1791. Stoddert compró tierras dentro de los límites del distrito federal, algunas a petición de George Washington, tanto para el gobierno como con fines especulativos. Washington frecuentaba Georgetown, incluyendo la taberna de Suter, donde negoció muchos acuerdos de adquisición de tierras para la Ciudad Federal.[11]

En la década de 1790, se inauguraron la City Tavern, la Union Tavern y la Columbian Inn, las cuales fueron populares durante todo el siglo XIX.[12] De estas tabernas, solo la City Tavern permanece en pie hoy en día. Sin embargo, las compras especulativas no resultaron rentables y le causaron muchas dificultades a Stoddert antes de su nombramiento como Secretario de la Marina por parte de John Adams. Stoddert fue rescatado de sus deudas con la ayuda de William Marbury, más tarde famoso por el caso Marbury v. Madison, y residente de Georgetown. La Casa Forrest-Marbury en la calle M es actualmente la Embajada de Ucrania.

El coronel John Beatty estableció una iglesia luterana en High Street, que fue la primera iglesia en Georgetown. Stephen Bloomer Balch fundó una iglesia presbiteriana en 1784 y, en 1795, se construyó la iglesia católica Trinity, junto con una escuela parroquial. La iglesia episcopal de St. John se construyó en 1803.

Se fundaron varios bancos en Georgetown. El Farmers and Mechanics Bank fue establecido en 1814. Otros bancos incluyeron el Bank of Washington, el Patriotic Bank, el Bank of the Metropolis, y los Union and Central Banks of Georgetown. Entre los periódicos de Georgetown estuvo el primero, el *Republican Weekly Ledger,* que comenzó en 1790. *The Sentinel* se publicó por primera vez en 1796 por Green, English & Co. Charles C. Fulton comenzó a publicar el *Potomac Advocate,* iniciado por Thomas Turner en 1838. Otros periódicos en Georgetown incluyeron el *Georgetown Courier* y el *Federal Republican.*[13]

William B. Magruder fue nombrado el primer jefe de correos el 16 de febrero de 1790, y se estableció una aduana en Water Street en 1795. El general James M. Lingan fue el primer recaudador del puerto.[14] Thomas Jefferson vivió durante un tiempo en Georgetown mientras se desempeñaba como vicepresidente bajo la presidencia de John Adams.[15]

Georgetown también fue hogar de Francis Scott Key, quien llegó allí como un joven abogado en 1808 y residió en la calle M. El Dr. William Beanes, pariente de Key, capturó a la retaguardia del ejército británico mientras este incendiaba Washington durante la Guerra de 1812. Cuando el grueso del ejército se retiró, recuperaron a su guardia prisionera y tomaron al Dr. Beanes como rehén en su flota cerca de Baltimore. Key fue hasta la flota para solicitar la liberación de Beanes. Fue retenido hasta que concluyó el bombardeo de Fort McHenry. Fue durante ese bombardeo que Key se inspiró para escribir "The Star-Spangled Banner".[16]

Para la década de 1820, el río Potomac se había sedimentado y ya no era navegable hasta Georgetown. La construcción del canal Chesapeake & Ohio comenzó en julio de 1828, con el fin de conectar Georgetown con Harper's Ferry, Virginia (ahora parte de Virginia Occidental). El canal se completó el 10 de octubre de 1850, a un costo de $77,041,586. Con la construcción del ferrocarril Baltimore & Ohio, el canal resultó no ser rentable y nunca cumplió con las expectativas.[17] No obstante, sí proporcionó un impulso económico para Georgetown.

Durante las décadas de 1820 y 1830, Georgetown fue un importante centro de envíos. El tabaco y otros productos eran transferidos entre el canal y el transporte fluvial en el río Potomac. Se importaba sal de Europa, y azúcar y melaza de las Indias Occidentales.[18] Estas industrias navieras fueron reemplazadas posteriormente por las industrias del carbón y la harina, que prosperaron gracias al canal C & O, el cual proporcionaba energía barata para molinos y otras industrias.[19]

Históricamente, Georgetown tuvo una gran población negra, incluyendo tanto esclavos como negros libres. La mano de obra esclava se utilizó ampliamente en la construcción de nuevos edificios en Washington y para trabajar en plantaciones de tabaco en Maryland y Virginia. El comercio de esclavos en Georgetown data de 1760, cuando John Beattie estableció su negocio en la calle O y operaba también en otros lugares alrededor de la avenida Wisconsin. El comercio de esclavos continuó hasta mediados del siglo XIX, cuando fue prohibido.[20] Otros mercados de esclavos ("pens") ubicados en Georgetown incluían uno en la taberna de McCandless cerca de la calle M y la avenida Wisconsin.[21] El Congreso abolió la esclavitud en Washington y Georgetown el 16 de abril de 1862, cuando el presidente Abraham Lincoln firmó la *Ley de Emancipación del Distrito de Columbia*, poniendo fin a la esclavitud en el Distrito de Columbia. La promulgación de esta ley ocurrió ocho meses y medio antes de que el presidente Lincoln emitiera su *Proclamación de Emancipación*.[22] Muchos negros se trasladaron a Georgetown después de la Guerra Civil y establecieron allí una comunidad próspera.

A fines del siglo XVIII y durante el siglo XIX, los negros constituían una parte sustancial de la población de Georgetown. El censo de 1800 registró una población de 5,120 personas en Georgetown, que incluía 1,449 esclavos y 227 negros libres.[23] Un testimonio de la historia negra que permanece hasta hoy es la Iglesia Metodista Unida Mount Zion, la congregación negra más antigua de Washington. Antes de establecer su propia iglesia, los negros libres y los esclavos asistían a la Iglesia Metodista Dumbarton, donde estaban restringidos a un balcón caluroso y abarrotado. La iglesia Mount Zion se ubicaba originalmente en una pequeña sala de reuniones de ladrillo en la calle 27, pero fue destruida por un incendio en la década de 1880. Posteriormente, fue reconstruida en el lugar donde se encuentra actualmente.[24] El cementerio Mount Zion ofrecía entierros gratuitos para la población negra más antigua de Washington.[25]

Después de la Revolución Americana, Georgetown se convirtió en un gobierno municipal independiente dentro del Distrito Federal de Columbia, junto con la Ciudad de Washington, la Ciudad de Alexandria y los recién creados Condado de Washington y Condado de Alexandria (actualmente el Condado de Arlington, Virginia). Fue conocida oficialmente como "Georgetown, D.C." En 1862, la compañía Washington and Georgetown Railroad Company inauguró una línea de tranvías de tracción animal que recorría la calle M en Georgetown y la avenida Pennsylvania en Washington, facilitando los desplazamientos entre ambas ciudades. El Congreso revocó formalmente el estatuto municipal de Georgetown, junto con el de Washington, con efecto a partir del 1 de junio de 1871. A partir de entonces, sus poderes gubernamentales fueron transferidos al Distrito de Columbia.[26] En 1895, las calles de Georgetown fueron renombradas para ajustarse a la nomenclatura en uso en Washington.[27]

A finales del siglo XIX, la molienda de harina y otras industrias en Georgetown comenzaron a decaer, en parte debido a que los canales y otras vías navegables se llenaban constantemente de sedimentos.[28] Nathaniel Michler y Silvanus T. Abert encabezaron esfuerzos para dragar los canales y remover rocas alrededor del puerto de Georgetown. Sin embargo, estas fueron soluciones temporales y el Congreso mostró poco interés en el asunto.[29] En 1890, una inundación y la expansión de los ferrocarriles llevaron a la ruina al canal C&O y a Georgetown. La localidad se convirtió en un barrio marginal empobrecido, con callejones atestados de pequeñas casas sin plomería ni electricidad. El comercio marítimo desapareció entre la Guerra Civil y la Primera Guerra Mundial,[30] y, como resultado, muchas viviendas antiguas se conservaron prácticamente sin cambios. La primera central de conmutación telefónica del sistema Bell, establecida por Alexander Graham Bell, se encontraba justo debajo del canal C&O y aún funciona como instalación telefónica hasta el día de hoy.

En 1915, se inauguró el Puente Buffalo (en la calle Q), conectando esta parte de Georgetown con el resto de la ciudad al este de Rock Creek Park. Poco después, comenzó la construcción de grandes edificios de apartamentos en los límites de Georgetown. A principios de la década de 1920, John Ihlder lideró esfuerzos para aprovechar las nuevas leyes de zonificación con el fin de imponer restricciones a la construcción en Georgetown.[31] Un estudio de 1933 realizado por Horace Peaslee y Allied Architects propuso ideas sobre cómo preservar Georgetown.[32]

El canal C&O, entonces propiedad del ferrocarril Baltimore & Ohio (B&O), cesó formalmente sus operaciones en marzo de 1924. Tras una grave inundación en 1936, el ferrocarril B&O vendió el canal al Servicio de Parques Nacionales en octubre de 1938.[33] La zona ribereña conservó su carácter industrial durante la primera mitad del siglo XX, y Georgetown fue sede de un aserradero, una cementera, el molino Washington Flour y una planta procesadora de carne. Su horizonte estaba dominado por las chimeneas de un incinerador de basura y las chimeneas gemelas de la planta generadora de energía del antiguo sistema de tranvías Capital Traction, ubicada al pie de la avenida Wisconsin. La planta cerró en 1935, pero no fue demolida hasta octubre de 1968. En 1949, la ciudad construyó la autopista elevada Whitehurst Freeway sobre la calle K, para permitir a los automovilistas que ingresaban al Distrito por el puente Key evitar Georgetown completamente en su camino hacia el centro.

Los legisladores ignoraron en gran medida las preocupaciones sobre la preservación histórica de Georgetown hasta 1950, cuando se aprobó la Ley Pública 808 y se estableció el distrito histórico de "Old Georgetown".[34] La ley requería que se consultara a la Comisión de Bellas Artes de los Estados Unidos para cualquier alteración, demolición o construcción dentro del distrito histórico.[35]

Como el único pueblo existente en ese momento, Georgetown fue el centro cultural y de moda del recién formado Distrito de Columbia. Sin embargo, a medida que Washington crecía, el centro de la vida social se trasladó hacia el este, cruzando Rock Creek, hacia las nuevas casas victorianas que surgieron alrededor de las glorietas de tráfico de la ciudad y hacia las mansiones de la era dorada a lo largo de la avenida Massachusetts. Si bien muchas "familias antiguas" permanecieron en Georgetown, la población del vecindario se empobreció y se volvió más diversa racialmente hacia principios del siglo XX. Su demografía comenzó a cambiar nuevamente cuando la gentrificación se inició durante la década de 1930. Muchos miembros de la administración del presidente Franklin D. Roosevelt se mudaron al área y, para la década de 1950, llegó una nueva ola de residentes posteriores a la guerra. Muchos de estos nuevos residentes eran personas bien educadas y de clase media, quienes mostraron un profundo interés por el carácter histórico del vecindario.

WASHINGTON

El Distrito de Columbia era un conglomerado de vecindarios que estaban organizados informalmente y tenían límites que, en cierta medida, los separaban entre sí. Las personas que vivían en los diferentes vecindarios tendían a compartir una cultura similar y se conocían entre ellas. El distrito federal era la principal unidad de organización social y proporcionaba la mayoría de los servicios que los habitantes requerían en la rutina diaria de sus vidas. Washington y Georgetown eran vistos como comunidades, pero, dentro del esquema general, Georgetown era más un vecindario que una comunidad.

La variedad y complejidad presentes en los vecindarios hacen difícil clasificarlos de manera ordenada según características comunes. Las comunidades y vecindarios de Washington no presentaban un alto grado de homogeneidad cultural o económica, existiendo un contraste extremo entre las zonas marginales, por un lado, y los distritos residenciales exclusivos, por el otro. Además, su vida económica se sostenía en una buena cantidad y diversidad de industrias y ocupaciones.

En 1870, la comunidad negra de Washington era única. Los esclavos del Distrito de Columbia habían sido emancipados por el Congreso en abril de 1862, pero la comunidad negra de Washington era mucho más antigua que eso. Ya en 1830, la mitad de los negros en Washington eran libres. Antes del inicio de la Guerra Civil, el 78 por ciento de los negros en Washington eran libres. Sin embargo, a medida que los estados esclavistas del Sur endurecían progresivamente sus restricciones sobre las "personas de color libres" en las décadas anteriores a la Guerra Civil, Washington se convirtió en una especie de Meca para los negros libres que buscaban una vida mejor. La presencia del gobierno federal hacía de Washington un lugar menos opresivo que los estados esclavistas del Sur. También ofrecía oportunidades de empleo a través de puestos gubernamentales que eran mejores que los disponibles para los negros en otras partes.[36]

Era común en la década de 1880 que los viajeros extranjeros y visitantes del Norte comentaran, a veces con desagrado y siempre con sorpresa, sobre la libertad de asociación entre personas blancas y negras en el Sur. Los yanquis no estaban preparados para lo que encontraban y a veces lo subestimaban. Muchos olvidan que, si bien la esclavitud no era prevalente en el Norte, los centros comerciales e industriales del norte, particularmente las industrias textiles, tenían un interés económico en la supervivencia de la esclavitud en el Sur.

En consecuencia, decenas de miles de personas negras llegaron a la ciudad. Ya no esclavizados, buscaban una nueva vida. Algunos encontraron un lugar para vivir en las viviendas improvisadas y abarrotadas ubicadas en los callejones: pequeñas casas situadas en los pasajes detrás de las grandes viviendas que daban a las calles principales. En tiempos antiguos, estas viviendas albergaban a los esclavos y sirvientes de los ciudadanos más prominentes. Los residentes a menudo compartían los callejones con talleres, establos y otros edificios auxiliares. Durante la grave escasez de viviendas provocada por la Guerra Civil, las viviendas en los callejones eran una de las pocas opciones disponibles para los residentes pobres y de clase trabajadora en Washington. Eran espacios interraciales en el sentido de que las condiciones al sur del Potomac eran mejores que las del norte. La segregación, después de todo, fue una invención yanqui.[37]

U Street

La zona de U Street es, en gran parte, un vecindario de la época victoriana, desarrollado entre 1862 y 1900. La mayor parte del área ha sido designada como distrito histórico. Está compuesta por casas adosadas construidas rápidamente por promotores inmobiliarios especulativos en respuesta a la alta demanda de vivienda tras la Guerra Civil y al crecimiento del gobierno federal a fines del siglo XIX. El corredor adquirió importancia comercial cuando se estableció allí una línea de tranvía a principios del siglo XX, lo que facilitó el desplazamiento de empleados gubernamentales hacia el centro para trabajar y hacer sus compras.[38]

Aunque siempre fue racialmente diverso, el área fue predominantemente blanca y de clase media hasta 1900. A medida que Washington se volvía progresivamente más segregado, el Corredor de U Street y la vecina sección de Strivers se convirtieron en barrios de moda para los residentes negros de la ciudad. Se transformó en la concentración más importante de negocios e instalaciones de entretenimiento de propiedad y operación negra. El vecindario circundante se convirtió en hogar de muchos de los afroamericanos más prominentes de la ciudad.[39]

U Street precede al Harlem de Nueva York como Meca para los negros. Los campamentos militares durante la Guerra Civil en la zona habían albergado a personas que buscaban la libertad en la década de 1860, y las iglesias misioneras que fundaron siguen existiendo hoy en día. La Universidad de Howard, justo al norte de este vecindario, comenzó a atraer al liderazgo intelectual y artístico negro del país en la década de 1870. Para principios del siglo XX, esta zona era el centro de la comunidad negra de la ciudad, albergando negocios, lugares de entretenimiento y las principales instituciones sociales de la población negra de Washington. Hasta la década de 1920, cuando Harlem la superó, el vecindario de U Street fue la comunidad urbana negra más grande del país. Todos los grandes artistas se presentaban en sus animados teatros y clubes.[40]

En su apogeo cultural en las décadas de 1920 y 1930, U Street era conocida como el "Broadway Negro". Rivalizaba con Harlem en cuanto a su influencia sobre la cultura negra y se convirtió en un escenario principal para figuras como Langston Hughes, Zora Neale Hurston, Jean Toomer y Sterling Brown. El nativo de D.C., Duke Ellington, junto con otros grandes del jazz como Cab Calloway, Ella Fitzgerald, Dizzy Gillespie, Louis Armstrong, Billie Holiday, Miles Davis, John Coltrane, Count Basie y Thelonious Monk, convirtieron el vecindario en un importante destino de entretenimiento. La casa de la infancia de Duke Ellington se encontraba en la calle 13, entre las calles T y S. El Teatro Lincoln abrió sus puertas en 1921 y el Teatro Howard en 1926.[41]

LeDroit Park

DroiLeDroit Park es un vecindario en Washington, D.C., ubicado inmediatamente al sureste de la Universidad de Howard. Sus límites incluyen la calle W al norte, las avenidas Rhode Island y Florida al sur, la Segunda Calle NW al este y la Avenida Georgia al oeste. El vecindario fue desarrollado por Amzi Barber (miembro de la Junta de

Síndicos de la Universidad de Howard). En la década de 1870, LeDroit Park fue uno de los primeros suburbios de Washington.

Muchas de las mansiones victorianas, casas y casas adosadas del área fueron diseñadas por el arquitecto James McGill. Originalmente, el vecindario no seguía el esquema de nombres de calles utilizado en el resto de Washington D.C. LeDroit Park fue desarrollado y promovido como un vecindario "romántico", con calles angostas bordeadas de árboles que llevaban los mismos nombres que los árboles que las sombreaban. Se puso un gran énfasis en el paisajismo, y los desarrolladores invirtieron una gran suma de dinero en plantar jardines de flores y árboles para atraer a profesionales de alto perfil de la ciudad. El vecindario incluso estaba cerrado con portones y contaba con guardias para promover la seguridad entre sus futuros residentes.

Al principio, LeDroit Park era un vecindario exclusivo para blancos. Los esfuerzos de muchos residentes y múltiples acciones de estudiantes de la Universidad de Howard llevaron a que el área se integrara. En julio de 1888, los estudiantes derribaron las vallas que separaban el vecindario en protesta por sus políticas discriminatorias. Como resultado, para la década de 1940, LeDroit Park se había convertido en un punto focal importante para profesionales negros, y muchas figuras prominentes de la comunidad negra residían allí. El estadio Griffith se encontraba aquí hasta 1965, cuando se construyó el Hospital de la Universidad de Howard en su lugar. LeDroit Park incluye la rotonda Anna J. Cooper Circle, nombrada en honor a la pionera de la educación que enseñó en Dunbar.

Residentes notables de LeDroit Park:

- General William Birney – Veterano de la Guerra Civil, fue dueño de una imponente mansión en Anna J. Cooper Circle. (Calles T y 2ª)

- Senator Edward Brooke – FPrimer afroamericano en ganar un escaño en el Senado de los EE. UU. por voto popular desde la Reconstrucción; nació en una casa de LeDroit Park en 1919. (1938 3ª Calle).

- Dr. Ralph J. Bunche – Primer afroamericano en recibir el Premio Nobel de la Paz por su mediación en Palestina; residió en LeDroit Park durante su cátedra en la Universidad de Howard. (No se encontró dirección)

- General Benjamin O. Davis, Sr. – Primer general negro en el Ejército de los EE. UU.; padre de Benjamin O. Davis, Jr., comandante de los aviadores de Tuskegee en la Segunda Guerra Mundial. (No se encontró dirección)

- Hon. Oscar De Priest – FPrimer congresista negro desde la Reconstrucción; vivió aquí durante sus tres períodos en el cargo. (419 Calle U)

- Paul Laurence Dunbar – BPoeta Laureado afroamericano y exalumno de la Universidad de Howard, en cuyo honor se nombró la escuela secundaria Dunbar. (321 Calle U)

- Duke Ellington – Leyenda del jazz; vivió en el vecindario con su familia durante su infancia. (420 Calle Elm)

- Major Christian Fleetwood – Uno de los primeros afroamericanos en recibir la Medalla de Honor del Congreso. (319 Calle U)

- Julia West Hamilton – Líder cívica y miembro de la Asociación Nacional de Mujeres de Color (N.A.C.W.). (320 Calle U)

- Ernest Everett Just – Profesor de biología, investigador en biogenética con contribuciones significativas a la zoología y la biogenética. (412 Calle T)

- Dr. Jesse Lawson and Dr. Anna J. Cooper – Educadores prominentes que fundaron la Universidad Frelinghuysen para educar a adultos afroamericanos de clase trabajadora. Lawson también fue abogado (Derecho, Universidad de Howard, 1881) y defensor de los derechos de los residentes pobres de D.C. (201 Calle T)

- Willis Richards – PDramaturgo destacado, acreditado como autor de la primera obra seria interpretada en Broadway. (512 Calle U)

- Mary Church Terrell – Heredera y activista por los derechos civiles y el sufragio femenino. (326 Calle T – Monumento Histórico Nacional)

- Walter Washington – Primer alcalde del Distrito de Columbia elegido bajo el gobierno autónomo. (408 Calle T)

- Clarence Cameron White – Violinista prominente, educador en bellas artes y exalumno de la Universidad de Howard. (No se encontró dirección)

- Dr. Garnet C. Wilkinson – Superintendente de Escuelas para Personas de Color durante la era de la segregación Jim Crow. (406 Calle U)

- Octavius Augustus Williams – Barbero del Capitolio de los EE. UU. y primer afroamericano en mudarse a LeDroit Park en 1893. (338 Calle U)

<u>Anacostia</u>

En lo alto de una colina en Anacostia, con vista a Washington, se encuentra una hermosa mansión antigua. Al pie de la colina está el pueblo del siglo XIX de Anacostia, que aún conserva muchas de sus casas de estilo victoriano con adornos de madera y una pequeña plaza central. Desde finales de 1877 hasta su muerte a principios de 1895, Frederick Douglass fue el residente más destacado de Anacostia. Escritor, conferencista, editor de periódicos y reformador social de renombre internacional, Douglass era un hombre comprometido con su vecindario. Hablaba regularmente en las iglesias cercanas, invirtió en la primera línea de tranvía del área y abrió su mansión victoriana (1411 Calle W, SE) en Cedar Hill a los estudiantes de la Universidad de Howard, donde formó parte de la Junta Directiva. Douglass vivió en Cedar Hill durante más de 20 años en el siglo XIX. La casa aún conserva muchos de los objetos personales de Douglass, incluidos muebles y obras de arte originales.[42]

En la década de 1920, Anacostia era mucho más rural que hoy en día y contaba con un porcentaje de propietarios de viviendas más alto que otras zonas del Distrito de Columbia. En un estudio sobre construcciones residenciales en el Distrito durante los años 20, la Comisión de Parques y Planificación de la Capital Nacional encontró que, en toda la ciudad, el 23 por ciento de las viviendas eran edificios multifamiliares. Al desglosar por distritos de planificación: en la parte central de la ciudad, el 32 por ciento de las viviendas eran edificios de apartamentos; en el noroeste de D.C., el 25 por ciento; en la zona norte, el 61 por ciento; en el noreste, el 4.5 por ciento; y en la sección oriental, el 7.0 por ciento. En Anacostia, los apartamentos representaban solo la mitad del uno por ciento de todas las estructuras residenciales.[43]

En ese momento, Anacostia representaba solo el cinco por ciento de la población total de la ciudad, pero poseía el 40 por ciento del terreno vacante del Distrito. Considerando estas cifras, es comprensible el bajo número de edificios de apartamentos en Anacostia. Sin embargo, la población de Anacostia estaba aumentando. De 1920 a 1926, hubo una tasa de crecimiento del 56 por ciento (la más baja fue del 10 por ciento y la más alta del 187 por ciento), la cuarta más alta entre los distritos de planificación. Sin embargo, durante ese tiempo, solo se construyeron cuatro edificios de apartamentos allí, en comparación con 1,820 viviendas unifamiliares y en hilera.[44]

Evidentemente, Anacostia era un lugar destinado a propietarios de viviendas, pero también se propuso como espacio para negocios privados. En 1928, 673 acres de terreno en Anacostia se utilizaban para fines comerciales e industriales, en comparación con 454 acres dedicados a viviendas residenciales. Pocas otras zonas del Distrito estaban tan bien equilibradas. En un estudio regional sobre granjas de productos agrícolas que abarcaba aproximadamente 1,600 millas cuadradas, Anacostia poseía más del doble de superficie cultivada que cualquier otro lugar de la región.[45]

Menos de 50 años después, las escuelas de Anacostia estaban al 83 por ciento por encima de su capacidad (las escuelas del resto de D.C. estaban al 16 por ciento por encima de su capacidad); los gobiernos federal y del D.C. poseían más edificios a través de embargos hipotecarios que en cualquier otra parte del distrito; y más del 75 por ciento del terreno de Anacostia estaba zonificado para apartamentos. La ley de zonificación de D.C. prescribía una tasa del 80 por ciento de ocupación unifamiliar en las demás zonas de la ciudad.[46]

La transformación radical de Anacostia podría interpretarse simplemente como una historia de rápido crecimiento poblacional y leyes de zonificación sumamente deficientes con consecuencias no intencionadas. Sin embargo, también es la historia de la renovación urbana, la expansión de la burocracia en un lado del río y la creación de guetos racializados de vivienda pública en el otro. El papel del gobierno federal en la creación de guetos en otras partes del país a través de los préstamos de la Administración Federal de Vivienda (FHA), la Corporación de Préstamos para Propietarios de Viviendas (HOLC), la Administración de Veteranos (VA), las Leyes de Vivienda de 1949 y 1954, y los subsidios para mejoras en infraestructura que conectaban la ciudad con los suburbios ha sido bien documentado por el historiador Arnold R. Hirsch y los sociólogos George Lipsitz, Douglas S. Massey y Nancy A. Denton, entre otros. Sus investigaciones demuestran que el gobierno federal proporcionó los fondos y la legislación habilitante para que las autoridades locales crearan guetos urbanos negros racializados

(RUG). Anacostia es un ejemplo de cómo el gobierno federal desempeñó un papel directo —y con intereses propios— en la creación de un área aislada o segregada de la ciudad destinada a ser habitada por una minoría privada de recursos socioeconómicos.[47]

MEZCLA VECINAL ENTRE LOS ESTUDIANTES

Las comunidades y vecindarios del Distrito de Columbia variaban enormemente en carácter, tamaño, cultura y valores socioeconómicos. Los factores que lograban el mayor grado de unidad y los patrones culturales más homogéneos entre los negros de la ciudad fueron la segregación y el racismo.

Dado que no era una escuela de vecindario durante el período de 1870 a 1955, nadie era asignado automáticamente a M Street/Dunbar. Los estudiantes vivían en distintos vecindarios a lo largo del área de Washington-Georgetown y los condados circundantes. Nadie era asignado automáticamente a M Street o Dunbar durante el período de 1870 a 1955, y nadie se inscribía simplemente por casualidad. La admisión estaba abierta a todos los residentes negros del D.C., y no había exámenes ni requisitos especiales de ingreso. Además, los estándares de rendimiento académico y los requisitos de graduación eran universales, en el sentido de que eran los mismos estándares utilizados en la América blanca; no había acción afirmativa.

En una encuesta realizada a exalumnos de M Street y Dunbar que asistieron y se graduaron antes de 1960,[48] los encuestados vivían en toda la ciudad, en todos los principales vecindarios, con la excepción de Penn Quarter/Chinatown. Como se indica en la Tabla 7-1 a continuación, la mayoría de los encuestados realizaban un largo trayecto diario de ida y vuelta a la escuela. El cincuenta y ocho por ciento viajaba más de tres millas en un solo sentido cada día.

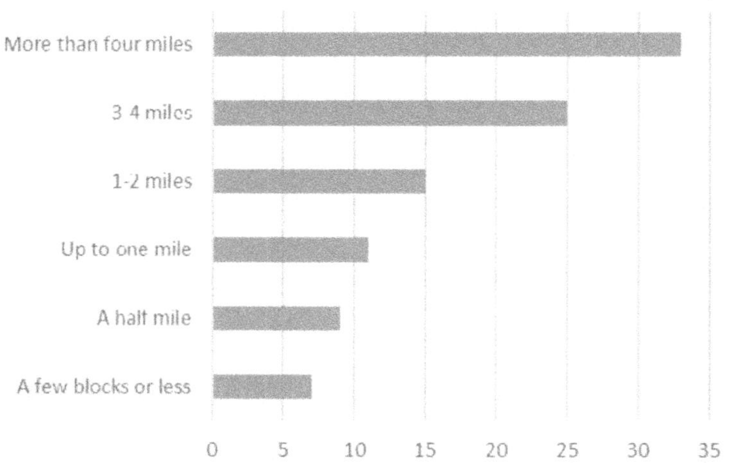

Fuente: Morris, Archie III., "Advancing Urban Educational Policy: Insights from Research on Dunbar High School," *Journal of the Case Studies in Education,* mayo de 2017.

Tabla 7-1

La mayoría de los encuestados, un 32 por ciento, vivía en el área de LeDroit Park. Un 17 por ciento residía en cada uno de tres vecindarios adicionales: Capitol Hill, U Street y Anacostia/Suroeste. Véase la Tabla 7-2 a continuación.

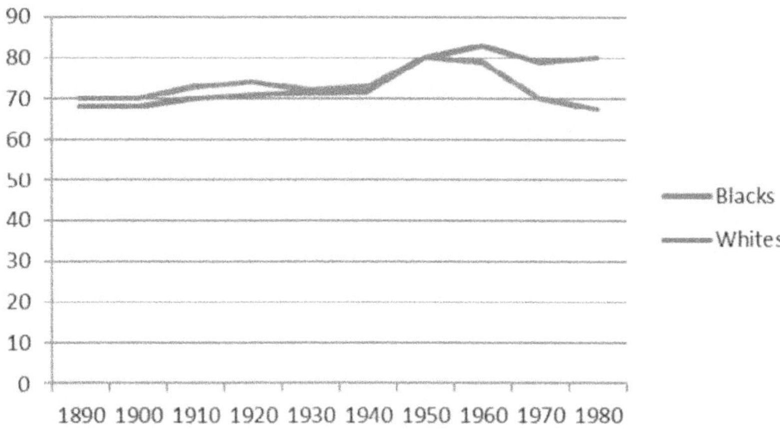

Fuente: Morris, Archie III., "Advancing Urban Educational Policy: Insights from Research on Dunbar High School," *Journal of the Case Studies in Education,* mayo de 2017.

Tabla 7-2

Dado que M Street High y Dunbar High recibían estudiantes de toda la comunidad negra de Washington-Georgetown, la escuela se convirtió en un punto focal para los negros del área. Su reputación y estándares eran bien conocidos por los padres y los niños de secundaria en toda la comunidad negra, incluyendo áreas cercanas de Maryland y Virginia, así como otros estados más distantes del Sur.[49] Cada comunidad y vecindario enviaba niños con distintos valores y antecedentes culturales, pero todos veían la excelencia académica como la clave para una vida mejor. En consecuencia, establecieron como su joya de la corona una escuela secundaria que prepararía a los niños negros para la educación superior y el empleo. Los negros fundaron sus propias escuelas porque no eran completamente bienvenidos en las escuelas blancas, incluso en el Norte. Posteriormente, una educación en M Street o Dunbar High School representaba el camino hacia un mejor futuro y el progreso racial.

LOS VALORES DE LA COMUNIDAD NEGRA DE WASHINGTON-GEORGETOWN

Washington contaba con una comunidad negra que exigía excelencia académica, incluso en 1870. Esta comunidad continuó luchando tenazmente por dicha excelencia académica a lo largo de los años. Ya en 1807, los aproximadamente 500 "personas libres de color" en el Distrito de Columbia construyeron una pequeña escuela para sus hijos. Durante las décadas siguientes, enviaron a sus hijos a escuelas privadas porque no se les permitía asistir a las escuelas públicas. Cuando los "fideicomisarios de color" del sistema de escuelas públicas de D.C. establecieron la primera escuela en 1870, la plantaron en un terreno fértil.[50]

La clase media negra marcó la pauta para la comunidad negra después de la Guerra Civil con valores y metas típicamente característicos del estilo de vida de la clase media blanca; básicamente, pasando de la acomodación a la asimilación.[51] Este estilo de vida era mucho más que una cuestión de ingresos familiares. Se trataba de una forma de vida completa con valores, metas y deseos de alcanzar una mejor calidad de vida. Incluso los negros con ingresos más bajos aspiraban a un estilo de vida de clase media. Las familias exhibían los valores típicos de la clase media, aunque no tuvieran los medios financieros para obtener dicho estilo de vida. Los valores típicamente asociados con el estilo de vida de la clase media negra incluían una tendencia a planificar la jubilación, un deseo de tener control sobre su futuro, respeto y observancia de la ley, y un deseo de una buena educación para ellos mismos y sus hijos. El camino hacia un mejor estatus socioeconómico era a través de una buena educación y trabajo duro. Estos valores también incluían el deseo de proteger a sus familias de diversas dificultades como problemas de salud, dificultades financieras y el crimen.

Los valores de la clase media de la comunidad negra de Washington -Georgetown sirvieron como directrices amplias en todas las situaciones para los estudiantes, el profesorado, el personal y los directores de M Street/Dunbar, y fueron la principal influencia en el comportamiento y las actitudes de la institución. Los profesores y directores de M Street High/Dunbar High School insistían en altos estándares académicos, una vestimenta pulcra y un comportamiento adecuado. Infundían en los estudiantes la confianza de que podían tener éxito, incluso en una sociedad racialmente segregada.[52]

VIVIR UNA VIDA SEGREGADA EN LA CAPITAL DE LA NACIÓN

La vida para la comunidad negra en general se volvió cada vez más difícil entre 1880 y 1900. La mayoría de los avances del período de la Reconstrucción se perdieron a medida que los blancos comenzaron a trazar barreras raciales de facto, y pronto las siguieron con barreras legales. Los propietarios comenzaron a segregar áreas de acceso público, el gobierno federal contrató a menos negros y las oportunidades laborales se volvieron más limitadas.[1]

SEGREGACIÓN

El fallo de "separados pero iguales" en Plessy legitimó el avance de las prácticas de segregación que ya habían comenzado antes en el Sur.[2] Junto con el discurso del Compromiso de Atlanta de Booker T. Washington, pronunciado ese mismo año y que aceptaba el aislamiento social de los negros con respecto a la sociedad blanca, Plessy impulsó aún más la promulgación de leyes de segregación. En las décadas siguientes, proliferaron los estatutos de segregación, alcanzando incluso al gobierno federal en Washington, D.C., que fue resegregado durante el primer mandato del presidente demócrata Woodrow Wilson. Varios miembros del gabinete de Wilson eran sureños y exigieron que se introdujera la segregación en el gobierno federal. Wilson permitió que dichos esfuerzos avanzaran. Las protestas de la recién formada Asociación Nacional para el Progreso de las Personas de Color

(NAACP, por sus siglas en inglés) obligaron a la administración a retirar algunas de las medidas más descaradamente discriminatorias, como los baños separados para "blancos" y "de color".[3]

El nuevo director general de correos de Wilson, Albert Burleson, ordenó que sus oficinas en Washington fueran segregadas, y pronto los Departamentos del Tesoro y la Marina hicieron lo mismo. La cantidad y el porcentaje de negros en la fuerza laboral federal se redujeron drásticamente, práctica que continuó bajo las administraciones republicanas dominadas por el norte en la década de 1920. Wilson agravó aún más sus relaciones con la población negra al permitir una proyección muy publicitada en la Casa Blanca de la ambiciosa pero abiertamente racista película de David Wark Griffith The Birth of a Nation (1915). La única acción que Wilson emprendió hacia la mejora de las relaciones raciales llegó en julio de 1918, durante su segundo mandato, cuando condenó el linchamiento con elocuencia, aunque con retraso.

La nueva Cámara de Representantes dominada por los demócratas aprobó una ley que convertía el matrimonio interracial en un delito grave en el Distrito de Columbia. Ahora se requerían fotografías de todos los solicitantes a empleos federales. Cuando los líderes negros lo presionaron, Wilson respondió: "El propósito de estas medidas era reducir la fricción. Está lo más alejado posible de ser un movimiento contra los negros. Sinceramente creo que es en su interés".[4]

A comienzos del siglo XX, se vivía una "desintegración progresiva del mundo negro de Washington", debido principalmente a la restricción de oportunidades económicas. Sólo el "individuo más fuerte, capaz de recurrir a profundos recursos internos" podía evitar un sentimiento generalizado de desesperanza dentro de la comunidad negra de Washington.[5] "Mulatos sin nombre", como los llamó el periodista negro Roi Ottley, trataban en vano de acceder a mejores oportunidades. Además, aunque los jóvenes más brillantes de Washington podían recibir una educación superior, tener un tono de piel más claro no garantizaba el ascenso a los niveles más altos de la sociedad negra.

La posesión de una educación, sin embargo—especialmente si iba acompañada de modales refinados—podía lograr que incluso alguien de orígenes humildes fuera admitido en la élite social. Debido a la limitada oportunidad ocupacional, la educación era tanto una marca de estatus en la sociedad como una forma de "distinguir divisiones sociales dentro del mismo nivel ocupacional general". En 1909, cuando un estudiante solicitaba ingreso y era admitido en la Escuela Secundaria M Street, se trataba de la escuela pública más prestigiosa para los estadounidenses negros y una de las mejores escuelas secundarias del país, punto. Una educación allí colocaba a una persona en igualdad de condiciones con los aristócratas de color y le abría oportunidades disponibles para pocos jóvenes de cualquier raza.[6]

Las torturas del sistema de castas y del color de piel se atenuaban en parte por la naturaleza peculiar de la segregación en Washington. La segregación en los lugares de acceso público se aplicaba con rigidez, pero uno podía comprar palitos de regaliz o de menta en la tienda de dulces en la calle 20 con M porque los negros no se sentaban en el local a comer golosinas. En la fuente de soda de la farmacia en la calle 19 con la Avenida Pennsylvania, una persona negra no podía recibir servicio en el mostrador, pero sí podía llevarse un helado para llevar. En un establecimiento del vecindario, después de que se sirviera a una persona negra—cosa rara—el dueño rompía los platos en los que la persona había comido. Para la mayoría de las familias negras, sin embargo, eran las leyes de la economía, más que las leyes de segregación, las que las mantenían fuera de los lugares a los que no se les permitía entrar. El único restaurante de la ciudad que servía tanto a blancos como a negros era el de la estación Union Station, pero los precios allí eran prohibitivos.[7]

Las leyes y costumbres de Jim Crow no regulaban varias áreas de la vida pública. Los tranvías no estaban segregados. Tampoco lo estaban el zoológico ni el estadio de béisbol, por lo que los negros podían comprar algún entretenimiento económico y acudir allí sin experimentar las mezquinas indignidades de la segregación que impregnaban la experiencia negra en otras ciudades del sur. Más importante aún era el hecho de que ni la biblioteca pública ni la Biblioteca del Congreso estaban segregadas. Esta situación ayudó a encaminar a más de un estudiante negro hacia una carrera académica.[8]

NEGOCIOS Y SEGURIDAD OCUPACIONAL

Desde la época colonial hasta el período anterior a la Guerra Civil, los negros eran bastante visibles en los oficios y trabajos especializados. En sus viajes por Estados Unidos en el siglo XVIII, Isaac Weld observó que "entre sus esclavos se encuentran sastres, zapateros, carpinteros, herreros, carreteros, tejedores, curtidores, etc."[9] El novelista James Weldon escribió: "Los negros conducían los equipos de caballos y mulas, colocaban los ladrillos, pintaban los edificios y las cercas, cargaban y descargaban los barcos. Cuando era niño, no sabía que existiera tal cosa como un carpintero, albañil, yesero o hojalatero blanco."[10]

En 1800, la fuerza laboral civil en Washington, D.C., se dedicaba principalmente a los oficios tradicionales vinculados a la construcción y reparación de barcos: carpinteros, constructores navales, ebanistas, fabricantes de mástiles, herreros, fabricantes de velas, fabricantes de cuerdas y calafateadores.[11] No existían sindicatos y no había legislación que garantizara el salario ni las condiciones laborales de los trabajadores.[12]

Había muchas más personas negras calificadas en 1865 que blancas calificadas. Cuando el trabajo calificado pasó a ser trabajo asalariado, los trabajadores blancos se apropiaron de ese nicho con la ayuda de los sindicatos. John Stephen Durham escribió sobre la exclusión de los negros de los oficios calificados por parte de los sindicatos a finales del siglo XIX:

> En la ciudad de Washington, por ejemplo, en cierto período, algunos de los edificios más finos fueron construidos por obreros de color. Su empleo en grandes números continuó algún tiempo después de la guerra. La Legación Británica, el Centro de Abastos, el Banco de los Hombres Libres y al menos cuatro escuelas bien construidas son monumentos de la aceptabilidad de su trabajo bajo capataces de su propio color.

> Hoy, aparte de los peones que acarrean materiales, no se ve a ningún obrero de color en nuevas construcciones, y un puñado de reparadores y remendadores, con posiblemente dos carpinteros capaces de emprender un trabajo de gran envergadura, son todo lo que queda del cuerpo de carpinteros, constructores y canteros de color que eran generalmente empleados hace un cuarto de siglo.[13]

Los primeros profesionales negros se concentraban fuertemente en las áreas de la enseñanza y el ministerio, dos profesiones que estaban abiertas a los negros educados. Sin embargo, hacia finales del siglo, una mayor libertad educativa les brindó a los negros oportunidades para estudiar en una variedad más amplia de campos. Los médicos y abogados negros comenzaron a ocupar gradualmente los cargos de liderazgo comunitario que antes habían ejercido los ministros y maestros. Además, a medida que las profesiones se fueron abriendo para los negros, más miembros de la generación joven se formaron como profesionales en lugar de empresarios, al darse cuenta de que el empleo profesional implicaba menos riesgos.[14]

Miles de negros manumitidos y negros libres de nacimiento se habían trasladado a la ciudad décadas antes de la Guerra Civil, lo que permitió que una clase trabajadora y profesional negra considerable evolucionara mucho antes de la emancipación. Ya en 1827, carpinteros, yeseros, curtidores y fabricantes de bombas negros habían abierto talleres en la ciudad. Encuestas de la década de 1840 revelan la presencia de muchos artesanos negros libres en la ciudad, en su mayoría barberos, herreros y zapateros. Sin embargo, el empleador más constante de personas negras en este período fue el gobierno federal, donde comúnmente trabajaban como mensajeros y cocineros.[15]

Muchos antiguos esclavos que se trasladaron a Washington durante los años de la Reconstrucción —más de 50,000 entre 1870 y 1900— compitieron con soldados unionistas desmovilizados por empleos federales. Inevitablemente, los negros comenzaron a ser excluidos de los puestos del gobierno. Como resultado, los afroamericanos de Washington se vieron obligados, en palabras de un historiador, "a idear mecanismos alternativos para resolver sus problemas". Ese camino alternativo fue el negocio independiente.[16]

Ya fueran libres o esclavizados, los negros en la historia de Estados Unidos siempre han mostrado un espíritu emprendedor. El auge de los negocios negros en Washington comenzó a fines de la década de 1880. Para finales de esa década, los residentes negros de Washington eran propietarios de dos compañías de barcos de vapor, varias tiendas de comestibles y varios negocios de distribución de combustible. La empresa negra Adams Oil and Gas Development Company invirtió en los campos petroleros de Oklahoma. En el plazo de diez años, la ciudad albergaba un banco de propiedad negra, Capital Savings; dos compañías de seguros propiedad de negros, Douglas Life y National Benefit Company; y al menos 11 agencias de empleo dirigidas por afroamericanos.[17]

Para 1892, el número de negocios de propiedad negra era lo suficientemente grande como para sustentar la Liga de la Unión, la primera organización republicana radical negra en el sur de Estados Unidos. Esta era una asociación de "mecánicos, empresarios y profesionales de color, hombres y mujeres", cuyo objetivo autodeclarado era "mejorar nuestra situación moral y material y facilitar las condiciones de éxito en las actividades industriales y profesionales". Un folleto de la organización, dirigido a la creciente clase media negra de la ciudad, prometía: "Si usted trabaja en una tienda y aspira a ser dependiente o vendedor, donde pueda aprender el arte de los negocios con experiencia práctica, podemos ayudarle. Si desea encontrar ese tipo de empleo, podemos ayudarle".[18]

Cada año, la Liga de la Unión imprimía un directorio de negocios de propiedad negra al que podían acudir quienes buscaban empleo o un lugar donde comprar. "No hay mejor índice del carácter y desarrollo de un pueblo que el número y la naturaleza de las organizaciones que sostiene", declaraba el editor del directorio. El folleto pronto alcanzó más de 100 páginas y otros líderes alentaban a los negros a apoyar los negocios de su propia comunidad. "Si los pueblos de color han de tener su parte en los oficios calificados, en los negocios y en las profesiones", editorializaba un periódico negro en 1894, "los negros deben tener más confianza en la capacidad de los hombres y mujeres de su propia raza para ocupar estos cargos de lo que han mostrado hasta ahora".[19]

Muchos de estos negocios eran dirigidos por empresarios hechos a sí mismos como Daniel Freeman, quien había llegado a la ciudad en 1881 desde Virginia, sin un centavo y en busca de trabajo. Para 1901, a los 33 años, Freeman, un exitoso retratista, dominaba el negocio de la fotografía en Washington durante la primera mitad del siglo XX, junto con Addison Scurlock, su amigo y principal competidor. Freeman era dueño de una tienda de bicicletas, un negocio de enmarcado y un estudio fotográfico en la calle 14 del centro. También era masón, presidente de la Liga de Templanza Social y, según relatos de la época, el noveno mejor tirador con rifle del país. A comienzos del siglo y durante décadas después, Washington albergó a cientos de Daniel Freemans que lograron establecerse en la comunidad negra de la ciudad. Su vida y su trabajo como fotógrafo documentaron la lucha y los logros de la comunidad negra local apenas treinta años después de la emancipación.[20]

Los empresarios negros comprendieron que no podían competir financieramente con los negocios blancos e invocaron la solidaridad racial para garantizar la fidelidad del público negro. Los profesionales negros tardaron más en darse cuenta de la importancia de mantener buenas relaciones con la comunidad negra, ya que ofrecían servicios que pocos podían replicar. No obstante, tras ser excluidos de las organizaciones profesionales blancas y enfrentar una valoración reducida de sus capacidades debido a su raza, pronto se convirtieron en la vanguardia del progreso racial. Los empleados y funcionarios negros del gobierno dependían de buenas relaciones raciales y del respaldo de Booker T. Washington para mantener sus puestos, pero a medida que la segregación aumentaba dentro del gobierno federal y declinaba la influencia de Tuskegee, no tardaron en protestar contra la discriminación racial. Su sustento dependía de un trato justo en el lugar de trabajo.[21]

Aunque a menudo se asocia el estatus más alto con la riqueza, para las clases altas negras de Washington la seguridad económica era más importante. La seguridad económica significaba empleo. En una comunidad negra plagada de inseguridad, un trabajo estable podía calificar a alguien para un estatus más alto. Aunque muchos de los negros influyentes de mayor edad habían ganado su estatus mediante empresas comerciales, la clase media negra de Washington aconsejaba a sus hijos que ingresaran en profesiones, además de apoyar los negocios negros. También buscaban empleos gubernamentales que ofrecieran seguridad a largo plazo.[22]

La estructura ocupacional de la clase media negra cambió con el tiempo para reflejar las tendencias más amplias de la sociedad. Antes del surgimiento de la segregación a finales del siglo XIX, a los empresarios negros les resultaba difícil competir con los negocios blancos ya establecidos. Después del ascenso de las leyes Jim Crow, cuando muchos comerciantes blancos se negaban a atender a clientes negros, los emprendedores negros pudieron encontrar un mercado estable para sus productos y servicios apelando a la solidaridad racial.[23]

A fines del siglo XIX y principios del XX, los salarios de los negros seguían siendo mucho más bajos que los de los blancos que realizaban trabajos comparables. Muchos negros se vieron obligados a tener más de un empleo al mismo tiempo y no era raro que numerosos miembros de la clase media negra ejercieran simultáneamente dos profesiones. Esta era la situación del maestro que debía enseñar en clases nocturnas para mantener un nivel de vida digno. Muchos abogados, por ejemplo, también trabajaban como empleados en departamentos gubernamentales. Además, la evolución de los negocios negros en el Distrito reflejaba condiciones objetivas cambiantes. Para la década de 1890, la mayoría de las ciudades contaba con un distrito comercial negro, como el vecindario de Shaw en Washington, que se centraba en la calle Séptima y la avenida Georgia, N.O., y se extendía aproximadamente entre la avenida Florida y la Universidad Howard. La proximidad de la Universidad Howard no era casual. Atraía a una gran comunidad de negros educados que venían a enseñar o estudiar allí y residían en sus alrededores. Ellos proveían un mercado constante para los negocios negros y creaban demanda para nuevos servicios.[24]

La segregación sí creó oportunidades para algunos negocios negros. Les proporcionó una clientela cautiva. Sin embargo, la segregación también ponía en riesgo la existencia misma de estas empresas. Los empresarios negros a menudo no podían obtener productos de la misma calidad que los disponibles para los blancos ni ofrecer servicios comparables a los de los negocios blancos que aún atendían a negros. Otros problemas que enfrentaban los emprendedores negros eran el bajo poder adquisitivo de sus clientes, la dificultad para obtener capital de inversión y la falta de oportunidades para adquirir experiencia empresarial moderna fuera de las organizaciones fraternales.[25]

NEGROS EN LA POLÍTICA

El Partido Demócrata se convirtió en el partido político dominante en Estados Unidos en la década de 1820.[26] En mayo de 1854, en respuesta a las posturas fuertemente proesclavistas de los demócratas, varios miembros antiesclavistas del Congreso formaron el Partido Republicano. El partido nació como una coalición de los "Whigs de Conciencia" antiesclavistas y de los demócratas del Suelo Libre, todos ellos opuestos a la Ley Kansas–Nebraska, presentada ante el Congreso por Stephen Douglas en enero de 1854. Esta ley abría los territorios de Kansas y Nebraska a la esclavitud y a su futura admisión como estados esclavistas, revocando así implícitamente la prohibición de la esclavitud en territorios al norte de la latitud 36° 30', establecida por el Compromiso de Misuri.[27]

El Partido Demócrata se dividió en 1860 por la cuestión de la esclavitud durante su convención presidencial celebrada en Charleston, Carolina del Sur. El presidente en funciones, James Buchanan, era un norteño con simpatías hacia el Sur. Recomendó que el juez del Tribunal Supremo Robert Grier votara a favor de la esclavitud en el caso Dred Scott v. Sandford de 1857, un movimiento tan impopular que dañó profundamente la presidencia de Buchanan. Esto permitió que los republicanos obtuvieran la mayoría en la Cámara en 1858 y el control total del Congreso en 1860. Buchanan declinó postularse a la reelección en 1860 y estos problemas dividieron al Partido Demócrata en facciones del Norte y del Sur. Frente a esta oposición fragmentada, el recién creado Partido Republicano logró una mayoría de votos electorales, colocando a Abraham Lincoln en la Casa Blanca con prácticamente ningún apoyo del Sur.[28]

El Sur se mantuvo como una región de partido único hasta que el movimiento por los derechos civiles comenzó en la década de 1960. Los demócratas del norte, la mayoría de los cuales tenían actitudes prejuiciosas hacia los negros, no ofrecieron ningún desafío a las políticas discriminatorias de los demócratas del sur. Los republicanos "agitaban la camisa ensangrentada" a finales del siglo XIX para asociar al Partido Demócrata con la rebelión de la Confederación durante la Guerra Civil. Por otro lado, los demócratas advertían a los votantes blancos que los republicanos intentaban instaurar un régimen de "supremacía negra" en el Sur. En aquel entonces, la mayoría de los negros vivía en estados del sur y la mayoría de los hombres negros votaba por el Partido Republicano. Por lo tanto, el tema racial estaba estrechamente vinculado a la afiliación partidaria.[29]

Una de las consecuencias de las victorias demócratas en el Sur fue que muchos congresistas y senadores sureños eran casi automáticamente reelegidos en cada elección. Debido a la importancia de la antigüedad en el Congreso de los Estados Unidos, los sureños podían controlar la mayoría de los comités en ambas cámaras del Congreso y bloquear cualquier legislación sobre derechos civiles. Aunque Franklin Delano Roosevelt era demócrata y considerado un presidente relativamente liberal durante las décadas de 1930 y 1940, rara vez desafió al poderoso bloque sureño. Así, cuando la Cámara aprobó proyectos de ley federales contra los linchamientos en la década de 1930, los senadores del sur los hicieron fracasar mediante el uso del filibusterismo.[30]

Básicamente, el presidente Roosevelt no fue de mucha ayuda para los negros. Algunos de sus programas del New Deal incluyeron a los negros, incluso en contra de las tradiciones segregacionistas imperantes, pero hizo poco por avanzar en los derechos civiles. Por ejemplo, ¿por qué se negó a apoyar los proyectos de ley contra los linchamientos que fueron bloqueados por los demócratas del sur en el Senado en 1937 y 1939? Su respaldo habría sido políticamente posible y deseable para un presidente popular decidido a promover ideas liberales.[31]

Roosevelt emitió la Orden Ejecutiva 8802,[32] que prohibía la discriminación (selección basada en la raza) en las fábricas de defensa y estableció el primer Comité de Prácticas Justas de Empleo de la nación, solo después de que A. Philip Randolph amenazara con organizar una marcha de 50,000 negros sobre Washington, D.C., para protestar por la exclusión de trabajadores negros en las industrias que producían suministros bélicos.[33] Algunos activistas, incluido Bayard Rustin, se sintieron traicionados porque la orden de Roosevelt solo prohibía la discriminación dentro de las industrias de guerra, y no en las fuerzas armadas. Después de la guerra, una técnica similar llevó al presidente Harry S. Truman a ordenar la desegregación del ejército.[34]

Un pequeño número de negros logró acceder a cargos políticos. Esto sucedió inicialmente en el Sur durante la Reconstrucción, que duró de 1865 a 1877. En los estados del sur, donde grandes poblaciones negras habían ganado repentinamente el estatus de personas libres, los hombres negros comenzaron a postularse para escaños en la Cámara de Representantes y en el Senado. La Ley de Reconstrucción de 1867 los alentó a asistir a convenciones políticas y unirse a clubes políticos.[35]

HHiram Rhoades Revels y Joseph Hayne Rainey fueron los primeros estadounidenses negros en formar parte del Congreso de los Estados Unidos. En 1870, Revels, republicano de Misisipi, prestó juramento como el primer senador negro. Nació en Fayetteville, Carolina del Norte, aproximadamente en 1827 (el Censo de 1850 indica "alrededor de 1825") de padres libres con ascendencia africana e indígena croata. No se ha identificado con certeza el lugar exacto de su nacimiento. Educador y miembro del clero, Revels organizó tropas negras durante la Guerra Civil y fue senador estatal en Misisipi antes de ser elegido para el Senado de los Estados Unidos. Asumió su escaño el 25 de febrero de 1870, tras un debate polémico, y sirvió hasta el 4 de marzo de 1871. Al regresar a Misisipi en 1871, fue nombrado presidente de Alcorn College, el primer colegio del estado para estudiantes negros. Murió el 16 de enero de 1901, mientras asistía a una conferencia eclesiástica en Aberdeen, Misisipi.[36]

Joseph H. Rainey, republicano de Carolina del Sur, fue el primer estadounidense negro en ocupar un escaño en la Cámara de Representantes. Nació en Georgetown, condado de Georgetown, Carolina del Sur, el 21 de junio de 1832, y recibió una educación limitada. Se dedicó al oficio de barbero hasta 1862, cuando fue obligado a trabajar en las fortificaciones confederadas en Charleston, Carolina del Sur. Escapó a las Indias Occidentales y permaneció allí hasta el final de la guerra. Rainey fue delegado a la convención constitucional del estado en 1868 y senador estatal en 1870. Fue elegido como republicano al 41.º Congreso para llenar la vacante causada por la decisión de la Cámara de declarar vacante el escaño de B. Franklin Whittemore. Fue reelegido al 42.º Congreso y a los tres siguientes. Sirvió del 12 de diciembre de 1870 al 3 de marzo de 1879. El 22 de mayo de 1879 fue nombrado agente de rentas internas en Carolina del Sur, cargo que ocupó hasta el 15 de julio de 1881, cuando renunció. Luego se dedicó a la banca y al negocio de corretaje en Washington, D.C. Rainey se retiró de toda actividad comercial en 1886 y regresó a Georgetown, Carolina del Sur.[37]

Robert Smalls, representante republicano de Carolina del Sur, nació en Beaufort, Carolina del Sur, el 5 de abril de 1839. Siendo joven, se trasladó a Charleston en 1851, donde trabajó en diversos oficios. La Guerra Civil le brindó su oportunidad. En la madrugada del 13 de mayo de 1862, antes de que saliera el sol y mientras los oficiales blancos del barco aún dormían en Charleston, Smalls subió a bordo del Planter con su esposa y sus tres hijos y tomó el mando. Con su tripulación de 12 esclavos, izó la bandera confederada y, con gran audacia, navegó el Planter más allá de los demás barcos confederados y hacia mar abierto. Una vez fuera del alcance de los cañones confederados, izó una bandera de tregua y entregó el Planter al oficial al mando de la flota de la Unión. Smalls explicó que su intención era ofrecer el Planter como una contribución de los estadounidenses negros a la causa de la libertad. El barco fue recibido como contrabando, y Smalls y su tripulación negra fueron recibidos como héroes.[38]

Más adelante, el presidente Lincoln recibió a Smalls en Washington y recompensó a él y a su tripulación por su valentía. Se le concedió el mando oficial del Planter y fue nombrado capitán en la Marina de los Estados Unidos. En ese puesto sirvió durante toda la guerra. Smalls fue miembro de la convención constitucional estatal en 1868 y se desempeñó en la cámara de representantes estatal de 1868 a 1870, como miembro del senado estatal de 1870 a 1874, y como delegado a la Convención Nacional Republicana en 1872 y 1876. Fue elegido como republicano para los Congresos 44.º y 45.º (del 4 de marzo de 1875 al 3 de marzo de 1879), y luego tuvo una serie de campañas electorales con éxito y sin éxito. Smalls fue un candidato fallido para la reelección en 1878 al 46.º Congreso, pero impugnó con éxito la elección de George D. Tillman al 47.º Congreso, donde sirvió del 19 de julio de 1882 al 3 de marzo de 1883. Fue nuevamente un candidato sin éxito en 1882, pero fue elegido al 48.º Congreso para llenar la vacante causada por la muerte de Edmund W. M. Mackey. Reelegido al 49.º Congreso, Smalls sirvió del 18 de marzo de 1884 al 3 de marzo de 1887. No logró la reelección en 1886 al 50.º Congreso. Fue recaudador del puerto de Beaufort, Carolina del Sur, de 1897 a 1913, y mantuvo su interés en el ámbito militar. Smalls fue general de división en la milicia de Carolina del Sur y murió en Beaufort, Carolina del Sur, el 22 de febrero de 1915.[39]

El senador Blanche Kelso Bruce, otro senador negro republicano de Misisipi, fue elegido en 1874. Había nacido esclavo en Farmville, Virginia, en 1841, y fue el primer negro en cumplir un mandato completo en el Senado de los Estados Unidos. Aunque fue rechazado por parte de la sociedad blanca de Washington, él y su esposa, Josephine Willson Bruce, hija de un destacado dentista, fueron líderes tempranos en la sociedad negra de Washington durante finales del siglo XIX. El presidente James Garfield nombró al senador Bruce como registrador del Tesoro, un cargo que ocupó hasta su muerte en Washington en 1898. La casa de Blanche Kelso Bruce está ubicada en el 909 de la calle M, N.O.[40]

Entre 1870 y finales de la década de 1890, casi dos docenas de negros sirvieron en el Congreso de los Estados Unidos. Otros entre ellos fueron John Langston de Virginia, Jefferson Franklin Long de Georgia, Robert Carlos DeLarge de Carolina del Sur, Benjamin S. Turner de Alabama, Josiah Walls de Florida, Jeremiah Haralson de Alabama, John Lynch de Misisipi y George H. White de Carolina del Norte. Todos eran republicanos. Si bien ocupar cargos electos no prometía riqueza ni aceptación dentro de la estructura social blanca, sí otorgaba prestigio duradero a ciertos apellidos. En Washington, estos incluían nombres como Terrell, Pinchback y Grimké. Las familias prominentes socializaban entre sí, fundaban negocios juntas y se casaban entre ellas para establecer dinastías familiares acomodadas y respetadas.[41]

Cuando la Reconstrucción se detuvo debido al compromiso de 1877 —un supuesto acuerdo informal y no escrito que resolvió la muy disputada elección presidencial de 1876 y permitió en la práctica la supresión de los derechos electorales de las minorías en el Sur—, el creciente flujo de negros elegidos para cargos públicos prácticamente se detuvo. Para finales de la década de 1890, la mayoría de los negros estadounidenses habían sido excluidos de la política electoral o la habían abandonado por frustración. Tras la salida del representante White de la Cámara de Representantes en marzo de 1901, ningún negro estadounidense sirvió en el Congreso de los Estados Unidos durante casi tres décadas.[42]

Para finales de la década de 1890, la mayoría de los negros estadounidenses habían sido excluidos de la política electoral o la habían abandonado por frustración. Luego de la salida del representante White de la Cámara de Representantes en marzo de 1901, ningún negro estadounidense sirvió en el Congreso de los Estados Unidos hasta que Oscar De Priest de Illinois fue elegido en 1928. Posteriormente, Adam Clayton Powell Jr., de Nueva York, fue elegido en 1945 y sirvió durante 12 mandatos.[43] No obstante, durante todo el siglo XX, solo hubo dos senadores negros: el republicano Edward W. Brooke de Massachusetts (1967–1979) y la demócrata Carol Mosely Braun de Illinois (1993–1999). El senador Brooke se graduó de la Dunbar High School, promoción de 1936.[44]

PROPIEDAD DE VIVIENDA

Ya en 1881, se presentaban quejas sobre la escasez de viviendas para personas negras. La crisis era especialmente aguda para aquellos negros que tenían una situación económica relativamente acomodada, ya que las viviendas respetables simplemente estaban fuera del alcance de cualquiera clasificado como negro. Las casas tipo cabaña y las viviendas de tamaño mediano en ubicaciones deseables eran escasas y las zonas residenciales blancas estaban cerradas para las personas de color. Aun así, a pesar de las dificultades para adquirir propiedades en sectores deseables, muchos de los pocos negros selectos lograron obtener residencias espaciosas en "barrios de moda". La casa de los Douglass en "Cedar Hill", en Anacostia; la "Hillside Cottage" de los Langston; y la casa de 13 habitaciones de los Pinchback en la calle Bacon, estaban entre las viviendas más grandes y elegantemente amuebladas de la comunidad negra. Otras no eran mucho menos suntuosas. Henry P. Cheatham, el congresista de Carolina del Norte que más tarde se convirtió en registrador de escrituras, compró una casa en la calle T Noroeste, en 1897, que fue descrita como "una de las mejores propiedades poseídas por un hombre de color en el Distrito".[45]

En la misma calle vivían los Terrell y Alice Strange Davis, cuyas reuniones sociales eran de las más exclusivas en Washington. Los Murray, quienes residían cerca, fueron durante muchos años los únicos residentes negros en la cuadra 900 de la calle S, pero para 1912, la cuadra se había convertido en un enclave completamente negro, incluyendo a dos médicos y varios profesores de la Universidad de Howard. Tal vez "la casa más espaciosa propiedad de una persona negra en Washington fue la que construyeron en 1899 el Sr. y la Sra. John F. Cook en la calle 16 entre las calles L y M. Una estructura de tres pisos de ladrillo color crema y piedra, decorada en su interior con 'roble finamente trabajado' y equipada con 'todas las comodidades modernas'". Algunas familias antiguas como los Cook, Wormley y Francis habían adquirido amplias propiedades en la ciudad antes de la Guerra Civil y las mantuvieron dentro de la familia. Para el cambio de siglo, esas propiedades habían incrementado enormemente su valor. El Dr. John Francis, quien heredó propiedades de su padre, invirtió ampliamente en bienes raíces que incluían una elegante residencia en la avenida Pennsylvania, contigua a su hospital privado. Para la mayoría de los negros, sin embargo, independientemente de su educación, riqueza, refinamiento o tez clara, obtener vivienda —que no fuera la ya "descartada por personas discriminatorias"— implicaba considerables dificultades.[46]

VIVIENDA PARA LOS DESFAVORECIDOS

La vivienda en el Distrito era costosa y escasa, incluso para quienes tenían medios modestos. Entre los adultos negros no profesionales de la ciudad, más del 40 por ciento vivía con inquilinos o pensionistas. Más de un tercio de los hogares familiares negros no profesionales estaban compuestos por familias extendidas, dos o más familias nucleares relacionadas, o una familia o familias con inquilinos o pensionistas. Los profesionales negros de la ciudad no estaban exentos de estas presiones. Más de una cuarta parte eran inquilinos o albergaban pensionistas en sus hogares. Más de un tercio de los hogares profesionales eran de tipo consanguíneo, compuestos por uno de los padres con hijos o por hermanos solteros.[47] Una quinta parte de la población negra vivía en las viviendas de los callejones del Distrito. Tres cuartas partes de las familias en los callejones ganaban menos de $800.00 al año. El trabajador promedio experimentaba 6.6 semanas de desempleo al año, mientras que para el 45 por ciento de los residentes de los callejones, esa cifra se elevaba a 13.4 semanas perdidas por causas ajenas a la enfermedad.[48]

Los ciudadanos más pobres de Washington vivían en viviendas tipo inquilinato en los callejones de la capital del país. A principios del siglo XX, los negros representaban dos tercios de la población de los callejones. Diversas leyes del Congreso, que datan de 1872, incluida la Ley de Vivienda en Callejones de 1914 —declarada inconstitucional— intentaron erradicar la población de los callejones, la cual persistió hasta la década de 1940. En 1930, la población de los callejones era de entre 11,000 y 13,000 personas, una disminución respecto a su punto máximo de 25,000.[49]

En 1880, la vivienda típica en un callejón tenía cuatro habitaciones, un pequeño patio trasero, una bomba de agua, una letrina y un cobertizo. Estas áreas generalmente carecían de agua potable, calefacción, electricidad y alcantarillado.[50] La situación de vivienda de los negros en Washington era otra área donde las divisiones de clase intrarraciales eran evidentes. A menudo, los inmigrantes y los habitantes empobrecidos de Washington se veían obligados a vivir en los callejones de la ciudad. Ya aislados del mundo exterior por un estrecho pasaje hacia las calles principales, vivir en estos callejones significaba también una separación psicológica; por lo tanto, estos residentes quedaban invisibilizados. Los habitantes de los callejones debían salir para usar el hidrante comunitario o la letrina en el patio; vivían en comunidades que generaban condiciones de "vicio, crimen e inmoralidad"; y estaban expuestos a una multitud de otros riesgos para la salud.[51] La mayoría de los habitantes de los callejones eran personas negras que trabajaban en empleos mal remunerados en la construcción o como empleados domésticos.

La Comisión Nacional de Parques y Planificación del Capitolio (NCPPC, por sus siglas en inglés) abordó el problema de los callejones en su plan integral para el Distrito de 1930. La NCPPC solicitó una ley del Congreso que otorgara al presidente y a las agencias locales del gobierno federal el poder de comprar o expropiar edificios en los callejones y reubicar a los residentes, principalmente en viviendas desocupadas en calles de otras zonas del Distrito. La Comisión se esforzó por "asegurar a los propietarios e inquilinos de las propiedades en las calles que el carácter de sus vecindarios no se vería afectado. La búsqueda de viviendas desocupadas se limitó a cuadras negras para no plantear dudas sobre la composición de la población de una manzana determinada."[52]

La NCPPC justificó la demolición de viviendas en callejones alegando violaciones al código de construcción y obsolescencia estructural, además de apelar a motivos morales, afirmando que los inquilinos de los callejones estaban particularmente predispuestos al crimen, la delincuencia y las enfermedades transmisibles. La intención de la Comisión de reubicar exclusivamente en barrios negros a estos inquilinos ignoraba tanto a la minoría de blancos que también vivía en los callejones como la heterogeneidad de clases existente dentro de los vecindarios negros. La Comisión añadió: "También se reconoce que existen diferencias entre los negros y no se propone alterar el carácter de los vecindarios respetables de color inundándolos con nuevos inquilinos indeseables. Este es un problema difícil. No todos los residentes de los callejones son vecinos indeseables. La transición debe manejarse con consideración y tacto."[53]

No había suficiente vivienda desocupada para alojar a las familias desplazadas; así nació la vivienda pública en el Distrito. El Congreso creó la Alley Dwelling Authority (ADA) en 1934, que se convirtió en la National Capital Housing Authority (NCHA) durante la década de 1940. Sus responsabilidades incluían la construcción de viviendas para los trabajadores durante la Segunda Guerra Mundial, la erradicación de las viviendas en callejones y la construcción de vivienda pública en el Distrito. La NCHA supervisó la construcción de 943 unidades de vivienda pública en toda la ciudad durante los años de la Segunda Guerra Mundial. La Ley de Reurbanización del D.C. de 1945 otorgó un nuevo impulso a la recuperación de barrios marginales en Washington y colocó tanto a la NCHA como a los comisionados del D.C. bajo la autoridad directa de la NCPPC.

La membresía de la NCPPC incluía a los presidentes de los comités del Distrito en la Cámara de Representantes y el Senado; a personas designadas por el presidente, como el director del Servicio de Parques Nacionales, el jefe del Servicio Forestal y el Ingeniero en Jefe del Ejército de los EE. UU.; así como a cuatro urbanistas nombrados por el presidente, uno de los cuales debía ser residente del Distrito de Columbia. La Ley de Reurbanización preveía la demolición de viviendas subestándar, pero también permitía al gobierno federal adquirir terrenos para el desarrollo federal a través de la NCPPC.

En su Plan Integral de 1950, la NCPPC mencionó que la Ley de Reurbanización facilitaría el despeje de una amplia zona "para dar cabida a edificios públicos y una extensión del Mall al este del Capitolio."[54] El proceso de reurbanización comenzaba con la NCPPC, que identificaba ciertas áreas de la ciudad para ser despejadas y reurbanizadas conforme a su plan integral para Washington. Los

Comisionados del D.C. tenían 30 días para aprobar o modificar la propuesta. Tras la aprobación, la Agencia de Reurbanización de Terrenos adquiría la propiedad mediante compra, expropiación o dominio eminente. La NCPA construía y administraba viviendas públicas y subsidiadas cuando el área estaba destinada a uso residencial de bajos ingresos. Marshall Heights, un vecindario de Anacostia, fue la primera comunidad señalada para la reurbanización, pero el testimonio de los residentes ante un comité del Congreso resultó en que el Congreso se negara a financiar el proyecto.

Con el inicio de la Segunda Guerra Mundial, la Autoridad suspendió su labor y centró su atención en proporcionar viviendas adicionales para trabajadores de defensa y, posteriormente, para trabajadores de guerra. La expansión de instalaciones militares, como el Navy Yard y una autopista militar, desplazó a familias de bajos ingresos, lo que hizo necesario tomar medidas para realojarlas. La Orden Ejecutiva 9344, del 21 de mayo de 1934, estableció la autoridad como una agencia independiente y cambió su nombre a National Capital Housing Authority (NCHA).

Después de la guerra, la NCHA continuó como agencia de vivienda pública para el Distrito de Columbia, intentando proporcionar una cantidad adecuada de viviendas apropiadas para familias e individuos de bajos ingresos. Además de construir y adquirir viviendas, la Autoridad administraba y mantenía las propiedades, y ofrecía servicios sociales como guarderías, tutoría académica y actividades recreativas para los residentes. El 13 de marzo de 1968, mediante la Orden Ejecutiva N.º 11401, el presidente designó al Comisionado del Distrito de Columbia como la Autoridad para llevar a cabo las disposiciones de la Ley de Viviendas en Callejones del Distrito de Columbia. La Orden Ejecutiva estableció que, al ejercer sus funciones como tal Autoridad, el Comisionado sería conocido como la National Capital Housing Authority. La Ley de Autonomía del Distrito de Columbia (District of Columbia Home Rule Act, 87 Stat. 779) del 24 de diciembre de 1973 abolió dicha agencia, con efecto a partir del 1 de julio de 1974.

Algunas familias negras intentaron distanciarse de las clases bajas negras buscando vivienda en vecindarios integrados. El Washington de principios de siglo no tenía guetos; más bien, era un mosaico de vecindarios raciales. Aunque negros y blancos podían vivir en calles vecinas, rara vez cruzaban de un lado al otro, salvo los sirvientes domésticos negros y un minúsculo número de profesionales negros que trabajaban en cuadras de blancos. La cuadra de la calle 20, entre las calles K y H, en 1900, era integrada, al igual que el vecindario circundante en la zona noroeste de Washington. Aproximadamente un tercio de las familias eran negras, y sus hogares estaban intercalados entre los de las familias blancas. Por lo general, los residentes convivían pacíficamente, y algunos niños negros y blancos jugaban juntos. Los niños se llevaban bien a pesar de sus padres, quienes a menudo no querían que sus hijos estuvieran cerca de los "niggers".[55]

Un ejemplo de la situación racial resultante en algunos vecindarios ocurrió cuando la familia Logan llegó, simultáneamente con otras seis familias negras, a la calle 20 y provocó algunas turbulencias en las normalmente tranquilas aguas raciales. La nueva mezcla de residentes generó una ocasión para la confusión racial. Algunos de los residentes blancos de la cuadra consideraron a las siete familias negras como una especie de invasión. Los Logan esperaban evitar situaciones incómodas en su nuevo vecindario y Martha Logan, una mujer devota y disciplinaria estricta, se aseguraba de que sus hijos se portaran bien y no se metieran en problemas.

A pesar de su tez clara, los Logan y los Simms, salvo por el hermano de Rayford, Arthur Jr., eran de un tono ligeramente más oscuro que los Price y los Gray, dos de las familias negras ya establecidas en la cuadra. Al parecer, los Price y los Gray representaban el tono más oscuro tolerable para los residentes blancos. Poco después de mudarse, una pandilla de niños blancos comenzó a lanzar piedras a la casa de los Logan. En otra ocasión, Rayford, Arthur Jr., Robert Simms Jr. y algunos amigos pelearon con un grupo de chicos blancos de su misma edad después de que "nos llamaran 'niggers' y nosotros les devolviéramos el insulto llamándolos 'white trash'."[56]

Igualmente confuso era para los negros de piel clara que vivían en vecindarios negros de bajos ingresos o en los proyectos. A menudo tenían que pelear con negros de piel más oscura por ser demasiado claros, y, cuando se aventuraban a un par de cuadras fuera de su propio vecindario, tenían que pelear con blancos por ser "niggers".

Dada la predominancia general de mulatos entre los "libres de color" y sus descendientes, parece probable que el estereotipo del mulato de piel clara fuera aplicable a los primeros estudiantes y profesores de M Street y Dunbar. Este grupo continuó durante muchos años estando sobrerrepresentado entre los estudiantes y profesores de estas escuelas, aunque no necesariamente constituía una mayoría. Un estudio de las fotografías antiguas de los anuarios de la Dunbar High School muestra que la gran mayoría de los estudiantes eran del mismo color que la mayoría de los negros estadounidenses. Cualquier sesgo en la fotografía de esa época —antes de que lo negro fuera bello— habría tendido a imprimir las imágenes más claras que en la vida real.[57]

ACTIVIDADES SOCIALES Y DE OCIO EN EL DISTRITO DE COLUMBIA

TLas actividades sociales de ciertos grupos tendían a ser exclusivas, lo que creaba distancia entre los miembros del grupo y el resto de la sociedad. La membresía en determinados clubes sociales era, a menudo, una de las características atribuidas o subjetivas de unos pocos seleccionados. Uno esperaría que tales clubes fueran las áreas menos propensas a mostrar conexiones con la comunidad en general, pero los clubes sociales negros de Washington sí desarrollaron tales lazos a principios del siglo XX.

Aunque la exclusividad siguió siendo un legado persistente en las organizaciones sociales y culturales de los privilegiados negros, la naturaleza de estas organizaciones experimentó una transformación. Interesadas únicamente en crear estatus social en el siglo XIX, estas organizaciones comenzaron a adoptar conceptos de orgullo racial y solidaridad racial a principios del siglo XX. Excluidos de las instituciones sociales blancas, los negros acomodados aumentaron su orgullo por su herencia racial al crear sus propias instituciones sociales. Incluso en actividades diseñadas para proporcionar un escape de las luchas diarias de una vida opresiva, los negros se volvieron más conscientes de la necesidad de elevar a la raza.[58]

Todas las formas de cultura y recreación estaban fácilmente disponibles para los ciudadanos negros del Distrito a principios del siglo, particularmente para aquellos con los medios para disfrutarlas. Los residentes negros asistían a sus propias obras de teatro, recitales, lecturas de poesía, conferencias y exposiciones especiales. Se enorgullecían de sus organizaciones literarias y galas anuales. Si bien algunas instalaciones privadas, como teatros y restaurantes, estaban segregadas, los museos y bibliotecas públicas en Washington —a diferencia de los de algunas otras ciudades del Sur— estaban abiertos a los negros.[59]

El vecindario de U Street era el centro de la comunidad negra de Washington, con muchos negocios, locales de entretenimiento e instituciones sociales de propiedad negra. Las casas que se habían construido en U Street fueron convertidas en espacios comerciales unos 10 años después de su construcción. Un ejemplo es la casa adosada en el 1355 de U Street, que se convirtió en Republic Gardens en la década de 1910, un club con el mismo nombre que sigue funcionando en ese lugar hoy en día. Los principales recintos de entretenimiento dirigidos al público negro comenzaron tan temprano como en 1909, cuando se construyó el Teatro Minnehaha en el 1213 de U Street; hoy en día se encuentra allí Ben's Chili Bowl. En 1910 se construyó el Teatro Howard con una capacidad de 1,200 personas, casi una década antes que el famoso Apollo de Harlem. El impresionante edificio True Reformer en el 1200 de U Street se empezó a construir en 1902 y albergó una infinidad de funciones sociales, fiestas e incluso la primera presentación pagada del propio Duke Ellington, oriundo del vecindario.[60]

Hasta la década de 1920, cuando fue superado por Harlem, el corredor de U Street albergaba la comunidad negra urbana más grande del país. En sus días de gloria cultural, U Street era conocido como el "Broadway Negro", una frase acuñada por la cantante Pearl Bailey. Con amplio espacio para espectáculos en los muchos teatros del área, el corredor continuó expandiéndose en los años 20 con más clubes pequeños, locales clandestinos y reuniones privadas para músicos, intérpretes de jazz y la élite cultural negra. Se construyeron otros teatros, incluyendo el Teatro Booker T en la cuadra 1400 de U Street y el famoso y elegante Teatro Republic en la cuadra 1300. Ambos han sido demolidos desde entonces.[61]

El Teatro Lincoln fue construido entre 1921 y 1923 como una sala de cine de estreno y escenario para presentaciones en el 1215 de U Street. El Club Crystal Caverns abrió en 1926 en el sótano del 2001 de la calle 11 en un ambiente tipo cueva que albergó a artistas desde Pearl Bailey hasta Aretha Franklin en su época dorada. Operó bajo varios nombres hasta mediados de la década de 1970 y aún existe hoy. Los bares clandestinos en sótanos privados y el Lincoln Colonnade solían mantener entretenidos a los asistentes mucho después de la hora oficial de cierre en los clubes.[62]

ACTIVIDADES DEPORTIVAS

Los deportes eran populares entre la élite negra, quienes los disfrutaban tanto como espectadores como participantes. Como no existía un equipo profesional de béisbol negro en Washington, los aficionados tenían que asistir a los partidos en el estadio de la Liga Americana, el Griffith Stadium, uno de los pocos lugares públicos que nunca estuvo segregado racialmente. Allí, los negros esperaban en las mismas filas de comida y boletos que todos los demás, una circunstancia que tal vez explicaba la popularidad del deporte entre los estadounidenses negros. Sin embargo, a partir de 1925, el estadio comenzó a negarse a vender boletos a los aficionados negros cuyos nombres reconocían. La práctica continuó a pesar de las protestas en la prensa.[63]

El golf y el tenis eran deportes populares para participar entre la élite negra. Originalmente, los campos de golf blancos asignaban ciertos días de la semana para que jugaran los negros, pero los golfistas blancos se quejaban de que no les gustaba estar restringidos solo a ciertos días. Los jugadores negros solicitaron un campo de golf separado para negros, pero nuevamente se encontraron con oposición por parte de la comunidad blanca. Finalmente, la ciudad accedió a construir un campo de 9 hoyos para negros en Potomac Park, cerca del Monumento a Lincoln. El campo estaba tan bien cuidado que surgieron problemas cuando los jugadores blancos intentaban utilizarlo.[64]

Era difícil para los negros fuera del círculo de élite jugar al tenis, ya que las canchas designadas para el uso de los negros estaban ubicadas lejos de la mayoría de los vecindarios negros. Sin embargo, para la década de 1920, la ciudad contaba con cinco clubes de tenis negros, la mayoría de ellos afiliados a escuelas o a la Universidad Howard. El más prestigioso era el Club James E. Walker, que organizaba regularmente reuniones informales para promover el tenis y torneos anuales. El club también fue fundamental en la construcción de nuevas canchas, primero en Le Droit Park y, posteriormente, en las calles 13 y T, N.O., cerca de la casa de los Terrell. El Club de la Universidad Howard también organizaba torneos anuales, en los cuales se otorgaban copas de plata donadas por empresarios locales a los ganadores.[65]

Los clubes sociales exclusivos eran una parte importante de la vida de la élite negra porque devolvían un sentido de prestigio a sus miembros. En la década de 1880, los clubes sociales negros como el Lotus Club se enfocaban en excluir a aquellos de piel más oscura o en dividir los grupos sociales entre los residentes antiguos del área y los recién llegados. Si bien la piel clara siguió siendo un indicador importante de estatus privilegiado bien entrado el siglo XX, tantos negros de piel oscura estaban ascendiendo a las filas de la élite que los clubes sociales dejaron de hacer esta distinción.[66]

PARTE I V

La Joya de la Corona

Quien abre la puerta de una escuela, cierra la de una prisión.

Victor Hugo, 1802-1885

CAPÍTULO NUEVE

EL COMIENZO DE LA LIBERACIÓN

Se sentía un espíritu de elevación a medida que florecía una teología de la liberación tras la emancipación y durante el período de la Reconstrucción. Las políticas de avance colectivo serían mantenidas vivas por generaciones de personas negras cantando Lift Every Voice and Sing, cuya letra fue escrita en 1900 por James Weldon Johnson. La canción fue inmensamente popular en la comunidad negra y entonada por asambleas escolares y congregaciones religiosas desde los días en que el pueblo negro celebraba anualmente el aniversario de la emancipación.[1]

Para la clase media negra, el concepto de elevación significaba un énfasis en la autosuperación, la solidaridad racial, la templanza, la austeridad, la castidad, la pureza social, la autoridad patriarcal y la acumulación de riqueza. Este énfasis en la diferenciación de clase como progreso racial, sin embargo, a menudo implicaba luchar contra la construcción cultural dominante del "problema negro." En medio de la represión legal y extralegal, muchos negros buscaban estatus, autoridad moral y el reconocimiento de su humanidad al distinguirse de la supuestamente subdesarrollada mayoría negra; de ahí la frase, a menudo de significado ambiguo, "elevar a la raza."[2]

LAS ESCUELAS PÚBLICAS PARA COLOREADOS

En 1866, había cinco escuelas públicas para personas de color. Abrieron con siete maestros y 400 alumnos.[3] George F. T. Cook fue nombrado Superintendente de Escuelas para Coloreados en 1868 y se le encargaron las escuelas negras del Distrito de Columbia. Fue el primer y último Superintendente de Escuelas para Coloreados, ya que sus sucesores fueron designados como Subsuperintendentes a Cargo de Escuelas para Coloreados. Cuando el Superintendente Cook comenzó su mandato, la rama de escuelas para coloreados del sistema escolar consistía en 41 escuelas, 41 maestros y 2,300 alumnos. Al finalizar su administración en 1900, había 273 escuelas públicas para niños negros con 352 maestros y 12,748 alumnos.[4]

La administración de Cook se caracterizó por una filosofía que enfatizaba, como objetivo fundamental, el respeto por la personalidad y la educación del carácter, tanto mediante el ejemplo como mediante el precepto.

Los educadores, bajo su liderazgo, reconocieron la filosofía defendida por William H. Kirkpatrick, un eminente educador de la Universidad de Columbia, quien decía:

> Los hombres son, antes que nada, hombres, no animales, sirvientes ni herramientas. El primer objetivo de la educación debe ser, por tanto, formar no trabajadores eficientes, sino mejores hombres, mejores ciudadanos y mejores cristianos. Una nación que se proponga primordialmente desarrollar al máximo posible el carácter y la inteligencia de sus ciudadanos puede descubrir que la prosperidad material y el éxito comercial se le añaden.[5]

Con este objetivo para la educación, la administración de Cook fue un esfuerzo noble y eficaz durante más de 30 años.

Cook fue más que el erudito formado en el Oberlin College. El reverendo Francis J. Grimké, él mismo uno de los eruditos más destacados de su época y quien conocía íntimamente a Cook, dijo de él en un discurso pronunciado en la Iglesia Presbiteriana de la Calle Quince el 10 de agosto de 1918, que era el alma misma de la cortesía, un caballero, completamente honesto y recto en todos sus tratos con los demás. Era modesto y rehuía toda publicidad. Prefería hacer su trabajo en silencio y dejar que el trabajo hablara por sí mismo. Era un hombre limpio, puro, de ideales elevados y nobles aspiraciones, que se ganaba el respeto de la comunidad.[6]

Muchos hombres y mujeres capaces, de carácter y formación superiores, trabajaron codo a codo con el superintendente Cook. Entre ellos se encontraba Martha B. Briggs, quien, comenzando en 1879, fue la primera mujer de color en ser nombrada directora de la Escuela Normal Miner. Un educador dijo de ella:

> La señorita Briggs nació para ser maestra, y su trabajo mostraba esas cualidades de mente y corazón que han hecho su nombre famoso en los anales de la educación por el carácter de sus egresadas. Las estudiantes de pedagogía captaban su espíritu misionero y salían de su presencia con almas fortalecidas, llenas de simpatía, para engrandecer la vocación docente e inspirar al aprendiz.[7]

La señorita Briggs fue sucedida por la Dra. Lucy E. Moten, quien enseñó a los jóvenes a ser verdaderos maestros y no simplemente a actuar como tales en presencia del alumnado. La Dra. Moten enfatizaba la limpieza, la puntualidad, la precisión y el rigor. Bajo su liderazgo, la Escuela Normal Miner se desarrolló hasta convertirse en una de las mejores instituciones de formación docente de dos años en los Estados Unidos. Superintendentes estatales de todo el país solicitaban a sus egresados por los eficientes servicios que prestaban dondequiera que fuesen empleados. Entre los maestros que ayudaron a la Dra. Moten a sentar las bases del excelente trabajo que realizó se encontraban la señorita Ada C. Hand, la señorita Jesse A. Wormley, la señorita Mary Dickerson, la señorita A. J. Turner, Charles M. Thomas, la señorita Marie Bowie, George Jenifer, la señorita Clara H. Shippen y Eugene A. Clark.[8]

La gran mayoría de los maestros y funcionarios del sistema escolar en 1932 eran producto de los sobresalientes 25 años de administración de Cook al frente del sistema de escuelas negras del Distrito de Columbia. Tres de los cuatro hombres que ascendieron al cargo más alto de Primer Subsuperintendente fueron George F. T. Cook, Roscoe C. Bruce y Garnet C. Wilkinson. Tres de las cuatro personas que se desempeñaron como subsuperintendentes fueron la señorita M. P. Shadd, Eugene A. Clark y Alfred K. Savoy. También hubo tres directores supervisores: John C. Bruce, la señorita Minecola Kirkland y Leon L. Perry, uno de los tres directores de escuelas secundarias superiores. Robert N. Mattingly y cuatro de los cinco directores de escuelas secundarias básicas —la señora M. H. Plummer, Walter L. Savoy, Harold A. Haynes y el director de la Escuela Secundaria Randall— fueron producto de las escuelas públicas del

Distrito de Columbia y posteriormente egresaron de algunas de las principales universidades de los Estados Unidos.[9]

LA ESCUELA SECUNDARIA PREPARATORIA PARA JÓVENES DE COLOR

La educación era considerada la clave para la liberación. Era necesaria una nueva escuela negra que ofreciera educación más allá del octavo grado, para reforzar los ideales de elevación racial de la clase media negra, promover una visión de solidaridad racial y unir a las élites negras con las masas.[10] El eje central de este mandato fue la Escuela Secundaria Preparatoria para Negros, establecida dos años antes de la fundación de cualquier escuela secundaria pública para blancos en el Distrito de Columbia.[11]

La primera escuela secundaria para estudiantes negros estadounidenses abrió sus puertas en 1870, cuando el Congreso derrotó un proyecto de ley patrocinado por el senador Charles Sumner (un republicano antiesclavista de Massachusetts) que proponía un sistema escolar integrado en la capital del país. Al reafirmar el principio de un sistema dual de educación en la capital, el Congreso prometió estándares iguales y una representación proporcional en el órgano de gobierno que supervisaba el sistema escolar.[12] Inicialmente, Alonzo E. Newton fue superintendente de escuelas y William Syphax y William H. A. Wormley fueron fideicomisarios de las escuelas para personas de color en Washington y Georgetown. Poco después, Syphax, el primer presidente de la Junta de Fideicomisarios de las Escuelas Públicas para Personas de Color en el Distrito de Columbia, promovió la creación de la Escuela Secundaria Preparatoria para Jóvenes de Color.[13]

En noviembre de 1870, se estableció la Escuela Secundaria Preparatoria para Jóvenes de Color en el sótano de la Iglesia Presbiteriana de la Calle Quince, ubicada entre las calles I y K, Noroeste, en Washington, D.C. Al principio, fue financiada con fondos filantrópicos privados, pero en pocos años se convirtió en una institución sostenida con impuestos, precediendo en realidad la creación de las escuelas secundarias públicas para blancos. La Escuela Preparatoria fue la primera escuela secundaria para negros en los Estados Unidos, y desde sus inicios tuvo un carácter académico. Resistió con firmeza las presiones recurrentes para convertirse en una escuela vocacional, comercial o "general". Durante todo ese periodo enseñó latín, y en algunos de sus primeros años, también griego. La escuela nunca fue "relevante" en función de modas pasajeras, pero inculcó orgullo individual y racial en sus estudiantes y en la comunidad negra del Distrito de Columbia. Desde sus inicios, funcionó, tal como su nombre lo indica, como una escuela preparatoria para la universidad, dirigida al "décimo talentoso".[14]

El "décimo talentoso" es un concepto promovido por W.E.B. Du Bois en The Negro Problem. Du Bois, educador y autor negro, consideraba que era necesario acceder a la educación superior para desarrollar la capacidad de liderazgo entre el 10 por ciento más capaz de los negros estadounidenses. Fue uno de varios intelectuales negros que temían que un énfasis excesivo en la formación industrial (como lo proponía, por ejemplo, el plan de Booker T. Washington en su discurso del Compromiso de Atlanta en 1895) relegaría permanentemente a los negros a una ciudadanía de segunda clase. Para alcanzar la igualdad política y civil, Du Bois recalcó la importancia de educar a maestros, profesionales, ministros y portavoces negros que ganaran sus privilegios especiales dedicándose a "fermentar la masa" e "inspirar a las masas".[15]

Esta escuela secundaria inicial para jóvenes negros no era, en realidad, una escuela secundaria en el sentido estricto. Estaba compuesta principalmente por estudiantes que cursaban los dos últimos años de la educación primaria, con un número reducido de alumnos tomando cursos de nivel secundario. La nueva institución enfrentaba varias desventajas evidentes. En primer lugar, el cuerpo docente era insuficiente, pues había solo un instructor para 45 alumnos. No se disponía de suficiente tiempo para estudios avanzados y la escuela sufría la pérdida de estudiantes que eran reclutados y empleados para cubrir la creciente demanda de maestros negros en los grados inferiores. La primera clase debió haberse graduado en 1875, pero la demanda de maestros era mayor que la oferta. Así, las primeras clases fueron incorporadas al cuerpo docente antes de completar el plan de estudios prescrito. No fue sino hasta 1877 que se celebró la primera ceremonia de graduación, en la cual se otorgaron diplomas a 11 estudiantes.[16] Esta primera generación de egresados fue contratada de inmediato para enseñar a las demás clases,[17] debido a la necesidad de maestros y a la inexistencia de una escuela normal. Los logros de estos primeros alumnos, que se convirtieron en docentes eficaces, dan testimonio del alto nivel de instrucción en la escuela desde su fundación.[18]

Dada la extrema escasez de personas negras educadas en 1870, el desempeño de la escuela no podía replicarse fácilmente en otros lugares en un plazo razonable. La primera mujer negra en recibir un título universitario en los Estados Unidos, Mary Jane Patterson, se graduó en Oberlin en 1862 y enseñó en la Escuela Secundaria Preparatoria. El primer hombre negro en graduarse de Harvard, Richard T. Greener, obtuvo su título en 1870 y se convirtió en director de la Escuela Preparatoria en 1872. Sin embargo, la primera directora de la Escuela Secundaria Preparatoria fue Emma J. Hutchins, una mujer blanca oriunda de New Hampshire. Como muchos hombres y mujeres blancos del Norte en esa época, la señorita Hutchins estaba animada por el fervor de hacer todo lo posible por educar y elevar a los jóvenes de la raza recién emancipada. Fue directora de la Escuela de la Calle O, hoy Escuela John F. Cook, y fue puesta a cargo de la Escuela Secundaria Preparatoria en 1870.

Después de un año, la Srta. Hutchins renunció para aceptar un puesto en el condado de Oswego, Nueva York. No hubo insatisfacción por parte de las personas a quienes sirvió. Renunció porque, según dijo, entre los propios negros había maestros completamente capacitados para asumir la labor y continuarla, mientras que ella podía encontrar empleo en otro lugar. Su período de servicio en las escuelas públicas de Washington fue breve, pero la impresión que dejó en quienes tuvieron contacto con ella permaneció grabada indeleblemente a lo largo de los años. Enfatizaba ideales elevados, el cumplimiento consciente del deber en condiciones adversas y la lealtad hacia los intereses de sus estudiantes. Se decía de ella: "En verdad, tenía el espíritu de la verdadera maestra."[19]

La Srta. Hutchins fue la primera docente, y los primeros cuatro alumnos de su clase fueron Rosetta Coakley, John Nalle, Mary Nalle y Caroline Parke. El plan de estudios de la Escuela Secundaria Preparatoria era, al principio, principalmente clásico y en inglés. El curso incluía aritmética, geometría, trigonometría, astronomía, gramática inglesa, composición, literatura y elocución, historia de los Estados Unidos, inglesa y general, ciencias, lenguas extranjeras, filosofía mental y moral, dibujo, caligrafía y contabilidad.[20] Posteriormente se añadieron cursos técnicos y comerciales. El ciclo de estudios secundarios duraba tres años hasta 1894, cuando se amplió a cuatro años con la inclusión de asignaturas optativas.[21]

En 1871, Mary Jane Patterson sucedió a la Srta. Hutchins como directora de la escuela secundaria, que en ese entonces estaba ubicada en el edificio de la Escuela Thaddeus Stevens en la Calle 21, Noroeste. La Srta. Patterson no solo fue la primera mujer negra en los Estados Unidos en obtener un título universitario, sino que lo logró rechazando los cursos usualmente dirigidos a mujeres en Oberlin y cursando, en su lugar, un programa de griego, latín y matemáticas avanzadas diseñado para "caballeros." Como directora, fue una "personalidad fuerte e influyente," reconocida por su "exhaustividad" y por ser "una trabajadora incansable."[22]

Después de que la Srta. Patterson se desempeñara como directora por un año, en 1872 fue nombrado Richard T. Greener en su lugar. Así como la Srta. Patterson fue la primera mujer de color en graduarse del Oberlin College, Greener tuvo el honor de ser el primer hombre negro graduado de Harvard College. Recibió su educación preparatoria en Boston, Oberlin y Cambridge, y se graduó de Harvard en 1870. Académico y abogado de profesión, Greener llamó la atención por sus ensayos y discursos. Ocupó varios cargos importantes, entre ellos profesor en la Universidad de Carolina del Sur durante el periodo de Reconstrucción, decano de la Facultad de Derecho de la Universidad de Howard, jefe examinador del Servicio Civil para la ciudad de Nueva York y cónsul de los Estados Unidos en Vladivostok, Rusia. Luego de desempeñarse como director de la escuela secundaria durante casi un año, Greener partió en busca de oportunidades más amplias. La Srta. Patterson fue nuevamente nombrada directora de la Escuela Secundaria Preparatoria y sirvió durante una docena de años más en el periodo formativo de la escuela. Fue sucedida en 1884 por Francis L. Cardozo, Sr.[23]

Cuando Cardozo fue nombrado director de la escuela secundaria, se mantuvo sin duda el nivel académico exigido para el cargo. Nacido libre en la Carolina del Sur anterior a la Guerra Civil, tuvo la rara distinción de haberse educado en la Universidad de Glasgow, en Escocia, donde obtuvo dos becas de $1,000 cada una en griego y latín. También cursó estudios en la Escuela de Teología de Londres, Inglaterra, donde completó el programa de tres años en solo dos. En una ocasión, fue pastor de la Iglesia Congregacional de la Calle Tremont en New Haven, Connecticut. Posteriormente, se trasladó a Charleston, Carolina del Sur, donde realizó trabajo misionero mientras trabajaba para la Junta Americana de Misiones. Cardozo fundó el Instituto Avery en Charleston y fue su director hasta que se convirtió en Tesorero del Estado de Carolina del Sur en 1870. Bajo el mandato del gobernador Daniel Henry Chamberlain, fue Secretario de Estado durante dos períodos.[24]

Desde el sótano de la Iglesia Presbiteriana de la Calle Quince, la escuela fue trasladada al edificio de la Escuela Thaddeus Stevens por un año, de 1871 a 1872. La Escuela Charles Sumner, ubicada en las calles 17 y M, Noroeste, fue su sede de 1872 a 1877. Luego fue trasladada a la Escuela Myrtilla Minor en la esquina de las calles 17 y Church, Noroeste. Permaneció allí hasta 1891, cuando se convirtió en la Escuela Secundaria de la Calle M, en la Calle M entre la Primera Calle y la Avenida New Jersey, Noroeste.[25]

De 45 estudiantes en el primer año, la matrícula aumentó a 83 alumnos dos años después. En la primera generación de graduados en 1877, hubo 11 estudiantes:[26]

Dora F. Barker

Mary L. Beacon

Fannie M. Costin

Julia C. Grant

Fannie E. McCoy

Cornelia A. Pinckney

Carrie E. Taylor

Mary E. M.

Thomas James C. Craig

John A. Parker

James B. Wright

Para 1884, había 172 estudiantes en la escuela y, dos años más tarde, la matrícula había aumentado a 247. Entre 1887 y 1888, cuando la inscripción llegó a 361 alumnos, había nueve docentes, sin contar los instructores de música y dibujo. Hubo un aumento de dos docentes en el año lectivo de 1888 a 1889. Desde 1877 hasta 1894, el currículo de la escuela secundaria consistía en tres años de estudios. En 1894, el plan de estudios fue enriquecido y ampliado con la adición de varias asignaturas optativas y luego extendido a cuatro años. El departamento comercial fue establecido en 1884-1885 y, en 1887, se añadió un curso de negocios con una duración de dos años. Se ofreció a las niñas la oportunidad de estudiar ciencias domésticas y a los niños, instrucción militar.[27]

En 1886, el programa de negocios fue introducido en el antiguo edificio de la Escuela Miner, ubicado en las calles 17 y Church, Noroeste. Debido al crecimiento del departamento académico en la Calle M, el departamento comercial fue trasladado al edificio de la

Escuela Garnet, en las calles 10 y U, Noroeste, donde permaneció durante dos años. Luego fue trasladado al edificio de la Escuela Douglass, en las calles 1 y Pierce, Noroeste, y, a su vez, al Old Mott, al Phelps, al Dunbar y finalmente al Cardozo.[28]

M STREET HIGH SCHOOL

Desde 1874, el Superintendente de Escuelas para Personas de Color, George F. T. Cook, había instado a la construcción de un edificio adecuado para la escuela secundaria.[29] Finalmente, se asignaron fondos para la construcción de un edificio conocido como la M Street High School. Fue erigido en la Calle M, Noroeste, cerca de la intersección de las avenidas New York y New Jersey. El Informe de la Junta de Educación de D.C. de 1904-1905 indica que el terreno para la escuela costó $24,592.50. El edificio en sí costó $74,454.88 y los accesorios, $9,862.44. El gasto total para la nueva escuela fue de $109,909.82.[30]

Hasta 1892, la Escuela Preparatoria para Jóvenes de Color había ocupado diferentes sedes en toda la ciudad. Luego fue trasladada al nuevo edificio en el 128 de la Calle M, Noroeste, y renombrada como M Street High School. La antigua M Street High School se convirtió en la Escuela Primaria Perry. La Perry cerró sus puertas con la implementación de las leyes de desegregación en 1954.[31] El nuevo edificio de la Calle M era una gran estructura de ladrillo construida en estilo neorrománico. Fue diseñado por la Oficina del Inspector de Edificios de la Agencia Central de Diseño y Construcción Municipal y tenía capacidad para 450 estudiantes.

La Oficina del Inspector de Edificios, entre otras entidades, era supervisada por el Comisionado de Ingeniería durante un periodo en el que la ciudad era gobernada por tres comisionados designados. El edificio de tres pisos de ladrillo ofrecía aulas especiales adecuadas a la oferta educativa de la escuela secundaria. Estas incluían una "sala de instrucción militar" en el sótano, laboratorios científicos y salas de estudio en la parte trasera del edificio. Un gran salón de actos estaba ubicado en la parte delantera del tercer piso, con un escenario y filas de sillas estilo ópera. Al momento de su finalización, el edificio de la M Street High School fue "la primera escuela secundaria para personas de color jamás construida con fondos públicos. Otras escuelas habían sido erigidas mediante suscripciones privadas, pero este edificio fue construido con una asignación pública hecha expresamente para tal fin…"[32]

Las credenciales del profesorado de la M Street High School y de su sucesora, la Dunbar High School, eran formidables. El sistema escolar proporcionaba salarios equitativos y relativamente altos para todos los docentes, sin distinción de género o raza, y los mejores educadores negros del país eran atraídos a Washington, D.C., debido a las oportunidades profesionales limitadas en otros lugares.

El profesorado de la M Street High School y de Dunbar era, posiblemente, superior al de las escuelas públicas blancas, cuyos docentes normalmente eran egresados de escuelas normales o institutos de formación docente. Con su énfasis en las humanidades clásicas, la M Street High School y su sucesora, la Dunbar High School, eran consideradas por muchos como el equivalente de la prestigiosa Boston Latin School[33] o de otras escuelas preparatorias exclusivas.[34] De hecho, Rayford W. Logan, graduado de M Street e historiador, declaró que la M Street High School era "una de las mejores escuelas secundarias de la nación, ya fuera para blancos o para negros, pública o privada."[35]

Los logros de Dunbar reflejan las cualidades personales de sus líderes durante los años formativos de la institución. Se requería un tipo especial de confianza y valentía para que un hombre o una mujer negros fueran pioneros en Oberlin o Harvard a mediados del siglo XIX, en una época en la que incluso los liberales que se oponían a la esclavitud cuestionaban abiertamente la capacidad de la raza para ser educada. Los directores de la M Street y Dunbar debían ser individuos que no se desanimaran fácilmente, que no se dejaran intimidar y que no estuvieran inclinados a hacer concesiones en cuanto a la calidad. Así los describen los relatos históricos y, sin duda, ese espíritu se convirtió en la tradición dominante de la escuela.[36]

DIRECTORES DE LA M STREET HIGH SCHOOL

Francis L. Cardozo, Sr. ostenta la distinción de haber sido el último director de la Preparatory High School for Colored Youth y el primer director de la nueva M Street High School.

En 1896, el Dr. Winfield Scott Montgomery fue nombrado director de la M Street High School y ocupó ese cargo durante tres años. Nacido en 1853 como esclavo en una plantación en las cercanías de Nueva Orleans, tuvo la gran fortuna de ser liberado por el Ejército de la Unión. Viajó como seguidor de campamento hasta Virginia y Vermont, donde ingresó al Leland and Gray Seminary en Townshend,

Vermont. En el semestre de otoño de 1873, se matriculó en Dartmouth College, pero, al carecer de fondos suficientes, se retiró por un año y enseñó en la escuela Hillsdale de Washington.

El Dr. Montgomery se graduó de Dartmouth College en 1879, obteniendo el título de A.A. con honores Phi Beta Kappa. Tuvo la distinción de ser el único afroamericano admitido como miembro de la fraternidad social Kappa Kappa Kappa (Tri-Kap) hasta después de la Segunda Guerra Mundial. En junio de 1906, Dartmouth College le otorgó el título honorífico de Maestro en Artes. El Dr. Montgomery estudió medicina exitosamente en la Universidad de Howard y recibió el título de Doctor en Medicina en 1890. Obtuvo licencia para ejercer tanto en el Distrito de Columbia como en Míchigan. En 1899, fue nombrado sub-superintendente de las escuelas para personas de color y desempeñó ese cargo durante siete años. Un colega se refirió al período del Dr. Montgomery en la M Street High School como "...marcado por una etapa de trabajo constructivo. Defendía una alta calidad académica con una inclinación hacia la escuela secundaria clásica."[37]

El juez Robert H. Terrell sucedió al Dr. Montgomery en 1899. Fue el segundo director de la escuela en tener un título de Harvard College. Cuando era niño, fue alumno de las escuelas públicas del Distrito de Columbia y formó parte de una de las primeras clases en la antigua Preparatory High School. Terrell finalizó su preparación universitaria en Lawrence Academy, en Groton, Massachusetts. Para poder costear sus estudios universitarios, trabajó en el comedor de Harvard. Fue uno de los siete estudiantes que se graduaron magna cum laude en Harvard en junio de 1884. Ese otoño, fue nombrado docente en la escuela secundaria y ocupó ese puesto durante cinco años. En el otoño de 1889, fue designado jefe de una división en el Departamento del Tesoro de los Estados Unidos, donde trabajó durante cuatro años.

Mientras tanto, Terrell estudió derecho. Ejerció la abogacía hasta 1889. En 1902, el presidente Theodore Roosevelt lo nominó para una judicatura en uno de los tribunales municipales de Washington, y Terrell renunció a la dirección para aceptar ese cargo. Como director, "dedicaba la mayor parte de su tiempo fuera del aula a preparar a los muchachos para la universidad", con el resultado de que "un buen número" luego "completó sus estudios en Harvard."[38] Inició una tradición que continuó conforme la escuela cambió de directores y de sede. En el período de 1918 a 1923, los graduados de Dunbar obtuvieron 15 títulos universitarios en instituciones de la Ivy League y 10 títulos en Amherst, Williams y Wesleyan.[39]

El sucesor del juez Terrell fue Anna J. Cooper, oriunda de Raleigh, Carolina del Norte, graduada de Oberlin College, promoción del 84, y con una maestría de la misma institución. En 1925, recibió el título de Doctora en Filosofía por la Sorbona. Enseñó latín, matemáticas y ciencias, y escribió un libro muy reconocido, A Voice from the South, el cual fue ampliamente elogiado en la prensa nacional.[40]

La Dra. Cooper se esforzó incansablemente en preparar a sus alumnos para ser admitidos en universidades del Norte y del Medio Oeste que no practicaban la segregación. La ruta típica hacia una universidad prestigiosa del norte para los graduados afroamericanos talentosos de escuelas segregadas solía incluir una parada, después de terminar la secundaria, en una escuela preparatoria de Nueva Inglaterra. Earnest Everett Just, el destacado biólogo marino, por ejemplo, se graduó del Departamento de Preparación Clásica del South Carolina State College en 1899, y luego asistió a Kimball Union Academy en New Hampshire antes de ingresar a Dartmouth College en 1903.[41]

Bajo la dirección de la Dra. Cooper, los alumnos que aprobaban rigurosos exámenes de admisión eran admitidos directamente. Edwin French Tyson, de la promoción de 1903, aprobó el examen de Harvard y fue el primer alumno en ingresar a Harvard College desde la M Street High School. En 1899, los estudiantes de la M Street High School obtuvieron calificaciones más altas que los de las escuelas blancas Eastern y Western en exámenes estandarizados de inglés y materias generales. De los 30 profesores en ese momento, 20 tenían títulos de universidades del norte de primer nivel y otros cinco se habían graduado de Howard.[42] Y nada de esto fue una casualidad aislada: M Street y Dunbar tuvieron un impresionante historial académico durante un período de 85 años.[43]

La nueva escuela continuó con su riguroso currículo académico. Los estudiantes de primer año debían cursar inglés, historia, álgebra, latín y física o química. En el tercer y cuarto año, las únicas materias obligatorias eran inglés y latín. La mayoría de los estudiantes tomaban una carga académica típica, que incluía dos años de griego, tres de francés, cuatro de latín, dos de inglés y geometría, trigonometría y álgebra avanzada. También había otras opciones, como cursos de alemán, español y economía política.[44]

Los estudiantes que se graduaban de la M Street High School se evitaban el tiempo y gasto adicional de asistir a una escuela preparatoria adicional. El profesorado de M Street preparaba tan exhaustivamente a los alumnos con tutorías especiales para ayudarlos en sus estudios para los exámenes de admisión universitaria, que Brown, Harvard, Yale y Oberlin acordaron admitir a los estudiantes basándose en los resultados de estas pruebas, sin requerir preparación adicional.[45] La Dra. Cooper también logró conseguir becas para muchos de sus alumnos.[46]

Aunque era una profesora, académica y administradora competente, la Dra. Cooper tenía detractores. En una serie de artículos objetivos y minuciosos publicados en 1905, el Washington Post examinó su labor como directora. Durante más de un año, había denuncias formales ante la junta de educación relacionadas con sus métodos disciplinarios y la eficiencia del profesorado de la escuela secundaria. Se llevó a cabo una investigación en la que se acusó a la Dra. Cooper de ser una mala disciplinaria. También se ventiló la existencia de casos de embriaguez y consumo de tabaco por parte de alumnos varones en el recinto escolar, así como la admisión de algunos estudiantes que no estaban preparados para cursar estudios de nivel secundario.[47]

La Dra. Cooper se eximió de los cargos relativos al consumo de alcohol por parte de los alumnos demostrando que no había pruebas que los respaldaran. Recibió el apoyo de la influyente Asociación de Exalumnos de la Escuela Secundaria M Street, del reverendo Francis O. Grimké, ministro de la prestigiosa Iglesia Presbiteriana de la Calle Quince, del excongresista George H. White de Carolina del Norte, y de la Sra. A. M. Curtis, quien representaba a las madres de los alumnos del colegio.[48]

La Dra. Cooper fue víctima de una conspiración. Ciertas personas de la comunidad local se opusieron enérgicamente a ella por su defensa inquebrantable de la igualdad de planes de estudio en el sistema escolar dual y por haber permitido que W. E. B. Du Bois, en el invierno de 1903, hablara ante los alumnos de la escuela secundaria. En su discurso, el Dr. Du Bois, un ferviente opositor de las posturas industriales y sociales de Booker T. Washington, señaló que percibía una tendencia en Estados Unidos a restringir el currículo de las escuelas para negros.[49] Con la construcción, en 1902, de la Armstrong Manual Training School, situada en el conjunto de escuelas para negros a pocas cuadras al norte de la M Street High School, los objetivos preparatorios universitarios de esta última se reafirmaron con mayor claridad.[50] Las preocupaciones prácticas de quienes abogaban por clases vocacionales quedaron atenuadas con la apertura de Armstrong.

La Dra. Cooper se opuso con firmeza a cualquier disminución de los estándares académicos en la escuela secundaria. Su postura la llevó a un enfrentamiento con Percy M. Hughes, el director blanco de escuelas secundarias. Hughes había afirmado que los alumnos de la M Street High School eran "incapaces de cursar las mismas materias en el mismo tiempo que los de otras escuelas del mismo nivel en la ciudad".[51] Aseguraba que los estudiantes de M Street no eran aptos para becas universitarias, y cuando la Dra. Cooper siguió recomendando a alumnos para dichas becas, el Sr. Hughes la acusó de insubordinación.[52]

El Sr. Hughes alegó que los alumnos de M Street no parecían estar preparados en inglés y álgebra al ingresar en la escuela, y recomendó modificaciones en el currículo para subsanar esta situación. En 1904, reconoció haber recibido críticas de la comunidad negra, pero aun así recomendó un aumento de la formación manual, particularmente para los estudiantes de M Street, quienes necesitaban aprender la "dignidad del trabajo". Serían "mejores hombres y mujeres educados y, por tanto, mejor preparados para salir adelante en la lucha de la vida si recibían una formación adecuada tanto en el uso de herramientas como en el manejo de los libros".[53] Considerando los magníficos logros académicos de los graduados de la escuela secundaria durante el período de segregación Jim Crow, parece evidente que las ideas de Hughes estaban motivadas por razones raciales. Además, dada la labor activista de la Dra. Cooper en la comunidad negra, también podría haber existido un componente de sexismo.[54]

Para la Dra. Cooper, las actividades benéficas y de reforma ocuparon el lugar del trabajo como clave para la transformación de valores, y es seguro que Hughes conocía su activismo en la comunidad negra. Muchas mujeres negras tenían empleos, pero lo hacían más por su libertad como mujeres que por el progreso racial. Algunas combinaron el trabajo con el impulso racial a través de sus conferencias sobre temas raciales, pero no se sentían movidas a tener simpatía por su raza a raíz de sus empleos. Fueron las actividades caritativas las que acercaron más a las mujeres negras privilegiadas al resto de la comunidad negra y proporcionaron el vínculo más fuerte con el ascenso racial.[55] El resultado de la investigación fue la permanencia de la Dra. Cooper como directora.

Sin embargo, sus métodos administrativos fueron reprendidos y se cuestionó su lealtad al director de escuelas secundarias.[56]

William Tecumseh Sherman Jackson sucedió a la Dra. Cooper en 1906. Jackson era originario de Glencairn, Virginia, y fue educado en Amherst College, que le otorgó los títulos de A.B. en 1892 y A.M. en 1897. Jackson le debía su educación universitaria al senador estadounidense George Frisbie Hoar, de Massachusetts, quien pagó su matrícula y gastos. Jackson nunca olvidó ese gesto de bondad. Dedicó su vida a ayudar a otros a obtener las mismas oportunidades. Guió a muchos de sus estudiantes hacia Amherst, que graduó a más alumnos de Dunbar que cualquier otra universidad fuera de la capital del país.[57]

Posteriormente, Jackson cursó estudios de posgrado en la Universidad Católica de América. Sus 25 años de servicio se dieron todos en la escuela secundaria. Fue profesor de matemáticas desde 1892 hasta 1904, director de la M Street High School de 1906 a 1909, y jefe del Departamento de Prácticas Comerciales de 1912 a 1917. Al comentar sobre el trabajo de Jackson, uno de sus superiores declaró que "introdujo el sistema de promoción individual, estimuló el interés por el atletismo y fomentó el espíritu escolar". En 1902, Jackson se casó con May Howard, la talentosa escultora que enseñaba latín.[58]

El último director de la M Street High School fue Edward Christopher Williams, quien sucedió a Jackson como director de la escuela en 1909. El Sr. Williams nació en Cleveland, Ohio, y se graduó de la Central High School de esa ciudad. Obtuvo el título de B.L. en la Western Reserve University, donde, en su penúltimo año, recibió la llave de Phi Beta Kappa.[59]

Tras graduarse con distinción en Adelbert College de la Western Reserve University en 1892, Williams fue nombrado Bibliotecario Asistente de la Biblioteca Hatch en dicha universidad e instructor en materias bibliográficas en la Escuela de Biblioteconomía. En 1898, Williams tomó una licencia sabática para cursar una maestría en bibliotecología en la Biblioteca del Estado de Nueva York. Completó el programa de dos años en uno solo, y regresó a reanudar sus responsabilidades en la Western Reserve University como bibliotecario e instructor.[60] Williams fue promovido a bibliotecario principal de la Biblioteca Hatch, donde trabajó hasta 1909. Renunció para asumir la responsabilidad de Director de la M Street High School en Washington, D.C.[61] Tras siete años como director de la M Street High School, renunció en junio de 1916 para aceptar un puesto en la Universidad de

Howard como Bibliotecario y Director de la Escuela de Biblioteconomía. Williams logró un gran éxito como funcionario administrativo durante su gestión como director de la M Street High School.[62]

MAESTROS EN LA M STREET HIGH SCHOOL

No educational institution can exist solely with administrators at the helm. Teachers and students represent two-thirds of the total entity.[63]   In 1891 to 1892, the faculty at M Street High School numbered 17, and in 1914 to 1915, it was 35.[64] Among the high school's "talented Tenth" were Henry L. Bailey, Parker N. Bailey, Ulysses S. G. Bassett, Percival D. Brooks, Hugh M. Browne, Mary P Burrill, Harriet Shadd Butcher, John W. Cromwell, Jr., Jessie Fauset, Ida A. Gibbs, Amplias Glenn, Angelina Grimké, Edwin B, Henderson, William T. S. Jackson, Lola Johnson, Mineola Kirkland, Julia Mason Layton, Caroline E. Parke, Harriet E. Riggs, Nevalle Thomas, Garnet C. Wilkinson, and Carter G. Woodson.[65] Let us examine briefly the careers of some of these outstanding teachers.

Ninguna institución educativa puede existir únicamente con administradores al mando. Los maestros y los estudiantes representan dos tercios de la totalidad de la entidad.[63] Entre 1891 y 1892, el profesorado de la M Street High School ascendía a 17 personas, y entre 1914 y 1915, a 35.[64] Entre los miembros del "décimo talentoso" del instituto figuraban Henry L. Bailey, Parker N. Bailey, Ulysses S. G. Bassett, Percival D. Brooks, Hugh M. Browne, Mary P. Burrill, Harriet Shadd Butcher, John W. Cromwell, Jr., Jessie Fauset, Ida A. Gibbs, Amplias Glenn, Angelina Grimké, Edwin B. Henderson, William T. S. Jackson, Lola Johnson, Mineola Kirkland, Julia Mason Layton, Caroline E. Parke, Harriet E. Riggs, Nevalle Thomas, Garnet C. Wilkinson y Carter G. Woodson.[65] Examinemos brevemente las trayectorias de algunos de estos destacados docentes.

Uno de los profesores más distinguidos fue Hugh Mason Browne, quien nació en una prominente familia negra libre en Washington, D.C., en junio de 1851. Sus padres, John y Elizabeth Wormley Browne, y otros parientes, eran miembros consolidados de la clase media negra local gracias a sus actividades empresariales, educativas y políticas en la capital del país. Tras recibir su educación primaria en el sistema local de escuelas públicas para personas de color, Browne asistió a la Universidad de Howard, donde obtuvo el título de B.A. en

1875 y el de M.A. en 1878. También recibió un B.D. del Seminario Teológico de Princeton en 1878 y fue ordenado como ministro de la Iglesia Presbiteriana. Durante los dos años siguientes, Browne viajó a Alemania y Escocia para realizar estudios adicionales. Luego regresó a Estados Unidos para pastorear brevemente la Iglesia Presbiteriana Shiloh en la ciudad de Nueva York. En agosto de 1883, viajó a Liberia, donde fue nombrado profesor de filosofía intelectual y moral en el Liberia College. Mientras estuvo en el país, Browne se familiarizó con los desafíos de asimilar a los antiguos esclavos en un entorno africano y con los problemas y diferencias culturales que afectaban el desarrollo social, económico y educativo de Liberia.[66]

Browne regresó a Washington después de casi dos años en África Occidental y enseñó física durante los dos años siguientes en la M Street High School. Allí, introdujo un sistema innovador de instrucción que enfatizaba la experimentación por parte del estudiante. Luego, enseñó en el Instituto Hampton, en Virginia, desde 1898 hasta 1901. Posteriormente, fue director de la Colored High School en Baltimore, Maryland. En cada uno de estos contextos, Browne procuró mejorar los sistemas y servicios educativos para los afroamericanos mediante un enfoque equilibrado entre teoría y práctica. Abogaba por una formación académica complementada con instrucción industrial y por un desarrollo equitativo de la mente y el cuerpo mediante la estimulación intelectual y la educación física.[67]

Teórico e intelectual, Browne no dejaba de estar comprometido con la aplicación práctica de las ideas a necesidades concretas. Aunque contaba con el respeto de pensadores y líderes más conocidos como Washington y Du Bois, también dedicó tiempo a convertir ideas abstractas en invenciones tangibles, al estilo de George Washington Carver y Elijah McCoy. Se le atribuye la patente de un dispositivo para evitar el reflujo de agua en los sótanos, otorgada el 29 de abril de 1890, y fue citado en la edición del 8 de julio de 1893 del periódico The Colored American, que incluía "una lista parcial de patentes otorgadas por los Estados Unidos para invenciones de personas de color."[68]

Angelina Weld Grimké nació en una de las familias estadounidenses más prominentes del siglo XIX. Su nombre fue en honor a su tía abuela blanca, una destacada abolicionista y defensora de los derechos de las mujeres, Angelina Grimké Weld, quien falleció cuatro meses antes del nacimiento de Grimké, el 27 de febrero de 1880.

Su padre, Archibald, hijo del hermano de Weld y de una de sus esclavas, fue abogado, un importante activista del Partido Republicano (primero en Boston y, posteriormente, en Washington, D.C.) y un líder de la Asociación Nacional para el Progreso de las Personas de Color (NAACP). En 1879, Archibald se casó con Sarah Stanley, una bostoniana blanca de prominencia social, con quien tuvo una hija, Angelina. La pareja se separó varios años después del nacimiento de Angelina, y Stanley obtuvo la custodia de su hija pese a la oposición de Archibald. Sin embargo, Stanley no pudo hacerse cargo de ella. Cuando Angelina tenía siete años, su padre se convirtió en su único responsable.[69]

En 1902, con la ayuda de su padre, la señorita Grimké fue contratada como profesora de educación física en la Armstrong Manual Training School en Washington, D.C. Tras un desacuerdo con el director del colegio cinco años después, fue transferida a la más prestigiosa Dunbar High School, donde también trabajaron algunos otros escritores del Renacimiento de Harlem. Durante este tiempo, pasó los veranos como estudiante en Harvard. La señorita Grimké se esforzó por estar a la altura de las expectativas de su padre destacando como profesora de inglés en Dunbar durante casi 20 años y mediante la fama que alcanzó como escritora.[70]

La señorita Grimké fue una escritora destacada desde la década de 1900 hasta la de 1920 y la primera afroamericana cuya obra de teatro, Rachel (1916; publicada en 1920), fue representada. Se produjo como una iniciativa de la NAACP para reunir aliados contra los efectos de la película The Birth of a Nation. Su poesía apareció con regularidad en revistas, periódicos y antologías durante la época hoy conocida como el Renacimiento de Harlem. Al parecer, dejó de escribir a finales de la década de 1920 y cayó casi en el olvido poco después. Su obra fue redescubierta en las décadas de 1980 y 1990 por académicos lesbianas, gais y bisexuales, quienes reconocieron que la señorita Grimké se sentía atraída tanto por mujeres como por hombres, y que su incapacidad para actuar conforme a esos deseos tanto inspiró su escritura como contribuyó a su eventual abandono de la misma.[71]

Garnet C. Wilkinson fue un educador comprometido y líder cívico durante más de 60 años. Nacido en Carolina del Sur, se mudó a Washington siendo niño. Asistió a la M Street High School, clase de 1898, y obtuvo su licenciatura en Artes en el Oberlin College en 1902. Recibió su título de Licenciado en Derecho en la Universidad de

Howard en 1909 y, más tarde, obtuvo su maestría en la Universidad de Pensilvania. En 1902, Wilkinson fue nombrado profesor en su alma mater, donde enseñó latín y matemáticas. Dedicó gran parte de su tiempo fuera del horario escolar a entrenar y dirigir a los equipos de fútbol americano y béisbol, y a asistir al cuerpo de cadetes de la escuela. Posteriormente fue director de la Armstrong Manual Training School y de la Dunbar High School, y fue también uno de los primeros entrenadores de preparatoria en la ciudad.[72]

En colaboración con Edwin Henderson, Wilkinson ayudó a formar y promover la Asociación Atlética Interescolar de los Estados del Atlántico Medio (Inter-Scholastic Athletic Association of Middle Atlantic States, I.S.A.A.), lo que dio lugar a la aparición de varios equipos y jugadores de baloncesto negros provenientes de escuelas, clubes deportivos, iglesias, universidades y sucursales de la Y.M.C.A. de Color en Washington, D.C. y la costa este. Los partidos de baloncesto organizados por la I.S.A.A. impulsaron la difusión de este joven deporte entre los afroamericanos y, gracias al trabajo pionero de Henderson y Wilkinson, nació el "baloncesto negro".[73]

Nacido en 1875, hacia el final de la Reconstrucción, en el condado de Buckingham, Virginia, Carter Godwin Woodson fue el quinto de los siete hijos sobrevivientes de James Henry y Anna Eliza Woodson. Sus padres habían nacido en la esclavitud en Virginia, pero su padre logró escapar durante la Guerra Civil y sirvió en el Ejército de la Unión. Carpintero calificado como su padre, James Henry no pudo mantenerse con su oficio y se vio obligado a trabajar como aparcero. Más tarde, consiguió comprar 20 acres cerca de la finca de su padre y, aunque la familia era extremadamente pobre, su condición de propietarios les brindó un grado de libertad que contribuyó al fuerte sentido de autosuficiencia del joven Woodson.[74]

Los hijos de los Woodson trabajaban arduamente en la finca familiar. Durante cuatro meses al año, entre la cosecha y la siembra, asistían a la escuela cercana dirigida por sus tíos, John Morton Riddle y James Buchanan Riddle. Aunque sus tíos fueron importantes modelos a seguir, Woodson, por otro lado, atribuía a su padre, quien era analfabeto, la enseñanza de sus lecciones más valiosas: ser cortés con todos, pero exigir respeto como ser humano y nunca traicionar "a la raza". Su madre, que había aprendido a leer y escribir, esperaba que Carter, su hijo predilecto, trabajara duro y se destacara en sus estudios.[75]

En 1892, cuando tenía 17 años, Woodson siguió a sus hermanos mayores a Virginia Occidental, donde se habían trasladado varios años antes para trabajar en las minas de carbón. Allí, Woodson se enamoró de "la historia de la raza" gracias a su relación con Oliver Jones, un ex cocinero y veterano de la Guerra Civil originario de Richmond, Virginia. Al enterarse de que el joven sabía leer, Jones lo contrató para que leyera los periódicos diarios para él y sus clientes a cambio de golosinas gratis. Al suscribirse tanto a periódicos "negros" como "blancos", Jones intentaba mantenerse informado sobre las noticias de la comunidad negra, así como del país y el mundo. Al reconocer el valor educativo de esta experiencia, Carter escribió:

> Aprendí muchísimo yo mismo debido a la lectura mucho más extensa que él requería, más de lo que probablemente habría emprendido por mi cuenta. ... Al buscar en la prensa información ... para Oliver Jones y sus amigos, estaba aprendiendo de forma efectiva ... historia y economía.[76]

TPara continuar con ese interés, Woodson decidió regresar a la escuela y, a los 20 años, se mudó a la casa de sus padres en Huntington para asistir a la Escuela Secundaria Frederick Douglass. Completó sus estudios de secundaria en solo dos años y se inscribió en Berea College, en Kentucky, en 1897, con fondos suficientes para estudiar a tiempo completo durante solo dos trimestres. Sin embargo, en los siguientes 15 años, Woodson obtuvo el título de Bachelor of Letters en Berea. Como la Universidad de Chicago no aceptó los créditos que había obtenido en Berea, obtuvo un segundo B.A. y un M.A. en dicha universidad. En 1912, obtuvo el doctorado en Historia en la Universidad de Harvard. Fue el segundo negro en los Estados Unidos en recibir el título de Doctor en Filosofía de Harvard.[77] El honor de ser el "primero" corresponde a W.E.B. Du Bois.

El Dr. Woodson logró todo esto mientras enseñaba a tiempo completo en Malden, Virginia Occidental, de 1898 a 1900, se desempeñaba como director de la Frederick Douglass High School de Huntington de 1900 a 1903 y enseñaba en Filipinas de 1903 a 1907. En 1907, durante una gira mundial de seis meses, realizó investigaciones en varias bibliotecas y estudió un semestre en la Sorbona de París. Mientras completaba su tesis doctoral, el Dr. Woodson enseñó en las escuelas públicas del Distrito, incluida la M Street High School, donde impartía clases de francés, español, inglés e historia. Viajó extensamente por Europa y Asia.[78]

El Dr. Woodson tenía una dignidad serena y prestaba estricta atención a la disciplina. En 1915, fundó la Asociación para el Estudio de la Vida e Historia de los Negros (Association for the Study of Negro Life and History, ASNLH) y comenzó a publicar el Journal of Negro History en 1916. De 1919 a 1920, se desempeñó como decano de artes liberales en la Universidad Howard, además de dirigir la facultad de posgrado y ser profesor de historia. Decidido a fomentar la valoración pública de la historia y cultura de los negros, el Dr. Woodson y la ASNLH crearon la Semana de la Historia Negra en 1926. Cincuenta años después, se transformó en el Mes de la Historia Negra.[79]

En 1933, el Dr. Woodson publicó *The Mis-Education of the Negro*, en el cual argumentaba a favor de una educación relevante para los negros como forma de contrarrestar los sentimientos de inferioridad. En 1937, creó el *Negro History Bulletin*, una revista informativa para maestros de escuela.[80]

Los profesores de la M Street High School eran tan excepcionales como sus alumnos. En un principio, la Junta de Síndicos buscó graduados universitarios negros calificados en todo el país, atrayendo, entre otros, a las jóvenes Mary Church y Anna J. Cooper, recién salidas de Oberlin, así como a Charlotte Atwood, Mary P. Burrill e Ida Gibbs. La señorita Atwood era graduada de Wellesley College. La señorita Burrill era egresada de Emerson College y cuñada del sub-superintendente escolar Roscoe C. Bruce. La señorita Gibbs se graduó de Oberlin College en 1884.[81]

Sin embargo, para 1905 ya había disponible una gran cantidad de jóvenes mujeres y hombres formados en la Escuela Normal Myrtilla Minor. Con el tiempo, hubo muchos más solicitantes que vacantes, lo que garantizó la calidad del cuerpo docente. De hecho, el número de graduados universitarios y de escuelas normales que enseñaban en la M Street superaba al de aquellos que enseñaban en las escuelas secundarias blancas.[82] Durante décadas, la M Street High School envió a chicos y chicas negros a las mejores universidades del norte; entre ellas, Amherst, Dartmouth, Wellesley, Smith y Harvard. Las familias negras de clase media sentían que no había ninguna escuela secundaria negra en el país que se le comparara.[83]

CAPÍTULO DIEZ

LA ESCUELA SECUNDARIA PAUL LAURENCE DUNBAR

El nuevo edificio de la Dunbar High School, ubicado en la intersección de las calles 1st y O, N.W., fue inaugurado el 15 de enero de 1917. Era un magnífico edificio de ladrillo con adornos de piedra arenisca, de arquitectura isabelina, con una fachada de 401 pies. El estilo arquitectónico del edificio contenía elementos de las arquitecturas romana y griega con líneas simétricas, y el motivo se mezclaba con trabajos decorativos flamencos, como el strapwork, y ventanas con parteluces y travesaños del gótico tardío. Fue bautizado en honor al poeta negro Paul Laurence Dunbar y representaba una inversión de más de medio millón de dólares. El terreno le costó al gobierno $60,000 y el edificio, junto con su equipamiento, $550,000. Contaba con un cuerpo docente de 48 profesores, muchos de ellos graduados de las principales universidades del país. La matrícula era de 1,252 estudiantes: 545 varones y 707 mujeres.[1]

LA INSTALACIÓN FÍSICA

El auditorio tenía un gran escenario y capacidad para 1,500 personas. Estaba presidido por un verso escrito por el homónimo de la escuela:

Keep a-pluggin' away,
Perseverance still is king;

Time its sure reward will bring;
Work and wait unwearying—
Keep a-pluggin' away.
Keep a-pluggin' away.
None are from the rule released
Be thou toiler, poet, priest,
Keep a-pluggin' away.

Se hicieron provisiones para presentar películas y un órgano de tubos en el auditorio ofrecía ventajas musicales que los estudiantes nunca antes habían disfrutado. El comedor tenía una cocina moderna para la preparación de alimentos calientes, un factor que contribuyó enormemente a la salud y comodidad tanto de profesores como de alumnos. La efectividad del departamento de música se vio considerablemente reforzada por cinco pianos. Desde los balcones destinados a los visitantes se podían observar los amplios gimnasios tanto para varones como para mujeres. Los vestuarios de cada gimnasio estaban equipados con duchas y el equipo más moderno disponible. La planta de impresión estaba valorada en $4,000. Las clases de contabilidad y teneduría de libros tenían la gran ventaja de recibir instrucción en un banco real, ya que se había habilitado un departamento bancario con caja fuerte, ventanillas y todas las demás instalaciones modernas que se encuentran en una institución de este tipo.[2]

Había un comedor y una sala de estar, ambos amueblados con mobiliario contemporáneo. Las alumnas del curso de ciencias domésticas podían aprender mediante experiencia práctica a poner una mesa, arreglar muebles y mantener una casa. Botánica, zoología, química y física se enseñaban en los laboratorios y salas de conferencias que ocupaban prácticamente todo el sótano. En el departamento de física, había un equipo científico particularmente fino que representaba una cuidadosa colección y selección de muchos años. Se instaló un sistema inalámbrico que amplió significativamente las ventajas de las que gozaban los estudiantes.

La biblioteca en el segundo piso estaba completamente equipada, con una capacidad para 4,337 volúmenes y espacio para acomodar a 185 estudiantes. En el primer piso se encontraban las oficinas administrativas y una sala de estudio con capacidad para 106 estudiantes. En el arsenal bajo el auditorio, los cadetes disponían de espacio suficiente para varias compañías, además de contar con un campo de tiro para la práctica de tiro al blanco. El nuevo edificio contaba con 35 aulas, cinco salas de descanso, una sala de emergencias, siete vestuarios y casilleros para 1,500 estudiantes. Se estaban construyendo un invernadero y un jardín en la azotea, y se esperaba que el Congreso pronto hiciera una asignación presupuestaria para construir un estadio en las áreas detrás de la escuela.[3]

Sin embargo, con el paso de los años, el tiempo y la falta de apoyo financiero y logístico hicieron mella en la instalación. Los pizarrones comenzaron a agrietarse con líneas confusas que semejaban un mapa. La cafetería era oscura y estaba abarrotada. Los lunes, la escuela era fría. Existían otras deficiencias que representaban la insensibilidad y el abandono que a menudo se encontraba en las escuelas segregadas racialmente. Por ejemplo, mientras que los maestros y alumnos de color aceptaban las incomodidades como algo habitual, las escuelas para los ciudadanos blancos eran cómodas, ya que contaban con personal de mantenimiento adicional que comenzaba su turno a las 2:00 a.m. para encender la calefacción antes de la apertura de clases el lunes, luego de que los fuegos hubieran sido apagados durante el fin de semana.[4]

Con el crecimiento de la comunidad y el deterioro de 40 años, las instalaciones de Dunbar rara vez eran adecuadas para satisfacer las necesidades actuales. Incluso siendo una escuela nueva, no contaba con estadio. Por otro lado, la Central High School, que fue construida el mismo año para estudiantes blancos, sí tenía un hermoso estadio en las calles 13th y Clifton, N.W. Dunbar esperó durante 10 años de protestas y gestiones, mientras que los eventos deportivos de la escuela se celebraban en el estadio de béisbol de la ciudad, el Griffith Stadium. Eventualmente, se construyó un estadio que permitía tanto la realización de eventos deportivos como actividades de instrucción militar para el Cuerpo de Cadetes.[5]

Cada evaluación revelaba una escasez de libros. Se ofrecía un servicio de préstamo a través de la Biblioteca Pública del D.C., donde se utilizaba el Sistema Decimal Dewey.[6] En 1944, había disponibles 4,500 volúmenes encuadernados, junto con revistas, folletos, recortes y fotografías. En 1945, se hizo una contribución de $900 después de un exitoso proyecto patrocinado por la Asociación de Gobierno Estudiantil. Como parte de una tarea orientada a la orientación vocacional, un equipo de 10 estudiantes asistía a la bibliotecaria. Los libros disponibles para estudio en casa y las novelas podían prestarse por una semana.[7]

AOtro ejemplo del abandono de las necesidades de la comunidad fue la piscina. Las solicitudes de reparación habían sido repetidamente denegadas y fue clausurada en 1954. La piscina era necesaria tanto para la escuela como para la comunidad, ya que el vecindario inmediato era desfavorecido y estaba muy alejado del río. La piscina permaneció cerrada hasta 1963, cuando los esfuerzos de varios grupos religiosos y el interés personal de Robert F. Kennedy, Fiscal General de los Estados Unidos, finalmente tuvieron éxito.[8]

En la década de 1940, varias aulas en el primer piso fueron reemplazadas por nuevas oficinas de orientación y una nueva sala de emergencias. Una enfermera titulada supervisaba las clínicas dirigidas por los médicos escolares, examinaba a los alumnos tras ausencias por enfermedad y ayudaba en muchas otras tareas. Cerca de las aulas de biología, un invernadero proporcionaba materiales durante todas las estaciones, especialmente en primavera, cuando se vendían plantas de vegetales a precios razonables para que los alumnos las llevaran a casa para sus "jardines de la victoria." La década de 1940 también trajo una pista de atletismo al estadio y una cafetería modernizada al edificio.[9]

En una encuesta realizada entre exalumnos de las promociones de los años 1930 hasta 1955, el 85.4 por ciento de los encuestados calificó como buena a excelente la adecuación del edificio de la Dunbar High School, y el 85.5 por ciento calificó como buenas a excelentes las aulas. Entre las instalaciones físicas y de apoyo en general, solo dos obtuvieron más calificaciones de excelente que de buena. El auditorio fue calificado como excelente por el 41.5 por ciento y el arsenal por el 47.5 por ciento. La mayoría de las demás instalaciones físicas y de apoyo de la escuela obtuvieron su mayor porcentaje en la categoría de buena (véase la Tabla 10-1 a continuación).

Rating of Dunbar Physical and Support Facilities (Percent)						
	Excellent	Good	Average	Below Average	Inadequate	Do Not Know	Total
School building	29.3	56.1	12.2	2.4	0	0	100
Classrooms	24.4	61	14.6	0	0	0	100
Laboratories	27.5	42.5	17.5	5	0	7.5	100
Lunchroom/cafeteria	12.8	48.7	28.2	7.7	0	2.6	100
Auditorium	41.5	39	14.6	4.9	0	0	100
Nurse's Office	19.5	41.5	19.5	0	0	19.5	100
Armory	47.5	30	12.5	7.5	0	2.5	100
Library facilities	32.5	45	10	7.5	0	5	100
Gymnasiums	17.1	43.9	26.8	9.8	2.4	0	100
Printing plant	5.9	26.5	8.8	0	0	58.8	100
Rifle range	17.1	25.8	17.1	0	0	40	100
School stadium	29	42.1	15.8	10.5	0	2.6	100
Swimming pool	30	25	20	15	2.5	7.5	100

Fuente: Morris, Archie III., "Advancing Urban Educational Policy: Insights from Research on Dunbar High School," *Journal of the Case Studies in Education*, Mayo de 2017.

Tabla 10-1

A pesar de las limitaciones y carencias, la escuela desarrolló sus instalaciones y sacó el máximo provecho de su situación. La congestión característica de las escuelas para personas de color ya había sido señalada desde 1868, cuando la Junta de Síndicos instó a los padres a enviar a sus hijos a la escuela el primer día del curso, porque "tememos que no podamos proporcionar maestros ni aulas para más de una tercera parte de los niños en estas ciudades" (Washington y Georgetown); y, por supuesto, quienes se presenten primero tendrán derecho prioritario a los asientos." Las clases grandes y los edificios abarrotados eran lo habitual en las escuelas para personas de color.[10]

El plan de estudios de la Dunbar High School incluía todas las materias académicas y comerciales impartidas en escuelas similares con acreditación reconocida, así como ciencias domésticas, imprenta, educación física y ciencias militares.[11] A pesar de que el estándar era de 25 alumnos por clase, Dunbar tenía cargas estudiantiles de entre 35 y 40 alumnos por clase; en ocasiones, algunas clases alcanzaban una matrícula de hasta 90 estudiantes.[12] Ya en 1877, había 40 alumnos por maestro, y una encuesta de 1953 mostró que la proporción de alumnos por maestro en Dunbar era más alta que la de cualquier escuela secundaria blanca de Washington. Esto no se debía a un principio, sino a la necesidad derivada del apoyo financiero inadecuado que recibían las escuelas negras por parte de la Junta de Educación controlada por blancos. Obviamente, el tamaño de las clases representaba un obstáculo menor con estudiantes autodisciplinados y altamente motivados que con estudiantes promedio o con falta de disciplina.[13] En la encuesta de exalumnos de Dunbar, los tamaños de clase durante las décadas de 1930 a 1955 se mostraban como se indica en la Tabla 10-2 a continuación.

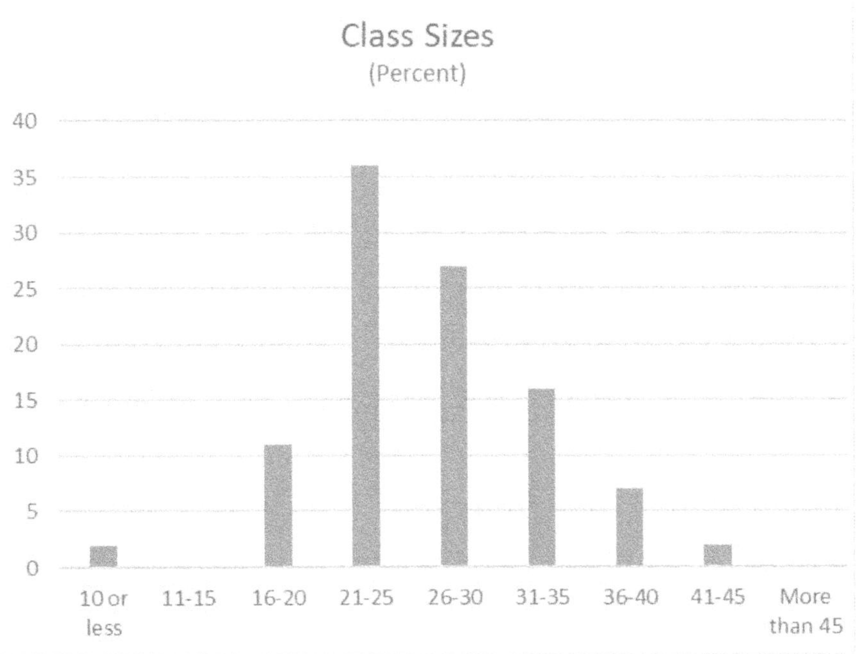

Fuente: Morris, Archie III., "Advancing Urban Educational Policy: Insights from Research on Dunbar High School," *Journal of the Case Studies in Education*, Mayo de 2017.

Tabla 10-2

Curiosamente, los libros de texto de los alumnos de Dunbar eran con frecuencia ejemplares de segunda mano. Cuando las escuelas blancas recibían nuevas ediciones de sus libros de texto, las ediciones anteriores eran transferidas a las escuelas para personas de color. Los libros se entregaban al comienzo del semestre y se recogían de los alumnos al finalizarlo. Si un libro se perdía o no se devolvía, el estudiante debía pagar su reemplazo.

Dunbar tenía sus propios métodos y una filosofía educativa definida. Un amplio segmento de la matrícula estaba compuesto por estudiantes de clase media altamente motivados, cuyo énfasis en el rendimiento intelectual y la competitividad ayudaba a mantener los elevados estándares académicos que los docentes exigían.[14] La impuntualidad y el ausentismo no eran tolerados. Los estudiantes y los profesores se respetaban mutuamente y lo demostraban con modales y cortesía en su trato diario. En Dunbar, los profesores se dirigían a todos usando un prefijo y el apellido, como "Sr. Jones" o

"Srta. Jones." Los alumnos se referían a los profesores por su apellido y el prefijo correspondiente: Dr., Sr./Sra./Srta.[15]

DIRECTORES DE DUNBAR

La Dunbar High School no era una escuela de vecindario. Su alumnado provenía de toda la comunidad negra de Washington. De manera similar, tenía una posición privilegiada para reclutar a sus docentes y directores. Durante décadas, Dunbar tuvo a su disposición profesores con credenciales académicas sobresalientes. Cuatro de sus primeros ocho directores se graduaron de Oberlin y dos de Harvard. Algunos tenían también títulos de posgrado. De hecho, Dunbar contaba con tres doctores en su plantilla docente en la década de 1920, debido a la exclusión casi total de personas negras de la mayoría de las facultades universitarias. No fue sino hasta 1942 que se incorporó el primer docente negro como miembro titular del profesorado en alguna universidad importante de blancos, y ese profesor, el Dr. William Allison Davis, era egresado de Dunbar.[16] El Dr. Davis obtuvo la titularidad en la Universidad de Chicago en 1947 y fue nombrado profesor titular en 1948.

Garnet C. Wilkinson fue nombrado director de la Dunbar High School en 1916. Recibió su educación en las escuelas públicas del Distrito de Columbia, concluyendo sus estudios en la M Street High School en junio de 1898. El Sr. Wilkinson se graduó de Oberlin con el título de A.B. en 1902 y obtuvo el título de Licenciado en Derecho por la Universidad de Howard en 1909. En 1902, fue nombrado profesor de latín en la M Street High School y desempeñó sus funciones en esta nueva labor con entusiasmo y entrega. En noviembre de 1912, fue promovido a director de la Armstrong Manual Training School y transferido a la dirección de la Dunbar High School el 15 de julio de 1916.[17]

Walter Lucius Smith, graduado de la Universidad de Howard, sucedió al Sr. Wilkinson en 1921. Obtuvo su título de A.B. en el Colegio de Artes y Ciencias en 1902. El Sr. Smith había enseñado matemáticas en las escuelas secundarias M Street y Dunbar desde 1905. Estaba casado con Mary Annette Anderson, profesora de gramática inglesa e historia en la Universidad de Howard, quien fue la primera mujer negra en ser elegida para Phi Beta Kappa en el Middlebury College en 1899.[18] Durante la administración de Smith, el plantel docente de la escuela incluyó a tres de las primeras mujeres negras en obtener doctorados: Georgiana Simpson, Eva B. Dykes y Anna Julia Cooper. Dunbar también alcanzó su matrícula máxima de 1,724 estudiantes en 1927 y, durante la siguiente década, la escuela continuó superando el promedio nacional en las pruebas estandarizadas.[19]

El Sr. Smith sirvió durante 22 años y falleció en el cargo. Fue una figura influyente en el desarrollo del equipo de fútbol americano y del Cuerpo de Cadetes de la escuela secundaria. Sus altos ideales académicos inspiraron a muchos estudiantes a ingresar a distintas universidades del país. Sin importar el campo profesional que eligieran al egresar de Dunbar, Smith los alentaba a dar lo mejor de sí.[20]

En 1943, el Dr. Harold A. Haynes, egresado de la Universidad de Pittsburgh y de la Universidad de Chicago, comenzó su mandato como director y sirvió durante cinco años.[21] El Dr. Haynes se graduó de la M Street High School en 1906. Él y su esposa, Euphemia Lofton Haynes —la primera mujer negra en obtener un doctorado en matemáticas—, dedicaron sus vidas a la educación en el Distrito de Columbia. El Dr. Haynes obtuvo su licenciatura en ingeniería eléctrica en la Universidad de Pittsburgh en 1910, una maestría en Educación de la Universidad de Chicago en 1930 y el Doctorado en Educación de la Universidad de Nueva York en 1946. Enseñó en la Universidad de Howard entre 1912 y 1918, y luego se incorporó al sistema escolar público del Distrito, donde enseñó Electricidad Aplicada en la Armstrong High School de 1919 a 1932. Fue director de la Browne Junior High School de 1932 a 1940, de la Armstrong High School de 1940 a 1943 y de la Dunbar High School de 1943 a 1947.[22]

En 1948, el Dr. Haynes fue nombrado superintendente adjunto de escuelas y, en 1951, se convirtió en el primer Superintendente Auxiliar de Escuelas a Cargo del Distrito 2, también conocido como el Superintendente de Escuelas para Personas de Color en el sistema escolar segregado del Distrito de Columbia. Continuó en ese puesto hasta que el fallo de la Corte Suprema en Brown vs. Board of Education forzó la reorganización e integración del sistema escolar del Distrito. Tras la reorganización del sistema escolar público del Distrito de Columbia en 1955, el Dr. Haynes fue designado superintendente adjunto, cargo que desempeñó hasta su jubilación en 1958.[23]

Charles Sumner Lofton, graduado de Dunbar, fue director de la escuela secundaria entre 1948 y 1964. El Sr. Lofton se graduó de la Universidad de Howard y obtuvo una maestría en historia en esa misma institución en 1934.

Enseñó al año siguiente en lo que entonces se conocía como Virginia State College en Petersburg, y luego se convirtió en profesor de historia en la Armstrong High School en Washington. Durante la Segunda Guerra Mundial, fue profesor adjunto de historia en el programa de formación especializada del Ejército en Howard, mientras seguía trabajando en Armstrong. En 1946, fue nombrado primer director del Veterans High School Center, una institución creada para brindar educación académica y técnica a los veteranos. Dos años después, fue designado director de Dunbar.[24]

Durante su gestión como director de la Dunbar High School a partir de 1948, el Sr. Lofton insistió en mantener altos estándares académicos, vestimenta pulcra y conducta apropiada. Infundió confianza en sus estudiantes de que podían tener éxito, incluso en una sociedad racialmente segregada. Durante la década de 1950, cuando todas las escuelas negras del distrito estaban segregadas racialmente, Dunbar enviaba al 80 por ciento de sus graduados a la educación superior. En 1964, el Sr. Lofton fue nombrado asistente ejecutivo del superintendente de escuelas, cargo del que se retiró en 1970. Luego se desempeñó como asistente ejecutivo del rector del District of Columbia Teachers College durante los siguientes 10 años, periodo durante el cual el D.C. Teachers College, el Federal City College y el Washington Technical Institute se fusionaron para formar la Universidad del Distrito de Columbia. Se jubiló en 1980.[25]

Mientras fue director, el Sr. Lofton continuó sus estudios, tomando clases en las universidades Católica, Georgetown y de Nueva York. También recibió un diploma de la Alianza Francesa en París. Viajó a Estocolmo y Rusia como parte de una beca de la Fundación Eugene and Agnes Meyer, y visitó Israel y Jordania gracias a un Premio de Viaje de la Fundación Israelí. Los alcaldes Walter Washington y Marion Barry le otorgaron el Mayor's Distinguished Service Award. También formó parte de varios comités y juntas de la ciudad y fue asesor de los departamentos de Educación y Defensa. El Sr. Lofton integró las juntas directivas de la Woodward Foundation, el capítulo de D.C. de las Naciones Unidas, el Metropolitan Police Boys Club, la Southeast Neighborhood House, el Programa de la Orquesta Juvenil de D.C. y la

Sociedad para la Prevención de la Crueldad hacia los Animales. Fue presidente del comité de becas de la Fundación Eugene and Agnes Meyer y del comité de becas de la Fundación Cafritz, presidente de la Asociación Educativa Columbian, y el primer presidente negro del capítulo de D.C. de la Asociación Nacional de Directores de Escuelas Secundarias.[26]

EL CUERPO DOCENTE DE DUNBAR

Entre los miembros más reconocidos del cuerpo docente se encontraban Mary Church Terrell; Jessie Fauset, quien luego sería editora literaria de The Crisis; Ida A. Gibbs, quien más tarde se convirtió en líder del movimiento Panafricano después de la Primera Guerra Mundial y se casó con William Henry Hunt, cónsul de los EE. UU. en Tamafare y Francia; Angelina Grimké, activista política, abolicionista, defensora de los derechos de las mujeres y partidaria del movimiento por el sufragio femenino; y Carter G. Woodson, historiador, autor, periodista y fundador de la Asociación para el Estudio de la Vida e Historia de los Negros (ASNLH). Estos docentes también pertenecían a familias muy destacadas dentro de la comunidad.

Veinte de los 30 profesores de la escuela entre 1916 y 1921 tenían títulos de prestigiosas universidades del norte del país, incluyendo Harvard, Yale, Oberlin, Amherst, Dartmouth y Bowdoin. Otros cinco se habían graduado de la Universidad de Howard, la institución de educación superior negra más importante de Estados Unidos. El cuerpo docente estaba tan comprometido con la excelencia de sus estudiantes como era distinguido. Los alumnos eran admitidos según su potencial académico y no eran promovidos si no demostraban mantener ese mismo nivel. Se cuenta que un estudiante tardó siete años en graduarse. La facultad y la administración no estaban dispuestas a promoverlo solo para sacarlo del sistema. Sin embargo, si mantenía los valores escolares de disciplina y buena conducta, podía permanecer hasta que pasara legítimamente.[27]

GAntes de 1920 no se requerían estudios de posgrado para enseñar, pero, aun así, Dunbar contaba con varios docentes con títulos avanzados en artes liberales, medicina y derecho. Entre ellos estaban Henri L. Bailey, John W. Cromwell, Mary E. Cromwell, Juanita P. Howard, William T. S. Jackson, Harriet E. Riggs, Louis H. Russell, Nelson E. Weatherless y Carter G. Woodson. En la década de 1920, Dunbar tenía tres docentes con títulos de doctorado: Anna J. Cooper,

Universidad de París; Eva B. Dykes, Radcliffe; y Georgiana R. Simpson, Universidad de Chicago. Muchos otros profesores tomaban cursos sobre metodologías pedagógicas y mantenían viva su vocación profesional, mientras que algunos enriquecían su experiencia personal mediante estudios continuos y viajes al extranjero.[28]

EL COMPROMISO DEL CUERPO DOCENTE DE DUNBAR

El profesorado de la Dunbar High School estaba comprometido con sus estudiantes y trabajaba arduamente para inspirar y formar a la juventud negra para lograr carreras exitosas y una ciudadanía responsable. Estaban dedicados a desarrollar los talentos de los estudiantes en materias académicas, teatro, música y arte, y les inculcaban sólidos valores y principios morales.[29]

En la década de 1930, se produjo una notable disminución en el número de egresados de Dunbar que ingresaban a universidades del Norte y de la Ivy League. Hubo un resurgimiento de esta tradición en la década de 1940, cuando el director Harold Haynes y un comité de docentes, conocido como la Oficina de Orientación Universitaria (College Bureau), desarrollaron un programa de preparación que se realizaba fuera del horario escolar. Durante la jornada académica regular, las clases abarrotadas y los grupos heterogéneos solían impedir una atención intensiva a los estudiantes de honor. Este proyecto extracurricular preparaba a los estudiantes prometedores para los exámenes de admisión a la universidad.[30]

La Sra. Mary G. Hundley, presidenta del College Bureau, y su comité de profesores superaron numerosos obstáculos en la década de 1940. De 1947 a 1955, la Sra. Hundley ofreció una fiesta navideña anual en su casa (125 Thomas Street, N.W.) para los estudiantes destacados de último año y aquellos que regresaban de la universidad durante las vacaciones. Los posibles aspirantes a la universidad se sentían inspirados y motivados gracias al contacto informal con antiguos alumnos de Dunbar que en ese momento cursaban estudios en instituciones prestigiosas como Yale, Vassar, Sarah Lawrence y Skidmore. Estas universidades otorgaron sus primeras becas a estudiantes de Dunbar durante este período, cuando la Segunda Guerra Mundial había propiciado un mayor contacto interracial en todo el país. Los estadounidenses comenzaban a tomar conciencia de las limitaciones del sistema de segregación Jim Crow.[31] Las instalaciones separadas pero supuestamente iguales para cada raza no ofrecían servicios públicos equivalentes; es decir, escuelas, hospitales, cárceles, etc.[32]

Como miembro del College Bureau, la Srta. Mary E. Cromwell, profesora de matemáticas y tutora de un grupo de chicas ambiciosas, guió a cada generación durante tres años de preparación universitaria. Ella las animaba a postularse temprano, visitaba sus hogares y asesoraba a los padres sobre problemas financieros.[33] El coronel Harry O. Attwood, instructor militar, motivaba a los varones a postularse a West Point y Annapolis. Él ayudó a suavizar los prejuicios raciales en estas instituciones federales, donde anteriormente los hombres negros no eran bienvenidos.[34]

En el ámbito musical, muchos jóvenes talentos negros fueron descubiertos y formados por docentes dedicados. El Boys' Glee Club fue organizado en 1904 por el Sr. Gerald Tyler y reorganizado por el Sr. Ernest R. Amos una década más tarde. Se presentaron operetas, y los coros especiales para chicos y chicas en la década de 1920 fueron seguidos por una orquesta dirigida por el Sr. Henry L. Grant. La Srta. Mary L. Europe organizaba programas de asamblea anuales en los que, en varias ocasiones, actuaba la Escuela de Música de la Universidad de Howard. Estas presentaciones inspiraban a los estudiantes de Dunbar a prepararse para carreras musicales. En muestra de gratitud por la inspiración y aliento que recibió en su juventud, Lawrence Whisonant (Larry Winters), un barítono de fama internacional, cantó en el funeral de la Srta. Europe. Serena, sonriente y constante, la Srta. Europe era llamada con cariño "Little Mary" por los estudiantes a quienes instruía en teoría musical y expresión coral.[35]

Siempre interesada en fomentar el talento musical, la Srta. Europe organizó un coro especial de chicos y chicas ya en 1919. Posteriormente, formó un grupo kantoren con estudiantes que continuaban cantando incluso después de graduarse de Dunbar. La labor de la Srta. Europe con sus alumnos se extendía a comunidades y a iglesias, hospitales, centros comunitarios, clubes de servicio y campamentos que disfrutaban de los programas que ella promovía. Su trabajo en la escuela no se limitaba únicamente a su departamento, ya que colaboraba en numerosos proyectos. En 1918, con el objetivo de llevar alegría navideña y ofrecer a los estudiantes la oportunidad de dirigir una institución escolar inspirada en un departamento gubernamental, estableció la Dunbar Post Office.[36] Además, el Alma

Mater de Dunbar fue compuesto por dos docentes del plantel: la Dra. Anna J. Cooper escribió la letra y la Srta. Europe compuso la música.[37]

Mary P. Burrill, exalumna de la M Street High School (promoción de 1901), quien enseñó inglés y teatro, ofreció muchos años de servicio destacado en la enseñanza de arte dramático y escenografía. Como dramaturga negra de principios del siglo XX, dos de sus obras más conocidas se publicaron en 1919. They That Sit in Darkness fue publicada en Birth Control Review, una revista mensual que promovía los derechos reproductivos de las mujeres, y la otra, Aftermath, fue publicada en The Liberator, editada por el socialista Max Eastman. En la formación de sus estudiantes en oratoria y actuación, incluía representaciones teatrales y lecturas interpretativas. La Srta. Burrill enfatizaba la dicción y la expresión oral y exigía estándares muy altos a sus alumnos.[38] De manera similar, Helen C. Nash, profesora de inglés en Dunbar entre 1931 y 1944, patrocinó el House Beautiful Club, que ofrecía tanto a chicos como a chicas la oportunidad de aprender qué constituía el buen gusto en la decoración y el mobiliario del hogar. Ella alegró discretamente la vida de muchos estudiantes.[39]

Chicos y chicas que nunca habían subido a un escenario o participado en una presentación sorprendían a sus compañeros —y a sí mismos— al desempeñar papeles sobre el escenario bajo la dirección de la Srta. Burrill, en el auditorio escolar. Estudiantes de hogares desfavorecidos, cuya raza los excluía de las influencias culturales habituales, descubrían en sí mismos avances en su expresión oral, postura y desenvoltura. En un momento dado, la Srta. Burrill convenció al director Walter Smith de implementar un programa diario de ejercicios de postura al comienzo de cada período de clase en toda la escuela.[40] Uno de sus alumnos más destacados fue Willis Richardson, quien más tarde se convertiría en el primer dramaturgo negro en tener una obra producida en Broadway. Otra fue May Miller, quien publicó su primera obra, Pandora's Box, mientras aún era estudiante en Dunbar.[41]

Con el auge de los concursos de oratoria en las décadas de 1920 y 1930, Lillian S. Brown, profesora de inglés, se hizo conocida por preparar a estudiantes que resultaban ganadores. Además, antes de que se levantaran las barreras raciales en la década de 1940, Maude B. Allen, profesora de oratoria, aportó al colegio vínculos con la Universidad Northwestern, con el actor Maurice Evans (actor inglés conocido por sus interpretaciones de personajes de Shakespeare) y con gerentes de teatros locales. La negativa a admitir negros en los teatros venía acompañada de problemas para alquilar vestuarios. James V. Mulligan, un joyero local que durante muchos años vendió anillos de graduación a los estudiantes de último año de Dunbar, actuaba como intermediario discreto. Haciendo de "prestanombres", obtenía los disfraces para las obras teatrales de Dunbar alegando que actuaba en nombre de estudiantes blancos de Virginia.[42]

En el área de arte, la tradición de excelencia y dedicación fue fielmente mantenida por Thomas W. Hunster, William D. Nixon y Samuel D. Milton. Ellos impulsaron y alentaron a jóvenes negros con talento a participar en concursos locales y a prepararse para carreras en la enseñanza y el arte comercial. Los decorados de todas las obras teatrales escolares eran producidos por estos profesores de arte y sus estudiantes. En la década de 1940, Helen Cunningham producía anualmente cuadros vivientes (tableaux) y murales elaborados para la temporada navideña. Estos maestros aportaron luz e inspiración a muchos jóvenes desfavorecidos cuyos contactos tradicionales estaban limitados por su entorno racial.[43] El Sr. Nixon también diseñó el sello del colegio, una hermosa placa de bronce. Su concepción era clásica y fue cuidadosamente repujada a mano para resaltar la belleza natural del metal. Sus elementos centrales eran el lema de la clase, Carpe Diem, y una flor de lis enmarcada entre dos cornucopias rebosantes de frutas.[44]

Muchos profesores de Dunbar brindaban ayuda económica a estudiantes necesitados o compraban materiales para sus clases con dinero de sus propios ingresos limitados. Los fondos para diversos préstamos estudiantiles eran patrocinados por la facultad de Dunbar, que durante muchos años otorgó, con recursos propios, una beca anual de $250 a un estudiante prometedor. Los exalumnos de Dunbar también ofrecían becas anuales a estudiantes meritorios. El College Alumnae Club, la sororidad Phi Delta Kappa, los Elks y varias fraternidades universitarias ofrecían asistencia y programas educativos a los estudiantes en diferentes momentos. Anna L. Costin, profesora del colegio, dejó en su testamento $10,000 para becas destinadas a jóvenes negras graduadas de secundaria con méritos y potencial. Caroline E. Parke, profesora de álgebra durante casi cincuenta años, legó un fondo de becas al colegio; había ingresado a la Preparatory School for Colored Youth en 1870.[45]

Las contribuciones de Julia E. Brooks, quien enseñó inglés y español entre 1916 y 1922 y fue subdirectora desde 1922 hasta 1948, fueron extraordinarias y especialmente dignas de mención. Como decana de las alumnas de Dunbar, la Srta. Brooks atendía los asuntos de más de 1,000 chicas, del profesorado femenino y de toda la escuela. Tenía una oficina acogedora decorada con flores, plantas, literatura actual, una colección de estampillas, libros y materiales que reflejaban sus viajes. Administraba el comedor, colocaba lemas sobre modales en las mesas y vendía dulces para equipar la sala de profesores. La Srta. Brooks patrocinaba el Handbook, que ofrecía información a los nuevos estudiantes junto con normas de conducta y etiqueta. Financiaba el árbol de Navidad de la escuela y se quedaba hasta tarde para supervisar la distribución de canastas de alimentos a familias necesitadas.[46]

La Srta. Brooks conseguía trabajos de medio tiempo para los estudiantes, apoyaba proyectos comunitarios y promovía causas dignas. También patrocinaba la Beca de Exalumnos de Dunbar, vendía dulces para comprar una enciclopedia para la escuela y donaba generosamente sus recursos en toda ocasión. Acompañaba como chaperona en bailes, excursiones y paseos de fin de curso, siempre quedándose hasta que el último alumno se hubiera marchado. Mantenía una cuenta con la floristería local para atender emergencias por enfermedad o fallecimientos entre el personal docente y administrativo. Apoyaba los programas de discusión en los salones base y los proyectos culturales, dirigía los clubes y ofrecía orientación y liderazgo en múltiples actividades extracurriculares.[47]

Los directores y profesores de Dunbar vivían en el Distrito de Columbia, principalmente en barrios como Georgetown, Le Droit Park y el Corredor de la Calle U. Conocían a las personas de sus comunidades y, a menudo, las circunstancias familiares de sus estudiantes. Eran profesionales respetados en sus vecindarios. Por tanto, los maestros de Dunbar tenían intereses cívicos y un espíritu público que los llevaba a promover nobles causas en beneficio de sus alumnos. Neval H. Thomas, profesor de historia, pasó diez años protestando y ejerciendo presión para que el Congreso aprobara una partida presupuestaria destinada a construir un estadio detrás de la escuela. Personaje pintoresco, ofrecía conferencias ilustradas sobre sus viajes por el Medio Oriente y fue presidente de la filial local de la Asociación Nacional para el Progreso de las Personas de Color (NAACP, por sus siglas en inglés) en la década de 1920.[48] William Nixon sirvió a la comunidad durante 20 años después de su jubilación. Fue presidente de Oldest Inhabitants, Inc., líder en muchas organizaciones cívicas, y participó activamente en la lucha por acabar con la discriminación racial en los restaurantes locales.[49]

James C. Wright, quien enseñaba mecanografía, también fue un defensor entusiasta de los estudiantes. En la década de 1930, dedicó diez años a conseguir la aprobación de la ley de tarifa reducida de 3 centavos para los escolares del área. Un bolígrafo usado para firmar la ley le fue obsequiado por el presidente Franklin D. Roosevelt. Ese bolígrafo es una posesión preciada de Dunbar. Está enmarcado junto con una medalla de diamante otorgada al Sr. Wright por la compañía de mecanografía Underwood por su destreza al enseñar a Cortez Peters, Jr., un estudiante ganador de concursos que más tarde fundó una escuela de negocios local.[50] El Sr. Peters ganó doce concursos internacionales de mecanografía a lo largo de su vida. Estableció un récord mundial al escribir 225 palabras por minuto sin un solo error (un promedio de 18.75 pulsaciones por segundo). Su velocidad máxima registrada con los dedos fue de 297 ppm.

Haley G. Douglass era nieto del abolicionista Frederick Douglass y enseñó ciencias e historia durante 46 años. Había jugado fútbol americano en Harvard y fue entrenador de los equipos de fútbol de Dunbar en las décadas de 1910 y 1920. Sus equipos tenían un historial envidiable, y las fotografías de esos equipos colgaban en los pasillos cercanos a la entrada del edificio de Dunbar.[51] También fue alcalde de Highland Beach, Maryland, desde 1928 hasta 1953.

EVALUACIÓN DEL ALUMNADO SOBRE EL PROFESORADO Y PERSONAL

Los exalumnos encuestados consideran que las fortalezas del programa académico de la Dunbar High School eran su profesorado y sus directores (44 por ciento), su alumnado (32 por ciento) y su plan de estudios (24 por ciento). Consideraban que los maestros y directores estaban muy bien cualificados y que se dedicaban con esmero a sus estudiantes.

El 30 por ciento de los encuestados sintió que el profesorado influyó en el éxito de los esfuerzos de la escuela para preparar a los estudiantes para desenvolverse tanto en la sociedad estadounidense dominante como en la comunidad negra. Para el 12.5 por ciento, era importante que los maestros negros enfatizaran el valor de la educación y la excelencia como medios para mejorar la situación del pueblo negro. Otro 20 por ciento opinó que, a pesar de la falta de recursos, los estudiantes estaban bien preparados porque los maestros fomentaban el desarrollo de la autoconfianza, la autodisciplina y la perseverancia como cualidades esenciales. Los graduados tuvieron la fortuna de contar con profesores en la Dunbar High School que representaban lo mejor del talento disponible, ya que las oportunidades laborales en la sociedad en general eran limitadas o inexistentes para ellos. Un beneficio especial era que el profesorado que enseñaba en las escuelas segregadas también vivía en comunidades negras segregadas.

Los exalumnos encuestados tienen impresiones muy positivas del profesorado de Dunbar como grupo. Las calificaciones en cuanto al conocimiento de sus respectivas materias, la preparación para las clases y la comunicación en el aula fueron superiores al 95 por ciento en la categoría de "superior al promedio" a "sobresaliente". Las categorías con las calificaciones más bajas fueron el uso efectivo de ponentes invitados en el aula, evaluado en un 84.2 por ciento como "promedio o superior", y la oportunidad de interactuar socialmente con el profesorado, calificada con un 77.5 por ciento como "promedio o superior". Véase la Tabla 10-3 a continuación.

Rating of Dunbar Faculty (Percent)						
	Out-standing	Above Average	Average	Below Average	Inadequate	Total
Exposure to a variety of points of view	65	27.5	7.5	0	0	100
Preparation of your teachers for class	73.8	19	4.8	2.4	0	100
The faculty's knowledge of theirrespective subjects	80.9	14.3	4.8	0	0	100
Ability to communicate clearly in class	64.3	30.9	4.8	0	0	100
Accessibility of the faculty outside the classroom	30	40	27.5	2.5	0	100
Opportunity to interact socially with the faculty	17.5	27.5	32.5	20	2.5	100
Assistance by the faculty in gaining college/university entrance and/or employment assistance	55	22.5	15	5	2.5	100
Effective use of outside speakers in the classroom	18.4	39.5	26.3	10.5	5.3	100
The quality of academic advising	57.5	27.5	10	2.5	2.5	100
The quality of career advising	35	30	27.5	5	2.5	100
The fairness of grading systems used	48.9	31.7	14.6	2.4	2.4	100

Fuente: Morris, Archie III., "Advancing Urban Educational Policy: Insights from Research on Dunbar High School," *Journal of the Case Studies in Education*, Mayo de 2017.

Tabla 10-3

El director durante la asistencia a la Dunbar High School para el 90 por ciento de los encuestados fue Charles S. Lofton. El cinco por ciento tuvo como director al Dr. Harold A. Haynes y otro cinco por ciento a Walter L. Smith. El director supervisaba, además del profesorado, al subdirector o subdirectores, al personal de secretaría/administración, al instructor del Cuerpo de Entrenamiento de Oficiales de Reserva (ROTC, por sus siglas en inglés) y al personal de mantenimiento. Los exalumnos encuestados, como estudiantes, aparentemente tuvieron experiencias positivas en todos los aspectos con los directores de la Dunbar High School y su equipo administrativo (véase la Tabla 10-4 a continuación).

Calificación de los directores y el personal administrativo de Dunbar (porcentaje)						
	Out-standing	Above Average	Average	Below Average	In-adequate	Total
Principal	90.2	4.9	4.9	0	0	100
Assistant principal(s)	76.3	18.4	5.3	0	0	100
Secretary/ clerical staff	57.1	25.8	17.1	0	0	100
ROTC instructor	50	33.4	13.3	3.33	0	100
Janitorial staff	37.1	51.5	11.4	0	0	100

Fuente: Morris, Archie III., "Advancing Urban Educational Policy: Insights from Research on Dunbar High School," *Journal of the Case Studies in Education*, Mayo de 2017.

Tabla 10-4

En general, el profesorado de la Dunbar High School fue altamente elogiado por todos los encuestados. Aunque el 50 por ciento de los encuestados no nombró a un docente específico como el más destacado, sí mencionaron a varios profesores que fueron admirados por razones particulares:

Lillian S. Brown	15.8%
Frank Perkins	13.2%
Madison W. Tignor	5.3%
Mary G. Hundley	5.3%
Bertha McNeil	5.3%
Dorothy D. Lucas	5.3%

Los encuestados tenían una alta consideración por el profesorado de la Dunbar High School como grupo, pero el 83.8 por ciento tenía razones específicas para recordar a docentes individuales. Un 37.8 por ciento recordó a miembros del profesorado por su conocimiento general, habilidad para enseñar y dominio de la materia. Los profesores se aseguraban de que los estudiantes comprendieran el contenido y relacionaran los conceptos de la asignatura con el mundo real. Muchos aprovechaban cada oportunidad para convertir las clases en momentos de aprendizaje y fortalecer la confianza en sí mismos de los alumnos. El 5.4 por ciento de los encuestados consideró que los docentes ponían mucho esfuerzo y preparación en su trabajo.

Según el 5.4 por ciento de los encuestados, los miembros del profesorado eran personas sólidas que actuaban como mentores y modelos a seguir. De hecho, un 5.4 por ciento afirmó haberse sentido inspirado por sus profesores y un 8.1 por ciento indicó que el personal docente los ayudó a prepararse para las experiencias de la vida después de completar la secundaria. Los estudiantes eran respetados por el profesorado, pero los maestros también exigían que todos sus alumnos se comportaran como damas y caballeros. Los profesores llamaban a todos por su apellido precedido por un prefijo, como el Sr. Jones o la Srta. Jones, y los estudiantes se referían a los docentes por su apellido y el prefijo correspondiente: Dr., Sr./Sra./Srta.

Ni el personal docente ni el administrativo toleraban la impuntualidad, las ausencias, el mal comportamiento ni las interrupciones en las clases de la Dunbar High School, pero el 10.8 por ciento de los encuestados opinó que sus profesores eran amables y se interesaban por los alumnos.

CAPÍTULO ONCE

EL PARADIGMA DE DUNBAR

El alumnado de Dunbar era joven y poseía un desarrollo mental superior al promedio. Por lo tanto, tendía a estar al nivel de grado correspondiente a su edad o incluso por encima, si había adelantado grados en la escuela primaria o intermedia. En épocas anteriores, la política escolar del Distrito de Columbia permitía ubicar a los estudiantes en clases de acuerdo con sus logros y avances, y no simplemente por edad. En este sentido, no se puede ignorar la formación básica que los alumnos recibían en la escuela primaria antes de ingresar a Dunbar. Las maestras de primaria de antaño no tenían una educación extensa, pero sabían lo que sabían. Dominaban la aritmética y la gramática inglesa. Y, sobre todo, estaban totalmente comprometidas con la enseñanza. Sin ese compromiso, los estudiantes negros no habrían sobresalido en Dunbar.[1]

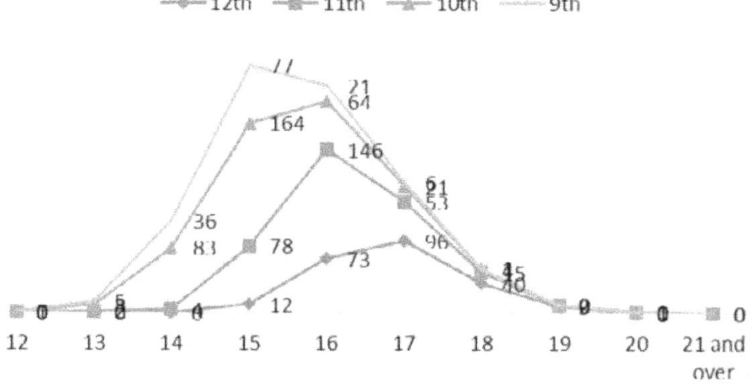

Fuente: Mary Gibson Hundley, *The Dunbar Story,* p. 25.

Table 11-1

En su camino hacia la Dunbar High School, los exalumnos encuestados indican que, en su mayoría, pasaron por el sistema segregado de escuelas públicas del Distrito de Columbia. El noventa y dos por ciento asistió a la escuela primaria en Washington, D.C., el seis por ciento en Baltimore, Maryland, y el dos por ciento en Mechanicsburg, Pensilvania. El noventa y ocho por ciento asistió a la escuela intermedia o secundaria inferior en Washington y el dos por ciento en Mechanicsburg.

DECLARACIÓN DE FILOSOFÍA Y OBJETIVOS

En noviembre de 1944, el profesorado de Dunbar preparó una declaración de su filosofía y objetivos para una evaluación de la Comisión de Escuelas Secundarias de la Asociación de Colegios y Escuelas Secundarias del Medio Atlántico.[2]

La filosofía de la Dunbar High School

1. Creemos que, en una democracia, debe proporcionarse educación secundaria gratuita a todos, sin distinción de raza, excepto a aquellos cuya discapacidad física o mental haga imposible dicha formación.

2. Adaptado a sus capacidades, el currículo debe ser lo suficientemente amplio y moderno como para satisfacer los requerimientos de todos los alumnos de acuerdo con sus intereses y necesidades presentes y futuras. Debe estar diferenciado, aunque socialmente integrado, y brindar oportunidades para que el alumno adquiera, organice y evalúe conocimientos y habilidades. A través de las actividades cocurriculares, debe recibir formación en liderazgo y adaptación social.

3. Creemos que cada alumno debe ser tratado como una personalidad distinta, a la que se debe ayudar a alcanzar el máximo desarrollo de sus capacidades. Deben utilizarse métodos que favorezcan su aprendizaje sistemático mediante la participación activa, con la colaboración del maestro en una actitud de cooperación caracterizada por una ayuda constructiva y comprensiva.

4. El personal docente debe ser adecuado para satisfacer las necesidades de la población estudiantil. Debe contar con seguridad en cuanto a su estabilidad laboral y salario. Su preparación debe incluir una educación humanista que abarque tanto la especialización en contenidos como la competencia profesional. Los docentes deben representar una muestra diversa de universidades y rangos de edad. El personal debe ser altamente inteligente y tener una mentalidad profesional con un interés constante en los problemas educativos. La ética profesional debe observarse meticulosamente en todo momento. Debe incluirse la conciencia social, ya que recae en los maestros de la juventud, en nuestro particular contexto social, la responsabilidad de protestar contra las injusticias del orden social.

5. El alumno debe ser formado como un ciudadano consciente de lo social, con énfasis en la conducta apropiada en el hogar, la comunidad, la nación y el mundo. La escuela secundaria debe resaltar la relación del alumno con su entorno inmediato y futuro. Debe estar dispuesto a cooperar con los demás en la construcción y mantenimiento de una sociedad democrática, sin importar diferencias de raza, nacionalidad o religión. La escuela es directamente responsable ante la sociedad por sus resultados.

6. Como objetivos, el alumno debe estar en buena condición física, emocionalmente equilibrado, con conciencia moral y mentalmente alerta. Debe tener una preparación adecuada en ideales, habilidades, conocimientos y hábitos para una formación superior que le permita alcanzar el éxito económico. Debe ser entrenado en hábitos de pensamiento riguroso, que le permitan tomar decisiones sabias. Debe tener una amplia gama de intereses, una filosofía de vida valiosa, apreciación estética, la capacidad de integrarse socialmente, sensibilidad ante sus problemas sociales particulares y la habilidad de aprovechar su tiempo libre de manera constructiva.

El profesorado también estableció objetivos para la escuela.[3]

Objetivos de la Dunbar High School

1. Proporcionar oportunidades para el desarrollo intelectual progresivo, tomando en cuenta las diferencias individuales.

2. Desarrollar intereses, apreciaciones, conocimientos y habilidades que enriquezcan y embellezcan la vida.

3. Fomentar actitudes que conduzcan a buenos hábitos de salud.

4. Brindar situaciones que estimulen el desarrollo de rasgos deseables de carácter y personalidad.

5. Proporcionar oportunidades para el desarrollo de actitudes y hábitos de buena ciudadanía, en términos de respeto honesto hacia toda personalidad humana..

PLAN DE ESTUDIOS

El plan de estudios, a lo largo de los años, consistió principalmente en los cursos académicos habituales: inglés, latín, francés, español, alemán, historia, matemáticas y ciencias. Se enseñaba griego antes de 1920. La educación física, la música y el arte eran materias secundarias, mientras que, en la década de 1920, se introdujeron programas mayores en música y arte. El alemán fue eliminado en las décadas de 1920 y 1930. Posteriormente se añadieron, como materias optativas, economía doméstica, aviación y educación vial.[4]

En M Street y Dunbar no se contemplaba una formación basada en África. Las cuestiones de inmigración y los movimientos de regreso a África habían sido ampliamente debatidos desde la época de la esclavitud, y las preguntas sobre la reubicación de los negros ya habían sido resueltas. La ciudadanía fue otorgada de manera inequívoca a los estadounidenses negros en 1868 con la ratificación de la Decimocuarta Enmienda de la Constitución de los Estados Unidos. Así, la educación negra se equiparaba con la libertad y la asimilación, y los estudiantes de Dunbar se preparaban para vivir en los Estados Unidos de América.

Aparentemente, la educación en Dunbar estuvo influenciada por los primeros maestros de Nueva Inglaterra que, tras la Guerra Civil, enseñaron a los primeros esclavos recién liberados. Querían formar a las personas negras tal como ellos mismos habían sido formados en el Norte: las "tres R" en el nivel elemental (lectura, escritura y aritmética), con materias como latín, griego, geometría y retórica en los niveles de secundaria y universidad.[5] Como el 80 por ciento de los graduados ingresaba a instituciones de educación superior, los requisitos de admisión universitaria influían directamente en la elección de materias optativas. Las clases avanzadas de lenguas extranjeras solían perderse porque el Congreso requería al menos 15 alumnos por clase. El latín era la excepción, y siempre se ofrecían cuatro años. En las décadas de 1920 y 1930, se enseñaba regularmente francés y español de tercer año; francés de cuarto año solo se ofreció una vez.[6]

La matrícula estudiantil creció de 45 alumnos en 1870 a 1,387 en 1945. La escuela superó la capacidad de sus instalaciones físicas en varias ocasiones. En junio de 1877, hubo 11 graduados; en junio de 1945, fueron 213. La matrícula alcanzó su punto máximo después de 1945, con aproximadamente 1,700 estudiantes, antes de la apertura de la Spingarn High School en 1952 para aliviar el hacinamiento. Aunque al principio la escuela tenía un plan de estudios tradicionalmente clásico, se desarrollaron nuevos cursos para atender necesidades vocacionales y para adaptarse a las diferencias individuales. Los cursos obligatorios de inglés fueron complementados por clases de oratoria, arte dramático, periodismo y gramática formal. Los cursos mayores de arte y música, incluida la orquesta, promovían el talento artístico y musical. La educación física incluía un programa de salud constructivo con una enfermera escolar y médicos y dentistas visitantes. La escuela se mantenía al ritmo del crecimiento y las necesidades de la comunidad.[7]

FDesde su fundación en 1870 como la Preparatory High School for Colored Youth, Dunbar representó la única oportunidad, entre el pueblo negro de la capital de la nación, de prepararse para ejercer liderazgo. Este era un pueblo que había sido liberado recientemente de la esclavitud y estaba siendo guiado por amigos de la tradición abolicionista para desarrollarse hasta alcanzar su máximo potencial. El plan de estudios fue diseñado siguiendo el modelo de una escuela estadounidense de calidad y reputación. Los logros de los estudiantes representaban la lucha y el progreso de un pueblo marginado que vivía en una situación paradójica: contaba con apoyo federal pero carecía de derecho al voto o de autonomía municipal.[8]

El plan de estudios de M Street/Dunbar representaba el aprendizaje derivado del concepto de educación clásica, un proceso mental de formación dividido en tres etapas. Este patrón clásico se conoce como el trivium, que consiste en gramática, dialéctica y retórica. Los estudiantes aprenden la gramática de cada materia y sus "particularidades." Luego aprenden la dialéctica, o las relaciones entre esos elementos, y posteriormente, la retórica; es decir, cómo expresar lo que han aprendido de manera eficaz y coherente. El propósito de seguir este patrón no es enseñar al estudiante todo lo que hay que saber, sino establecer en él un hábito mental que le permita aprender por sí mismo cuando la experiencia escolar formal sea apenas un recuerdo lejano. No se le enseña tanto qué pensar, sino cómo pensar.[9]

En la educación clásica, los 12 años de escolaridad consisten en tres repeticiones del mismo patrón de cuatro años: la antigüedad (5000 a.C.– 400 d.C.), el período medieval hasta el Renacimiento temprano (400– 1600), el Renacimiento tardío hasta principios de la modernidad (1600– 1850), y los tiempos modernos (1850–presente). La juventud estudia estos cuatro períodos históricos en distintos niveles de dificultad: de forma sencilla en los grados hasta cuarto; con mayor complejidad entre quinto y octavo grado (cuando el estudiante empieza a leer fuentes originales); y con un enfoque más profundo entre noveno y duodécimo grado, cuando trabaja con fuentes originales (desde Homero hasta Hitler) y también puede explorar a fondo algún interés personal (música, danza, tecnología, medicina, biología, escritura creativa).[10]

Las demás áreas del plan de estudios están conectadas con los estudios históricos. El estudiante que está trabajando en la historia antigua leerá mitología griega y romana, los relatos de la Ilíada y la Odisea, escritos medievales tempranos, cuentos de hadas chinos y japoneses, y (para los estudiantes mayores) textos clásicos de Platón, Heródoto, Virgilio y Aristóteles. Al año siguiente, cuando estudia la historia medieval y del Renacimiento temprano, leerá a Beowulf, Dante, Chaucer y Shakespeare. Cuando se estudian los siglos XVIII y XIX, se comienza con Swift (Los viajes de Gulliver) y se concluye con Dickens. Finalmente, se estudia la literatura moderna al abordar la historia contemporánea.[11]

Las ciencias se estudian mediante un patrón de cuatro años que, aproximadamente, corresponde a los períodos históricos del descubrimiento científico: biología, clasificación y el cuerpo humano (temas conocidos por los antiguos); ciencias de la Tierra y astronomía básica (que florecieron durante el Renacimiento temprano); química (que se consolidó durante la era moderna temprana); y física básica (una materia muy moderna).[12]

El plan de estudios de M Street/Dunbar seguía el patrón clásico del trivium. Esto se puede observar fácilmente al examinar los cursos ofrecidos desde que la escuela fue fundada como institución preparatoria para estudios universitarios. Por ejemplo, en los primeros semestres de 1943-44 y 1944-45, los estudiantes estaban matriculados en las siguientes asignaturas del plan de estudios, como se muestra a continuación en la Tabla 11-2:[13]

Dunbar High School **Subject Matter** **(First Semester 1943-44 and 1944-45)**	
English 1-8 Formal Grammar Dramatics 1-2 Journalism Creative Writing	Ancient History 1 Medieval History 2 Modern European History 3-4 American History 7-8 International Relations Civics Economic s Sociology Latin American History
Elementary Algebra 1- 2 Plane Geometry 3-4 Solid Geometry 5 Intermediate Algebra 6A-6B	Music Appreciation Choral Music Piano Music Theory
Trigonometry 7	Orchestra Minor Music
French 1-2 Pre-Induction French German 1-3 Pre-Induction German Spanish 1-4 Pre-induction Spanish Latin 1-7	Biology 1-2 Chemistry 1- 3 Physics 1-2 Aviation 1- 3 Electricity Mechanics
Typewriting 1- 3 Shorthand 1- 2 General Business	Major Drawing Minor Drawing Mechanical drawing

Fuente: Mary Gibson Hundley, *The Dunbar Story,* pp. 26-29.

Tabla 11-2

Los requisitos para la graduación eran 32 puntos.[14] Los cursos obligatorios eran:

English 1-8	American History 7-8
Algebra 1-2	Biology 1-2 or
Health Education 1-8	Physics 1-2 or
(minor)	Chemistry 1-2

Se debían tomar asignaturas optativas adicionales para que el número total de puntos, tanto obligatorios como optativos, fuera de 32 al momento de la graduación. Un punto equivalía a ½ unidad o una materia principal de un semestre. Una materia principal equivalía a cinco horas a la semana. Una materia menor equivalía a dos horas semanales. El arte y la música de noveno grado eran materias menores obligatorias. Se ofrecían asignaturas optativas en distintos niveles escolares.[15]

Los exalumnos recuerdan a Dunbar como una escuela preparatoria para la universidad. Sin embargo, a medida que sus estudiantes desarrollaban intereses relacionados con las artes manuales y los negocios, se crearon programas derivados que dieron lugar al establecimiento de otras dos escuelas secundarias: Armstrong Technical High School y Cardozo High School. Los cursos disponibles para los estudiantes de Dunbar y el porcentaje de participación reportado por los encuestados se presentan en la Tabla 11-3 a continuación.

Courses Studied by Students at Dunbar High School					
Course	Percent	Course	Percent	Course	Percent
English	93	Typewriting	50	Orchestra	0
Formal Grammar	59	Shorthand	4	Minor Music	9
Dramatics	2	General Business	9	Biology	72
Journalism	9	Ancient History	28	Chemistry	59
Creative Writing	9	Medieval History	9	Physics	24

Elementary Algebra	52	Modern European History	11	Aviation	2
Plane Geometry	72	American History	78	Health Education	43
Solid Geometry	20	Negro History	20	Electricity	2
Intermediate Algebra	50	International Relations	7	Mechanics	2
Trigonometry	20	Civics	37	Major Drawing	2
French	33	Economics	9	Minor Drawing	4
Pre-Induction French	0	Sociology	20	Mechanical drawing	9
German	17	Latin American History	0	Military Science	30
Pre-Induction German	2	Music Appreciation	33	Other (please specify)	
Spanish	22	Choral Music	17	Driver Education	4
Pre-induction Spanish	0	Piano	0	Gym for health	2
Latin	65	Music Theory	7		

Fuente: Morris, Archie III., "Advancing Urban Educational Policy: Insights from Research on Dunbar High School," *Journal of the Case Studies in Education*, Mayo de 2017.

Tabla 11-3

CUERPOS DE CADETES Y EQUIPOS DE DESFILE

Si alguna actividad simbolizaba la disciplina y los altos estándares de las escuelas y de la comunidad negra en Washington, era el Cuerpo de Cadetes de la Escuela Secundaria y sus equipos de desfile. El Cuerpo de Cadetes, precursor del actual Junior ROTC, estaba compuesto por estudiantes varones de secundaria. Su propósito era enseñar disciplina y liderazgo.

Como la mayor parte de Estados Unidos en esa época, el Cuerpo de Cadetes estaba segregado. En 1882, se organizaron dos compañías de cadetes para escuelas secundarias de blancos y el primer desfile competitivo para estudiantes blancos se realizó en 1888. Ese mismo año, Christian Fleetwood organizó los primeros cadetes de color en la M Street High School. Fue, en gran parte, gracias a los esfuerzos del Sr. Fleetwood que se estableció el Cuerpo de Cadetes para la Escuela Secundaria de Color en la Preparatory High School for Colored Youth, seis años después de su fundación en las escuelas blancas.[16]

El Sr. Fleetwood se había unido al ejército de la Unión en 1863 y sirvió como sargento mayor en la Cuarta Infantería de Color de los Estados Unidos hasta mayo de 1866. Por salvar los colores de su regimiento durante la batalla de Chaffin's Farm, Virginia, el 29 de septiembre de 1864, recibió la Medalla de Honor. Tras la guerra, organizó y comandó unidades en la Milicia del Distrito de Columbia y la Guardia Nacional de D.C. Vivía con su esposa Sara en una casa en U Street, en el noroeste, y se convirtió en un ciudadano destacado de la comunidad negra de Washington, especialmente en sus iglesias. El Sr. Fleetwood ayudó a establecer la formación de cadetes para negros con el propósito principal de beneficiar a los aspirantes negros a ingresar en West Point, quienes, en su mayoría, no eran admitidos en escuelas militares preparatorias.[17]

El Cuerpo de Cadetes era una gran fuente de orgullo escolar y comunitario. Los cadetes desfilaban en procesiones, incluyendo desfiles inaugurales presidenciales, escoltaban a dignatarios y participaban en ejercicios de desfile. Ser parte del Cuerpo de Cadetes de la secundaria era una tradición familiar en muchos hogares. Uno de los más altos honores era ser nombrado oficial en el último año. Además del mando, un oficial portaba un sable, mientras que los rangos inferiores cargaban un rifle pesado. En el día de la competencia de desfile, miles de peatones negros atravesaban las calles de la ciudad portando los colores de la escuela de su elección.

Cientos de automóviles, elaboradamente decorados con los colores escolares y llenos de festejantes, recorrían ruidosamente las calles transmitiendo la alegría de sus ocupantes.

El desfile competitivo no solo acentuaba la popularidad de la escuela ganadora para el año siguiente—al aumentar la asistencia y fortalecer la moral del estudiantado—sino que también elevaba el estatus de los oficiales exitosos. Este estatus, que se ganaba en la competencia de desfile, permanecía con ellos durante muchos años en todas sus actividades futuras.[18]

Para la década de 1930, el Cuerpo de Cadetes se había entretejido en el tejido del sistema escolar, con 30 compañías y siete bandas distribuidas entre las siete escuelas secundarias del Distrito. Un miembro de la facultad, que era oficial de reserva del Ejército o tenía entrenamiento militar, dirigía la organización de cadetes en cada escuela. Un oficial retirado del Ejército servía como profesor de ciencia y táctica militar y supervisaba todo el cuerpo. Las regulaciones del Distrito hacían que el "entrenamiento" fuera obligatorio para los varones mayores de 14 años, y los cadetes recibían créditos de educación física. Solo la participación en deportes de equipo, la ineptitud física o la objeción de los padres eximían a un estudiante de servir. Los administradores y docentes descubrieron que los mejores cadetes también eran los mejores estudiantes, por lo que apoyaban el cuerpo y enfatizaban sus beneficios físicos y sociales.[19]

Cada una de las escuelas secundarias negras de Washington—Dunbar, Armstrong y Cardozo—tenía varias compañías de cadetes que, en conjunto, formaban el Vigésimo Cuarto Regimiento. Las unidades negras contaban con instructores negros y un profesor separado de ciencia y táctica militar. Los cadetes negros no participaban en los desfiles competitivos anuales con los blancos, pero, a partir de 1902, celebraban su propio desfile competitivo anual en el Griffith Stadium del Distrito. El desfile anual era un acontecimiento importante en la comunidad negra, que atraía a miles de espectadores, incluidos líderes afroamericanos como Mary McLeod Bethune. Las unidades de Dunbar solían dominar la competencia, y miembros distinguidos de la comunidad negra de Washington presentaban los premios.[20]

Las Regulaciones de Entrenamiento de la Infantería del Ejército de EE.UU. se utilizaban para instruir a los cadetes. El programa enseñaba disciplina, fomentaba la buena conducta y premiaba el rendimiento académico. Una solicitud del asesor de la facultad era tratada como una orden, y el cadete la obedecía como si se tratara de una solicitud de sus propios padres. Los cadetes comenzaban su carrera como soldados rasos y las promociones se basaban estrictamente en el rendimiento. Los cadetes eran altamente competitivos y estaban decididos a salvaguardar el honor de su escuela. La participación en el Cuerpo de Cadetes era mucho más que una actividad casual: los estudiantes aprendían a competir y a trabajar en equipo. Los cadetes vestían uniformes de gala en la escuela.[21] Realizaban prácticas de desfile dos veces por semana, de 7:30 a 9:00 de la mañana. A medida que se acercaba la competencia anual, practicaban tres veces por semana.[22]

El entrenamiento militar también se convirtió en una parte importante del currículo en Dunbar High School para las niñas, además de los varones. Hubo un cuerpo de cadetes femenino en las décadas de 1920 y 1940, estrechamente vinculado al Departamento de Educación Física. El movimiento sufragista de la década de 1920 puede haber sido una fuente de inspiración. Varias compañías femeninas participaron en competencias intramuros, imitando esencialmente los desfiles de los varones. La buena postura y el respeto por la autoridad fueron efectos tangibles del entrenamiento de cadetes para las niñas.[23]

El cuarenta por ciento de los encuestados en la encuesta de exalumnos participó en el programa del Cuerpo de Cadetes y Equipos de Desfile de las Escuelas Secundarias de Washington durante su estancia en Dunbar High School. El sesenta por ciento no lo hizo. El veinte por ciento de los participantes consideró que el programa ROTC de Dunbar era sobresaliente. El 48 por ciento de los encuestados indicó que el programa ROTC desarrolló habilidades de liderazgo, disciplina y ciudadanía. Otro 18 por ciento dijo que inculcó autodisciplina y responsabilidad. Un 13 por ciento lamentó no haber podido participar debido a la distancia hasta la escuela y al requisito de llegar antes del inicio de las clases.

DISCIPLINA

Dunbar utilizaba el castigo corporal para disciplinar a los estudiantes y los padres apoyaban esta práctica. Muchos de los estudiantes varones recuerdan específicamente la gran paleta que se encontraba en las oficinas administrativas de Dunbar. Cuando a un director de una escuela negra se le otorgaba la autoridad para aplicar castigo corporal a insistencia de los padres, claramente había algo más de fondo que lo que salta a la vista. La cuestión importante no era si el castigo corporal era bueno o malo, del mismo modo que la cuestión importante sobre los estudiantes de Dunbar no era si realmente necesitaban aprender latín. La clave es que ciertas relaciones humanas son esenciales para el proceso educativo. Cuando estas condiciones se cumplían, la educación podía avanzar sin importar los métodos, la filosofía educativa o la infraestructura física.[24]

Una gran mayoría de los estudiantes de Dunbar vivía en un entorno familiar tradicional con dos padres. La madre era generalmente más accesible emocionalmente, amorosa, afectuosa físicamente y más paciente que el padre. Sin embargo, el padre tenía un papel disciplinario único, especialmente para los varones. El padre establecía el estándar moral para los hijos y era quien más contribuía al desarrollo del lenguaje y el comportamiento cognitivo. Por tanto, la disciplina en Dunbar era eficaz en gran parte debido al orgullo familiar. Nadie quería avergonzar a su familia siendo un problema disciplinario o, en ese sentido, siendo un mal estudiante. Sentarse en el banco del director era una gran vergüenza, al igual que cualquier otro castigo, asignación a la sala de estudio o penalización.

Lo peor de todo era que un maestro o el director llamaran a los padres cuando se cometía alguna infracción de las reglas o normas escolares. Para un estudiante, era importante tener una buena reputación frente a sus compañeros, tanto a nivel personal como en lo académico. Tener problemas disciplinarios frecuentes frente a la familia o dentro de la comunidad negra era, literalmente, una declaración sobre los valores culturales de ese alumno. Ser reprendido o castigado en presencia de la familia o los compañeros era una acusación muy grave. El estudiante perdía su sentido del orgullo, su reputación quedaba comprometida y perdía el respeto por sí mismo.

Durante las clases, ningún estudiante podía estar fuera del aula y en los pasillos sin un pase. Algunos alumnos hacían de monitores de pasillo y salidas del edificio durante periodos libres en su horario, y estaban ubicados en parejas por todo el edificio. Informaban si algún estudiante usaba las salidas del edificio o deambulaba por los pasillos sin un pase emitido por un miembro del profesorado, un subdirector o el director.

Aunque Dunbar, como escuela secundaria preparatoria para la universidad, tenía pocos problemas de disciplina, su historia no es del todo irrelevante en este sentido. La importancia de las actitudes y la participación de los padres fue reconocida desde la fundación misma de la escuela. Aunque Washington, en 1870, contaba con muchas familias negras listas y deseosas de contar con una escuela de primera categoría, también había muchas que no lo estaban. La reciente abolición de la esclavitud había hecho crecer la población negra de Washington con muchos recién llegados del Sur y de los Estados Fronterizos. En 1868, solo un tercio de los niños negros del Distrito de Columbia asistían a alguna escuela. En este contexto, las advertencias de William Syphax a los padres negros para que enviaran a sus hijos a la escuela, con respeto por el aprendizaje y disposición para el trabajo, eran muy pertinentes.[25]

Los tipos de castigo empleados eran: el banco del director, sala de estudio después de clases, castigo corporal, reprimendas, sanciones y participación de los padres. Al evaluar la eficacia de estas formas de castigo para mantener la disciplina, los exalumnos encuestados indicaron que el banco del director y la participación de los padres fueron las más efectivas, ambas con una calificación del 94.1 por ciento como muy efectivas o efectivas. Ser retenido en sala de estudio después de clases fue la siguiente más eficaz con 85.7 por ciento. Véase la Tabla 11-4 a continuación.

Tipos de disciplina aplicados en la Dunbar High School (porcentaje)					
	Very Effective	Effective	Somewhat Effective	Not Very Effective	Ineffective	Total
Principal's bench	52.9	41.2	5.9	0.0	0.0	100.0
Study hall after school	40.0	45.7	14.3	0.0	0.0	100.0
Corporal punishment	13.0	34.8	21.7	21.7	8.7	100.0
Chastisement	25.0	35.7	25.0	10.7	3.6	100.0
Penalties	10.7	60.7	17.9	10.7	0.0	100.0
Parental involvement	58.8	35.3	5.9	0.0	0.0	100.0

Fuente: Morris, Archie III., "Advancing Urban Educational Policy: Insights from Research on Dunbar High School," *Journal of the Case Studies in Education*, Mayo de 2017.

Tabla 11-4

Aunque no existía un código de vestimenta formal para los estudiantes de la Dunbar High School, vestirse para asistir a clases no se tomaba a la ligera. Entre los exalumnos encuestados, el 51 por ciento clasificó su vestimenta escolar como informal y el 44 por ciento como respetable; la diferencia entre ambas es mínima. La mayoría de las chicas usaban faldas y blusas o vestidos con calcetas y zapatos, como mocasines u oxfords. Eran prendas pulcras y apropiadas. Los chicos usaban pantalones, camisas y suéteres, y a veces sacos con corbata o uniformes del ROTC. Sus zapatos también eran mocasines u oxfords. No se usaban jeans, camisetas, camisetas sin mangas, tenis ni zapatillas deportivas para ir a la escuela.

ACTIVIDADES EXTRACURRICULARES

El programa de actividades estudiantiles en Dunbar era integral y cuidadosamente planificado para inspirar y desarrollar los talentos e intereses de los alumnos. Los objetivos culturales en los primeros años se complementaron con una gran variedad de actividades. El Club Emerson, organizado en 1904, se convirtió en el Club Fleur-de-Lis, integrado por alumnas del último año, agrupadas según su interés en el arte dramático, la música y el servicio social. Las integrantes de este club actuaban como asesoras para los nuevos estudiantes en las décadas de 1940 y 1950. El Club Rex, fundado en 1916 para los varones de último año, era principalmente social y cultural, pero con el tiempo asumió la dirección de los problemas de tráfico dentro del edificio. Se fundó un Coro Masculino en 1904 y un Coro Femenino en 1910. En la década de 1920, se creó el Coro Especial de voces mixtas.[26]

El Banco de Ahorros de la Dunbar High School, organizado en 1917, tenía tres objetivos principales: (1) fomentar el ahorro sistemático y la cultura de la previsión; (2) ofrecer formación comercial; (3) llevar registros financieros de las actividades escolares. Los estudiantes ahorraban para la compra de libros de texto, gastos de Navidad o Pascua, donaciones y los gastos de graduación. El banco participó activamente en las campañas de Bonos de Guerra y recibió cuatro premios del Departamento del Tesoro de EE.UU. por su sobresaliente desempeño en ventas en 1943 y 1944.[27]

En la década de 1940, una amplia variedad de clubes reflejaba el alcance del programa escolar: Banca, Biología, Química, Comercio,

Literatura Contemporánea, Temas de Actualidad, Debate, Teatro, Noticieros, Girl Reserves, Golf, Enfermería en el hogar, Lenguas extranjeras, Biblioteca, Música, Historia de los Negros, Cruz Roja, Relaciones Raciales, Servicio Social, Filatelia, Relato Corto y Club de Viajes. Un comité docente auditaba anualmente las finanzas de todas las actividades y comités. Muchos clubes tenían cuentas en el banco escolar, con un profesor afianzado como tesorero, y estudiantes de contabilidad como cajeros del banco.

Solo el nueve por ciento de los exalumnos encuestados indicó no haber participado en alguna de estas actividades. Las más populares fueron el Coro Mixto, el Club de Lenguas Extranjeras y el Club de Música, con un nueve por ciento cada uno, y el Club de la Cruz Roja, con ocho por ciento. Véase la Tabla 11-5.

Clubes o actividades extracurriculares para estudiantes en la Dunbar High School					
Activity	Percent	Activity	Percent	Activity	Percent
Emerson Club/Fleur-de-Lis Club	5	News Reel Club	4	Other (specify)	
The Rex Club	8	Girl Reserves	0	Cheerleading Squad	1
Boys Glee Club	0	Golf Club	5	Honor Society	3
Girls Glee Club	1	Home Nursing Club	1	Year Book	3
Mixed Glee Club	9	Debating Club	3	German Club	0
Biology Club	1	Library Club	1	French Club	1
Chemistry Club	1	Music Club	9	Latin Club	1
Commercial Club	0	Negro History Club	3	Dance Club	1
Contemporary Literature Club	0	Red Cross Club	8	Girl Scouts	1
Current Topics Club	3	Race Relations Club	0	Hockey Club	1
Foreign Languages Club	9	Intramural Sports	5	Boosters Club	1
Savings Bank/War Bond Drive	3	None	9	Liber Anni	1
Dramatics Club	5			Quill and Scroll	1

Fuente: Morris, Archie III., "Advancing Urban Educational Policy: Insights from Research on Dunbar High School," *Journal of the Case Studies in Education*, Mayo de 2017.

Tabla 11-5

Las actividades deportivas incluían béisbol, fútbol americano, baloncesto, atletismo, tenis y natación para los varones; y baloncesto y natación para las chicas. Se realizaban eventos varsity (de liga) e intramuros en varios campos. Los egresados de Dunbar se convirtieron en atletas destacados en muchas universidades estadounidenses y participaron en competencias nacionales e internacionales.[28] También existía un equipo de tiro en el que participaban tanto chicos como chicas. Había un polígono de tiro en el sótano del edificio, donde los integrantes del equipo podían practicar.

La encuesta de exalumnos indica que los estudiantes —tanto hombres como mujeres— de Dunbar High School eran personas íntegras y polifacéticas. Los alumnos disponían de una amplia gama de actividades deportivas, y el 65 por ciento de los encuestados participó a nivel varsity. El béisbol y el fútbol americano fueron los más populares entre los chicos, con tasas de participación del 12 por ciento cada uno, seguidos por el baloncesto y el atletismo, con ocho por ciento cada uno, y el golf, con siete por ciento. Para las chicas, los deportes principales fueron el baloncesto, el hockey sobre césped y la natación. Véase la Tabla 11-6 a continuación.

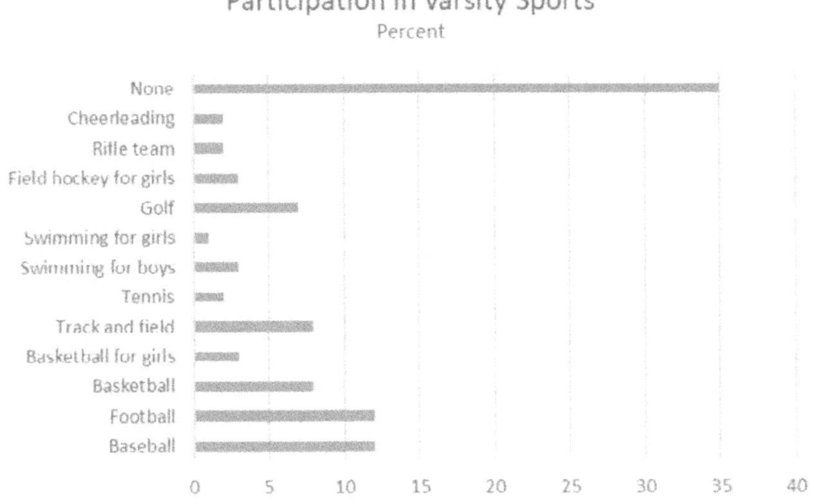

Fuente: Morris, Archie III., "Advancing Urban Educational Policy: Insights from Research on Dunbar High School," *Journal of the Case Studies in Education*, Mayo de 2017.

Tabla 11-6

La elegibilidad para deportes varsity en Dunbar exigía que el alumno mantuviera un promedio acumulativo mínimo de 2.5. Obtener una calificación reprobatoria (F) en cualquier asignatura resultaba en suspensión del equipo deportivo.

PARTICIPACIÓN DE LOS PADRES

La Asociación de Padres y Maestros (PTA, por sus siglas en inglés) no era el medio principal de participación de los padres en el entorno de Dunbar High School. La participación de los padres era especialmente importante en las escuelas negras, ya que la cultura afroamericana no era una cultura permisiva. Si los jóvenes negros se portaban mal, era porque sus padres no lo sabían o no les importaba. Los padres de los alumnos de Dunbar no toleraban ninguna filosofía que permitiera a los jóvenes negros "hacer lo que quisieran". En aquellos casos donde los padres negros se involucraban en una escuela, a veces exigían una disciplina más estricta de la que la escuela estaba dispuesta a imponer.

Además, la participación de los padres no significaba tomar el "control comunitario" mediante algún dogma ideológico o una estrategia de relaciones públicas. Cuando una comunidad presenta un alto índice de rotación residencial, el "control comunitario" puede significar el dominio sin oposición de un pequeño grupo de activistas que no responden ante ninguna base comunitaria duradera. En Dunbar, lo importante era contar con la amplia participación de los padres de forma individual y con el respaldo de las iglesias.[29]

El 74 por ciento de los exalumnos encuestados consideraron que la Asociación de Padres y Maestros era de nivel promedio a superior al promedio. Un 21 por ciento la calificó como sobresaliente. Véase la Tabla 11-7 a continuación.

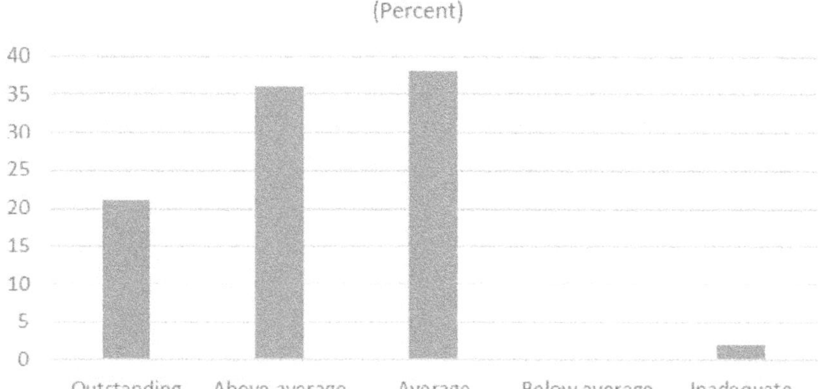

Fuente: Morris, Archie III., "Advancing Urban Educational Policy: Insights from Research on Dunbar High School," *Journal of the Case Studies in Education*, Mayo de 2017.

Tabla 11-7

FORTALEZAS Y DEBILIDADES DEL PROGRAMA ACADÉMICO DE LA ESCUELA SECUNDARIA

La segregación fue considerada un problema por el 18 por ciento de los encuestados, y un 21 por ciento opinó que hubo falta de recursos y apoyo para los estudiantes. Sin embargo, el 61 por ciento consideró que no había debilidades, salvo por la impaciencia de algunos docentes hacia los estudiantes que no se preparaban para las clases o no hacían sus deberes; algunos incluso podrían considerar eso una fortaleza.

Aun así, la ciudad contaba con un sistema escolar segregado, y los fondos para mantener los suministros, libros y materiales en las escuelas negras eran limitados. Las debilidades específicas señaladas incluyeron: clases sobrepobladas, instalaciones deterioradas, falta de dinero, y la gran distancia que muchos estudiantes debían recorrer para asistir a la escuela. Además, algunos lugares abiertos a los blancos no daban la bienvenida a los estudiantes negros, lo cual afectaba las oportunidades de aprendizaje más allá de la comunidad afroamericana.

Los encuestados consideran que las fortalezas del programa académico de Dunbar High School fueron su plantel docente y directivo (44 por ciento), sus estudiantes (32 por ciento) y su plan de estudios (24 por ciento). Pensaban que los profesores y directores estaban muy bien cualificados y eran dedicados a sus alumnos. Algunos miembros del profesorado tenían títulos de doctorado y se preocupaban sinceramente por el rendimiento académico del estudiantado. También creían que los alumnos estaban enfocados en lo académico y que se mantenían altos estándares de exigencia.

CAPÍTULO DOCE

EL ENTORNO DE DUNBAR

Durante todo el período de su apogeo académico, Dunbar se caracterizó por el espíritu de cuerpo de sus estudiantes, la dedicación de sus profesores y el fuerte apoyo de la comunidad afroamericana, tanto en las tareas cotidianas como en los momentos de crisis. Se hicieron esfuerzos especiales para conseguir becas universitarias para jóvenes brillantes pero pobres, y también fueron necesarias acciones concretas para ayudar a los padres de esos jóvenes a mantenerlos en la escuela secundaria. A menudo era necesario que los adolescentes trabajaran para contribuir con el sustento económico de sus familias.

Un indicador concreto de la actitud estudiantil es el registro de asistencia y puntualidad. Una verificación puntual de antiguos archivos de la Junta de Educación en ambas categorías muestra que el récord de Dunbar era superior al promedio de sus contrapartes blancas, tanto a principios del siglo XX (1901-1902) como a mediados de siglo (1952-1953).[1]

El principal "trabajo" del estudiante de Dunbar era asistir a la escuela, estudiar mucho y mantenerse fuera de problemas. Muchos estudiantes tenían empleos de medio tiempo para ayudar a sus familias a llegar a fin de mes. El 51 por ciento de los exalumnos encuestados de Dunbar tuvo un empleo mientras cursaba la escuela secundaria. De ellos, el 45 por ciento trabajaba entre 16 y 20 horas a la semana, y el 3 por ciento trabajaba 21 horas o más por semana. Véase la Tabla 12-1 a continuación.

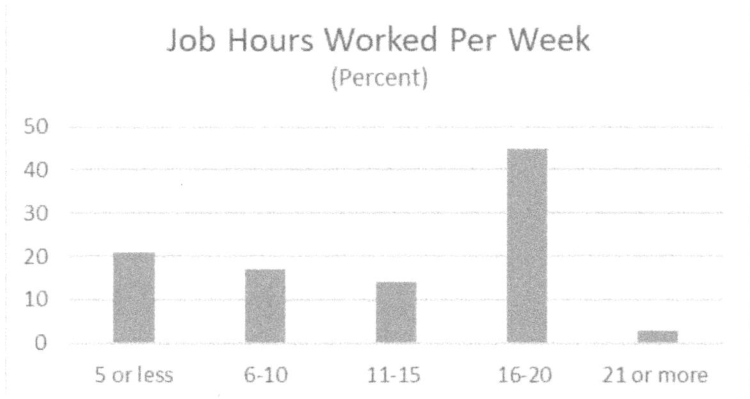

Fuente: Morris, Archie III., "Advancing Urban Educational Policy: Insights from Research on Dunbar High School," *Journal of the Case Studies in Education*, Mayo de 2017.

Tabla 12-1

EL ENTORNO ESCOLAR

BDado que no era una escuela de vecindario durante el período de 1870 a 1955, nadie era asignado automáticamente a Dunbar. No era una escuela a la que uno simplemente se inscribía por casualidad. La reputación y los estándares de la escuela eran bien conocidos por los padres y los niños de secundaria en toda la comunidad afroamericana. De hecho, se sabía que algunos jóvenes negros de los estados vecinos de Maryland y Virginia proporcionaban direcciones falsas de D.C. para poder asistir.[2] Otros, provenientes de estados más lejanos del sur, eran enviados por sus padres a vivir con familiares o amigos para poder estudiar en Dunbar High School. Además, los estudiantes vivían en diferentes vecindarios a lo largo de Washington -Georgetown y los condados circundantes, y viajaban desde unas pocas cuadras hasta varios kilómetros cada día para asistir a clase.

Las clases de salón comenzaban por la mañana a las 9:00 a.m. con la recitación del Padre Nuestro y el juramento de lealtad a la bandera de los Estados Unidos de América. De 9:00 a.m. a 9:30 a.m., los estudiantes se reportaban a su salón principal (homeroom). También se celebraban asambleas en el auditorio durante ese horario.

Las clases comenzaban a las 9:30 a.m., y se impartían seis períodos de 45 minutos cada uno por día.

No había un código de vestimenta escrito, pero se seguía un código básico de vestimenta conservadora. Se esperaba que los estudiantes estuvieran bien arreglados y se vistieran adecuadamente para asistir a clase. La mayoría de las niñas usaban vestidos o faldas con blusas. Los varones vestían pantalones con camisas y suéteres. En ocasiones, llevaban trajes o saco y corbata. Todos usaban calcetas y zapatos, generalmente mocasines u oxford. Los cadetes asistían a clase con sus uniformes.

El profesorado establecía el estándar de vestimenta en la escuela. Hombres y mujeres se vestían con ropa profesional o de negocios todos los días. Los varones no usaban sombreros dentro del edificio. No se permitían jeans, pantalones cortos, zapatillas deportivas, camisetas sin mangas, tops, pantalones deportivos, ropa transparente ni prendas que pudieran considerarse ropa interior.

La integración racial, las instalaciones físicas sobresalientes o el generoso apoyo financiero claramente no eran esenciales para el rendimiento académico de Dunbar. La escuela no contaba con nada de eso. Excepto por unos pocos maestros blancos en sus primeros días en la década de 1870, Dunbar fue una escuela completamente negra durante generaciones, desde estudiantes hasta profesores y administradores. Además, las instalaciones escolares estaban ubicadas en una ciudad segregada donde, tan recientemente como en 1950, a los negros no se les permitía entrar en la mayoría de los cines o restaurantes del centro.

Salvo por unos pocos años después de 1915, las instalaciones físicas de Dunbar siempre fueron inadecuadas; su comedor era tan pequeño que muchos estudiantes tenían que almorzar en la calle, y no fue sino hasta 1950 que la escuela tuvo un sistema de altavoces. Como parte de un sistema escolar segregado, administrado por blancos en los niveles superiores, Dunbar carecía crónicamente de fondos.

Internamente, existían cliques entre los estudiantes basados en la clase social y el color de piel, y entre los profesores había resentimiento hacia lo que se percibía como favoritismo por parte de la administración. En resumen, la lista de "requisitos previos" para el éxito en la que hoy muchos educadores se apoyan claramente no se cumplía en Dunbar.[3]

El estereotipo local sobre Dunbar era que esta era la institución a la que asistían los hijos de doctores y abogados afroamericanos de la ciudad; y probablemente fuera cierto. En un estudio de registros de clases del período 1938-1955, el porcentaje de estudiantes de Dunbar cuyos padres tenían ocupaciones clasificadas como "profesionales" nunca superó el seis por ciento en ninguno de los años estudiados. Solo alrededor de la mitad de las ocupaciones parentales pudieron identificarse y clasificarse, por lo que este número debe considerarse como un máximo de aproximadamente 12 por ciento de las ocupaciones conocidas y clasificadas. Lo cual, de hecho, era excepcionalmente alto para una escuela negra.

El exdirector de Dunbar, Charles S. Lofton, se refirió al estereotipo de clase media como "un cuento de viejas". "Si solo aceptáramos a los hijos de doctores y abogados," preguntaba, "¿cómo podríamos haber tenido 1,400 estudiantes negros a la vez?"[4]

La exprofesora de Dunbar, Mary Gibson Hundley, escribió: "Un gran segmento de los estudiantes tenía uno o más empleados gubernamentales como sostén de familia. Antes de los años cuarenta, estos empleados eran mensajeros y oficinistas, con pocas excepciones."[5]

La encuesta a exalumnos aporta información esclarecedora. En respuesta a la pregunta sobre los oficios u ocupaciones que tenían sus padres, los encuestados indicaron una variedad bastante amplia de ocupaciones tanto para sus padres como para sus madres. Una gran mayoría pertenecía a los estratos socioeconómicos bajos, siendo el empleo gubernamental (oficinista, mensajero, etc.) el más frecuente en ambos casos: 28 por ciento para los padres y 26 por ciento para las madres. La siguiente categoría más común para los padres fue obrero, con un 11 por ciento. Sin embargo, una tercera parte (33 por ciento) de las madres fueron identificadas como "ama de casa". Véase la Tabla 12-2.

Trabajos u ocupaciones desempeñadas por los padres			
Father		Mother	
Occupation	Percent	Occupation	Percent
Post Office	6	Government worker	26

Self-employed	2	Dietitian	2
Government worker	28	Housewife/home maker	33
Chef/Cook	2	Nurse	2
Physician	6	Secretary	2
Dentist	2	Beauty Salon owner	2
Chiropractor/steam engineer	2	Real estate broker	2
Bootblack	2	Housewife/maid	2
Asst. Superintendent, DCPS	2	Domestic	6
Taxi company owner	2	Beautician	2
Vendor (blind)	2	Deceased	4
Security guard, taxicab driver/handy man	2	Seamstress	2
Laborer	11	Computer technician	2
Truck driver	4	Teacher	2
Taxi driver	8	Elevator operator	2
Teacher	6	Public school employee	2
U.S. Army	2	Charwoman	4
Deceased	2	Worked in bakery	2
Fireman	2	Maintenance worker	2
Stationary engineer (Steam/AC)	2		
Road and grounds supervisor	2		
Painter	2		
Construction work and pick-up jobs	2		

Fuente: Morris, Archie III., "Advancing Urban Educational Policy: Insights from Research on Dunbar High School," *Journal of the Case Studies in Education*, Mayo 2017.

Tabla 12-2

Las familias afroamericanas a principios del siglo XX exhibían los valores típicos característicos de la clase media, aunque no tuvieran los medios económicos para sostener ese estilo de vida. Los valores asociados a un estilo de vida de clase media negra incluían una tendencia a planificar la jubilación, el deseo de tener control sobre su futuro, el respeto y cumplimiento de la ley, y el anhelo de una buena educación para ellos y para sus hijos. El camino hacia el ascenso socioeconómico pasaba por una buena educación y el trabajo arduo. Los valores coherentes con este estilo de vida también incluían el deseo de proteger a la familia de diversas dificultades, como problemas de salud, dificultades financieras y el crimen.[6]

Pocas familias de los encuestados en la encuesta de exalumnos podían considerarse de clase media o superior. Los ingresos familiares del hogar, cuando asistían a la Dunbar High School, se encontraban agrupados entre $1,001 y $30,000, con casi un tercio de los hogares en el extremo inferior del espectro (véase la Tabla 12-3 a continuación). Como referencia, en 1940, el ingreso medio en los Estados Unidos era de $1,299 y la mediana, de $2,200.[7]

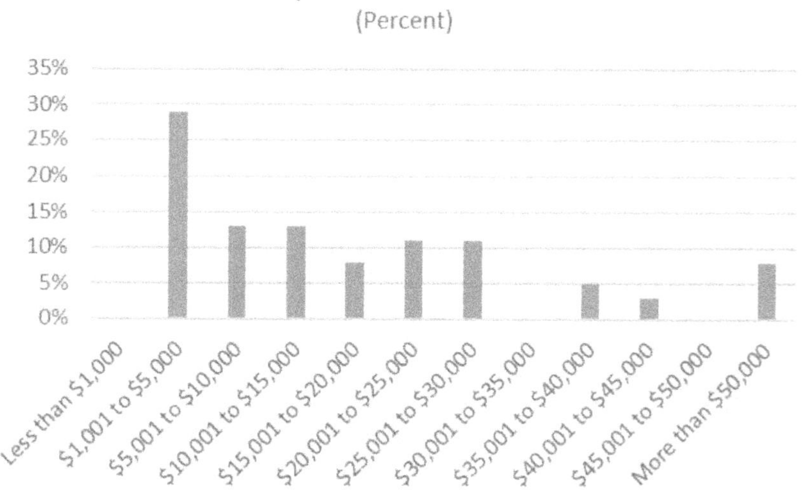

Fuente: Morris, Archie III., "Advancing Urban Educational Policy: Insights from Research on Dunbar High School," *Journal of the Case Studies in Education*, Mayo de 2017.

Tabla 12-3

RAZA Y ORIGEN ÉTNICO

Dada la predominancia general de mulatos entre las "personas libres de color" y sus descendientes, parece probable que el estereotipo de piel clara fuera aplicable a los primeros estudiantes y maestros de M Street y Dunbar. Este grupo continuó durante muchos años siendo sobrerrepresentado entre los estudiantes y docentes de estas escuelas, aunque no necesariamente constituían la mayoría.

Un estudio de antiguas fotografías de anuarios en la Dunbar High School muestra que la gran mayoría de los estudiantes tenían el tono de piel típico de la mayoría de los afroamericanos. Cualquier sesgo en la fotografía de esa época —antes de que "lo negro fuera hermoso"— habría sido hacia aclarar las imágenes, no hacia oscurecerlas.[8]

En la encuesta, los exalumnos podían seleccionar más de una característica bajo la categoría "Raza u origen étnico". Un 11 por ciento marcó "Negro/Afroamericano" y "Blanco/Caucásico", o bien esas dos categorías junto con "Nativo Americano". Esto resulta en un perfil distorsionado que sugeriría que los estudiantes de Dunbar High School eran 11 por ciento blancos, 92 por ciento negros y ocho por ciento nativoamericanos. Sin embargo, no existe evidencia alguna de que estudiantes blancos asistieran a M Street o Dunbar High School antes de 1954.

Para analizar esta situación, se deben considerar dos términos: "mulato" y "persona multirracial". Un mulato se define como la descendencia de primera generación de una persona negra y una persona blanca. Una persona multirracial es aquella que se identifica o tiene características de personas de distintos orígenes étnicos. Clasificando a quienes seleccionaron las categorías "negro" y "blanco" como "mulatos", y a quienes seleccionaron estas dos junto con "nativoamericano" como "multirraciales", se puede ajustar la clasificación, dando como resultado: 0 % de estudiantes blancos, 77 % de estudiantes negros, 4 % de estudiantes nativoamericanos, 11 % de estudiantes mulatos, 4 % de estudiantes multirraciales. Véase la Tabla 12-4 a continuación.

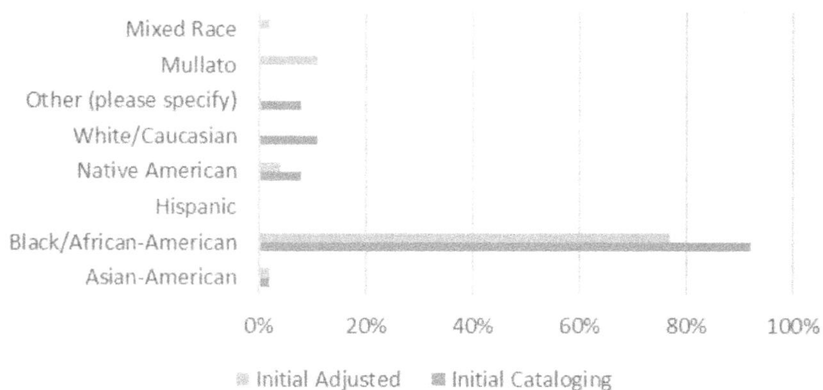

Fuente: Morris, Archie III., "Advancing Urban Educational Policy: Insights from Research on Dunbar High School," *Journal of the Case Studies in Education*, Mayo de 2017.

Tabla 12-4

LA EXPERIENCIA DUNBAR

La experiencia Dunbar fue única. Hace algún tiempo, Charles L. Morris, quien asistió a la escuela a principios de la década de 1920, ofreció este testimonio en una carta dirigida a uno de los periódicos de Washington:

> Había sido expuesto al extraordinario entorno de Dunbar, y para mí eso fue una experiencia invaluable... Permítanme dar una idea de ese entorno. Inmediatamente al ingresar a Dunbar, el estudiante de primer año percibía algo distinto del comportamiento común de la calle. Bajabas la voz y mirabas tus zapatos; tal vez deberías haberlos lustrado... La primera vez en mi vida que me llamaron 'Señor' fue como estudiante de primer año en Dunbar High—tenía catorce años y usaba pantalones cortos... La excelencia del profesorado era el estándar en Dunbar en todos los aspectos. Los maestros no solo tenían credenciales en papel, sino también personalidad y la capacidad de enseñar e inspirar. Los profesores de español, para perfeccionar su materia, vacacionaban en España cuando podían. Los de francés iban a Francia. Y apostaría

que esos entusiastas profesores de latín visitaban Cartago y la Galia en sus sueños... Tuvimos dos excelentes maestros cuyos nombres recordaban su filiación unionista en la Guerra Civil: William Tecumseh Sherman Jackson y Ulysses Simpson Grant Bassett. Ambos eran pedagogos estrictos, sin concesiones, que recordaban al sistema de escuelas públicas inglesas... Muchos sintieron el toque mágico del viejo Dunbar y adquirieron un agudo sentido del decoro y el amor por la lectura, el aprendizaje y el pensamiento. Estoy orgulloso de haber tenido la suerte de formar parte de ello.[9]

En el prefacio del libro de la Sra. Hundley sobre Dunbar, el Dr. Robert Weaver (clase de 1925) escribe:

> Mis raíces en la Dunbar High School son profundas. Mi madre fue graduada de la antigua M Street High School, y mi único hermano, mayor que yo, Mortimer, se graduó de Dunbar, al igual que yo. La eficacia de esta escuela secundaria se expresa claramente en el éxito de sus egresados. Mi propia deuda con Dunbar es inmensa... Recuerdo al menos media docena de maestros excepcionales que no solo me enseñaron la materia e inculcaron una gran valoración por el logro, sino que también me inspiraron como seres humanos. Quizás el mayor tributo que puedo rendir a Dunbar... es el hecho de que, cuando me gradué, ingresé a Harvard College, donde muchos de mis compañeros de clase habían sido formados en algunas de las mejores escuelas preparatorias del país. En general, me sentí tan capacitado como ellos para sobrevivir en la universidad. Mi hermano, quien se graduó de Williams College con honores Phi Beta Kappa, tuvo una experiencia similar allí y posteriormente en Harvard, donde obtuvo su maestría.[10]

Al calificar su educación general en la Dunbar High School, el 93.1 por ciento de los encuestados en la encuesta de exalumnos se mostraron satisfechos o muy satisfechos (véase la Tabla 12-5 a continuación).

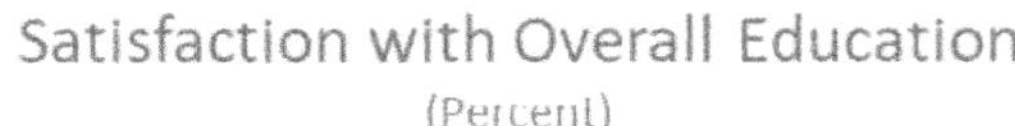

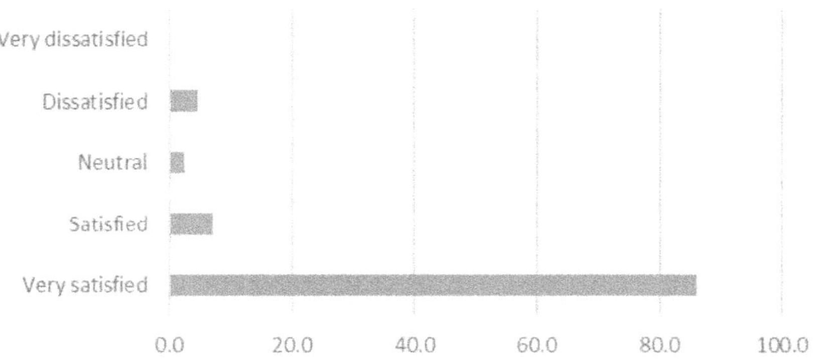

Fuente: Morris, Archie III., "Advancing Urban Educational Policy: Insights from Research on Dunbar High School," *Journal of the Case Studies in Education*, Mayo de 2017.

Tabla 12-5

LOGROS EDUCATIVOS Y PROFESIONALES DE LOS GRADUADOS

La Dunbar High School era reconocida por tener uno de los mejores programas preparatorios para la universidad. El 72 por ciento de los encuestados en la encuesta de exalumnos consideró que los programas académicos y relacionados que los prepararon para ingresar a la universidad, al ejército y/o al mercado laboral eran excelentes o superiores al promedio. Otro 28 por ciento calificó dichos programas como promedio o por debajo del promedio. Véase la Tabla 12-6 a continuación.

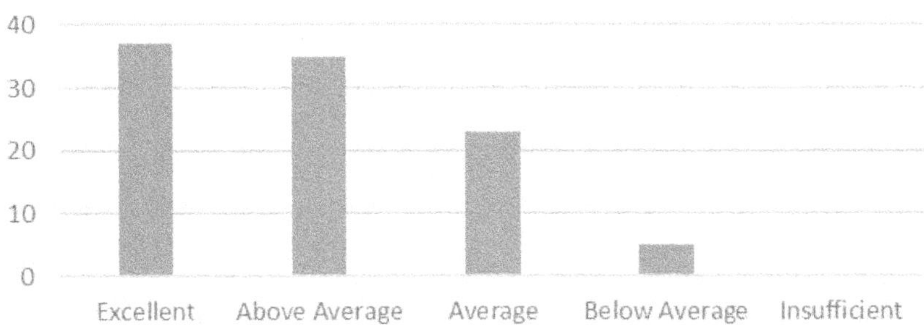

Fuente: Morris, Archie III., "Advancing Urban Educational Policy: Insights from Research on Dunbar High School," *Journal of the Case Studies in Education*, Mayo de 2017.

Tabla 12-6

Durante su época dorada, de 1900 a 1950, Dunbar envió a muchos estudiantes a universidades de la Ivy League y de las Siete Hermanas. Entre sus graduados estaban los abogados William Henry Hastie y Charles Hamilton Houston, quienes asistieron a Amherst; el juez Robert Terrell, graduado de Harvard; y los historiadores Rayford Logan y Carter G. Woodson. Además, debido al prestigio de Dunbar y a la falta de oportunidades laborales para académicos negros en universidades blancas del Norte, muchos de los profesores de Dunbar eran estudiosos negros con títulos avanzados de universidades del Noreste, quienes usaban Dunbar como centro de formación o lugar de espera antes de incorporarse a la enseñanza universitaria en instituciones como Howard, Fisk, Atlanta, Morehouse o Spelman.[11]

Los estudiantes de M Street y Dunbar asistieron a universidades prestigiosas del Norte porque fueron motivados y apoyados por profesores que también habían estudiado en dichas instituciones. Desde la emancipación, el ideal de muchos afroamericanos era asistir a lugares como Harvard. Los maestros blancos que fueron al sur en los primeros años posteriores a la esclavitud llevaban consigo la idea de "norteamericanizar" el sur. Aunque los blancos sureños no lo permitían en sus propios entornos, sí lo lograron entre muchos afroamericanos, quienes veían al norte y a los abolicionistas como aliados. Por eso, su orientación estaba dirigida hacia los mejores estándares educativos de Nueva Inglaterra, a veces incluso adoptando sus costumbres. Los afroamericanos que regresaban a enseñar en Dunbar transmitían todo su conocimiento a sus estudiantes.[12]

Ya en 1899, los estudiantes de M Street y Dunbar obtenían el primer lugar en las pruebas aplicadas en escuelas públicas de blancos y negros en la ciudad. Durante los 85 años de existencia de la escuela, la mayoría de sus egresados asistió a la universidad, a pesar de que la mayoría de los estadounidenses —blancos o negros — no lo hacía. Muchos de los graduados de Dunbar solo podían costear universidades locales de bajo costo, como la Universidad de Howard o la Miner Teachers College, que era gratuita. No obstante, quienes asistieron a instituciones como Harvard, Amherst, Oberlin y otras universidades prestigiosas, lo hicieron con becas y lograron un récord impresionante de distinciones académicas. Por ejemplo, se sabe que Amherst admitió a 34 egresados de M Street y Dunbar entre 1892 y 1954. De ellos, el 74 por ciento se graduó y más de una cuarta parte de los graduados fueron miembros de Phi Beta Kappa.[13] Amherst valoraba tanto a los egresados de Dunbar que aceptaba a cualquier estudiante recomendado por la escuela sin requerir examen de admisión.[14]

De los graduados encuestados, el 98 por ciento asistió a la universidad. La mayoría, un 74 por ciento, asistió a instituciones de pregrado en Washington, D.C., y el 26 por ciento asistió a escuelas fuera del estado. Véase la Tabla 12-7 a continuación.

Colegios universitarios o universidades de pregrado asistidos	
College/University	Percent
Howard University, Washington, DC	49
North Carolina Agricultural and Technical University, Greensboro, NC	2
D.C. Teachers College, Washington, DC	4
Miner Teachers College, Washington, DC	8
Washington State University, Pullman, WA	6
Pennsylvania State University, University Park, PA	2
Allegheny College, Meadville, PA	6
Columbia College, Columbia University, New York, NY	2
Morgan State University, Baltimore, MD	2
North Carolina College, Chapel Hill, NC	2

California State University, Los Angeles, CA	2
Harvard University, Cambridge, MA	2
Springfield College, Springfield, MA	2
Immaculataand Catholic University, Washington, DC	2
University of San Francisco, San Francisco, CA	2
American University, Washington, DC	4
Howard university/DCTC, Washington, DC	2
Delaware State University, Dover, DE	2
University of the District of Columbia, Washington, DC	2

Fuente: Morris, Archie III., "Advancing Urban Educational Policy: Insights from Research on Dunbar High School," *Journal of the Case Studies in Education*, Mayo de 2017.

Tabla 12-7

De los encuestados que asistieron a la universidad, el 81 por ciento continuó sus estudios en programas de posgrado. El 36 por ciento asistió a programas de posgrado en el Distrito de Columbia y el 64 por ciento lo hizo en universidades fuera del estado. El dos por ciento estudió en el extranjero, en Bruselas, Bélgica, y otro dos por ciento completó un título en línea de una institución educativa con sede en Australia. Véase la Tabla 12-8 a continuación.

Colegios universitarios o universidades de posgrado asistidos	
College/University	Percent
Catholic University, Law School, Washington, DC	2
Bowie State University, Bowie, MD	2
University of Virginia, Charlottesville, VA	2
George Washington University, Washington, DC	12
Air Force Institute of Technology, Dayton, OH	7
Frostburg State University, Frostburg, MD	2
Howard University, Washington, DC	5
American University, Washington, DC	5
University of Brussels, Brussels, Belgium	2
Howard U., GWU, University Massachusetts, Amherst, MA	2
Miner Teachers College, Washington, DC	2
Howard U. and Virginia Polytechnic Institute and State University, VA	2

Monash University (online), Australia	2
Columbia University, New York, NY	2
Harvard University, Graduate School of Design, Cambridge, MA	2
Decatur and Macon County Hospital of Medical Technology, Decatur, GA	2
Georgetown University, Washington, DC	2
San Francisco State University, San Francisco, CA	2
Pepperdine University, Malibu, CA	2
Lincoln University, Lincoln, PA	2
American College, Bryn Mawr, PA	5
American University, Washington College of Law, Washington, DC	2
Howard U. Nova Southeastern, Ft. Lauderdale, FL	2
Howard U., Catholic U. American U., DC	2
University of the District of Columbia, Washington, DC	2
Did not attend graduate school	19

Fuente: Morris, Archie III., "Advancing Urban Educational Policy: Insights from Research on Dunbar High School," *Journal of the Case Studies in Education*, Mayo de 2017.

Tabla 12-8

El diecinueve por ciento de los exalumnos que respondieron a la encuesta no obtuvo un título universitario. Un 26 por ciento obtuvo una licenciatura, un 41 por ciento obtuvo una maestría, un nueve por ciento obtuvo un título profesional, y un seis por ciento obtuvo un doctorado. Véase la Tabla 12-9 a continuación.

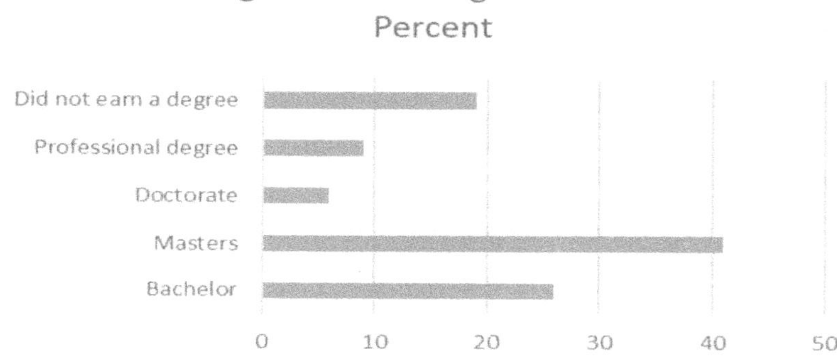

Fuente: Morris, Archie III., "Advancing Urban Educational Policy: Insights from Research on Dunbar High School," *Journal of the Case Studies in Education*, Mayo de 2017.

Tabla 12-9

En sus carreras, así como en su desempeño académico, los graduados de Dunbar sobresalieron. El primer general negro (Benjamin O. Davis, Sr.), el primer juez federal negro (William H. Hastie), el primer miembro negro del gabinete presidencial (Robert C. Weaver), el descubridor del plasma sanguíneo (Charles Drew) y el primer senador negro de los Estados Unidos desde la Reconstrucción (Edward W. Brooke), fueron todos graduados de Dunbar. Durante la Segunda Guerra Mundial, los graduados de Dunbar en el Ejército incluyeron "casi una veintena de mayores, nueve coroneles y tenientes coroneles, y un general de brigada." Esto representaba un porcentaje significativo del total de oficiales negros de alto rango en ese momento.[15] La inteligencia académica de los estudiantes de Dunbar era superior al promedio, y sus habilidades se reflejaron en sus carreras tras la graduación. El enfoque de enseñanza y aprendizaje practicado en las escuelas secundarias M Street/Dunbar les enseñó que centrarse en cómo las materias académicas (matemáticas, ciencia, historia, artes y alfabetización básica) podían aplicarse al mundo real, y podían considerarse como conocimientos que respaldan aplicaciones prácticas.

COEFICIENTE INTELECTUAL

Más del 90 por ciento de los exalumnos que respondieron a la encuesta calificaron la capacidad académica de sus compañeros de Dunbar como sobresaliente o superior al promedio. El ocho por ciento de los estudiantes fueron calificados por sus compañeros como de nivel promedio o inferior. Véase la Tabla 12-10.

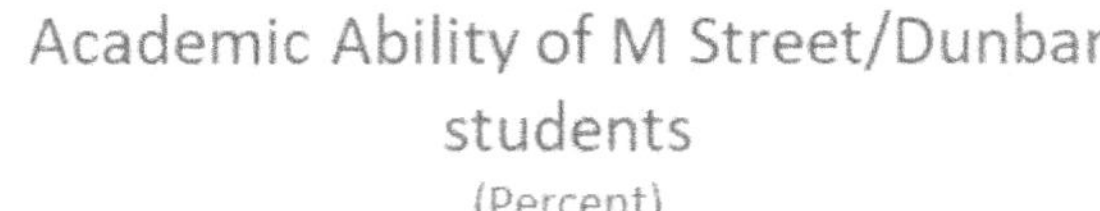

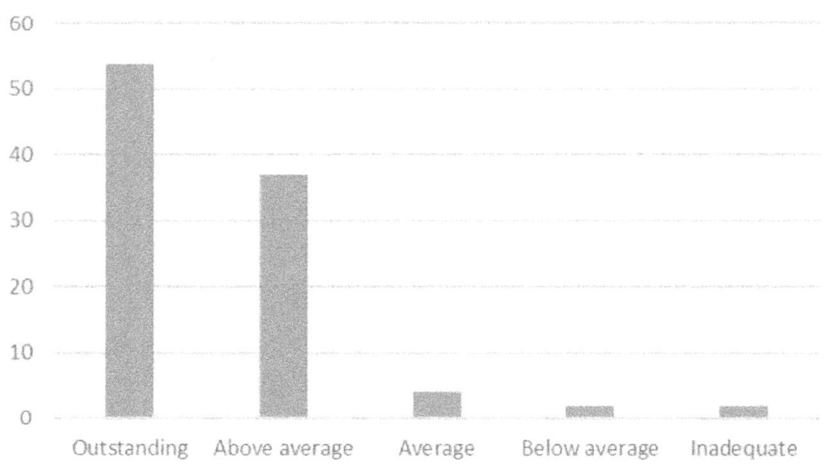

Fuente: Morris, Archie III., "Advancing Urban Educational Policy: Insights from Research on Dunbar High School," *Journal of the Case Studies in Education*, Mayo de 2017.

Tabla 12-10

Casi por definición, el coeficiente intelectual (CI) es un concepto arraigado cultural, social e ideológicamente. Su propósito es predecir el éxito (es decir, anticipar resultados que la mayoría de las personas valoran como exitosos) dentro de un gran grupo social que posee su propio conjunto de valores. Específicamente, se ha descubierto que el CI es el mejor predictor individual de la decisión de cursar estudios postsecundarios, y los análisis econométricos han demostrado que cada punto adicional en el CI puede influir en la decisión de un estudiante de permanecer en la escuela por un período un poco más prolongado.[16]

Aun así, con frecuencia se ha argumentado que los CIs tienen poca relación con el desempeño académico de las personas negras. Sin embargo, ya existe una literatura considerable que indica que las pruebas de CI y otras similares predicen con igual precisión el rendimiento académico de estudiantes negros y blancos. Dunbar ofrece un tipo de prueba distinto para esta hipótesis, porque se basa en un grupo negro con rendimientos sobresalientes, tanto en el ámbito académico como en sus carreras profesionales. ¿Eran los CIs de Dunbar significativamente diferentes del promedio nacional de 85 para los afroamericanos? La Tabla 12-11 a continuación responde a esa pregunta.[17]

Coeficiente intelectual promedio de los estudiantes de Dunbars

Class of	Students	All Graduates Only	Non-Graduates Only
1938	105.5	111.6	97.1
1939	111.2	114.0	101.9
1940	108.5	111.1	100.9
1941	109.3	111.7	101.7
1942	105.2	107.8	101.4
1943	101.3	102.6	98.5
1944	106.0	109.8	97.5
1945	98.8	101.6	93.5
1946	102.1	105.7	102.1
1947	102.0	108.4	94.9
1948	105.3	106.5	98.2
1949	106.1	106.1	104.0
1950	110.9	111.3	99.4
1951	102.7	103.4	98.1
1952	103.1	104.7	94.3
1953	101.3	102.7	93.5
1954	101.7	102.6	98.8
1955	99.6	100.8	96.4

Fuente: Thomas Sowell, "Black Excellence--the Case of Dunbar High School," *The Public Interest.*

Tabla 12-11

Los estudiantes de Dunbar tenían un coeficiente intelectual promedio considerablemente más alto que el de otros afroamericanos y, por lo general, superior al promedio nacional. Incluso los estudiantes que abandonaban Dunbar obtenían puntajes más altos que el promedio de otros afroamericanos. Sin embargo, los estudiantes no eran admitidos en Dunbar con base en pruebas de CI. La admisión era resultado de una auto-selección individual.

Para ponerlo en perspectiva, el puntaje promedio en una prueba de CI es 100. El 68 por ciento de los puntajes se encuentra dentro de una desviación estándar de la media, lo que significa que la mayoría de las personas tiene un CI entre 85 y 115. Lewis Madison Terman (1916) desarrolló la noción original del CI y propuso esta escala para clasificar los puntajes de CI:[18]

Over 140	Genius or near genius
120 – 140	Very superior intelligence
110 – 119	Superior intelligence
90 – 109	Normal or average intelligence
80 – 89	Dullness
70 – 79	Borderline deficiency
Under 70	Definite feeble-mindedness

Una curva de campana es una gráfica que representa una distribución normal de variables, en la que la mayoría de los valores se agrupan alrededor de una media, mientras que los valores atípicos se encuentran por encima o por debajo de esta. En términos de las habilidades mentales de sus estudiantes, la curva de campana de Dunbar se inclinaba hacia la derecha. Además, la población estudiantil era joven, con alumnos de tan solo 12 o 13 años en décimo grado, y algunos se graduaban a los 16 años.

No todos los que asistieron a Dunbar tenían un CI muy alto. El gráfico circular que aparece a continuación, elaborado en noviembre de 1944, indica que el 8 por ciento de los estudiantes tenía CI por debajo del promedio nacional de 85 para afroamericanos. Aproximadamente el 52 por ciento estaba en o por encima del promedio nacional de 100 que comúnmente se asigna a los estadounidenses blancos.[19]

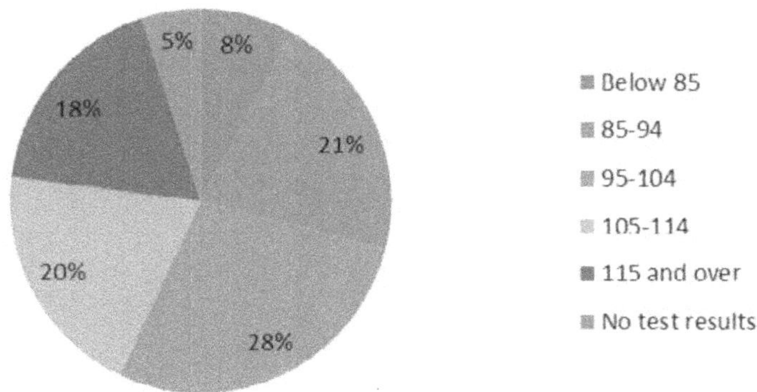

Fuente: Thomas Sowell, "Black Excellence--the Case of Dunbar High School," *The Public Interest*.

Tabla 12-12

Los altos CI en Dunbar no lo explican todo. Una cantidad igual de estudiantes negros distribuidos en otros lugares, con CI similares, probablemente no habría producido el mismo número de logros académicos y profesionales, a menos que estuvieran presentes ciertos otros factores: (1) El elemento motivacional asociado con la auto-selección para asistir a una escuela como Dunbar; (2) Los beneficios de la asociación mutua con estudiantes de alta calidad y con profesores atraídos a enseñarles; y (3) Las tradiciones escolares, incluidas las de exalumnos distinguidos que constantemente eran presentados como ejemplos a seguir. Ciertamente, el tipo de atención personal, orientación y tutoría extracurricular que recibían los estudiantes de Dunbar es extremadamente raro incluso hoy en día para los estudiantes afroamericanos, ya sea en escuelas segregadas o integradas.[20]

Un estudio de registros de clases del período 1938 a 1955 también confirma que la mayoría de los padres de los estudiantes de Dunbar no eran profesionales de clase media. Entre los estudiantes cuyos padres tenían ocupaciones que podían identificarse y clasificarse, la categoría más común fue, de forma consistente, "trabajadores no calificados y semi-calificados", y el índice ocupacional medio fue similar al de un trabajador de oficina (white-collar worker). Más notable aún, las diferencias en el CI promedio fueron relativamente pequeñas entre los estudiantes cuyos padres estaban en diferentes categorías ocupacionales. Para las clases de 1938 a 1955, el CI promedio de los estudiantes cuyos padres estaban en la categoría "no calificados y semi-calificados" osciló entre 96.1 en 1945 y 113.3 en 1950. El CI promedio de los estudiantes cuyos padres eran "profesionales" varió entre 102.1 en 1942 y 124.2 en 1950. Además, ni siquiera la exclusividad académica de Dunbar debe exagerarse. Las cifras disponibles para el período 1938-1948 muestran que aproximadamente un tercio de todos los estudiantes negros inscritos en escuelas secundarias del D.C. estaban matriculados en Dunbar.[21]

También hay evidencia de que Dunbar alcanzó su punto máximo antes del período en que se registraron puntajes de CI. El ligero descenso en los puntajes de CI entre 1938 y 1955 coincide con la impresión de que este fue el período de declive de su auge académico. Este período se estudió estadísticamente porque es el único dentro de la época dorada académica de Dunbar del cual hay puntajes de CI disponibles. A lo largo de estos 18 años, las niñas superaban en número a los niños cada año. Usualmente la proporción era de dos a una, pero en la clase de 1952 llegó a ser de tres a una. Esto concuerda con una predominancia general de mujeres entre los afroamericanos de alto CI en los Estados Unidos, un fenómeno desconcertante que es difícil de explicar por teorías hereditarias, ambientales, o por sesgos culturales en las pruebas. Los hombres y mujeres negros claramente comparten el mismo acervo genético y son criados en el mismo entorno.[22]

SEGREGACIÓN Y ACTIVIDADES DE ELEVACIÓN RACIAL

Entre las escuelas segregadas, Dunbar fue única. Y lo fue casi por accidente. No fue la educación racialmente segregada, per se, lo que hizo de Dunbar el éxito que fue, sino una combinación de sus estudiantes, la clase social y un conjunto peculiar de circunstancias históricas que existían en los primeros años de su desarrollo.[23]

Dunbar se esforzó incansablemente en preparar a sus alumnos para ser aceptados en universidades no segregadas del Norte y del

Medio Oeste. Sin embargo, incluso considerando los logros académicos de los graduados de la escuela secundaria, hubo intentos con motivación racial de convertirla en un programa de artes manuales, como lo demuestra la "disputa" entre Percy M. Hughes, el director blanco de las escuelas secundarias, y la Dra. Anna J. Cooper. El problema de la segregación fue siempre un factor para las escuelas secundarias M Street y Dunbar.[24]

Tras el fin de la Reconstrucción, que siguió al Compromiso de 1877, los nuevos gobiernos demócratas del Sur instauraron leyes estatales para separar los grupos raciales blancos y negros, sometiendo a los afroamericanos a una ciudadanía de segunda clase de facto y reforzando la supremacía blanca. La segregación racial en instalaciones, servicios y oportunidades—como vivienda, atención médica, educación y empleo—era prácticamente la norma en la capital del país.

La expresión segregación de jure se refiere principalmente a la separación legalmente impuesta de los afroamericanos con respecto a otras razas, pero también puede hacer referencia, en términos más amplios, a la separación social voluntaria o a la separación de otras minorías raciales o étnicas del resto de la sociedad y comunidades mayoritarias.[25] Durante todo el período de 1870 a 1955, Dunbar atrajo estudiantes de toda la comunidad negra de Washington y Georgetown.

Cuando Neval Thomas se convirtió en vicedirector de la escuela secundaria M Street, presidente de la filial de Washington de la Asociación Nacional para el Progreso de las Personas de Color (NAACP) y miembro de su junta ejecutiva, los estudiantes no podían evitar notar su firme condena de la segregación. La segregación en Washington y en el servicio civil comenzaba a expandirse debido a la victoria presidencial del demócrata Woodrow Wilson en 1912. Thomas asumió el desafío y, en sus diversos cargos en M Street y la NAACP, convirtió la lucha contra la segregación en una parte central de sus actividades políticas y educativas. Se decía que un cierto tono de amargura era evidente en su carácter.

La expansión del Jim Crow en el Distrito de Columbia bajo Woodrow Wilson y después de su mandato habría sido suficiente para amargar a cualquier miembro del "Diezmo Talentoso" que enseñaba en M Street. Los estudiantes no podían evitar verse impactados por su directa condena de la segregación, aunque pocas veces eran tocados directamente por las humillaciones del Jim Crow. Estaban más bien inspirados por el optimismo inherente a una educación de alta calidad, que les permitiría librar una revolución basada en ideas y libertad individual, para elevar a la raza al mismo nivel que los blancos.[26]

A principios del siglo XX, el liderazgo cultural afroamericano, que luchaba por articular una identidad negra positiva, desarrolló una ideología de clase media conocida como la "elevación racial" (racial uplift). Insistiendo en que ellos representaban verdaderamente el potencial de la raza, los líderes negros promovieron un ethos de autosuperación y servicio hacia las masas negras, y se distinguían de la mayoría afroamericana como agentes de la civilización; de ahí la frase "elevar a la raza".

Una suposición central de esta ideología de elevación racial era que el progreso material y moral de los afroamericanos reduciría el racismo blanco.[27] Esta ideología era compatible con la cultura de Dunbar.

Los derechos civiles, por otro lado, son aquellos derechos que pertenecen a una persona por el hecho de ser ciudadana, especialmente las libertades y privilegios fundamentales garantizados por las Enmiendas Decimotercera y Decimocuarta de la Constitución de los Estados Unidos y por leyes posteriores del Congreso, incluyendo las libertades civiles, el debido proceso, la igualdad ante la ley y la protección contra la discriminación. Los derechos civiles, por supuesto, han sido obstaculizados por el respaldo federal y estatal a la esclavitud, la segregación Jim Crow y otras formas de prejuicio racial. La lucha contra el racismo y la discriminación se ha llevado a cabo, en gran medida, mediante conflictos no violentos, enfrentamientos violentos y demandas civiles ante los tribunales.

Muchos estudiantes de Dunbar participaron en movimientos por los derechos civiles, la elevación racial, el sufragio y la lucha contra el sistema "Jim Crow". La escuela produjo varios egresados que destacaron en estas luchas. La Dra. Anna J. Cooper luchó por mantener la preparación universitaria como objetivo principal para sus estudiantes y participó activamente en la comunidad contra la discriminación racial. Nannie Helen Burroughs se pronunció con firmeza sobre su credo de autosuperación racial. También fueron activistas por los derechos civiles John Aubrey Davis, Neval Thomas, Mary Church Terrell y Robert C. Weaver. Charles Hamilton Houston, director jurídico de la NAACP, se ganó el título de "el hombre que acabó con Jim Crow". A menudo se pasa por alto el trabajo de dos destacados historiadores formados en Dunbar: Carter G. Woodson y Rayford W. Logan, fundamentales en la difusión de la historia y el avance de los afroamericanos.

Los estudiantes de M Street y Dunbar también son conocidos por haber protagonizado varios "primeros logros" históricos que abrieron camino a futuras generaciones:

- Benjamin O. Davis, Sr., primer general afroamericano del Ejército de EE. UU..

- Edward Brooke,primer senador afroamericano desde laReconstrucción.

- William Allison Davis, primer afroamericano en obtener un cargo de profesor titular en una institución blanca de educación superior.

- Robert C. Weaver, primer Secretario de Vivienda y Desarrollo Urbano de EE. UU.

- Charles R. Drew, primer cirujano afroamericano en servir como examinador de la Junta Estadounidense de Cirugía.

El orden social que prevalecía durante los días de gloria de las antiguas escuelas M Street y Dunbar era el de la segregación Jim Crow. Aproximadamente el 35 % de los encuestados en la encuesta de exalumnos consideró que el racismo y el color impactaron en el éxito de los esfuerzos de la escuela por integrarse en la sociedad estadounidense general. No obstante, afirmaron sentirse bien preparados como egresados de Dunbar para desenvolverse en la sociedad mayoritaria y aprovechar las oportunidades que se les presentaran.

El racismo y el colorismo fueron desventajas significativas para los afroamericanos, pero también hubo algunos beneficios inesperados para quienes estaban confinados a la comunidad negra. Por ejemplo, debido al racismo, M Street y Dunbar contaban con los docentes mejor preparados del sistema de escuelas públicas de Washington, D.C.. Se esperaba que los maestros formaran parte activa de la comunidad afroamericana, y la facultad de Dunbar preparaba a los estudiantes para convertirse en miembros respetados y valiosos de esa comunidad. Además, debido al objetivo de elevación racial, ayudar a compañeros y amigos era parte esencial de la formación en M Street y Dunbar High School.

Un 30 % de los encuestados señaló que el profesorado tuvo un impacto clave en el éxito de los esfuerzos de la escuela por preparar a los estudiantes para la vida tanto en la sociedad mayoritaria estadounidense como en la comunidad negra. Para un 12.5 %, fue importante que los maestros afroamericanos enfatizaran la educación y la excelencia como medios para mejorar el estatus de los afroamericanos. Otro 20 % consideró que los estudiantes estaban bien preparados, a pesar de la falta de recursos, porque los profesores insistían en el desarrollo de la autoconfianza, la autodisciplina y la perseverancia como valores fundamentales. Los egresados fueron afortunados al tener docentes excepcionales en Dunbar, porque las oportunidades de empleo para afroamericanos en la sociedad en general eran escasas o inexistentes. Un beneficio especial fue que los maestros de las escuelas segregadas también vivían en las comunidades segregadas, lo cual fomentaba un vínculo cercano y comprometido con sus alumnos.

La clase social o el estatus económico no se percibían como un factor determinante entre los estudiantes de la Dunbar High School. El 53 por ciento de los encuestados afirmó que la clase social o el nivel económico no afectaron su educación ni la de sus compañeros en dicha institución. Si bien existía cierto elitismo, lo más importante eran la educación y la capacidad intelectual. Aquellos que no provenían de un entorno privilegiado siempre sintieron que el profesorado los motivaba a tener éxito a pesar de sus limitaciones económicas. Sin embargo, un 16 por ciento consideró que el estatus socioeconómico sí los afectó, y un 7 por ciento indicó que no tenía conciencia de que ese aspecto representara un problema.

Los comentarios de un 21 por ciento de los encuestados fueron más explícitos. Algunos estudiantes, cuyas familias tenían mayores recursos económicos y posiciones más altas en la comunidad, contaban con mayores oportunidades, ya que sus familias podían proporcionárselas. Por otro lado, hubo alumnos de nivel socioeconómico más bajo que se sintieron en desventaja, al estar expuestos a una amplia gama de estilos de vida entre sus compañeros. No obstante, la Dunbar High School ofrecía actividades sociales y culturales gratuitas o de bajo costo, de modo que todos pudieran participar y beneficiarse lo más posible, sin importar su origen económico.

NOTABLE DUNBAR AND M STREET HIGH SCHOOL ALUMNI

Dunbar y M Street High Schools produjeron numerosos graduados que se destacaron en muchas áreas: académica, artística, empresarial, militar, religiosa, médica, legal, gubernamental y deportiva. Una lista elaborada alrededor de 1970 por Edgar R. Sims, Clase de 1930, indica que Dunbar:

> ….ha provisto a 8,000 empleados del gobierno federal y del Distrito; 2,500 maestros, educadores y especialistas; 150 directores a todos los niveles; 1,000 médicos, dentistas, farmacéuticos y técnicos médicos; 400 abogados, jueces y trabajadores judiciales; 200 arquitectos, ingenieros y científicos; 200 sacerdotes, ministros y trabajadores religiosos; 200 agentes de seguridad, correccionales y bomberos; 200 músicos y estrellas del teatro, cine y televisión; 200 oficiales militares, desde generales hasta tenientes; 300 líderes en banca, negocios, industria y organizaciones; 300 líderes en la política (local, estatal y federal); 100 artistas, poetas, escritores y periodistas; 100 participantes en el ámbito deportivo; 300 artesanos y obreros calificados; 100 empleados del servicio exterior; y 1,500 enfermeras, higienistas, técnicos y asistentes.[28]

A continuación, se presenta una lista de exalumnos destacados, que no incluye a todos aquellos que merecen reconocimiento especial por sus logros:

Académicos y artistas:

- J· James E. Bowman, Ph.D., científico, médico, patólogo, estudió la deficiencia de glucosa-6-fosfato deshidrogenasa (G6PD) y la anemia falciforme.

- Herman Russell Branson, Ph.D., físico y químico, conocido por su investigación sobre la estructura de hélice alfa de proteínas; fue presidente de dos universidades.

- Sterling Allen Brown, profesor, poeta y crítico literario.

- Mary P. Burrill, educadora y dramaturga.

- Nannie Helen Burroughs, educadora, oradora, líder religiosa y empresaria.

- Elizabeth Catlett, escultora, grabadora y artista nacida en EE.UU., nacionalizada mexicana.

- Frank Coleman, profesor de física y fundador de la fraternidad Omega Psi Phi.

- Anna J. Cooper, Ph.D., autora, educadora, una de las intelectuales negras más destacadas en la historia de EE.UU.

- Oscar J. Cooper, médico y cofundador de Omega Psi Phi.

- William Allison Davis, Ph.D., antropólogo y educador; primer afroamericano con cátedra titular en una universidad blanca importante (Universidad de Chicago).

- John Aubrey Davis, Sr., Ph.D., activista por los derechos civiles y académico clave en el caso Brown v. Board of Education (1954).

- James Reese Europe, primer oficial afroamericano en dirigir tropas en combate en la Primera Guerra Mundial; líder de la banda de infantería 369th "Hellfighters".

- Kelly Miller, matemático, sociólogo y autor; influyente intelectual afroamericano.

- May Miller, poeta, dramaturga y educadora, reconocida por su obra durante el Renacimiento de Harlem.

- Willis Richardson, primer dramaturgo negro en presentar una obra no musical en Broadway; considerado el "Padre del Drama Negro".

- Billy Taylor, pianista de jazz, compositor y educador; director artístico de jazz en el Kennedy Center.

- Mary Church Terrell, educadora, sufragista y activista de derechos civiles.

- Jean Toomer, poeta y novelista del Renacimiento de Harlem.

- Vantile Whitfield, administrador cultural e impulsor de las artes escénicas en EE.UU.

- Carter G. Woodson, Ph.D., historiador, autor y fundador de la Asociación para el Estudio de la Vida e Historia Afroamericana.

- George Theophilus Walker, Ph.D., compositor; primer afroamericano en ganar el Premio Pulitzer de Música.

- Rayford W. Logan, Ph.D., historiador y activista panafricanista.

Gobierno:

- Ionia Rollin Whipper, obstetra y promotora de salud pública; entrenó parteras y apoyó a madres solteras afroamericanas.

- Benjamin O. Davis, Sr., primer general negro del ejército de EE.UU.

- Andrew P. Chambers, teniente general del Ejército de EE.UU.

- Roscoe C. Brown, Jr., Ph.D., comandante del escuadrón 100º de los Tuskegee Airmen.

- Edward Brooke, primer senador negro electo por voto popular desde la Reconstrucción.

- Frederick D. Wilkinson Jr., uno de los primeros ejecutivos negros en Macy's y American Express; funcionario del sistema de transporte de la ciudad de Nueva York.

- Elmer T. Brooks, general de brigada, USAF; ejecutivo de NASA y comunicaciones espaciales.

- Frederic Ellis Davison, general de división del ejército; primer afroamericano en liderar una brigada de infantería en combate.

- Robert C. Weaver, Ph.D., primer Secretario de Vivienda y Desarrollo Urbano de EE.UU.

- William H. Hastie, abogado, juez y defensor de los derechos civiles.

- Charles Hamilton Houston, decano de derecho en Howard y director jurídico de la NAACP; conocido como "El hombre que acabó con Jim Crow".

- Hugh G. Robinson, general de división del Cuerpo de Ingenieros; comandante de la División Suroeste.

- Eleanor Holmes Norton, delegada del Congreso de EE.UU. por el Distrito de Columbia.

- Vincent C. Gray, presidente del Consejo del D.C. y alcalde de Washington, D.C.

Negocios, religión y otras profesiones:
- Charles R. Drew, médico e investigador; pionero en el desarrollo del plasma sanguíneo.

- H. Naylor Fitzhugh, uno de los primeros graduados afroamericanos de Harvard Business School; vicepresidente de Pepsi-Cola y pionero del marketing dirigido.

- Walter E. Fauntroy, pastor, coordinador nacional de la Poor People's Campaign, delegado del Congreso por D.C., y líder en derechos civiles.

PARTE V

El Fin de una Era

"Tal vez lo único que uno pueda esperar
es terminar con los remordimientos
correctos."

— Arthur Miller, (1915-2005)

CAPÍTULO TRECE

EXTERMINIO DE LAS TRADICIONES

Es cierto que la historia y las tradiciones de las escuelas secundarias M Street y Dunbar fueron moldeadas, en gran medida, por miembros de unas pocas familias prominentes de la comunidad negra de Washington. Estas eran, por lo general, descendientes de los "libres de color" de la época anterior a la guerra civil, en su mayoría de piel clara y, en algunos casos, físicamente indistinguibles de los blancos. Este grupo no era numéricamente dominante y no solía mezclarse por matrimonio con las masas negras durante la mayor parte del período M Street-Dunbar, por lo que tuvo poco efecto biológico en el resto de la población negra. Incluso hasta la década de 1950, había una maestra dedicada en Dunbar con muchos años de servicio, quien había sido alumna de la escuela; su madre se había graduado en la promoción de 1885 y su abuelo había presidido el grupo que fundó la escuela original en el sótano de una iglesia en 1870. Este tipo de compromiso tuvo un impacto cultural importante y duradero en la comunidad de Dunbar.[1]

EL CONTEXTO DE LA TRADICIÓN DE DUNBAR

La historia de esta escuela es importante porque muchos de sus alumnos y maestros llegaron a ser algunas de las figuras negras más notables de Estados Unidos. Desde 1870 hasta 1955 —cuando la

Corte Suprema de los Estados Unidos declaró inconstitucional la segregación en las escuelas públicas del Distrito de Columbia en el caso histórico Bolling v. Sharpe, que se complementó con Brown v. Board of Education—, la escuela gozaba de una reputación como una de las mejores escuelas secundarias académicas del país. Sus profesores estaban entre los mejores académicos que el país tenía para ofrecer. En consecuencia, Dunbar pudo atraer docentes con credenciales sobresalientes, ya que la mayoría de las universidades blancas, en ese entonces, no contrataban profesores negros.

Las personas negras que fundaron la primera Escuela Preparatoria para Jóvenes de Color comprendían la esclavitud y sus consecuencias. Conocían los días turbulentos del Compromiso de Misuri, el odio y las discordias seccionales que desembocaron en el Compromiso de 1850, y presenciaron los efectos devastadores de la Ley Kansas-Nebraska, la decisión Dred Scott, y el asalto de John Brown. Vivieron los días frenéticos de la esclavitud, la disolución de la unión, la guerra civil y la posterior reconstrucción, y juraron nunca más someterse ellos mismos, ni a sus hijos, ni a su pueblo, a las crueles misericordias de la institución peculiar estadounidense. El Distrito de Columbia había coqueteado en distintos momentos con la idea de un sistema escolar integrado, pero los intentos de establecer un sistema unitario fueron de corta duración. Solo la propuesta de un sistema integrado provocaba indignación entre muchos blancos, quienes no toleraban que sus hijos tuvieran contacto social íntimo con niños negros. Sin embargo, la propuesta también causaba inquietud en la comunidad negra. Los negros temían que un sistema integrado los perjudicara. La ciudad, con instituciones como Miner Teachers College, Howard University y una comunidad negra relativamente próspera y menos restringida, había atraído a un gran número de docentes y personas calificadas para enseñar en las escuelas públicas. Temían perder sus empleos ante maestros blancos si se integraban las aulas.[2]

La clase media negra marcó el rumbo para la comunidad negra tras la Guerra Civil con valores y metas típicas de la clase media blanca: básicamente, pasar de la acomodación a la asimilación.[3] Este estilo de vida era mucho más que simplemente tener un ingreso familiar; era una forma de vivir colmada de valores, deseos y metas orientadas a alcanzar una mejor calidad de vida. Incluso los negros con bajos ingresos aspiraban a un estilo de vida de clase media, y nadie deseaba una vida de pobreza o dependencia de fuerzas externas. Las familias exhibían los valores característicos de la clase media aunque no tuvieran los medios económicos para sostener ese estilo de vida. Los valores típicos asociados con dicho estilo de vida incluían: planificar para la jubilación, desear tener control sobre su futuro, respetar y acatar la ley, y aspirar a una buena educación para sí mismos y sus hijos. La manera de avanzar en la escala socioeconómica era a través de una buena educación y trabajo duro. Los valores coherentes con este estilo de vida también incluían el deseo de proteger a sus familias de diversas dificultades, tales como problemas de salud, dificultades financieras y el crimen.

EL LEGADO DE DUNBAR

La clase media negra de Washington se opuso a la introducción de cursos de formación técnica e industrial en el currículo de las escuelas M Street y Dunbar, temiendo que estos afectaran negativamente la naturaleza académica y preparatoria para la universidad de dichas instituciones. No obstante, en 1902, sí apoyaron la fundación de la Armstrong Technical High School, la cual fue inspirada por Booker T. Washington. Mary Church Terrell reprendió a quienes se oponían a la educación industrial, pero otros afroamericanos consideraban que una educación formalizada era la mejor forma de mejorar el nivel de vida de la población negra. La fundación de Armstrong ayudó a resolver el debate, ya que permitió separar a los estudiantes con aspiraciones universitarias del resto, y así la escuela académica pudo enfocarse en los alumnos que se preparaban para acceder a la educación superior.[4]

La importancia de los padres, a nivel individual, a menudo se ignora o se subestima. Propuestas como la "matrícula abierta", los sistemas de vales educativos o cualquier otra forma de libre elección por parte de padres negros de estudiantes de escuelas públicas, suelen encontrarse con el argumento de que los padres del gueto, sin educación, no están capacitados para tomar decisiones educativas informadas. Sin embargo, la historia de la Dunbar High School demuestra que basta con que solo unos pocos comprendan las complejidades necesarias para crear una educación de primera categoría. Una vez creado un entorno educativo de calidad, el resto de los padres solo debe ser capaz de reconocerlo. Generaciones de jóvenes de clase baja, trabajadora y media fueron enviados a Dunbar precisamente por esa razón.[5]

La sociedad negra de Washington estaba tan estratificada como cualquier otra en la América blanca. Los negros de la ciudad no se consideraban un grupo monolítico; de hecho, los miembros de la clase media negra, conocidos —sin ánimo de insulto— como "strivers" (esforzados), eran más propensos a socializar con blancos que con trabajadores negros. La familia Syphax, por ejemplo, fue durante mucho tiempo una de las más prominentes de Washington, tanto entre negros como entre blancos.[6]

Durante décadas, miembros del clan dirigieron escuelas, iglesias y negocios en Washington. La matriarca de la familia, Maria Carter Syphax, creció como esclava en Arlington, Virginia, y era la hija ilegítima de George Washington Parke Custis y su ama de llaves. En 1826, Custis —un acaudalado terrateniente y nieto de Martha Washington— reconoció su paternidad y liberó a Maria. En la década de 1850, su hijo William se trasladó al Distrito. Antes de su muerte en 1891, William Syphax se convirtió en jefe de mensajeros del Departamento del Interior y en el primer director del sistema escolar negro de la ciudad. En 1878, incluso el periódico blanco The Washington Post, al describir su labor para el gobierno federal, lo elogió por su "mente magnífica" y su "frialdad intelectual". Similar fue el caso de la familia Grimké, cuyos patriarcas, los hermanos Francis y Archibald, se graduaron a fines del siglo XIX del Princeton Theological Seminary y de la Harvard Law School, respectivamente.[7]

La vida social de la alta sociedad negra de la ciudad giraba en torno a organizaciones voluntarias más que al lugar de trabajo. La ciudad bullía de grupos sociales negros. Los Knights of Pythias, Love and Charity, y los Sons and Daughters of Moses tenían grandes capítulos en Washington. A principios del siglo XX, el Distrito de Columbia contaba con 11 logias masónicas negras y 24 salones de los Odd Fellows negros, con una membresía combinada de casi 4,000 personas. La ciudad también tenía muchas fraternidades y hermandades negras (casi todas las fraternidades y hermandades negras en EE. UU. fueron fundadas en Washington), las cuales funcionaban también como agencias de servicio social, apoyando, por ejemplo, al Hogar Ionia Whipper para madres solteras.[8]

Fundada y sostenida sobre su fuerza en los negocios y la educación, la alta sociedad negra de Washington nunca buscó ni ejerció poder político de forma abierta. Aun así, incluso antes de la abolición de la esclavitud, los profesionales negros de la ciudad ya luchaban por los derechos civiles. En 1850, William Syphax fundó la Civil and Statistical Association, que buscaba asegurar derechos legales para los negros. Hasta su muerte en 1891, Syphax presionó al Congreso para obtener fondos equitativos para las escuelas negras de la ciudad, y lo logró en más de una ocasión. En la década de 1890, la black Union League publicaba anualmente una lista de "instituciones que no discriminaban por motivos raciales". Entre las instituciones mencionadas se incluían la farmacia G. H. Cardozo en la calle K, así como varios bufetes de abogados.[9]

EL CAMBIO EN EL ENTORNO CULTURAL NEGRO

Durante las décadas de 1940, 1950 y principios de los años 60, las comunidades negras mostraban una integración vertical de los distintos segmentos de la población afroamericana. Familias de clase baja, trabajadora y media vivían en las mismas comunidades, aunque en barrios diferentes. Enviaban a sus hijos a las mismas escuelas, usaban las mismas instalaciones recreativas y compraban en los mismos comercios. Las clases media y trabajadora negras estaban restringidas por pactos raciales de vivienda a comunidades donde también residía la clase baja, y su presencia aportaba estabilidad a las comunidades negras y a los barrios del centro de la ciudad. Los profesionales negros (médicos, maestros, abogados, trabajadores sociales, ministros religiosos) prestaban servicios y vivían en barrios de ingresos más altos dentro de la comunidad negra, reforzando y perpetuando las normas y patrones de comportamiento dominantes.[10]

La situación comenzó a cambiar a finales de la década de 1960 y principios de los años 70. Los profesionales negros y la clase trabajadora estable se mudaron a barrios de mayores ingresos en otras partes de la ciudad o a los suburbios, dejando atrás a los segmentos más desfavorecidos de la comunidad negra. Este último grupo era una agrupación heterogénea de familias e individuos fuera del sistema ocupacional dominante en Estados Unidos. En él se incluían personas sin educación, capacitación ni habilidades. Experimentaban desempleo de larga duración o estaban fuera de la fuerza laboral. Otros se encontraban involucrados en delitos callejeros u otras formas de comportamiento desviado o estaban encarcelados. Muchas familias eran hogares monoparentales que atravesaban periodos prolongados de pobreza y/o dependencia de asistencia pública. El académico negro

William Julius Wilson emplea el término "infra-clase" (underclass) en lugar de "clase baja" para indicar que los cambios ocurridos en las comunidades negras y los grupos que quedaron atrás eran colectivamente diferentes a los que habitaban esos vecindarios en épocas anteriores.[11]

Algunos consideraban que el uso del término infra-clase era destructivo y engañoso, ya que agrupaba a personas distintas con problemas diferentes. Otros negaban su existencia por miedo a ser acusados de racismo o de estigmatizar a las personas pobres. La descripción poco favorable de la familia negra hecha por el senador Daniel Patrick Moynihan llevó a muchas personas —especialmente a los liberales negros— a enfatizar durante los años 60 y 70 los aspectos más positivos de la experiencia afroamericana.[12] Las primeras afirmaciones que caracterizaban ciertas condiciones de vida en la comunidad negra como patológicas[13] fueron rechazadas en favor de descripciones que resaltaban sus fortalezas. Los estudios de la década de 1960 que describían el "comportamiento del gueto negro" como patológico, fueron reinterpretados o redefinidos como funcionales, porque, según se argumentaba, los negros estaban demostrando su capacidad para sobrevivir e incluso prosperar en un entorno económico deprimido y racista.

Nadie quería hablar más de la infra-clase o de una subcultura de la pobreza, y el problema fue barrido debajo de la alfombra, sin que se realizaran estudios ni investigaciones serias para encontrar soluciones. La mayoría de los académicos especializados en pobreza dejaron de hablar con personas negras pobres directamente. La titularidad universitaria se ganaba con bases de datos, no con presencia en las calles del centro. Los expertos hablaban un lenguaje técnico, árido, que solo ellos comprendían.[14] Hoy en día, pocos científicos sociales emprenden investigaciones serias en comunidades de bajos ingresos.

La vida estadounidense se ha endurecido en las últimas décadas, pero la naturaleza del fenómeno aún se debate. Gertrude Himmelfarb lo interpreta como una lucha entre élites enfrentadas, donde la izquierda originó una contracultura que la derecha no supo contener.[15] El senador Moynihan acuñó la frase "normalización de la desviación" (defining deviancy down) para describir el proceso por el cual adaptamos el significado de la moralidad para justificar lo que ya estamos haciendo.[16] A este análisis puede sumarse la voz del difunto historiador Arnold Toynbee, quien probablemente no habría visto ningún misterio en la historia reciente: estamos presenciando la proletarización de la minoría dominante, que ahora establece los estándares de valores para la sociedad en general.[17]

La tradición basada en el amor a Dios, la patria y la familia es considerada anticuada en la cultura contemporánea. En abril de 1966, la revista Time causó sensación con un artículo de portada que presentaba algunas de las ideas de William Hughes Hamilton III, un profesor titular de historia eclesiástica en una pequeña escuela de teología en Rochester, Nueva York. Hamilton llevaba años escribiendo sobre la "muerte de Dios" en revistas leídas principalmente por ministros y teólogos, pero el artículo de Time, titulado "¿Ha muerto Dios?", se convirtió en un ícono de los años sesenta rebeldes y cada vez más seculares.[18]

El concepto de patria —el apego cultural al país propio— ha cambiado sustancialmente en la cultura actual. El patriotismo hoy se considera políticamente incorrecto. La inclinación hacia la lealtad nacional está más alineada con Karl Marx: *"Los obreros no tienen patria."*[19] La familia nuclear intacta de la década de 1950 es hoy una especie en peligro de extinción. La transformación de la dinámica familiar es celebrada por progresistas y liberales, quienes glorifican una diversidad creciente de hogares estadounidenses; es decir, familias reconstituidas, parejas del mismo sexo o convivencia sin matrimonio. La ruptura de la familia tradicional está siendo promovida, y los hijos son vistos como una "carga" o un peso debido al alto costo de criarlos.[20]

Esto parece respaldar una tendencia señalada por una líder nacional demócrata, quien planteó como objetivo de su administración: "...darle a la gente vida, una vida saludable, libertad para perseguir su felicidad. Y esa libertad es no estar atados a un empleo, sino seguir su pasión." Ella propone una economía en la que las personas puedan ser artistas, poetas, fotógrafos o escritores sin preocuparse por conservar un trabajo diario para tener seguro médico. La gente podría iniciar un negocio, ser emprendedora y tomar riesgos sin miedo a perder su empleo por tener un hijo asmático o un familiar con bipolaridad. Estas condiciones se consideran formas de "atadura laboral" (job-locking).[21] Esta es una nueva cultura, especialmente para las minorías, fundamentada en la pobreza más que en los valores y aspiraciones de clase media que fueron la base de la Dunbar High School entre 1870 y 1955.

Esta cultura de la pobreza es un fenómeno social en los campos de la economía y la sociología, bajo el cual los individuos empobrecidos tienden a permanecer en la pobreza durante toda su vida, y en muchos casos, a lo largo de generaciones. El término "subcultura de la pobreza" (luego acortado a cultura de la pobreza) apareció por primera vez de forma destacada en el trabajo del antropólogo estadounidense Oscar Lewis, quien intentó demostrar que la pobreza transformaba la vida de "los pobres". Lewis enumeró muchas características que sugerían la existencia de una cultura de la pobreza. No obstante, argumentó que no todas estas características eran compartidas por todas las clases bajas. Las cargas de la pobreza eran sistémicas e impuestas a los miembros más pobres de la sociedad, y esto llevó a la formación de una subcultura autónoma. Como consecuencia, los niños eran socializados en comportamientos y actitudes que perpetuaban su incapacidad para salir de la infra-clase.[22]

TLas personas dentro de la cultura de la pobreza tienen un fuerte sentimiento de marginalidad, de impotencia, de dependencia, de no pertenecer. Son como extranjeros en su propio país, convencidos de que las instituciones existentes no sirven a sus intereses ni a sus necesidades. Junto con este sentimiento de falta de poder, hay un sentimiento generalizado de inferioridad, de no valer como persona. En los Estados Unidos, la cultura de la pobreza para los negros tiene la desventaja adicional de la discriminación racial.[23]

En un capítulo de A Study of History, titulado "Schism in the Soul", Arnold Toynbee analiza la desintegración de las civilizaciones.[24] Observa que uno de los síntomas consistentes de la desintegración es que las élites —la "minoría dominante" de Toynbee— comienzan a imitar a los de abajo en la sociedad. Sostiene que la fase de crecimiento de una civilización está dirigida por una minoría creativa con un fuerte sentido de estilo, virtud y propósito. La mayoría no creativa los sigue mediante la mímesis, "una imitación mecánica y superficial de los grandes e inspirados originales." En una civilización en desintegración, la minoría creativa se ha degenerado en élites que ya no tienen confianza, ni marcan el ejemplo. Entre otras reacciones están la "evasión de deberes" (el rechazo, en efecto, de las obligaciones de la ciudadanía) y la "rendición a un sentido de promiscuidad" (vulgarización de los modales, las artes y el lenguaje), que "tienden a aparecer primero en las filas del proletariado y a propagarse desde ahí a las filas de la minoría dominante, que usualmente sucumbe a la enfermedad de la 'proletarización'."[25]

Esto parece muy similar a lo que ha estado ocurriendo en los Estados Unidos. La minoría dominante de Toynbee está compuesta por atletas, celebridades de Hollywood, artistas y "progresistas" de clase media y alta, quienes son modelos de conducta, moda y corrección política. La evasión y la promiscuidad, hasta hace pocas décadas, eran despreciadas públicamente y estaban confinadas en gran medida a lo que antes se llamaba "clase baja" o "gente vulgar." Hoy en día, estos comportamientos se han transformado en un código que las élites a veces imitan, a veces toleran, y temen confrontar. El estilo de prostituta y gánster está de moda. Los tatuajes y los piercings corporales son evidencia obvia de un cambio moral. También es significativo que la gente vaya a la iglesia en jeans. Nadie en el ojo público llama a este tipo de vestimenta "barata" o "vulgar" ya.[26]

Miles de otros jóvenes negros que no pertenecen a la clase media están siendo retirados de escuelas públicas deplorables en barrios marginados —creadas por quienes supuestamente entienden de educación— y están siendo matriculados en escuelas católicas locales por familias negras protestantes. El costo de estas escuelas suele ser muy bajo comparado con otras escuelas privadas, pero aún muy alto para los ingresos en los guetos. Aun así, muchas familias negras están haciendo este sacrificio en ciudades de todo el país.[27]

Este fenómeno generalizado sigue siendo un no-evento para los intelectuales, al igual que la Dunbar High School lo fue durante 85 años. Admitir la posibilidad de una iniciativa individual generalizada por parte de quienes están en la base de la escala socioeconómica sería una amenaza a toda una concepción del mundo y del papel de los intelectuales dentro de él.[28]

Una encuesta de la reunión de 20 años de la clase de 1940 indicó que los graduados de Dunbar aparentemente compartían una característica notable de los negros privilegiados: las tasas de fertilidad son demasiado bajas incluso para reemplazarse a sí mismos; los miembros casados de la clase de 1940 promediaban 1.6 hijos. Típico de los negros de clase media, no solo tienen muchos menos hijos que los negros de clase baja, sino menos hijos que los blancos con el mismo nivel de ingresos o educación. Esta peculiaridad demográfica significa que una gran parte de la lucha para pasar de la pobreza a la clase media debe repetirse en la siguiente generación. Muy pocos niños negros nacen de padres que puedan darles las ventajas que ellos mismos ganaron con su lucha.[29]

EL IMPACTO DE BROWN V. BOARD OF EDUCATION

La decisión de la Corte Suprema de los EE. UU. (Brown v. Board of Education of the City of Topeka, 347 U.S. 483), emitida el 17 de mayo de 1954, fue notable tanto por su sencillez como por la forma extraordinaria en que evitó todas las complejidades legales e históricas. La opinión del presidente del tribunal, Earl Warren, afirmaba que, considerando las condiciones del siglo XX, era evidente que la segregación forzada generaba "un sentimiento de inferioridad" en los niños, el cual podía infligir un daño tan grave a sus mentes y corazones que tal vez nunca podría deshacerse. La segregación escolar pública por parte del Estado violaba la cláusula de igual protección de la Decimocuarta Enmienda. Con esta decisión, se revocó formalmente la antigua doctrina de Plessy de "separados pero iguales."[30]

A unas pocas cuadras del edificio de la Corte Suprema, no existía ningún sentimiento de inferioridad entre los maestros o los estudiantes de Dunbar. Habían demostrado durante muchos años que los estudiantes negros podían obtener una educación superior incluso bajo condiciones de segregación impuesta por el gobierno.

Los jueces no ordenaron la desegregación inmediata de las escuelas del Sur en la decisión de 1954. En cambio, en una decisión subsidiaria un año después, la Corte invocó un principio del derecho de equidad para ordenar que la desegregación se llevara a cabo bajo la dirección de tribunales federales locales "con toda la prontitud deliberada." La Corte "legisló" al dejar de lado decisiones estatales y precedentes legales, y basó su opinión en consideraciones amplias del bienestar nacional. Así, la Corte decidió cuestiones como las planteadas en Brown de una manera "política."[31]

Brown puso en marcha una serie de eventos que, en pocos años, destruyeron todo lo que se había construido durante varias décadas en la Dunbar High School. Todo el sistema escolar dual en Washington tuvo que ser reorganizado y, en esta reorganización, todas las escuelas del D.C. pasaron a ser escuelas de vecindario. El vecindario en el que se encontraba Dunbar era una de las zonas con más problemas múltiples en el área metropolitana de Washington, D.C. Durante años, había sido común que la mayoría de los jóvenes que vivían cerca de Dunbar no asistieran a Dunbar. Ahora, repentinamente, lo hacían, y el carácter de la escuela comenzó a cambiar drásticamente. Como medida transitoria, sin embargo, los estudiantes que ya asistían a Dunbar podían continuar en la escuela hasta graduarse, independientemente de dónde vivieran. La mayoría optó por hacerlo. Esto pospuso lo inevitable, pero no por mucho tiempo.[32]

Los profesores, acostumbrados a alumnos brillantes y entusiastas, comenzaron a enfrentar problemas de aprendizaje y, luego, problemas de disciplina en sus aulas. Los cursos avanzados de matemáticas sufrieron una disminución en la matrícula, lo que finalmente obligó a su cancelación. Por primera vez, aparecieron cursos remediales de matemáticas. Tendencias similares eran evidentes en otras materias también. El personal docente de Dunbar en ese momento tenía, en general, una edad avanzada, y muchos comenzaron a jubilarse, algunos tan pronto como a la edad mínima de 55 años. En el pasado, era común que los profesores de Dunbar continuaran en funciones hasta la edad obligatoria de jubilación, a los 70 años. Fue difícil encontrar reemplazos igualmente cualificados, ya que Dunbar estaba convirtiéndose rápidamente en una escuela típica del gueto. Irónicamente, los cambios drásticos impuestos a Dunbar durante la reorganización que siguió a la decisión de la Corte Suprema de 1954 no tuvieron prácticamente ningún efecto en términos de desegregación, dado que el vecindario donde se encontraba la escuela era completamente negro.[33] Los registros de las Escuelas Públicas del D.C. muestran que Dunbar continúa estando segregada, con una composición estudiantil del 98 por ciento negra.

La decisión de desegregación de la Corte Suprema, como tal, no condenó a la Dunbar High School. Teóricamente, podría haber permanecido como una escuela académica, sin estar limitada a los límites del vecindario, simplemente abriéndose a estudiantes sin importar su raza. Ha habido escuelas públicas de este tipo en Nueva York, Boston y otras ciudades, pero, en el clima emocionalmente cargado de la época, y bajo fuertes presiones legales y políticas para "hacer algo" en la capital de la nación, una resolución de ese tipo nunca fue una posibilidad realista. "Escuelas de vecindario" era el grito de guerra de los blancos que se oponían a una desegregación total; "integración" era la consigna de los líderes negros. El mantenimiento de la calidad educativa en una escuela académica negra no tenía tal atractivo emocional ni influencia política. El plan de reorganización escolar ofreció algo a ambas partes: una medida de integración y el mantenimiento de escuelas de vecindario. Así, fue un éxito político, pero, para Dunbar, fue una catástrofe educativa.[34]

REFLEXIONES DE LOS EXALUMNOS SOBRE LA REPLICACIÓN DEL MODELO ESCOLAR DE M STREET/DUNBARL

Desde el momento en que se estableció la Preparatory High School for Colored Youth, gracias al liderazgo de William Syphax, un hombre libre y activista por los derechos civiles, los padres negros enviaban a sus hijos a la escuela con respeto por el aprendizaje y disposición para el trabajo. En consecuencia, las escuelas M Street y Dunbar High School, administradas por un personal y profesorado 100 por ciento negros, y con un alumnado también 100 por ciento negro, fueron instituciones educativas de alto rendimiento. Cuando se les preguntó si creían que el ambiente educativo y cultural del modelo de la Dunbar High School anterior a 1960 podría replicarse en el entorno actual, el 51 por ciento de los encuestados respondió que no, el 22 por ciento dijo que sí, y el 27 por ciento se mostró ambivalente.

Las razones que dieron los encuestados para señalar si pensaban que el modelo educativo de la Dunbar High School podía o no replicarse se centraron en tres factores: la cultura, los estudiantes y los maestros. En cuanto al aspecto cultural, el 49 por ciento de los encuestados indicó que sería difícil, si no imposible, replicar el entorno de alto rendimiento de M Street y Dunbar, porque el factor de la segregación era el cimiento de la comunidad negra. La educación durante el período de la "vieja Dunbar" era el camino para progresar y competir con los blancos en la sociedad mayoritaria. Los valores de clase media, como Dios, la patria y la familia, eran fundamentales para las aspiraciones de los negros. Durante el período de 1920 a 1955, los vecindarios negros eran socioeconómicamente diversos, y los niños solían ver adultos en una variedad de roles positivos. Existía un fuerte sentido de comunidad, en el que los padres confiaban y apoyaban a los maestros como verdaderos profesionales y líderes. Hoy en día, el sistema de valores dominante en la cultura negra es, en su mayoría, uno de derechos adquiridos y la sensación de que se tiene derecho a una buena vida.

El veintinueve por ciento de los encuestados consideró que los estudiantes negros hoy en día están menos preparados académicamente en la escuela primaria y secundaria debido a diversas razones sociológicas; es decir, más familias monoparentales, menos disciplina, mayor encarcelamiento de hombres negros y bajas expectativas. Además, los estudiantes no cuentan con apoyo familiar para su educación, carecen de autodisciplina y deseo de aprender, y enfrentan demasiadas distracciones ajenas al ámbito académico. Asimismo, el 22 por ciento opinó que muchos de nuestros docentes actuales no están tan bien formados ni tienen el mismo nivel de dedicación que el profesorado durante la época de los encuestados en Dunbar. Actualmente, los profesionales negros altamente calificados cuentan con opciones económicas más allá de la enseñanza, mientras que, para el cuerpo docente de Dunbar —con doctorados, maestrías y títulos profesionales— las oportunidades fuera del ámbito educativo eran escasas para ejercer en sus respectivos campos de especialización.

ANÁLISIS Y DISCUSIÓN

DLa Dunbar High School fue el producto de circunstancias históricas únicas, y sus logros educativos y sociales siguen teniendo relevancia. En primer lugar, demostró lo que podía lograrse con niños negros, incluidos un número considerable provenientes de contextos de bajos ingresos. La pregunta de cómo se logró merece una exploración más profunda. No fue a través de una enseñanza "relevante" desde una perspectiva etnocéntrica, ni mediante una financiación generosa, ni contando con instalaciones o equipos adecuados. Lo que tenía Dunbar era un núcleo sólido de padres, profesores y directores que sabían exactamente qué tipo de educación querían y cómo obtenerla. Provenían de una de las clases medias negras urbanas más antiguas y numerosas del país.[35]

La combinación de circunstancias históricas que dio lugar a la Dunbar High School nunca podrá recrearse. Algunas de esas circunstancias esenciales no deberían recrearse; por ejemplo, las barreras raciales que llevaron a un erudito como Carter G. Woodson a enseñar en Dunbar High School cuando debió haber estado dictando seminarios de posgrado en una universidad importante. Sin embargo, esas experiencias históricas contienen lecciones importantes para el presente. Dunbar no buscaba maestros de "raíces populares" que pudieran "relacionarse" con estudiantes "desfavorecidos", aunque una parte considerable de su alumnado fueran hijos de obreros, empleadas domésticas, mensajeros y oficinistas. El profesorado de Dunbar incluía, en términos actuales, a muchos profesionales "sobrecalificados". Casi todos sus directores durante los 85 años de su apogeo tenían títulos de las principales universidades del país, en lugar de títulos en pedagogía o educación de otras instituciones. Habían sido formados en disciplinas intelectualmente rigurosas y sujetos a estándares estrictos. Esa disciplina se reflejaba en el ambiente y en los estándares de las escuelas M Street y Dunbar.[36]

Los beneficiarios de esta situación no fueron exclusivamente, ni siquiera predominantemente, estudiantes de clase media. Debido a que el conocimiento y los valores educativos de la clase media negra estaban institucionalizados y se habían convertido en tradición, estuvieron disponibles para generaciones de estudiantes negros de bajos ingresos. A pesar de las críticas —de moda y, a veces, justificadas— a la antigua "burguesía negra", esta fue una fuente de conocimientos, disciplina y organización que, de otro modo, habría sido prácticamente inaccesible para los negros de clases más bajas. Las posibilidades de transmitir esta sofisticación desde un segmento afortunado de la raza a una gama más amplia de individuos receptivos pueden haber disminuido con la salida de la clase media negra hacia los suburbios y con el surgimiento de barreras ideológicas que aíslan a la juventud negra de dichas influencias.[37]

Los puntajes promedio de coeficiente intelectual (I.Q.) de los estudiantes de Dunbar fueron mucho más altos que los de los estudiantes negros en general, lo que indica que el I.Q. y el rendimiento están correlacionados entre los negros al igual que entre los blancos. Cabe señalar que, aquí, "rendimiento" se refiere a los logros posteriores de los estudiantes, y no al trasfondo socioeconómico de sus padres. Los estudiantes de Dunbar provenientes de hogares con un bajo estatus socioeconómico también tenían I.Q.'s sustancialmente más altos que la población negra en general. Los maestros y orientadores de Dunbar ofrecían tutoría a los estudiantes prometedores de esos entornos y se aseguraban de que tanto ellos como sus padres comprendieran la importancia de una educación universitaria.

El profesorado también hacía esfuerzos especiales para ayudar a padres y estudiantes a navegar los numerosos trámites prácticos necesarios para lograr el ingreso a la universidad y obtener ayuda financiera. La mayoría de los estudiantes negros de secundaria hoy en día no reciben nada parecido a este tipo de preparación, ya sea que asistan a escuelas totalmente negras o "integradas"[38]. Un estudio de la Fundación Ford, por ejemplo, señaló que la calidad de la orientación disponible a nivel nacional para los estudiantes negros durante gran parte de la historia de Dunbar fue "marcadamente inadecuada" tanto en el Norte como en el Sur, y el testimonio de los reclutadores universitarios pinta un panorama aún más sombrío de abandono o de "orientación" tergiversada hacia los estudiantes negros.[39]

La experiencia de Dunbar no representa, en absoluto, un argumento en favor de la segregación impuesta externamente ni del separatismo autoimpuesto. De hecho, la escuela luchó contra ambas ideas. Los fundadores de la escuela intentaron primero asegurar el acceso igualitario a todas las escuelas públicas para todos los estudiantes. Sólo cuando esto fracasó, se dedicaron a crear la mejor escuela posible para la juventud negra. A lo largo de los años, los maestros de Dunbar trataron de romper la insularidad impuesta por una sociedad segregada al invitar a oradores blancos y negros, artistas y otras atracciones culturales a la escuela[40]. Incluso un vicepresidente visitó y habló en la escuela en 1954[41]. Aunque Dunbar promovía el orgullo racial, era un orgullo basado en los logros de personas negras destacadas medidos por estándares universales, no por logros "negros" especiales ni por estándares "negros" particulares.[42]

Existe una tendencia entre algunos críticos blancos del pueblo negro estadounidense a señalar modelos particulares de "éxito" negro y preguntar: "¿Por qué los demás no pueden lograrlo?" Si las barreras raciales y los obstáculos culturales no detuvieron a hombres como Ralph Bunche y Edward Brooke, ¿cómo pueden ser una excusa generalizada para quienes reciben asistencia social o causan disturbios? No basta con decir que Bunche, Brooke y otros eran simplemente "excepciones", pues eso no es más que una reformulación de la pregunta. La historia de Dunbar demuestra la enorme importancia del tiempo, la tradición y las circunstancias institucionales para proporcionar el entorno esencial en el que los logros individuales pueden florecer. Si tales logros dependieran enteramente o predominantemente de la capacidad personal, no habrían surgido tantos individuos destacados de una sola institución.[43]

Esta concentración del logro negro en unos pocos entornos especiales no se limita a Dunbar. Por escasos que sean los doctorados obtenidos por negros, empíricamente no son fenómenos aislados. Un estudio de 609 Ph.D.'s otorgados a negros entre 1957 y 1962 mostró que, si bien estos doctorados provenían de 360 escuelas secundarias distintas, el 5.2 por ciento de estas escuelas habían producido el 20.8 por ciento de los doctorados. Dunbar ocupaba el primer lugar entre esas escuelas. Una comparación más relevante habría incluido la enorme cantidad de escuelas secundarias negras cuyos exalumnos no obtuvieron ningún Ph.D. durante ese período. Sin embargo, esto solo habría hecho que la concentración resultara aún más extrema.[44]

Another study examined those black families in which someone had earned a doctoral degree of some sort (M.D., Ph.D., etc.) and found that the average number of doctorates per family was 2.25. If the family setting permitted someone to earn a doctorate, it generally permitted more than one to earn a doctorate. Impressionistic evidence on the backgrounds of historic black figures also suggests that black achievements have come out of circumstances very different from those which many black Americans experience. W.E.B. DuBois grew up with aristocratic New England whites, Ralph Ellison grew up in frontier territory, George Washington Carver was raised by a German couple, and even Booker T. Washington, though "up from slavery," was in his youth the protégé of a succession of wealthy, educated, and influential whites. This in noway demeans the achievement of thesemen, for, ultimately, they had to have the ability to accomplish what they did. It does, however, underline the importance of the special circumstances necessary for individuals to realize their potential and the remoteness of these circumstances from the lives of most American blacks.[45]

THoy en día, los chicos juegan al baloncesto, se drogan y no se toman en serio su educación. De hecho, si alguien se muestra demasiado comprometido con sus estudios, los demás piensan que algo no anda bien. A menudo, los jóvenes negros fingen no ser inteligentes y no dedican tiempo a desarrollar sus talentos intelectuales. Muchos negros, en la actualidad, ponen más énfasis en que sus antepasados fueron esclavos que en los progresos que la mayoría de ellos ha logrado hasta la fecha. Esta actitud antiintelectual en las comunidades negras es una de las cosas más perjudiciales que se le puede inculcar a los jóvenes adultos negros.

Gran parte del discurso contemporáneo sobre métodos de enseñanza, filosofías educativas y principios organizativos del sistema escolar parece irreal en el contexto de la "jungla del pizarrón" que reina en muchas escuelas de barrios marginados. Mientras que una gran parte del tiempo en el aula se dedica a mantener el orden—o a contener el desorden—más que a enseñar, buena parte de la literatura educativa se centra en filosofía, política, "inglés negro" y, en realidad, en casi cualquier cosa excepto el problema fundamental de reducir el caos, la interrupción y el miedo que impiden que cualquier método o filosofía de enseñanza pueda ser eficaz. Sin embargo, no está bien visto, y mucho menos es elegante, hablar de estos temas.[46]

Durante el período de 1870 a 1955, la auto-selección de estudiantes liberó a Dunbar de la carga de alumnos desinteresados y conflictivos. Una vez que dichos alumnos comenzaron a ingresar tras la reorganización escolar de 1954, la escuela fue destruida en pocos años. Diversas formas de auto-selección pueden liberar a otras instituciones del núcleo duro de estudiantes violentos y disruptivos, pero todos los planes que implican libertad de elección (vales educativos, matrícula abierta, etc.) son condenados por los críticos por supuestamente obstaculizar la integración racial. Sin embargo, la verdadera pregunta empírica es si los jóvenes negros se beneficiarán más académicamente al estar separados de ese núcleo problemático o al integrarse con estudiantes blancos. Los estudios sobre los efectos educativos de la integración muestran escasas mejoras. No obstante, el dogma de la integración sigue siendo lo suficientemente poderoso como para frustrar reformas educativas fundamentales.[47]

CONCLUSIÓN

La experiencia de Dunbar ofrece cierta refutación empírica a las afirmaciones de moda sobre los ingredientes "necesarios" para una buena educación de niños negros, pero no constituye un modelo universal. Parte de la fuerza de Dunbar radicaba en que no intentaba ser todo para todos. Los fundadores de la escuela la concibieron como una institución dedicada exclusivamente a preparar estudiantes negros para la universidad y, en ese rol particular, fue insuperable. Mostró lo que se podía lograr y algunas de las formas en que podía lograrse. Además, demostró que algunos de los supuestos "requisitos" previos para una buena educación no son realmente esenciales. Lo que sí es esencial es crear y sostener una atmósfera de logro académico.[48]

La Dunbar High School no proporciona fórmulas instantáneas para ser aplicadas por planificadores "prácticos". Su ejemplo sugiere que dichas fórmulas instantáneas pueden no ser el camino hacia una educación de calidad. Lo que se necesita, por encima de todo, es un sentido de propósito, una fe en lo que se puede lograr y una apreciación por el trabajo arduo que se requiere para alcanzarlo. Como indican los muchos defectos de Dunbar, no es necesario encontrar personas ni entornos ideales, pero sí se requiere un núcleo de personas dedicadas en un contexto donde su dedicación pueda dar frutos.[49]

CAPÍTULO CATORCE

EPÍLOGO

La decisión de desegregación en Brown v. Board of Education no fue el único factor determinante para la continuidad de la Dunbar High School como una escuela secundaria académica de alto rendimiento. Teóricamente, podría haberse convertido en una escuela magnet, no restringida por límites vecinales, y haber permitido la admisión de todos los estudiantes sin importar su raza. Sin embargo, en el ambiente emocionalmente cargado de la época, tal opción nunca fue una posibilidad realista. "Escuelas del vecindario" era el grito de guerra de los blancos que se oponían a la desegregación total, mientras que "integración" era el clamor de los líderes negros. El mantenimiento de la calidad educativa en una escuela secundaria académica negra no tenía atractivo emocional ni poder político. El plan de reorganización escolar fue un éxito político, pero fue un desastre educativo para Dunbar. A cada bando se le concedió algo: un grado de integración y la conservación de las escuelas del vecindario.[1]

El Consejo de Educación, que promulgó el plan de reorganización de 1954 que destruyó la Dunbar High School, parece no haber tenido ninguna apreciación ni preocupación por esta posibilidad. En los largos y amargos debates registrados en las actas del Consejo de Educación, se discutieron prácticamente todos los problemas concebibles, excepto las consecuencias de la reorganización de la Dunbar High School. Esto fue aún más notable porque la crítica más vocal del plan del superintendente escolar era exalumna de Dunbar. Años después, no podía recordar haber dicho una sola palabra sobre la Dunbar High School en ese momento, ni siquiera en las sesiones ejecutivas no registradas en las actas del Consejo. La integración era el clamor de la época y la lucha del momento.[2]

LA CULTURA CAMBIANTE

Antes de la década de 1950, la familia negra enseñaba valores que habían cambiado poco entre 1880 y 1920. Reforzados por los que se enseñaban en la iglesia, los valores de la frugalidad, el trabajo arduo, el amor propio y la rectitud eran la piedra angular del concepto de "respetabilidad". Como era costumbre en la sociedad de aquel entonces, la madre no trabajaba cuando la familia tenía hijos pequeños. Por ello, los padres desempeñaban un papel valioso en el seno familiar. Ellos traían a casa el sueldo que proporcionaba techo y alimento a la familia, y mantener a los hijos alimentados, vestidos, con hogar y fuera de la pobreza era fundamental. Traer un cheque de pago a casa era vital, porque nada es más devastador para la vida de los niños que la pobreza. Además, el padre era el guardián moral de la familia, el símbolo de masculinidad para sus hijos, y una figura disciplinaria.[3]

En la antigua familia negra biparental, el padre cumplía muchos roles, incluyendo el de compañero, proveedor de cuidados, cónyuge, protector, modelo, guía moral y maestro.[4] Los padres, madre y padre, eran el ejemplo a seguir para los hijos, y si los padres se involucraban en esfuerzos por el progreso racial, los hijos les creían de palabra.[5] La cercanía de estas familias quizá era un mecanismo de defensa ante la discriminación del mundo exterior, pero sin duda era legítima. La calidez generada en el ambiente del hogar ofrecía un refugio y, al mismo tiempo, nutría el crecimiento de niños felices y brindaba continuidad y esperanza para el futuro. La mayoría de los matrimonios eran asociaciones forjadas para cumplir metas familiares y perpetuar el estatus. El divorcio no era desconocido, pero sí raro. Las separaciones no eran inusuales. La familia negra en Washington era una línea de defensa frente a la sociedad, y sus valores y estrategias garantizaban que el estatus familiar continuara a través de generaciones sucesivas.[6]

A finales de los años 60 y comienzos de los 70, se vivió una gran revolución cultural en Estados Unidos. Las políticas de Vietnam de la administración Johnson desataron el movimiento contra la guerra más grande y eficaz de la historia del país, un movimiento que prosperó especialmente en campus universitarios de élite. El llamado movimiento contracultural o "hippie", en el que los jóvenes abandonaban en masa los valores de la clase media mientras "se conectaban, sintonizaban y se evadían", se convirtió en un problema político en universidades y también en escuelas secundarias.[7]

Muchos jóvenes estadounidenses dejaron crecer su cabello; cambiaron los tacones altos y las faldas, y las corbatas y camisas abotonadas por jeans rotos, camisetas teñidas y zapatillas sucias. Hablaban abiertamente sobre el "amor libre" e incluso lo practicaban. Escuchaban música que sus padres no comprendían, fumaban marihuana y rechazaban la autoridad. Si bien la mayoría de los jóvenes estadounidenses no eran hippies groseros, consumidores de drogas, partidarios del amor libre, miembros de coaliciones antiguerra o marxistas, había suficientes contraculturales fotogénicos y anti-sistema en Columbia, Harvard y Berkeley como para sugerir que la próxima generación de jóvenes estadounidenses podría no parecerse a sus padres.[8] Desafortunadamente, esto ha sido particularmente cierto en el caso de los jóvenes adultos negros.

Hoy en día, el vecindario que rodea a Dunbar tiene una alta concentración de familias de bajos ingresos que generan problemas sociales al congregar familias monoparentales dependientes de la asistencia social, cuyos hijos, en su mayoría sin padre, se convierten de forma desproporcionada en desertores escolares, consumidores de drogas, personas sin empleo y delincuentes. En esta pequeña área existen una docena de agencias de servicios sociales, que diariamente atraen a personas sin hogar o indigentes. Como consecuencia, los posibles negocios y compradores de viviendas pueden sentirse disuadidos cuando ven personas deambulando por las calles frente a estas agencias. Además, aunque el crimen ha disminuido en la zona, no ha desaparecido. Todavía ocurren con demasiada frecuencia tiroteos, apuñalamientos y robos en viviendas y automóviles.[9]

En este tipo de comunidad, las madres predominan y crean un entorno maternalista. Pueden tener varios hijos, pero estos suelen tener diferentes padres que no viven en el hogar ni aportan manutención infantil. El perfil familiar generalmente muestra a una mujer negra soltera de unos veintitantos años, sin diploma de secundaria ni GED, y con tres hijos menores de diez años. La preocupación de estas madres es proteger por completo a sus hijos del mundo exterior y lograr que permanezcan agradecidamente apegados a ellas durante toda su vida. Evitar los riesgos recibe una prioridad muy alta. Por otro lado, en un entorno paternalista, se dice que los padres quieren que sus hijos crezcan con autonomía, sean autosuficientes y capaces de enfrentarse al mundo tal como es.[10] Sin embargo, los padres no son una presencia predominante en los hogares que rodean a la Dunbar High School.

El vecindario no se benefició del Shaw Area Renewal Plan, adoptado por la Comisión Nacional de Planificación del Capitolio el 9 de enero de 1969. Las avenidas New Jersey y Florida parecen actuar como barreras al desarrollo, mientras que en vecindarios cercanos continuamente surgen nuevos restaurantes, proyectos residenciales y casas adosadas renovadas. Todo eso comenzó a cambiar gradualmente a comienzos de los años 2000. La zona recibió un gran impulso hace unos años, cuando más de 40 casas adosadas agrupadas alrededor de Bates Street salieron al mercado al mismo tiempo. Estas viviendas, que habían funcionado como unidades de alquiler subsidiado bajo el programa Sección 8, estaban bastante deterioradas. Muchas terminaron en manos de compradores de vivienda por primera vez. Los nuevos propietarios comenzaron una intensa actividad comunitaria y se formó un grupo que abarcaba gran parte de Truxton Circle, la Bates Area Civic Association, para abordar temas como la embellecimiento del vecindario, la prevención del crimen y su disuasión.[11]

EL FIN DEL SIMBOLISMO DEL "VIEJO DUNBAR"

A mediados de la década de 1970, se desató un acalorado y público debate en Washington D.C. Se centraba en la inminente demolición del edificio de 1916, que había albergado anteriormente la Dunbar High School y que en ese momento se encontraba vacío. Los defensores de la demolición, incluyendo la administración de la escuela, muchos funcionarios de la ciudad y miembros de la Junta de Educación, eran firmes en su postura: tenían en mente el mejor interés de los estudiantes. En lugar de una estructura deteriorada, los estudiantes disfrutarían de una planta escolar completamente modernizada e innovadora. Se construiría un campo de fútbol americano donde una vez estuvo el edificio de 1916. Como el programa de deportes de Dunbar ahora recibía reconocimiento a nivel nacional, el campo era una adición esencial para las nuevas instalaciones escolares.[12]

Muchos afroamericanos en Washington querían romper por completo con todo lo que sentían que Dunbar alguna vez representó: personas predominantemente de piel clara que se creían superiores a los demás, con mayor intelecto, riqueza y membresía en los niveles más altos de la sociedad. Pedían la destrucción inmediata del antiguo edificio en cuanto el nuevo estuviera listo. Pero los admiradores y exalumnos mayores de la vieja escuela no estaban dispuestos a aceptarlo. Exigían que el edificio se preservara como un monumento histórico a lo que habían logrado allí y al papel pionero que desempeñó la escuela en el desarrollo de la educación superior entre los negros. Así, la guerra silenciosa que por décadas habían librado los bandos pro y anti-Dunbar estalló en un enfrentamiento ruidoso y hostil.[13]

El espíritu y los deseos del bando anti-Dunbar fueron defendidos por la Junta de Educación del Distrito de Columbia, que no quería más recordatorios de lo que representaba la antigua escuela en la vida de los afroamericanos de Washington. La Junta encabezó la lucha para lograr la demolición del edificio viejo. Muchos de sus miembros eran jóvenes profesionales negros, políticos y líderes comunitarios de base. Algunos provenían del movimiento de derechos civiles de los años 60, habían sido educados en otras partes del país (o en otras escuelas secundarias de Washington), y no sentían apego por lo que muchos llamaban el ilustre pasado de Dunbar. El argumento principal era que la escuela no contaba con un campo deportivo adecuado y no había espacio para un estadio deportivo aparte del lugar donde se encontraba el edificio antiguo.[14]

Sin las hábiles gestiones de Mary Hundley, el Dr. W. Montague Cobb y el senador Edward Brooke, la orden para derribar el viejo edificio de Dunbar se habría emitido, firmado y ejecutado rápidamente.[15] Muchos exalumnos de Dunbar, conservacionistas e historiadores locales contrarrestaron los argumentos a favor de la demolición proponiendo que conservar la histórica Dunbar High School beneficiaría a los estudiantes. La preservación del edificio les ofrecería un recordatorio físico de la rica historia de su escuela, un ejemplo de cómo los esclavos valoraban la educación como parte integral de la libertad y de la excelencia académica negra a pesar de la segregación de jure en todo Estados Unidos. Las prolongadas discusiones y debates sobre la conservación del edificio fueron inflexibles por ambos lados, pero los defensores de Dunbar nunca tuvieron posibilidades reales de salvar el viejo edificio de 1916. Fue demolido en julio de 1977.

Había echado raíces una nueva filosofía, y algunos negros demostraban su capacidad de sobrevivir e incluso prosperar en un entorno económico deprimido y racista. Sin embargo, las personas que viven en un área estructurada sobre una cultura de la pobreza tienen muy poco sentido de la historia. Son personas marginales que sólo conocen sus propios problemas, sus condiciones locales, su vecindario o su forma de vida. Generalmente, no tienen el conocimiento, la visión ni la ideología para ver las similitudes entre sus problemas y los de otros como ellos en otras partes del mundo. No tienen conciencia de clase, pero son muy sensibles a las distinciones de estatus.[16]

EL DISEÑO DE ESPACIOS ABIERTOS EN LA DUNBAR HIGH SCHOOLL

El alcalde Walter Washington solicitó por primera vez fondos para reemplazar el edificio de la escuela secundaria de 1916 en el presupuesto escolar público de la ciudad para 1972. Sin embargo, la idea de sustituir la antigua Dunbar había sido un tema de interés desde finales de los años sesenta, cuando la Junta de Educación declaró que el edificio "había pasado su mejor momento".[17]

En 1971, el crítico de arquitectura Wolf Von Eckardt proclamó en The Washington Post:

> La Junta Escolar de Washington finalmente está lista para romper con las viejas paredes en forma de panal de aula... Los 11 nuevos edificios escolares públicos que actualmente están en fase de diseño contemplan el llamado "plan abierto", que reemplaza la rígida estructura física e intelectual de las aulas cerradas.[18]

Además, The Washington Post hizo público el diseño para la nueva Dunbar High School. Von Eckardt sostenía que esta innovación era::

> "algo que los constructores de escuelas públicas de Washington no se habían atrevido a hacer desde 1868, cuando se construyó la Franklin School [diseñada por Adolph Cluss] en las calles Thirteenth y K, N.W., y ganó el primer premio como edificio escolar modelo en la Exposición de Viena de 1873.[19]

Robert deJongh, un joven de 27 años originario de las Islas Vírgenes y graduado de la Escuela de Arquitectura de la Universidad de Howard, fue el diseñador del proyecto para la Dunbar High School. DeJongh adaptó ingeniosamente un diseño prototípico de "casa" suburbana —que normalmente requeriría un campus extenso— a un entorno urbano limitado. Su diseño se basó en una torre de noventa pies de altura. Esta no estaría dividida en diez pisos apilados de manera autónoma, sino que ofrecería un flujo continuo de espacios, perceptible mejor a través de niveles escalonados y desfasados. Von Eckardt explicó:

Los niveles están agrupados en tres "casas", es decir, escuelas completas dentro de la escuela. Cada "casa" tiene cuatro niveles, cada uno ocupando la mitad del área total del piso, formando una unidad completa para un grupo de edad. Cada una tiene sus propias áreas de clases y conferencias, laboratorios, centros de preparación para docentes, una cocineta para preparación de alimentos, un comedor multiusos, y una terraza al aire libre para descanso y recreación.[20]

La separación del espacio en la torre en "casas" más pequeñas representa el equivalente urbano vertical a las soluciones de campus escolares suburbanos del periodo de posguerra. DeJongh tomó en cuenta las limitaciones del sitio y trató de crear una intimidad a pequeña escala dentro de una estructura densa. Los Laboratorios de Instalaciones Educativas (EFL, por sus siglas en inglés) respaldaron la incorporación del modelo de "casa" en entornos urbanos, afirmando en 1968: "Si bien las instalaciones podrían expandirse... si la escuela se construyera en los suburbios, no es necesario que sea así: las casas y otros edificios podrían ocupar diferentes pisos de un rascacielos urbano, por ejemplo".[21] Cuando el nuevo edificio de Dunbar se inauguró en 1977, tanto estudiantes como personal docente se mostraban optimistas con respecto a su planificación y diseño innovadores. Como expresó un estudiante de 18 años: "Estamos orgullosos de tener esta escuela... y nos aseguraremos de que se mantenga en buenas condiciones".[22]

El diseño de Dunbar incorporó otros elementos progresistas. Incluía instalaciones deportivas amplias y laboratorios de ciencias actualizados. Además, el comedor estaba alfombrado de pared a pared y presentaba una decoración estilo café, con mesas pequeñas para cuatro personas, en marcado contraste con las largas mesas tipo "prisión" que son habituales en otras cafeterías escolares.[23] Sin embargo, este diseño no se ejecutó exactamente como estaba planeado. En el plan modificado, se omitieron las terrazas que figuraban prominentemente en el diseño de la torre, lo que generó una sensación más acentuada de fortificación o, posiblemente, de defensa.

El nuevo edificio de Dunbar estaba ubicado en 1301 New Jersey Avenue, N.W. Inicialmente, había 889 estudiantes y 56 profesores para los grados 9 a 12. Desde la desegregación, por supuesto, ha sido una escuela de barrio con un alumnado que es casi 100 por ciento negro. A principios de 2014, había 593 estudiantes y 47 profesores para los grados 9 a 12.

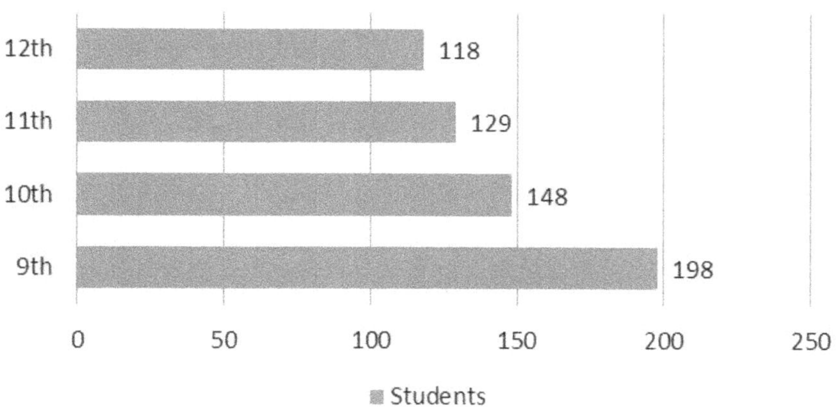

Fuente: U. S. News and World Report, High Schools, 2016

Tabla 14-1

El enfoque histórico hacia el nuevo diseño significó un rechazo al pasado del edificio de 1916 y una concentración en las necesidades contemporáneas y futuras. Reveló una marcada desconexión entre los logros pasados del antiguo Dunbar y el estado académicamente improductivo de la institución en la década de 1970.[24] En lugar de reflejar los valores y la cultura de la clase media estadounidense, trae a la mente el fenómeno social en economía y sociología según el cual las personas empobrecidas tienden a permanecer en la pobreza a lo largo de su vida y, en muchos casos, a través de generaciones.[25] En esta cultura, la educación superior y las carreras profesionales, gerenciales y tecnológicas de alto nivel no son prioridades habituales. El joven negro, especialmente el varón, se ve obligado a basar su autoestima en una imagen estereotipada de impulsividad sexual, irresponsabilidad, jactancia verbal, actitudes exageradas y logros compensatorios en el entretenimiento y los deportes.[26]

Dunbar ya no es una escuela preparatoria para la universidad en el sentido estricto de su pasado. Su sitio web sugiere que su misión es ofrecer un programa de instrucción integral para los estudiantes que fomente el máximo rendimiento académico, permitiéndoles disfrutar del aprendizaje a lo largo de la vida mientras se convierten en ciudadanos productivos. Indica que Dunbar aspira a funcionar como una comunidad de aprendizaje donde los estudiantes vivan oportunidades y experiencias diversas y significativas, y reciban una educación de calidad.[27] Los programas de la escuela incluyen Enriquecimiento Académico, Bienestar y Educación Física, Artes y Cultura, y Educación Especial. Sin embargo, Dunbar es ahora más conocido por sus programas deportivos. Compite en la Asociación Atlética Interestatal del D.C. y destaca particularmente en fútbol americano y baloncesto.

Es una ironía dolorosa que el edificio original de la Dunbar High School, que abrió en 1916, albergara una escuela con un historial de logros académicos sobresalientes durante generaciones de estudiantes negros. A pesar de las deficiencias del edificio, la segregación de jure y la insuficiencia del apoyo financiero que recibía la escuela, fue un éxito académico notable. En contraste, la Dunbar High School con su edificio de diseño abierto y campo atlético se convirtió en una escuela marginal más, con estándares deplorables y resultados bajos en exámenes, a pesar del récord del Distrito de Columbia de tener algunos de los niveles más altos de gasto por alumno del país.[28]

Irónicamente, el propio edificio de espacio abierto fue ampliamente considerado como un factor en los problemas de la escuela. A principios de la década de 1970, la frase "aulas abiertas" dominaba el vocabulario de los educadores, aunque tanto padres como profesionales encontraban difícil precisar qué significaba realmente la educación abierta. Muchos consejos escolares adoptaron programas de educación abierta y se construyeron escuelas de espacio abierto en todo el país. Sin embargo, pocos superintendentes o directores podían arriesgarse a decir en voz alta que no habían oído hablar de la innovación o que no la encontraban deseable, sin arriesgarse a burlas de sus colegas o críticas de sus superiores. Tantas escuelas estaban adoptando los atributos físicos de las aulas abiertas que algunos defensores se preguntaban si realmente se estaba siguiendo el espíritu de la educación informal.[29]

En su libro de 1973 The Open Classroom Reader, Charles Silberman advirtió a maestros y padres entusiastas:[30]

> Por sí sola, la división de un aula en áreas de interés no constituye educación abierta; crear grandes espacios abiertos no constituye educación abierta; individualizar la instrucción no constituye educación abierta... El aula abierta no es un modelo ni un conjunto de técnicas, es un enfoque de enseñanza y aprendizaje.

TLos elementos del aula abierta—las áreas de interés, los materiales concretos, los murales—no son fines en sí mismos, sino medios para otros fines... Además, las aulas abiertas están organizadas para fomentar:

- AEl aprendizaje activo más que el aprendizaje pasivo;

- El aprendizaje y la expresión en una variedad de medios, en lugar de solo lápiz y papel y la palabra hablada;

- El aprendizaje autodirigido e iniciado por los estudiantes más que el aprendizaje dirigido por el maestro..

Sin embargo, solo unos pocos años después, las cosas cambiaron. A mediados de la década de 1970, con la economía estancada y una nación profundamente dividida por la guerra de Vietnam, los críticos volvieron a enfocar sus críticas en las escuelas públicas. La crisis nacional dio lugar a una percepción, amplificada por los medios, de que los estándares académicos habían disminuido, de que el movimiento de desegregación había fracasado y de que las escuelas urbanas se estaban convirtiendo en lugares violentos. Esta vez, el llamado no era a favor de la educación abierta, sino a un regreso a lo básico, reflejando las tendencias sociales generales; es decir, una reacción conservadora contra los cambios culturales y políticos de los años 60 y principios de los 70.[31]

Escuelas tradicionales surgieron en los suburbios y en las ciudades. Las escuelas de espacio abierto reconstruyeron sus paredes. Los estados intentaron elevar los estándares académicos desarrollando pruebas mínimas de competencia que los estudiantes debían aprobar para recibir su diploma. Las citas en los medios y en revistas académicas indican que el interés por las aulas abiertas alcanzó su punto máximo alrededor de 1974. A principios de los años 80, las aulas abiertas se habían convertido en una nota al pie de página en las disertaciones doctorales.

¿Fueron las aulas abiertas solo otra moda de los "progresistas pedagógicos"? Quizás lo fueron, en el sentido de que, como los hula hoops y las piedras mascota, irrumpieron en escena y luego desaparecieron sin dejar rastro. Sin embargo, considerarlas meramente una moda sería ignorar el significado más profundo de las aulas abiertas. Las aulas de espacio abierto fueron una escaramuza más en las guerras ideológicas que han dividido a los educadores y al público desde que las primeras escuelas financiadas con impuestos abrieron sus puertas a principios del siglo XIX.[32]

UN EDIFICIO ESCOLAR INSPIRADO EN LA HISTORIA

En diciembre de 2010, Adrian Fenty, entonces alcalde de Washington, D.C., anunció los tan esperados planes para el rediseño de la Paul Laurence Dunbar High School. La Oficina de Gestión de Instalaciones de Educación Pública (OPEFM), una agencia de la ciudad creada en 2007 para cumplir con las promesas de campaña de una renovación completa del sistema escolar, había realizado dos concursos de diseño en dos años con la esperanza de seleccionar un proyecto ganador para el nuevo edificio de Dunbar. Después de una competencia de diseño de un año, el alcalde Fenty anunció el 14 de diciembre de 2010 que la propuesta ganadora fue presentada por el equipo de arquitectura de Ehrenkrantz Eckstut & Kuhn Architects-Engineers (EEK) y Moody-Nolan Architects. Ambas firmas tienen sede en Washington, D.C.[33]

Se realizaron entrevistas con exalumnos de Dunbar para determinar qué pensaban que debía incorporarse en el nuevo edificio. La idea era crear un edificio que honrara el pasado, el presente y el futuro.[34] El alcalde de D.C., Vincent Gray, y exalumnos de la Paul Laurence Dunbar High School se reunieron el 19 de agosto de 2013 para celebrar el nuevo edificio de 122 millones de dólares que, en teoría, se inspira en la historia de la escuela para motivar a los estudiantes. Un exalumno, que se graduó en 2002 del antiguo edificio de Dunbar que aún se encontraba al lado, utilizó las palabras "impresionante" y "refrescante" para describir la nueva escuela. La nueva Dunbar, con 26,000 metros cuadrados de espacio, está ubicada en First y N Streets, N.W., en el vecindario de Truxton Circle y cuenta con un atrio alto y lleno de luz, una nueva piscina y gimnasio, un auditorio para 600 personas y cuatro academias con aulas y laboratorios. El diseño maximiza los espacios de aprendizaje mientras incorpora tecnología.[35]

A diferencia de su predecesora, más que mostrar modernidad, la nueva Dunbar se inspiró en su historia. En el pasado, Dunbar graduó generaciones de líderes, abogados y artistas negros, y sus nombres están inscritos en 118 placas repartidas por toda la escuela. Otras 130 placas están en blanco, insinuando que cualquier futuro graduado de la escuela podría ver su nombre inscrito en ellas.[36] El interior de la escuela cuenta con una armería tipo atrio que es el "corazón de la escuela", conectando el ala académica, los campos deportivos, el gimnasio, la piscina, el auditorio y las áreas de comedor de la cafetería. No cuenta con galería de tiro.

La escuela también alberga un pequeño museo que conmemora su rica historia y los logros de muchos de sus graduados, entre ellos Nannie Helen Burroughs, Mary Church Terrell, Carter G. Woodson, la delegada de D.C. Eleanor Holmes Norton y el alcalde de D.C. Vince Gray. Durante la ceremonia de inauguración, exalumnos tan antiguos como la promoción de 1925 se maravillaron con el nuevo edificio mientras recordaban su tiempo en Dunbar. Las autoridades del Distrito esperan que la transformación del edificio marque el inicio de una nueva era de logros académicos. El nuevo edificio podrá albergar a 1,100 estudiantes, más del doble de los 500 que han asistido a la escuela en años recientes.[37] Abrió oficialmente sus puertas a los estudiantes el 19 de agosto de 2013.

LOS ARGUMENTOS CONTINÚAN

Ya existe una propuesta para mejorar la Dunbar High School mediante su conversión en una escuela autónoma y selectiva. Esto ha generado un amplio debate entre docentes, estudiantes, exalumnos y miembros de la comunidad. El impulso por el cambio, que un pequeño grupo de exalumnos y padres ha desarrollado discretamente durante los últimos meses, le daría a Dunbar más libertad para tomar decisiones sobre a quién contrata, cómo gasta su dinero y cómo diseña su oferta académica. Transformaría una escuela de vecindario, legalmente obligada a aceptar a todos los estudiantes, en una institución por solicitud que podría elegir a sus alumnos. Tal arreglo probablemente le permitiría a Dunbar no atender a los niños más necesitados del vecindario.[38]

Es una idea que el grupo considera podría dar inicio a la transformación de Dunbar, pasando de ser una de las escuelas con peor rendimiento de la ciudad a una institución reconocida nuevamente por su excelencia académica. Sin embargo, los críticos de la propuesta argumentan que se construiría sobre el rechazo de estudiantes que llegan a clase con desafíos profundos que necesitan ser abordados; es decir, habilidades de lectura deficientes, conocimientos matemáticos insuficientes y situaciones familiares difíciles.[39] No es fácil transformar una escuela de bajo rendimiento, especialmente una escuela secundaria. Los estudiantes llegan al nivel secundario con varios años de retraso en lectura, escritura, matemáticas y muchas otras materias. Con frecuencia, también traen consigo patrones de comportamiento peligrosos.

Las dos escuelas secundarias públicas más selectivas son la School Without Walls (Walls) y la Benjamin Banneker Academic High School. Ambas reciben muchas más solicitudes de las que pueden admitir. El alumnado de Banneker es 85 por ciento negro y 60 por ciento de bajos ingresos. Walls, en contraste, es 45 por ciento negro y 17 por ciento de bajos ingresos. En 2013, Walls, ubicada en Foggy Bottom, recibió más de 1,000 solicitudes para una clase de entre 130 y 150 estudiantes. Banneker recibió aproximadamente 700 solicitudes ese mismo año y, al igual que Walls, conformó una clase de 150 estudiantes. Estas cifras, por sí solas, indicarían que hay espacio en Washington para otra escuela selectiva.[40]

Sin embargo, Banneker acepta a todos los solicitantes que cumplan con los requisitos de la escuela, los cuales se basan en el promedio académico (GPA), puntajes en exámenes, recomendaciones de docentes y una entrevista.[41] Walls requiere que cualquier estudiante interesado en postularse siga un procedimiento de admisión. Los estudiantes deben tener un GPA mínimo de 3.0 en las materias troncales, y obtener una puntuación "proficient" o "advanced" en un examen estandarizado (SSAT, DCCAS, Stanford, cualquier prueba estatal obligatoria, PSAT/SAT u otra prueba estandarizada aprobada). Si un estudiante cumple con todos los requisitos anteriores, se le invita a presentar un examen estandarizado, exclusivo de la escuela, que incluye preguntas de opción múltiple en matemáticas (álgebra y geometría), comprensión lectora y una redacción. El examen no tiene límite de tiempo y los estudiantes disponen del tiempo que necesiten para completarlo. Si el estudiante aprueba, él o ella es invitado, junto con su(s) padre(s) o tutor(es), a una entrevista con un panel en la escuela. El panel está conformado por profesores, personal administrativo y estudiantes.[42]

Si bien parece haber suficientes estudiantes "calificados" para llenar Dunbar —que tiene una capacidad de 1,100 estudiantes— así como las escuelas selectivas ya existentes, el grupo de solicitantes puede no ser tan grande como aparenta. Se puede suponer que muchos estudiantes postulan tanto a Banneker como a Walls, además de otra escuela que también requiere solicitud, McKinley Tech, que es casi tan selectiva como Banneker. Dunbar probablemente terminaría admitiendo a estudiantes que, más que ser verdaderamente talentosos o avanzados, son aquellos que asisten a clases, hacen su trabajo, no presentan problemas disciplinarios y no están clasificados como estudiantes de educación especial o aprendices del idioma inglés.[43]

Existe la posibilidad de conceder al grupo de Dunbar gran parte de lo que solicita, sin otorgarle el derecho a seleccionar a sus estudiantes.[44] La antigua Dunbar no era una escuela "selectiva" en el sentido estricto del término. No había exámenes de admisión. Sin duda, existía una forma de auto-selección, en el sentido de que los estudiantes realmente interesados en una preparación universitaria elegían asistir a Dunbar. Aquellos que no lo estaban, buscaban otros lugares donde pudieran pasar el tiempo sin tener que cumplir altos estándares académicos.[45] El grupo de Dunbar también busca mayor autonomía para la escuela en cuanto a decisiones de contratación y asignación de recursos. En este sentido, conviene recordar que la facultad y los directores de M Street y Dunbar High se destacaban por sus altas calificaciones y formación académica y, en consecuencia, recibían buenos salarios.[46]

Se puede argumentar que hoy en día los padres están más educados y son más sofisticados que en el pasado. Sin embargo, no está claro que su activismo político o participación comunitaria en las escuelas y la educación haya sido un beneficio neto para la comunidad negra. Como mínimo, la historia demuestra que su involucramiento más allá de las preocupaciones sobre sus propios hijos nunca fue esencial. Hoy, la educación es política y, en el ámbito político, el fracaso se convierte en una razón para exigir más dinero, clases más pequeñas y cursos y programas de moda, que van desde el "inglés negro" hasta el bilingüismo y la "autoestima."[47]

UNA NUEVA FORMA DE VIDA

Incluso las mejores cosas llegan a su fin. El pasado no puede recuperarse, y hay mucho del pasado que no queremos recuperar. Cuando la educación era el principal medio para mejorar los problemas de raza y clase, Dunbar acompañó al pueblo negro a lo largo del arduo viaje de ajustarse de la esclavitud a la libertad, y a través de las dificultades de lidiar con la segregación mientras los negros intentaban integrarse a la sociedad estadounidense mayoritaria.

Los logros académicos del modelo educativo de M Street y Dunbar, entre 1870 y 1955, no pueden replicarse en el entorno actual de las escuelas secundarias públicas de DC. Emular el entorno de alto rendimiento de las escuelas M Street y Dunbar sería difícil incluso en los mejores tiempos. Sin embargo, a pesar de las dificultades derivadas de la segregación durante el intento de integración a la sociedad estadounidense, la escuela mantenía una política de admisión abierta. Se concedía la entrada a niños de todos los vecindarios, sin cuestionamientos sobre el nivel socioeconómico de sus familias. Una educación en Dunbar era una parte importante del tema recurrente y esencial que los negros aún necesitaban en su lucha por la libertad.

Además, M Street y Dunbar se esforzaron sin descanso en preparar a sus alumnos para ser aceptados en universidades del norte y del medio oeste que no eran segregadas. Hubo muchos intentos motivados por el racismo, incluidos funcionarios de escuelas públicas blancas, de convertir la escuela en un programa de artes manuales. Percy M. Hughes, el director blanco de las escuelas secundarias, recomendó un aumento en la capacitación manual, particularmente para los estudiantes de M Street, quienes, según él, necesitaban aprender la "dignidad del trabajo". Serían "mejores hombres y mujeres educados y, por lo tanto, mejor preparados para triunfar en la batalla de la vida si se les entrenaba adecuadamente tanto en el uso de herramientas como en el de los libros".[48] Futuros estudiosos también podrían concluir que este racismo del pasado está estrechamente relacionado con las razones por las cuales Dunbar ha sido ignorada en la política y la investigación educativa urbana.

Los vecindarios negros ya no son socioeconómicamente diversos, y es poco probable que los niños vean a adultos desempeñar una variedad de roles positivos. Hoy en día, el sistema de valores dominante en la cultura negra es de expectativas bajas, marcado por un mayor número de familias monoparentales, menos disciplina y más encarcelamiento de hombres negros. En consecuencia, los estudiantes negros están menos preparados académicamente en la escuela primaria y secundaria para ingresar a la secundaria. Los estudiantes que ingresan no cuentan con apoyo familiar para su educación, carecen de autodisciplina y tienen poco deseo de aprender. Finalmente, los docentes no están tan calificados ni comprometidos como lo estaban los profesores de M Street y Dunbar en el pasado, y los profesionales negros bien formados hoy tienen alternativas económicas fuera de la docencia. Para equiparar al cuerpo docente de antes de 1955, hoy se requeriría, como mínimo, un título de maestría en el área que enseña cada profesor de Dunbar, con preferencia por quienes tengan doctorado o estatus de A.B.D. (All But Dissertation). Igualmente importante, sin embargo, es el concepto de ética profesional entre los docentes.

Ser un profesional en el campo elegido significa más que usar saco y corbata o poseer un título universitario. El profesorado de M Street y Dunbar era verdaderamente profesional y creaba un entorno laboral que reflejaba altos estándares. Tanto el personal docente como los estudiantes eran pulcros en su apariencia, educados y elocuentes en su trato entre sí y con los padres. Además, se podía contar con ellos para encontrar la manera de hacer el trabajo y se distinguían de otros maestros, negros y blancos, tomando cursos para continuar su formación, asistiendo a seminarios, publicando obras escritas y obteniendo credenciales profesionales relacionadas.

La cultura de la pobreza se ha institucionalizado mediante la ampliación de la asistencia social y la dependencia del gobierno. Los nuevos beneficiarios de programas sociales no están empleados y, en su lugar, reciben cupones de alimentos, cheques de bienestar, vales de la Sección 8 y Medicaid. En esta era que algunos podrían denominar como de neoesclavitud, el viejo Dunbar es algo del pasado. Estos factores sociales, políticos y culturales dificultan la replicación, en el siglo XXI, del entorno de alto rendimiento que existía en las escuelas M Street y Dunbar antes de 1955.

No podemos volver al pasado, aunque quisiéramos, pero esperemos que podamos aprender algo de él para mejorar el presente y el futuro. Si no otra cosa, la historia demuestra lo que puede lograrse, incluso frente a la adversidad. Hoy, la mayoría de las personas en los centros urbanos de Estados Unidos no creen que una educación de calidad o habilidades y calificaciones profesionales sean necesarias para alcanzar el sueño americano. El sistema de valores de la nación ha cambiado de forma significativa. El objetivo de los trabajadores sociales antes era ayudar a las personas a salir de los programas de asistencia lo más rápido posible. Ahora, los trabajadores sociales tienen el objetivo opuesto: tratar de inscribir al mayor número posible de personas en la asistencia social. La persistencia de la subclase se publicita como un estilo de vida positivo, sin importar cuán desviado o disfuncional sea, y los miembros de esa clase proclaman su "derecho" a ser subsidiados aún más por el gobierno. El sistema de valores de la nación ha cambiado de forma significativa, pero las nuevas políticas educativas progresistas en zonas urbanas no parecen haber hecho de nuestro país un mejor lugar para vivir; especialmente para quienes están atrapados en la cultura de la pobreza.

Lamentablemente, la comunidad negra es responsable de esta transformación cultural y, en consecuencia, la herencia de excelencia académica ya no prevalece en Dunbar. Por lo tanto, el viaje de la esclavitud a la libertad sigue inconcluso.

NOTAS

Nota del traductor: Para mantener la precisión académica y facilitar el acceso a las fuentes originales, las notas que acompañan este texto se han conservado en su idioma original (inglés). Esta práctica es común en traducciones de obras históricas o académicas. Solo se han traducido aquellas notas cuyo contenido resulta esencial para la comprensión del argumento principal. Todas las demás citas y referencias bibliográficas aparecen tal como fueron publicadas por el autor.

Preface

1   Jean Jacques Rousseau, *Emile, On Philosophy of Education* (New York: Promethus Books, 2003), p. 2.

2   Jervis Anderson, "A Very Special Monument," *The New Yorker*, March 20, 1978, p. 105.

3   Anderson, *op. cit.*, p. 93.

4   Thomas Sowell, "Black Excellence--the Case of Dunbar High School," *The Public Interest*, pp. 26-27.

CAPÍTULO 1 LA ESCLAVITUD Y LA SERVIDUMBRE

1   Edward Burnett Tylor, *Primitive Culture: Researches into the Development of Mythology, Philosophy, Religion, Art, and Custom* (New York: Gordon Press, 1971), p. 1.

2   Seymour Drescher, *Abolition: A History of Slavery and Antislavery* (New York: Cambridge University Press, 2009) pp 4–5.

3   Paul Finkelman, "Laws" in Paul Finkelman and Joseph C. Miller, eds., *Macmillan Encyclopedia of World Slavery* (New York: MacMillan Reference, 1998) Vol. 2, pp. 477-478.

4   Aaron Sheehan-Dean, "A Book for Every Perspective: Current Civil War and Reconstruction Textbooks," *Civil War History*, Vol, 51, No. 3, September 2005, pp 317–324.

5   J. Dyneley Prince, "The Code of Hammurabi," *The American Journal of Theology,* Vol. 8, No. 3 (Jul. 1904), pp. 601–609. Published by: The University of Chicago Press Stable URL: http://www.jstor.org/stable/3153895

6   Thomas Sowell, *Black Rednecks and White Liberals* (San Francisco: Encounter Books, 2005), p. 115; Daniel Evans, Daniel, "Slave Coast of Europe," *Slavery and Abolition,* Vol. 6, No. 1 (May 1985), p. 42.

John Codman Hurd, *The Law of Freedom and Bondage in the United States,* in two volumes (Boston: Little, Brown and Company, 1858).

8   Ira Berlin, *Many Thousands Gone: The First Two Centuries of Slavery in North America* (Cambridge, MA: Harvard University, Press 1998), p. 8.

9   *Ibid.*

10   Frank Tannenbaum, *Slave and Citizen: The Classic Comparative Study of Race Relations in the Americas* (Boston: Beacon Press, 1946), p. 117.

11   Berlin, op. cit., pp. 8-10.

12   Woodbury Lowery, *Spanish Settlements within the Present Limits of the United States* (2 Vols., New York, 1903-1905).

13   A fragment of Fray Sabastian Canete of DeSoto's Expedition appeared in a journal of that era and it described an advanced state of development among the Cofitachiqui. This translation was made by Eugene Lyon and published in Clayton, Lawerence A, Venon James Knight, Jr., Edward C. Moore. *The De Soto Chronicles: The Expedition of Hernando DeSoto to North America 1539 – 1543.* Volume I and II. (Tuscaloosa: University of Alabama Press, 1994.

14   David Hackett Fischer, *Albion's Seed: Four British Folkways in America* (New York: Oxford University Press, 1991), pp. 387-388.

15   William Thorndale, "The Virginia Census of 1619," *Magazine of Virginia Genealogy,* Vol. 33, (1995), pp. 155-70.

16   Johnson, *op. cit.,* p. 27.

17   *Ibid.*

18   A. Leon Higginbotham, Jr., In *the Matter of Color; Race and the American Legal Process: The Colonial Period* (New York: Oxford University Press, 1978), pp. 19-21.

19   Carl Degler, "Slavery and the Genesis of American Race Prejudice," *Comparative Studies in Sociology and History* (October 6, 1959), p. 52.

20   Higginbotham, *op. cit.,* p. 20.

21   John C. Hotten, *Original Lists of Persons of Quality, 1600-1700* (Baltimore, MD: Genealogical Publishing Company, 1980), p. 244.

22   *Ibid.*, pp. 173-174, 178, 224, 229.

23   Gary B. Nash, *Red, White and Black: The Peoples of Early America* (Englewood, NJ: Prentis-Hall, 1974), pp. 194-195.

24   Ariela Gross, "Of Portuguese Origin: Litigating Identity and Citizenship among the 'Little Races' in Nineteenth-Century America," *Law and History Review*, Vol. 25, No. 3, Fall 2007.

25   Paul Heinegg, *Free African Americans of North Carolina, Virginia, and South Carolina from the Colonial Period to about 1820*, Vol. 2 (Baltimore, MD: Genealogical Publishing, 2005), p. 705.

26   Breen, *op. cit.*, p.12.

27   *Ibid.*

28   John B. Boles, The Blackwell Companion to the American South (Oxford, UK: Blackwell Publishing, 2004).

29   Henry Read McIlwaine, ed., *Minutes of Council and General Court of Colonial Virginia* (Richmond, VA: The Library Board, 1924), pp. 22-23.

30   *Ibid.*, pp. 35-38.

31   *Ibid.*, p. 38.

32   *Ibid.*, pp. 39-41.

33   *Ibid.*, pp. 40-43.

34   Johnson, *op. cit.*, pp. 27-28.

35   Edward Arber, ed., *1910 Travels and Works of Captain John Smith, President of Virginia and Admiral of New England, 1580-1631*, 2 vols. (Edinburg, England: John Grant, 1910), pp. 541-542.

36   Susan M. Kingsbury, *Records of the Virginia Company of London* (Washington, DC: Government Printing Office, 1906-1935), Vol. III, p. 93.

37   *Ibid.*, Vol. I, p. 334.

38   McIlwaine, *op. cit.*, p. 62.

39   Kingsbury, *op. cit.*, Vol. III, p. 668; Vol. IV, pp. 58, 229.

40   Alexander Brown, *The Genesis of the United States*, 2 Vols. (Boston and New York: Houghton, Mifflin and Company, 1890), p. 446.

41   "An Account of the Ancient Planters," [1624]. *In Colonial Records of Virginia.* (Richmond, VA: Commonwealth of Virginia, 1871), pp.75-76.

42   Edward W. Haile, *Jamestown Narratives: Eyewitness Accounts of the Virginia Colony, the First Decade: 1607-1617* (Champlain, VA: Roundhouse, 1998), p. 913.

43   Junius P. Rodriguez, ed., *Slavery in the United States: A Social, Political, and Historical Encyclopedia, Volume 2* (Santa Barbara, CA: ABC-CLIO, Inc., 2007), p. 193.

44   James Oliver Horton and Lois E. Horton, *Hard Road to Freedom: The Story of African America,* Vol. 1, African Roots through the Civil War (New Brunswick, NJ: Rutgers University Press, 2002), p. 29.

45   Timothy H. Breen and Stephen Innes, *Myne Owne Ground: Race and Freedom on Virginia's Eastern Shore, 1640-1676* (New York: Oxford University Press, 1980), p. 8.

46   Horton, *op. cit.*, p. 26.

47   Frederic W. Gleach, Powhatan's World and Colonial Virginia: A Conflict of Cultures (Lincoln, NB: The University of Nebraska Press, 1997), pp. 4-5.

48   Breen, *op. cit.*, p.10.

49   *Ibid.*

50   Rodriguez, *op. cit.*, p. 352.

51   Heinegg, op. cit., p. 705.

52   Juliet Walker, *The History of Black Business in America: Capitalism, Race, Entrepreneurship,* Vol. 1 (Chapel Hill, NC: University of North Carolina Press, 2009), p. 49.

53   Frank W. Sweet, *Legal History of the Color Line: The Rise and Triumph of the One-Drop Rule* (Palm Coast, FL: Backintyme Publishing, 2005), p. 117.

54   Darrell J. Kozlowski, *Colonialism: Key Concepts in American History* (New York: *Chelsea House Publications*, 2010), p. 78; Warren M. Billings, ed., *The Old Dominion*

in the Seventeenth Century: A Documentary History of Virginia, 1606–1689
(Chapel Hill: The University of North Carolina Press, 1975), P. 180–181.

55   Anthony Johnson and his servant, Commonwealth of Virginia,
Northampton County Deeds, Wills, Etc., March 8, 1654/5, 7 (1655–1668), fol.
10.

56   R. Halliburton, Jr., "Free Black Owners of Slaves: A Reappraisal of the
Woodson Thesis, *The South Carolina Historical Magazine,* Vol. 76, No. 3 (Jul.
1975), pp. 129-142.

57   Loren Schweninger, *Black Property Owners in the South, 1790-1915*
(Chicago, IL: University of Illinois, 1990).

58   Halliburton, *op. cit.*, pp. 131-140.

59   Larry Koger. *Black Slaveowners: Free Black Slave Masters in South Carolina
1790- 1860* (Columbia, SC: University of South Carolina Press, 1985).

60   Carter G. Woodson, *Free Negro Owners of Slaves in The United States in 1830.*
(Washington, DC: The Association for the Study of Negro Life and History,
1924).

61   *Ibid.*, pp. vi-vii.

62   John Hope Franklin and Evelyn Higginbotham, From Slavery to
Freedom: A History of African Americans, 9th Edition (New York: McGraw
-Hill Higher Education, 2010).

63   Lorenzo G. Greene, *The Negro in Colonial New England, 1620-1776* (New
York: Columbia University Press, 1942), p. 17.

64   Colonial Laws of Massachusetts Rep. From 1660 Supp. to 1672:
Containing Also, the Body of Liberties (Boston: Rockwell and Churchill, 1889).

65   *Ibid.*, p. 91.

66   Sowell, *op. cit.*, p. 145.

67   Thomas Jefferson (1853-1854). *The Writings of Thomas Jefferson: Being
His Autobiography, Correspondence, Reports, Messages, Addresses, and other
Writings, Official and Private* (Washington, D.C.: Taylor & Maury);
http://www.blackpast. org/primary/declaration-independence-and-debate-over-
slavery#sthash.s4aQftZQ. dpuf

68   Johnson, *op. cit.*, p. 169.

69   Samuel H. Williamson and Louis P. Cain, "Measuring Slavery in 2011
Dollars," *MeasuringWorth.com*, 2015;
http://www.measuringworth.com/slavery.php

70 Robert William Fogel and Stanley L. Engerman, *Time on the Cross: The Economics of American Slavery* (New York: Little, Brown and Company, Inc., 2013).

71 Johnson, *op. cit.*, pp. 155-156.

72 U.S. Constitution. Article 1, Section 8.

73 Johnson, *op. cit.*, p. 188.

74 Catherine Drinker Bowen, *Miracle at Philadelphia* (New York: Little, Brown and Company, 1966), p. 201.

75 U.S. Constitution. Article 1, Section 9.

76 U.S. Constitution. Article 4, Section 2, Clause 3.

77 Gunnar Myrdal, *An American Dilemma; the Negro Problem and Modern Democracy*, Vol. I (New York: Pantheon Books, 1972), p. 85.

78 *Ibid.*

79 Paul Leicester Ford (ed.), *The Writings of Thomas Jefferson*, Vol, I, (New York: G. P. Putnam's Sons, 1892), p. 68.

80 Don E. Fehrenbacher, *Slavery, Law and Politics: The Dred Scott Case in Historical Perspective*, (New York: Oxford University Press, 1981), pp. 33-34.

CAPÍTULO 2 - LA EDUCACIÓN DE LOS NEGROS ANTES DE LA GUERRA CIVIL

1   Shmoop Editorial Team, "Narrative of the Life of Frederick Douglass Theme of Education," *Shmoop University, Inc.*, Last modified November 11, 2008, http:// www.shmoop.com/life-of-frederick-douglass/education-theme.html.

2 Frederick Douglass, *Narrative of the Life of Frederick Douglass* (New York: Dover Publications, Inc., 1995), pp. 22-23.

3   Frederick Douglass, Harriet Ann Jacobs, and Kwame Anthony Appiah, *Narrative of the Life of Frederick Douglass, an American Slave & Incidents in the Life of a Slave Girl.* (New York: Random House USA, Inc., 2004).

4 *Ibid.*

5 Stephanie P. Browner, ed., "Classroom," *The Charles Chesnutt Digital Archive*, http://faculty.berea.edu/browners/chesnutt/classroom/education.html

6   Carter Godwin Woodson, *The Education of the Negro Prior to 1861: A History of the Education of the Colored People of the United States from the Beginning of Slavery to the Civil War* (Whitefish, MT: Kessinger Publishing's Rare Reprints, 1915), p. 3; http://andromeda.rutgers.edu/~natalieb/The_Education_Of_The_Negro_P.pdf

7   Cotton Mather, *The Negro Christianized, An Essay to Execute and Assist that Good Work, The Instruction of Negro Servants in Christianity* (Boston: B. Green, 1706), pp. 4-5,
28.
http://digitalcommons.unl.edu/cgi/viewcontent.cgi?article=1028&context=etas

8   Woodson, *loc. cit.*

9   Robert E. Park and Ernest W. Burgess, *Introduction to the Science of Sociology* (Chicago: University of Chicago Press, 2009), p. 738; www.gutenberg.net

10   *Ibid.*, p. 764.

11   Woodson, *op. cit.*, p. 3.

12   Gunnar Myrdal, *An American Dilemma; the Negro Problem & Modern Democracy*, Vol. II (New York: Pantheon Books, 1972), p. 887.

13   Harry Morgan, *Historical Perspective on the Education of Black Children* (Connecticut: Praeger, 1995), p. 36.

14   Gates, Henry Louis Jr. *The Trials of Phillis Wheatley: America's First Black Poet and Her Encounters with the Founding Fathers,* (New York: Basic Civitas Books, 2003), p. 5.

15   Hammon, Jupiter. *America's First Negro Poet: The Complete Works of Jupiter Hammon of Long Island* (Associated Faculty Press, Inc., Kenniket Press, Empire State Historical Publications Series, 1983, Port Washington, NY.); Wallace, George. "Jupiter Hammon, the Father of African American Poetry." ThoughtCo, Mar. 2, 2017, thoughtco.com/jupiter-hammon-african-american-poetry-2725264.

16   *Ibid.*

17   O'Brien, Michael. *Intellectual Life and the American South, 1810-1860.* (Chapel Hill, NC: The University of North Carolina Press, 2010), p. 181.

18   August Meier and Elliott Rudwick, From Plantation to Ghetto (New York: Hill and Wang, 1970), p. 93.

19   Morgan, *op. cit.*, pp. 59-60.

20 A. Leon Higginbotham, Jr. *In the Matter of Color; Race and the American Legal Process: The Colonial Period* (New York: Oxford University Press, 1978), p. 200.

21 Morgan, *op. cit.*, p. 73.

22 E. Jennifer Monaghan, *Learning to Read and Write in Colonial America* (Boston: University of Massachusetts Press, 2005), pp. 47-48.

23 *Ibid.*

24 Carleton Mabee, *Black Education in New York State from Colonial to Modern Times* (Syracuse, N. Y.: Syracuse University Press, 1979), pp. 1-13.

25 *Ibid.*

26 Higginbotham, *op. cit.*, pp. 200-201.

27 Browner, *op. cit.*

28 Thomas Sowell, *Black Rednecks and White Liberals* (San Francisco: Encounter Books, 2005), p. 145.

29 Johnson, *op. cit.*, p. 169.

30 Higginbotham, *op. cit.*, pp. 258-259.

31 Stephan Thernstrom and Abrigail Thernstrom, *America in Black and White; One Nation Indivisible.* (New York: Touchstone, 1997), p. 32.

32 U.S. Bureau of the Census, Historical States of the United States: Colonial Times to 1970 (Washington, D.C.: U.S. Government Printing Office, 1975), p. 382.

33 John K. Nelson, *A Blessed Company: Parishes, Parsons, and Parishioners in Anglican Virginia, 1690-1776* (Chapel Hill, NC: University of North Carolina Press, 2001), p. 261.

34 *Ibid.*, p. 263.

35 Woodson, *op. cit.*

36 *Ibid.*, pp. 3-4.

37 *Ibid.*, p. 4.

38 Morgan, *op. cit.*, p. 11.

39 Morgan, *op. cit.*, pp. 44, 46.

40 Harry A. Ploski and James Williams, *The Negro Almanac*, 5th ed. (Detroit: Gale Research Inc., 1989), p. 5.

41   *Ibid.*, p. 48.

42   Meier and Rudwick, op. cit., p. 93

43   *Ibid.*, pp. 93-94.

44   *Ibid.*, p. 94.

45   *Ibid.*, pp. 94-95.

46   *Ibid.*, p. 95.

47   *Ibid.*

48   Stuart Brown, ed., *British Philosophy and the Age of Enlightenment* (New York: Routledge, 2003).

49   Woodson, *op. cit.,* p. 4.

50   Vincent P. Franklin, *The Education of Black Philadelphia* (Philadelphia: University of Pennsylvania Press, 1979).

51   *Ibid.*, p. 31.

52   Gary B. Nash, *Forging Freedom* (Cambridge: Harvard University Press, 1988), pp. 202-209.

53   Woodson, *op. cit.*

54   E. Delorus Preston, Jr., "William Syphax, a Pioneer in Negro Education in the District of Columbia," *The Journal of Negro History,* Vol. 20, No. 4, October 1935,
pp. 462-464.

55   *Ibid.*

Capítulo 3 - ENCENDIENDO LA GUERRA INEVITABLE

1   Francis A. Walker, *Political Economy* (New York, 1887), p. 92.

2   Bradford, James C. *A Companion to American Military History,* Vol. 1, (Malden, MA: Blackwell Publishing Ltd., 2010), p. 101.

3   Keegan, John (2009). *The American Civil War: A Military History* (New York: Alfred A. Knopf, 2009), p. 73.

4   Perman, Michael and Taylor, Amy M. *Major Problems in the Civil War and Reconstruction: Documents and Essays* (Boston, MA: Wadsworth, Cengage Learning, 2010), p. 177.

5   Walker, *op. cit.*

6   "The Missouri Compromise." 123HelpMe.com. 10 Oct 2012 <http://www.123HelpMe.com/view.asp?id=23329>.

7   *Dred Scott v. Sanford* (1857), 19 Howard, 393.

8   *Ibid.*

9   "Address by Charles L. Remond", April 3, 1857, in Herbert Aptheker, *Documentary History of Negro People in the United States* (New York: Citadel Press, 1951), p. 394.

10   "The Dred Scott Decision", a speech delivered before the American AntiSlavery Society, New York, May 11, 1857, in Philip S. Foner, ed., *The Life and Writings of Frederick Douglass*, vol. 2 (New York: International Publishers, 1950), pp. 421, 4.

11   National Anti-Slavery Standard, May 23, 1857, p. 1.

12   Carter G. Woodson, *Free Negro Owners of Slaves in the United States in 1830; Together with Absentee Ownership of Slaves in the United States in 1830* (Washington, D. C.: The Association for the Study of Negro Life and History, 1924), p. iii.

13   *Ibid.*, p. v.

14   Larry Koger, *Black Slaveowners: Free Black Slave Masters in South Carolina, 1790-1860* (Jefferson, NC: McFarland & Company, Inc., 1958), p. 85.

15   *Ibid.*, p. 1.

16   Woodson, *op. cit.*, pp. vi-vii.

17   "A Standard Maxim for Free Society," Springfield, Ill., June 26, 1857, in Mario M. Cuomo and Harold Holzer, eds., *Lincoln and Democracy* (New York: HarperCollins, 1990), pp. 90-91.

18   *Ibid.*

19   *Ibid.*, p. 90.

20   David Zarefsky, *Lincoln, Douglas and Slavery: In the Crucible of Public Debate* (Chicago: University of Chicago Press, 1990).

21   Horton and Lois E. Horton, *In Hope of Liberty: Culture, Community, and Protest among Northern Free Blacks, 1700-1860* (Oxford University Press, 1998), p. 264.

22   Steven E. Woodworth, Cultures in Conflict: The American Civil War (Westport, CT: Greenwood Press, 2000), p. 3.

23   Shelby Foote, *The Civil War: Fort Sumter to Perryville, Vol. 1* (New York: Random House, 1958), p. 34.

24   James McPherson, *Battle Cry of Freedom: The Civil War Era* (New York: Oxford University Press, 1988), pp. 114, 143.

25   *Ibid.*, p. 184.

26   Woodworth, *op. cit.*, p. 3.

27   Woodworth, *Ibid.*, p. 4.

28   Woodworth, *Ibid.*

29   McPherson, *op. cit.*, p. 245.

30   Abraham Lincoln, House Divided Speech, Springfield, Illinois, June 16, 1858.

31   Woodworth, *op. cit.*, pp. 4-5.

32   "Jane Stuart Woolsey to a friend, May 10, 1861", in Henry Steele Commager, ed., The Blue and the Gray: Volume 1: From the Nomination of Lincoln to the Eve of Gettysburg, (Plume, rev. and abridged ed., New York, 1973), p. 48.

33   *Ibid.*

34   George Ticknor; *Life, Letters, and Journals of George Ticknor*, 2. vols. (Boston: James R. Osgood and Co., 1876), II, pp. 433-34; Jane Stuart Woolsey to a friend, May 10, 1861", in Henry Steele Commager, ed., *The Blue and the Gray*, 2 vols. (rev. and abridged ed., New York: The Fairfax Press, 1973), I, p. 48.

35   PhilipS. Foner, *Business and Slavery: The New York Merchants and the Irrepressible Conflict* (Chapel Hill, 1941), p. 207.

36   Woodworth, *op. cit.*, p. 5.

37   Woodworth, *Ibid.*, pp. 5-6.

38   *Ibid.*, p. 6.

39   *Ibid.*

40   McPherson, *op. cit.*, p. 313.

41   James A. Rawley, *Turning Points of the Civil War* (Lincoln, NE: University of Nebraska Press, 1989), p. 49.

42   W. E. Burghardt DuBois, "The Freedmen'sBureau," *Atlantic Monthly* 87 (1901), p. 355.

43   *Ibid.*

44   *Ibid.*

45   For a listing of the number of men engaged and losses incurred by both sides, see Grady McWhiney and Perry D. Jamieson, *Attack and Die: Civil War Military Tactics and the Southern Heritage* (Tuscaloosa, AL: University of Alabama Press, 1984), p. 8.

46   Woodworth, *op. cit.*, p. 6.

47   McWhiney and Jamieson, *op. cit.*, p.8.

48   Woodworth, *op. cit.*, p. 6.

49   Francis B. Carpenter, *The Inner Life of Abraham Lincoln: Six Months at The White House* (New York, 1866), p. 22.

50   David Donald, ed., *Inside Lincoln's Cabinet: The Civil War Diaries of Salmon P. Chase* (New York, 1954), pp. 149-152; Howard K. Beale, ed., *Diary of Gideon Welles,*
3 vols. (New York, 1960), I, pp. 142-145.

51   Roy P. Basler (ed.), Proclamation of Amnesty and Reconstruction, December 8, 1863, *Collected Works of Abraham Lincoln*, Vol. 7, pp. 53-56; http://www. lincolnstudies.com/documents/12081863.html

52   Eric Foner, *Forever Free: The Story of Emancipation & Reconstruction* (New York: Vintage Books, 2005), pp. 61-62.

53   Michael Vorenberg; "'The Deformed Child: Slavery and the Election of 1864," *Civil War History*, Vol. 47, 2001.

54   *Ibid.*

55   Michael Vorenberg, *Final Freedom: The Civil War, the Abolition of Slavery, and the Thirteenth Amendment* (Cambridge: Cambridge University Press, 2001), chap. 2.

56   Handwritten copy of Wade-Davis Bill as originally submitted 1846; Records of Legislative Proceedings; Records of the United States House of Representatives 1789-1946; Record Group 233; National Archives; http://www.ourdocuments.gov/ doc.php?flash=true&doc=37

57   A more detailed comparison of presidential and congressional initiatives is given in Herman Belz, *Reconstructing the Union: Theory and Practice during the Civil War* (Ithaca, N.Y.: Cornell University Press, 1969), pp. 126-243.

58   Vorenberg, *loc. cit.*

59   William Frank Zornow, *Lincoln and the Party Divided* (Norman: University of Oklahoma Press, 1954), pp. 72-86.

60   *Ibid.*

61   *Biography of Andrew Johnson*, The WhiteHouse, Washington, D.C. http://www.whitehouse.gov/history/presidents/aj17.html

62   Zornow, *op. cit.*, pp. 99-103.

63   Edward Chase Kirkland, *Peacemakers of 1864* (New York: The Macmillan Company, 1927), pp. 135-136.

64   *Ibid.*, p. 112.

65   Paul Johnson, *A History of the American People* (New York: Harper Prennial, 1977), p. 485.

66   McPherson, *op. cit.*, pp. 821-822.

67   Alexander H. Stephens, *A Constitutional View of the War between the States*, 2 vols. (Philadelphia: The National Publishing Co., 1868-70), II, p. 619.

68   *Ibid.*

69   McPherson, *op. cit.*, p. 823.

70   Richard N. Current, *The Lincoln Nobody Knows* (New York: McGraw-Hill Book Company, Inc., 1958), pp. 243-247.

71   Stephens, *op. cit.*, pp. 584-619.

72   Hudson Strode, *Jefferson Davis: Tragic Hero* (New York: Harcourt, Brace and World, 1964), pp. 140-143.

73   Kirkland, *op. cit.*, pp. 109.

74   *Ibid.*, pp. 109-110.

75   *Ibid.*

76   Henry J. Raymond, *The Life and Public Services of Abraham Lincoln* (New York: Derby and Miller, 1865), p. 670.

CAPÍTULO 4 - DE LA ACOMODACIÓN AL CONFLICTO

1   Robert E. Park and Ernest W. Burgess, I*ntroduction to the Science of Sociology* (Chicago: The University of Chicago Press, 1921), p. 735; http://www.gutenberg. org/files/28496/28496-h/28496-h.htm

2   *Ibid.*, p. 5.

3   Paul Johnson. *A History of the American People* (New York: Harper Perennial, 1997), p. 88.

4   Winthrop D. Jorda<u>n</u>, *White Over Black: American Attitudes Toward the Negro, 1550-1812,* 2nd Ed. (Published for the Omohundro Institute of Early American Hist)
(Chapel Hill: The University of North Carolina Press, 1968), p. 120.

5   Peter H. Wood. *Black Majority: Negroes in Colonial South Carolina from 1670 through the Stono Rebellion* (W. W. Norton & Company, Inc., 1974), pp. 314 -323.

6   *Ibid.*

7   *Acts of the General Assembly of the State of South Carolina from 1791 to December*
1794 (1808). Vol. 1, Columbia, S.C.: D. & J.J. Faust, State Printers. www. slaveryinamerica.org/geography/slave_laws_SC.htm

8   *Ibid.*

9   A. Leon Higginbotham, Jr. *In the Matter of Color; Race and the American Legal Process: The Colonial Period* (New York: Oxford University Press, 1978), pp. 198-199, 258-259.

10   Woodson, *op. cit.*, p. 5.

11   Pulliam, Ted. 2001. "The Dark Days of Black Codes." *Legal Times* 24.

12   Paul Moreno. "Racial Classifications and Reconstruction Legislation," *The Journal of Southern History* Vol. 61, No. 2 (May 1995): pp. 271-305; Wilson, Theodoe Branter Wilson. *The Black Codes of South Carolina* (Tuscalossa: University of Alabama
Press, 1967), pp. 111-113.

13   Roy P. Basler (ed.), Emancipation Proclamation, January 1, 1863, *Collected Works of Abraham Lincoln*, Vol. 6, pp. 28-31; http://www.lincolnstudies.com/ documents/01011863.html

14   Emancipation Proclamation, January 1, 1863; Presidential Proclamations, 1791- 1991; Record Group 11; General Records of the United States Government; National Archives; http://www.ourdocuments.gov/doc.php?flash=true&doc=34

15 *Ibid.*

16 Kirkland, *op. cit.*, pp. 17-18.

17 McPherson, op. cit., p. 853.

18 *Ibid.*

19 Whitelaw Reid, *After the War: A Tour of the Southern States, 1865-1866* (New York: Harper Torchbooks, 1965), p. 44.

20 Hans L. Trefousse, *Andrew Johnson: A Biography* (New York: W.W. Norton, 1989), p. 215, citing Petition from Colored People of Alexandria, April 29, 1865, From Frederick, Maryland, Citizens, April 24, 1865, Burnham Wardwell to Johnson, April 21, 1865, *PJ* 7:656-58, 626-27, 608-9; Thomas J. Durant to Johnson, May 1,
1865, Carl Schurz Papers, LC.

21 Henry W. Brands, *The Man Who Saved the Union: Ulysses S. Grant in War and Peace* (New York: Doubleday, 2012), pp. 397-398.

22 Eric Foner and Olivia Mahoney, "America's Reconstruction: People and Politics after the Civil War," *Digital History*, 2003; http://www.digitalhistory.uh.edu/ exhibits/reconstruction/introduction.html

23 History,com Staff, "The Failure of Reconstruction," A+E Networks, 2009; http://www.history.com/topics/american-civil-war/reconstruction

24 *Ibid.*, pp. 392, 396.

25 *Ibid.*, p. 396.

26 Jean Edward Smith, *Grant* (New York: Simon & Schuster, 2001), pp. 369-397; Brands, op. cit., p. 389.

27 *Ibid.*, pp. 398-399.

28 U.S. Constitution. Article IV, Section 4.

29 Woodworth, *op. cit.*

30 Trefousse, *op. cit.*, pp. 219-220.

31 Steven E. Woodworth, *Cultures in Conflict: The American Civil War* (Westport, CT: Greenwood Press, 2000), p. 18.

32 W. E. Burghardt Du Bois, *Black Reconstruction in America, 1860-1880* (New York: The Free Press, 1962), p. 348.

33 *Ibid.*

34   John Hope Franklin, *Reconstruction after the Civil War* (Chicago: University of Chicago Press, 1994).

35   Gitlin, Martin (2009), *The Ku Klux Klan: A Guide to an American Subculture* (Santa Barbara, CA. Greenwood Press) p. 1-2.

36   Paul Johnson, *A History of the American People* (New York: Harper Perennial, 1977), p. 506.

37   Allen Trelease, *White Terror: The Ku Klux Klan Conspiracy and Southern Reconstruction* (New York: Harper & Row, Publishers, 1971), p. 18.

38   Parsons, Elaine Frantz, *Ku-Klux: The Birth of the Klan during Reconstruction* (Chapel Hill, NC: Publisher: University of North Carolina Press, 2015), pp. 5-6.

39   *Ibid.*, p. 6.

40   *Ibid.*

41   "An Act to enforce the Right of Citizens of the United States to vote in the several States of this Union, and for other Purposes," 41st Congress, Sess. 2, ch. 114, 16 Stat. 140.

42   Nicholas Lemann, *Redemption: The Last Battle of the Civil War* (New York: Farrar, Strauss & Giroux, 2007), pp. 75-77.

43   *Ibid.*

44   Gitlin, *op. cit.*, p. 17.

45   *Ibid.*, p. 18.

46   *Ibid.*, pp. 19-20.

47   *Ibid.*, p. 20.

48   *Ibid.*, p. 21.

49   *Ibid.*, p. 22.

50   *Ibid.*, pp. 22-23.

51   *Ibid.*, p. 27.

52   *Ibid.*, pp. 27-28.

53   *Ibid.*, p. 28.

54   1866 Civil Rights Act, 14 Stat. 27-30, April 9, 1866.

55   Westin, *op. cit.*, p. 142.

56   History,com Staff, *op. cit.*

57   Johnson, *op. cit.*, p. 507.

58   Richard H. Pildes, "Democracy, Anti-Democracy, and the Canon", *Constitutional Commentary*, Vol.17, 2000, pp.12-13, 27; Michael Perman, *Struggle for Mastery: Disfranchisement in the South, 1888-1908*, Chapel Hill: University of North Carolina
Press, 2001, pp. 208-210.

59   David Blight, *Race and Reunion: The Civil War in American Memory*, Cambridge: Harvard University Press, 2002.

60   Alan F. Westin, "The Case of the Prejudiced Doorkeeper" (*U.S. v. Singleton, etc.*, [The Civil Rights Cases], 109 U.S. 3), *Quarrels that Have Shaped the Constitution* (New York: Harper & Row, Publishers, 1987), pp. 141-142.

61   *Ibid.*, p. 142.

62   1866 Civil Rights Act, 14 Stat. 27-30, April 9, 1866.

63   Gordon Harvey, "Public Education During the Civil War and Reconstruction Era," The *Encyclopedia of Alabama*, 2010; http://www.encyclopediaofalabama.org/ article/h-2600

64   Ronald E. Butchart, "Freedmen's Education during Reconstruction," *New Georgia Encyclopedia*, 2002; http://www.georgiaencyclopedia.org/articles/ history-archaeology/freedmens-education-during-reconstruction

65   Harvey, *op. cit.*

66   Butchart, *op. cit.*

67   Harvey, *op. cit.*

68   Harvey, *op. cit.*

69   Edward A. Hatfield, "Freedman's Bureau," *New Georgia Encyclopedia*, 2009; http://www.georgiaencyclopedia.org/articles/history-archaeology/freedmens-bureau

70   *Ibid.*

71   *Ibid.*

72   The Editors of Encyclopedia Britannica, "Freedman's Bureau," *Encyclopedia Britannica*, 2015; http://www.encyclopedia.com/history/united-states-and-canada/ us-history/freedmens-bureau

CAPÍTULO 5 - LA FILOSOFÍA DE LA EDUCACIÓNO

1   Robert E. Park and Ernest W. Burgess, I*ntroduction to the Science of Sociology* (Chicago: The University of Chicago Press, 1921), p. 735; http://www.gutenberg. org/files/28496/28496-h/28496-h.htm

2   *Ibid.*

3   Carter Godwin Woodson, *The Education of the Negro Prior to 1861: AHistory of the Education of the Colored People of the United States from the Beginning of Slavery to the Civil War* (Whitefish, MT: Kessinger Publishing's Rare Reprints, 1915), p. 4; http://andromeda.rutgers.edu/~natalieb/The_Education_Of_The_ Negro_P.pdf

4   James Oliver Horton and Lois E. Horton, *In Hope of Liberty: Culture, Community, and Protest among Northern Free Blacks, 1700-1860* (Oxford University Press, 1998), p. 192.

5   Rosalind Cobb Wiggins, ed., *Captain Paul Cuffee's Logs And Letters, 1808-1817: A Black Quaker's "Voice From Within The Veil"* (Washington: Howard University Press, 1996), p. xi.

6   Abigail Mott, *Biographical Sketches and Interesting Anecdotes of Persons of Colour* (printed and sold by W. Alexander & Son; sold also by Harvey and Darton, W. Phillips, E. Fry, and W. Darton, London; R. Peart, Birmingham; D.F. Gardiner, Dublin, 1826), pp. 31-43 (accessed on Google Books); http://books.google.com/ books?id=vQ2qZk0hdlsC

7   Lamont D. Thomas, *Paul Cuffee: Black Entrepreneur and Pan-Africanist* (Chicago: University of Illinois Press, 1988), p. 110.

8   *Ibid.*, p. 111.

9   Tonya Bolden, "Strong Men Keep Coming" *The Book of African American Men* (New York: John Wiley & Sons, Inc., 1999). p. 31.

10   *Ibid.*, pp 192-193.

11   *Ibid.*

12   Jacqueline M. Moore, *Leading the race: The Transformation of the Black in the Nation's Capital, 1880-1920* (Charlottesville and London: University Press of Virginia, 1999, p. 21.

13   Butchart, *op. cit.*

14   *Ibid.*

15 *Ibid.*

16 *Ibid.*

17 *Ibid.*

18 Woodson, *loc. cit.*

19 *Ibid.*

20 *Ibid.*

21 Gunnar Myrdal, *An American Dilemma: The Negro Problem and Modern Democracy*, Vol. II, New York: Harper & Row Publishers, Incorporated, 1973, p. 880.

22 *Ibid.*

23 *Ibid.*, pp. 880-881.

24 *Ibid.*; Sandra Fitzpatrick and Maria R. Goodwin, *The Guide to Black Washington: Places and Events of Historical and Cultural Significance in the Nation's Capital*, New York: Hippocrene Books, 1990, p. 156.

25 The Smithsonian Anacostia Museum and Center for African American History and Culture, *The Black Washingtonians: The Anacostia Museum Illustrated Chronology*, Hoboken, New Jersey: John Wiley & Sons, Inc., 2005, p. 349.

26 Report of the District of Columbia Board of Trustees, 1876-1877, pp. 140.-141.

27 Moore, *op. cit.*, p. 22.

28 Gunnar Myrdal, *An American Dilemma: The Negro Problem and Modern Democracy*, Vol. II, New York: Harper & Row Publishers, Incorporated, 1973, p. 888.

29 Ibid., p. 889.

30 *Ibid.*; J. M. Heffron, "Armstrong, Samuel Chapman," *American National Biography Online*, February 2000; http://www.anb.org/articles/09/09-00034.html

31 Myrdal, *loc. cit.*, p. 889.

32 Frederick Douglass, *The life and times of Frederick Douglass: his early life as a slave, his escape from bondage, and his complete history*, Hartford, Conn: Park Publishing, Co., 1882, p. 357.

33 Thomas C. Holt "Du Bois, W. E. B.," *American National Biography Online*, February 2000; http://www.anb.org/articles/15/15-00191.html

34   *Ibid.*

35   *Ibid.*

36   Myrdal, *op. cit.,* pp. 889-890.

37   Thomas Sowell, *Black Rednecks and White Liberals* (San Francisco: Encounter Books, 2005), p. 232.

38   W. E. B. Du Bois, "The Hampton Idea," *The Education of Black People: Ten Critiques, 1906-1960,* edited by Herbert Aptheker (Amherst: University of Massachusetts Press, 1973), pp. 6-7.

39   W.E.B. Du Bois, *The Philadelphia Negro; A Social Study* (New York: gramercy Books, 1970), p. 395.

40   W.E.B. Du Bois, *The Souls of Black Folk* (New York: Dover Publications, Inc., 1994), p. 42.

41   Sowell, *op. cit.,* p. 232.

42   Booker T. Washington, *Up From Slavery* (New York: Dover Publications, Inc., 1995), p. 109.

43   *Ibid.,* p.108.

44   C. Eric Lincoln, "The Negro College and Cultural Change," *Daedalus,* Summer 1971, p. 614.

45   See Charles W. Chestnut et al, *The Negro Problem* (Memphis, Tennessee: General Books, reprinted 2010), pp. 6-20.

46   W. E. B. Du Bois, "Education and Work," The *Education of Black People,* edited by Herbert Aptheker, p. 68.

47   Sowell, *op. cit.,* p. 233.

48   Louis R. Harlan, *Booker T. Washington: The Wizard of Tuskegee 1901-1915* (New York: Oxford University Press, 1983), p. 138.

49   Booker T. Washington, *The Future of the American Negro* (New York: The New American Library, Inc., 1969), pp. 80-81.

50   Willard B. Gatewood, *Aristocrats of Color: The Black, 1880-1920* (Bloomington: Indiana University Press, 1990), p. 266.

51   Harlan, *op. cit.,* p. 280.

52   Du Bois, *op. cit.,* p. 63.

53   *Ibid.,* p. 203.

54 Washington, *The Future of the American Negro*, p. 80.

55 Washington, *Up from Slavery*, p. 93.

56 Washington, *The Future of the American Negro*, p. 141.

57 Louis R. Harlan, *Booker T. Washington*, pp. 291, 297-298, 302-303, *idem.*, *Booker T. Washington: The Wizard of Tuskegee, 1901-1915*, p. 244-250.

58 James M. McPherson, *The Abolitionist Legacy: From Reconstruction to the NAACP* (Princeton: Princeton University Press, 1975), pp. 352-363.

59 Harlan, *op. cit.*, p. 361.

60 *Ibid.*, p. 134.

61 A fuller discussion of Booker T. Washington can be found in Thomas Sowell's article, "Up from Slavery" in the December 5, 1994 issue of *Forbes* magazine, as well as in the already cited two-volume biography of Booker T. Washington by Louis R. Harlan.

62 Kelly Miller, "Washington's Policy," *Booker T. Washington and His Critics: The Problem of Negro Leadership* edited by Hugh Hawkins (Lexington: D.C. Heath and Co., 1962), p. 51.

63 Washington, *Up from Slavery*, p. 270.

64 Lillian Gertrude Dabney, *The History of Schools for Negroes in the District of Columbia, 1807-1947: a Dissertation.* (Washington: Catholic University Press of America, 1949), pp. 195-200, 216-217.

65 E. Delorus Preston, Jr., "William Syphax, a Pioneer in Negro Education in the District of Columbia," *The Journal of Negro History*, Vol. 20, No. 4, October 1935, pp. 462-464.

66 *Ibid.*, p. 448.

67 *Ibid.*, p. 458

68 *Ibid.*, pp. 463-464.

69 Robert E. Park and Ernest W. Burgess, *Introduction to the Science of Sociology* (Chicago: The University of Chicago Press, 1921), p. 626; http://www.gutenberg. org/files/28496/28496-h/28496-h.htm

70 G. Smith Wormley, "Educators of the first Half Century of Public Schools of the District of Columbia," *The Journal of Negro History*, Vol. 17, No. 2, April 1932,
p. 124.

CAPÍTULO 6 - LA CULTURA DE LA COMUNIDAD NEGRA ANTES DE 1960

1   C. Vann Woodward, "The Case of the Louisiana Traveler" (*Plessy v. Ferguson,*
163 U.S. 537), *Quarrels that Have Shaped the Constitution* (New York: Harper & Row, Publishers, 1987), pp. 158.

2   *Ibid.,* p. 157.

3   *Ibid.,* p. 174.

4   Elgin F. Hunt and David C. Colander, *Social Science: An Introduction to the Study of Society,* 14th Ed., (New York: The Macmillan Company, 2010), pp. 38- 39, 44.

5   Melville J. Herskovits. "Social of the Negro," in Carl Murchison, ed., *A Handbook for Psychology* (Worcester, Mass.: Clark university press, 1935), pp. 234-240.

6   Gunnar Myrdal, *An American Dilemma; the Negro Problem and Modern Democracy* (New York: Harper & Brothers, 1944), p. 859.

7   *Ibid.* pp. 859-860.

8   *Ibid.* p. 860.

9   William Edward Burghardt Du Bois, *The Negro* (New York: Henry Holt and Company, 1915), p. 227.

10 Allison Davis, "The Negro church and associations in the lower South" (unpublished manuscript, Carnegie-Myrdal study of *The Negro in America,* 1945), pp. 36-37.

11 Myrdal, *op. cit.,* p. 861.

12 Jacqueline M. Moore, *Leading the race: The Transformation of the Black in the Nation's Capital, 1880-1920,* Charlottesville and London: University Press of Virginia, 1999, p. 71.

13 *Ibid.*

14 *Ibid.*

15 *Ibid.,* pp. 71-72.

16 Evelyn Brooks Higginbotham, *Righteous Discontent: The Women'sMovement in the Black Baptist Church, 1880-1920* (Cambridge, MA: Harvard University Press, 1994), pp. 23, 52-53.

17   See Richard S. Newman, *Freedom's Prophet: Bishop Richard Allen, the AME Church, and the Black Founding Fathers* (New York: New York University Press, 2008), pp.14-15, 184.

18   Moore, *op. cit.*, p. 73.

19   John Wesley Cromwell, Sr., "First Negro Churches in the District of Columbia," pp. 12-13, folder 37, box 2, Cromwell family Papers, Moorland-Spingarn Research Center, Howard University.

20 Dickson D. Bruce, Jr., *Archibald Grimké, Portrait of a Black Independent* (Baton Rouge: Louisiana State University Press, 1993); "Francis Grimke," American National Biography, Volume 9 (New York: Oxford University Press, 1999), p. 627; http://www.westminster-stl.org/Sermons/050220.htm

21 Paul E. Sluby, Sr., *Sessional Minutes*, Vol. 1-111 ofthe fifteenth Street Presbyterian Church, 1980, pp. 157-165,170, 184, 193, 205, 210-211.

22   Francis J. Grimké, "Equality ofRights for All Citizens, Black and White Alike," sermon delivered March 27, 1909, in *Grimké, Works*, 1:418-419.

23   Moore, *op. cit.*, pp. 73-74.

24   Francis J. Grimké, *A Look Backward*, pp. 2-3, Francis J. Grimké Sermons, April 7, 1895, folder 663.

25   Francis J. Grimké, "God and Prayer as factors in the Struggle," *ibid.*, pp. 274-290.

26   Moore, *op. cit.*, p. 75.

27   Booker T. Washington, "The Religious Life ofthe Negro," *The North American Review*, Vol. 181, No. 584 (Jul., 1905), pp. 20-23; http://www.jstor.org/stable/ pdfplus/25105424.pdf?acceptTC=true

28   Moore, *op. cit.*, pp. 84-85.

29 *Black Americans in Defense of Our Nation*, (Department of Defense, 1985). http://www.shsu.edu/~his_ncp/AfrAmer.html

30 Robert L. Scribner, *Revolutionary Virginia, the Road to Independence.* (Charlottesville, VA: University of Virginia Press, 1983). pp. *xxiv*.

31 Benjamin Quarles, *The Negro in the American Revolution.* (Chapel Hill: University of North Carolina Press, 1961), p. i.

32 Michael Lanning. *African Americans in the Revolutionary War* (New York: Kensington Publishing, 2000), p.177.

33 *American Revolution — African Americans in the Revolutionary Period* (Washington, D.C.: National Park Service); http://www.nps.gov/revwar/ about_the_revolution/african_americans.html

34 Budge Weidman, *The Fight for Equal Rights: Black Soldiers in the Civil War* (Washington, D.C.: The U.S. National Archives and Records Administration); http://www.archives.gov/education/lessons/blacks-civil-war/article.html

35 *Ibid.*

36 *Ibid.*

37 *Black Americans in Defense of Our Nation, op. cit.*

38 *The African American Odyssey: World War I and Postwar Society* (Washington, D.C.: Library of Congress); http://memory.loc.gov/ammem/aaohtml/exhibit/ aopart7.html

39 Cameron McWhirter, *Red Summer: The Summer of 1919 and the Awakening of Black America* (New York: Henry Holt, 2011), p.13.

40 *Ibid.*, p.15.

41 Rawn James, Jr., "The Forgotten Washington Race War of 1919," *George Mason University History News Network*, February 28, 2010; http://www.hnn.us/ article/123811#sthash.1KA4P9V0.dpuf

42 Peter Perl, "Race Riot of 1919 Gave Glimpse of Future Struggles," *The Washington Post*, March 1, 1999; Page A1.

43 *Ibid.*

44 James, *op. cit.*

45 *Ibid.*

46 Kenneth D. Ackerman, Young J. Edgar: *Hoover, the Red Scare, and the Assault on Civil Liberties* (New York: Da Capo Press, 2007), pp. 60-62.

47 *Black Americans in Defense of Our Nation, op. cit.*

48 Lisa Krause, "Black Soldiers in WWII: Fighting Enemies at Home and Abroad," National *Geographic News*, February 15, 2001; http://news.nationalgeographic.com/ news/2001/02/0215_tuskegee.html

49 *Ibid.*

50 *Ibid.*

51   Frederick Douglass speech, unidentified typescript, folder 351, box 19, Archibald H. Grimké Papers, Moorland-Spingarn Research Center, Howard University.

52   Moore, *op. cit.*, p. 33.

53   Myrdal, *op. cit.*, p. 134.

54   Paul Raeburn, Do Fathers Matter? What Science is Telling Us About the Parent We've Overlooked (New York: Scientific American/Farrar, Straus and Girous, 2014), pp. 5-6.

55   *Ibid.*, p. 14.

56   Moore, *op. cit.*, p. 33.

57   Moore, *ibid.*, p. 34.

58   Although the official title of the document is *The Negro Family: The Case for National Action* (Washington, D.C.: Office of Policy Planning and Research, U.S. Department of Labor, 1965), it is known by the name of its principal author, Daniel Patrick Moynihan.

59   E. Franklin Frazier, *The Negro Family in the United States* (Chicago: University of Chicago Press, 1939).

60   Summarized in Andrew J. Cherlin, *Marriage, Divorce. Remarriage* (Cambridge, Mass.: Harvard University Press, 1981).

61   For recent reincarnations of this argument, see Nicholas Lemann, "The Origins of the Underclass." *Atlantic,* June 1986, pp. 31-35, and July 1986, pp. 54-68; Leon Dash, *When Children Want Children* (New York: William Morrow, 1989).

62   Erol Ricketts, "The Origin of Black Female-Headed Families," *Focus,* Spring/ Summer   1989,   pp   32-37; http://www.irp.wisc.edu/publications/focus/pdfs/ foc121e.pdf

63   *Ibid.*, p. 33.

64   *Ibid.*, p. 34.

65   Fred Siegal, *The Future Once Happened Here: New York, D.C., L.A., and the Fate of America's Big* Cities (New York: The Free Press, 1997).

66   Mickey Kaus, *The End of Equality* (New York: Basic Books, 1998), p. 111.

67   Lyndon B. Johnson, "Great Society Speech, 1964," Public Papers of the Presidents of the United States, *Lyndon B. Johnson, Book I* (1963-64), p. 704 -707. http://coursesa.matrix.msu.edu/~hst306/documents/great.html

68   Kaus, *op. cit.,* pp. 110-112.

69   Ricketts, *op. cit.,* pp. 32-37.

70 Thomas Sowell, *The Vision of the Anointed: Self-Congratulations as a Basis for Social Policy* (New York: Basic Books, 1995), p. 61.

71   Ricketts, *loc. cit.,* pp. 32-37.

72 Melvin Small, *The Presidency of Richard Nixon* (Lawrence, KS: University Press of Kansas, 1999), p. 12.

73 Arnold Toynbee and David Churchill Somervell, A *Study of History: Abridgement of Volumes 1-VI* (New York: Oxford University Press, 1946.

74   Small, op. cit., pp. 12-13.

75 John Elson, "Is God Dead?" *Time*, Vol. 87, No. 14, Apr. 8, 1966.

76 Karl Marx and Friedrich Engel, *The Communist Manifesto* (Chiron Academic Press - The Original Authoritative Edition) (2016), p. 23.

77 Daniel Patrick Moynihan, "Defining Deviancy Down," *American Scholar*, Vol. 62, No. 1, Winter 1993, pp. 17-30.

CAPÍTULO 7 - LAS LOCALIDADES DE WASHINGTON Y GEORGETOWN

1   For references to Professor Robert E, Park's theories of competition, conflict, accommodation, and assimilation, see Gunnar Myrdal, *An American Dilemma; the Negro Problem and Modern Democracy* (New York: Harper & Brothers, 1944), p.662; also, Brewton Berry, Race Relations (Boston: Hougth Mifflin Company, 1951), p. 134.

2   Mary Mitchell, *Glimpses of Georgetown, Past and Present* (Washington, DC: The Road Street Press, 1983), pp. 14-15.

3   Delany, Kevin, *A Walk Through Georgetown.* (Washington, D.C.: Kevin Delany Publications. 1971).

4   Grace Dunlop Ecker, *A Portrait of old Georgetown* (Richmond, Va., Garrett & Massie, Inc., 1933), pp. 1-6.

5   Richard Plummer Jackson, *The Chronicles of Georgetown, D.C., from 1751-1878.* (Washington, D.C.: R. O. Polkinhorn, 1878), pp. 3–4; http://books.google.com/books?id=VFUUAAAAYAAJ.

6   Kathleen M. Lesko, Valerie Babb and Carroll R. Gibbs, *Black Georgetown Remembered: A History of Its Black Community from The Founding of "The Town of George"*. (Washington, D.C.: Georgetown University Press, 1991), p. 1.

7   Grace Dunlop Ecker, *A Portrait of old Georgetown* (Richmond, Va., Garrett & Massie, Inc., 1933), p. 12.

8   Lesko, *op. cit.*, pp. 1-2.

9   Ecker, *op. cit.*, p. 8.

10   Ron Chernow, *Alexander Hamilton* (New York: Penguin Press, 2004), pp. 321-331.

11   Oliver W. Holmes, "Suter's Tavern: Birthplace of the Federal City," *Records of the Columbia Historical Society* 73-74: 1–34.

12   Oliver W. Holmes, "The City Tavern: A Century of Georgetown History, 1797- 1898," *Records of the Columbia Historical Society*, 50: 1–35.

13   "An Old City's History: The Simple Annals of Our Venerable Suburb," *The Washington Post*, July 24, 1878.

14   *Ibid.*

15   Ecker, *op. cit.*, p. 47.

16   Lonn Taylor, Kathleen M. Kendrick, and Jeffrey L. Brodie, *The Star-Spangled Banner: The Making of an American Icon* (New York: HarperCollins, for the Smithsonian Institution, 2008), p. 40.

17   From its beginning to December 1876, the canal earned $35,659,055 in revenue, while expending $35,746,301. - "An Old City's History: The Simple Annals of Our Venerable Suburb". *The Washington Post*, July 24, 1878.

18   *Ibid.*

19   Frederick Albert Gutheim and Antoinette J. Lee, *Worthy of the Nation: Washington, DC, from L'Enfant to the National Capital* (Baltimore, MD: Johns Hopkins University Press, 2006), p. 49.

20   Lesko, *op. cit.*, p. 2.

21   Gutheim and Lee, op. cit., p. 51.

22   *District of Columbia Emancipation Act*, April 16, 1862 [For the Release of Certain Persons Held to Service or Labor in the District of Columbia], 04/16/1862 (ARC Identifier: 299814); General Records of the United States Government; Record Group 11; National Archives.

23   Lesko, *op. cit.*, p. 2.

24   Mary Mitchell, *Glimpses of Georgetown: Past and Present* (Washington, D.C.: The Road Street Press, 1983), p. 10.

25   Washington, DC-Mt. Zion Cemetery.

26   George P. Sanger, Counselor at Law, ed., *The United States Statutes at Large and Proclamations of the United States of America, from December 1869 to March 1871, and Treaties and Postal Conventions,* Vol. 16, p. 428, §40.

27   *The United States Statutes at Large of the United States of America, from August 1893 to March 1895, and Recent Treatie*s, Conventions, and Executive Proclamations, edited, printed, and published by authority of Congress, under the direction of the Secretary of State (Washington, D.C.: Government Printing Office, 1895) p. 679.

28   Gutheim and Lee, *op. cit.*, p. 58.

29   *Ibid.*, p. 94.

30   A. Robert Smith and Eric Sevareid, *Washington: Magnificent Capital* (New York: Doubleday & Company, 1965), p. 154.

31   Mitchell, *op. cit.*, p. 2.

32   Gutheim and Lee, op. cit., p. 199.

33   *District of Columbia Emancipation Act, op. cit.*

34   Lesko, *op. cit.*, p. 95.

35   *Old Georgetown Act*, Public Law 808, 81st Congress, H.R. 7670, D.C. Code 5-801, 64 Stat. 903.

36   Thomas Sowell, "Black Excellence--the Case of Dunbar High School," *The Public Interest*, Vol. 43, Spring 1976, p. 30.

37   C. Vann Woodward, "The Case of the Louisiana Traveler" (*Plessy v. Ferguson*, 163 U.S. 537), *Quarrels that Have Shaped the Constitution* (New York: Harper & Row, Publishers, 1987), pp. 158-159.

38   *Ibid.*

39   *Ibid.*

40   U Street Corridor, Washington, DC, http://www.ustreetcorridor. com/u-street-history/

41   Robert G. Kaiser, "A City of Splendid Spaces, Great Events; 4 Landmarks Offer Washingtonians Gateways to a Capital Adventure," *The Washington Post*, April 22, 2004.

42   Tracey Gold Bennett, *Washington, D.C. 1861-1962* (Charleston, SC: Arcadia Publishing, 2006), pp. 13.

43   *Ibid.*

44   National Capital Parks and Planning Commission, Reports and Plans, Washington Region, 1928, pp. 2, 56.

45   *Ibid.*, pp. 11, 52.

46   Washington D.C., Department of Urban Renewal, Washington's Far Southeast '70 Report, 1970, p. 23.

47   See George Lipsitz, *The Possessive Investment in Whiteness: How White People Profit from Identity Politics* (Philadelphia, PA: Temple University Press, 2006); Douglas S. Massey, *Categorically Unequal: The American Stratification System* (New York: Russell Sage Foundation, 2007); and, Douglas S. Massey and Nancy A. Denton, *American Apartheid: Segregation and the Making of the Underclass* (Cambridge, MA: Harvard University Press, 1998).

48   Archie Morris III., "Advancing Urban Educational Policy: Insights from Research on Dunbar High School," *Journal of the Case Studies in Education*, May 2017.

49   Sowell, *op. cit.*, p. 31.

50   *Ibid.*, p. 34.

51   Myrdal, *op. cit.*

52   Patricia Sullivan, Charles Sumner Lofton; Principal at Dunbar During Civil Rights Era, *The Washington Post*, August 10, 2006, p. B06.

CAPÍTULO 8 - VIVIR UNA VIDA SEGREGADA EN LA CAPITAL DE LA NACIÓN

1   Constance McLaughlin Green, *The Secret City: A History of Race Relations in the Nation's Capital* (Princeton, N.J.: Princeton University Press, 1967), pp. 119-134.

2   *Plessy vs. Ferguson*, Judgement, Decided May 18, 1896; Records of the Supreme Court of the United States; Record Group 267; *Plessy v. Ferguson*, 163, #15248, National Archives; https://www.ourdocuments.gov/doc.php?flash=true&doc=52.

3   Cooper, John Milton Jr., ed., *Reconsidering Woodrow Wilson: Progressivism, Internationalism, War, and Peace.* (Washington D.C.: Woodrow Wilson International Center for Scholars, *2008).*

4   Desmond King, *Separate and Unequal: Black Americans and the U.S. Federal Government* (Oxford: Clarendon Press, 1997), pp. 10-13.

5   Green, op. *cit.*, p.154.

6   Kenneth Robert Janken, *Rayford W. Logan and the Dilemma of the African- American Intellectual* (Amherst: University of Massachusetts Press, 1993), p.18.

7   Janken, *op. cit.*, p. 17.

8   *Ibid.*, pp. 17-18.

9   Isaac Weld, *Travels Through the States of North America and the Providences of Upper and Lower Canada*, vol. I (London: J. Stockdale, 1799), pp. 145-152.

10   James Weldon Johnson, *Along the Way* (New York: Viking, 1937), p. 32.

11   Ignatius Holoe to the Secretary of the Navy, circa 1840, NARA RG45.

12   Henry B. Hibben, *Original History of the Washington Navy Yard* (Washington, D.C.: Naval District Washington, 1890), p. 37.

13   John Stephen Durham, "The Labor Union and the Negro," *Atlantic Monthly*, February 1898, p. 226.

14   *Ibid.*, pp. 132-133.

15   Tucker Carlson, "Washington's Lost Black Aristocracy," *City Journal*, Autumn 1996; http://www.city-journal.org/html/6_ _4urbanities-washingtons_ los.html

16   *Ibid.*

17   *Ibid.*

18   Phyllis Field, "Union League," in Nina Mjagkij, ed., *Organizing Black America: An Encyclopedia of African American Associations* (New York: Garland Publishing, 2001); Michael Fitzgerald, T*he Union League Movement in the Deep South: Politics and Agricultural Change During Reconstruction* (Baton Rouge: Louisiana State University Press, 1989).

19   *Ibid.*

20   "Daniel Freeman: The Man behind the Camera," The Historical Society of Washington, D.C., *October 26, 2009 to January 18, 2010;* http://www.historydc. org/pastexhibits.aspx

21 *Ibid.*, p. 132.

22 *Ibid.*

23 *Ibid.*, pp. 132-133.

24 *Ibid.*, pp. 133-134.

25 Robert Kinzer and Edward Sagarin, "Roots of the Integrationist-Separatist Dilemma," in Bailey, *Black Business Enterprise*, pp. 52-53, 55-56; Joseph A. Pierce, "The Evolution of Negro Business," in Bailey, *Black Business Enterprise*, p. 36.

26 Thomas Hudson McKee, *The National Conventions and Platforms of All Political Parties, 1789-1905* (New York: Burt Franklin, 1971), pp. 18-20.

27 Eugene V. Smalley, *A Brief History of the Republican Party. From Its Organization to the Presidential Campaign of 1884* (New York: John Alden, Publisher, 1885), p. 30.

28 McKee, *National Conventions and Platforms*, pp. 108-109.

29 *Ibid.*

30 *Democratic National Committee* online, "Brief History of the Democratic Party" (at http://www.democrats.org/ about/history.html).

31 Robert L. Zangrando, *The NAACP Crusade Against Lynching, 1909-1950* (Philadelphia: Temple University Press, 1980), pp. 139-165; Harvard Sitkoff, *A New Deal for Blacks: The Emergence of Civil Rights as a National Issue* (New York: Oxford University Press, 1978), pp. 289-295.

32 *Executive Order 8802* dated June 25, 1941, General Records of the United States Government; Record Group 11; National Archives.

33 Samuel Lubell, (1956). *The Future of American Politics, 3rd ed.* (New York: Anchor Press. 1956), p. 232.

34 Melvyn Dubofsky. "Rustin, Bayard"; *American National Biography Online*, February 2000; http://www.anb.org/articles/15/15-00935.html.

35 Lawrence Otis Graham, *Our Kind of People: Inside America's Black Upper Class*, (New York: HarperCollins Publishers, 2000), p. 10.

36 Graham, *ibid*, p. 10; Tracey Gold Bennett, *Washington, D.C. 1861-1962* (Charleston, SC: Arcadia Publishing, 2006), p. 13; *Biographical Directory of the American Congress 1774-1949* (Washington, D.C.: U.S. Government Printing Office, 1950), pp. 1729-1730.

37 Graham, *ibid*, pp. 10-11; Bennett, Ibid. p. 26; *Biographical Directory 1774-1949, ibid.*, pp. 1713-1714.

38   Graham, *ibid*, pp. 10-11; *Biographical Directory 1774-1949, ibid.*, p. 1723.

39   Graham, *ibid*, pp. 10-11; Bennett, Ibid. p. 27; *Biographical Directory 1774-1949, ibid.*, p. 1822.

40   Graham, *ibid*, pp. 10-11; Bennett, Ibid. p. 34; *Biographical Directory 1774-1949, ibid.*, pp. 904-905.

41   Graham, *ibid*, p. 11.

42   *Biographical Directory of the American Congress 1774-1949* (Washington, D.C.: U.S. Government Printing Office, 1950).

43   *Ibid.*

44   Office of History and Preservation, Office of the Clerk, *Black Americans in Congress, 1870–2007*. Washington, D.C.: U.S. Government Printing Office, 2008.

45   William B. Gatewood, *Aristocrats of Color: The Black, 1880-1920* (Fayetteville: University of Arkansas Press, 1990), p.66.

46   *Ibid.*, pp. 66-67.

47   Steven Mintz, "A Historical Ethnography of Black Washington, D.C.", *Records of the Columbia Historical Society of Washington, D.C. 52*, 1989, pp. 239-240.

48   David L. Lewis, *The District of Columbia: A Bicentennial History* (New York: W. W. Norton, 1976), pp. 72-73.

49   Federal Writers' Project, *City and Capital: Federal Writers' Project, Works Progress Administration* (Washington, DC: U. S. Government Printing Office, 1937), p. 1076.

50   Karen Tanner Allen, *Alley, Alley in Free,* The Washington Post, January 7, 2006, p. F05.

51   James Borchert, *Alley Life in Washington: Family, Community, Religion, and Folklife in the City, 1850–1970* (Urbana: University of Illinois Press, 1980), pp. 45-47.

52   National Capital Parks and Planning Commission, Reports and Plans, Washington Region, 1930, p. 76.

53   *Ibid.*

54   National Capital Parks and Planning Commission, Washington Present and Future, 1950, p. 20.

55   Mintz, *op. cit.*, p. 236.

56 Janken, *op. cit.*, pp. 12-13.

57 Thomas Sowell, "Black Excellence--the Case of Dunbar High School," *The Public Interest*, Vol. 43, Spring 1976, p. 39.

58 Moore, *op. cit.*, p. 51.

59 William H. Jones, *Recreation and Amusement Among Negroes in Washington, D.C.: A Sociological Analysis of the Negro in an Urban Environment* (Washington:
Howard University Press, 1927), pp. 98-99.

60 Paul K. Williams, *Images of America; Greater U Stre*et (Chicago: Arcadia Publishing, 2002), p. 27.

61 *Ibid.*, p. 51.

62 *Ibid.*

63 Moore, *op. cit.*, p. 61.

64 *Ibid.*

65 Jones, *op. cit.*, pp. 29-34.

66 Moore, op. cit., p. 61.

CAPÍTULO 9 - EL COMIENZO DE LA LIBERACIÓN

1 Kevin Gaines, *Uplifting the Race: Black Leadership, Politics, and Culture in the Twentieth Century* (Chapel Hill, University of North Carolina Press, 1996), 1 -2.

2 *Ibid.*

3 *Report of Board of Education, 1867-1868.*

4 *Report of Board of Education, 1899-1900*, pp. 54-59.

5 G. Smith Wormley, "Educators of the first Half Century of Public Schools of the District of Columbia," *The Journal of Negro History*, Vol. 17, No. 2, April 1932, pp. 124-125.

6 *Ibid.*, pp. 126-127.

7 *Ibid.*, p. 127.

8 *Ibid.*, pp. 127-128.

9 *Ibid.*, pp. 124-125.

10   Gaines, *op. cit.*, p. 2.

11   Jacqueline M. Moore, *Leading the race: The Transformation of the Black in the Nation's Capital, 1880-1920*, Charlottesville and London: University Press of Virginia, 1999, p. 22.

12   Antoinette J. Lee, "Magnificent Achievements - The M Street High School," *CRM Magazine: African-American History and Culture*, Vol. 20, No 02, 1997, p 24; http://crm.cr.nps.gov/20-2/20-2-16.pdf

13   E. Delorus Preston,, Jr., "William Syphax, a Pioneer in Negro Education in the District of Columbia," *The Journal of Negro History*, Vol. 20, No. 4, October 1935, p. 470; Mary Gibson Hundley, *The Dunbar Story* (New York: Vintage Press Hundley, 1965), pp. 15-16.

14   Kenneth Robert Janken, *Rayford W. Logan and the Dilemma of the African- American Intellectual* (Amherst: University of Massachusetts Press, 1993), pp. 18-19.

15   W.E.B. Du Bois, *The Negro Problem* (New York: James Pott and Company, 1903).

16   Mary Church Terrell, "History of the High School for Negroes in Washington," *The Journal of Negro History*, Vol. 2, No. 3, July 1917, pp. 252-254.

17   Moore, *op. cit.*, p. 25.

18   Hundley, *op. cit.*, p. 16.

19   Terrell, *op. cit.*, pp. 254-255.

20   Hundley, *op. cit.*, p.16; Preston, *op. cit.*, pp. 470-471.

21   Hundley, *ibid.*, pp. 16-17.

22   Terrell, *op. cit.*, pp. 255-256.

23   *Ibid.*, p. 256.

24   *Ibid.*, p. 257.

25   Hundley, *ibid.*, p. 17; Lee, *op. cit.*, p. 24; G. Smith Wormley, "Educators of the first Half Century of Public Schools of the District of Columbia," *The Journal of Negro History*, Vol. 17, No. 2, April 1932, p. 137.

26   Hundley, *op. cit.*, p.17.

27   Terrell, *op. cit.*, p. 257; Hundley, *loc. cit.*, p.17.

28   Wormley, *op. cit.*, p. 137.

29   *Ibid.*, p. 124.

30   Terrell, *op. cit.*, p. 258.

31   Lee, *op. cit.*, p. 24.

32   Lee, *op. cit.*, pp. 24-25.

33   Note: The Boston Latin School was both the first public school and oldest existing school in the United States. The Public Latin School was a bastion for educating the sons of the Boston, resulting in the school claiming many prominent Bostonians as alumni. Its curriculum followed that of the 18th century Latin-school movement which holds the classics to be the basis of an educated mind. Four years of Latin was mandatory for all pupils who entered the school in 7th grade, three years
for those who entered in 9th.

34   *Ibid.*, p 25.

35   Rayford W. Logan, "Growing Up in Washington: A Lucky Generation," *Records of the Columbia Historical Society*, Vol. 50, 1980, p.503.

36   Thomas Sowell, "Black Excellence--the Case of Dunbar High School," *The Public Interest*, Vol. 43, Spring 1976, p. 31.

37   Terrell, *op. cit.*, p. 258; G. Smith Wormley, "A Great Educator in a Great City," *Howard University Record* 18 (1923-24), pp. 230-232.

38   *Ibid.*, p. 259.

39   *Ibid.*, p. 259; Sowell, *op. cit.*, p. 31.

40   Terrell, *op. cit.*, p. 259.

41   Kenneth R. Manning, *Black Apollo of Science: The Life of Ernest Everett Just* (New York: Oxford University Press, 1983), p. 18 and p. 27.

42   Henry S. Robinson, "The M Street High School, 1891-1916," *Records of the Columbia Historical Society, Washington, D.C.*, Vol. 51, [The 51st separately bound book] (1984), pp. 122-123, citing *Washington Post*, August 10, 1958, p. A-23; *Colored American*, October 20, 1900, p.8, October 3, 1903; *Report of the Board of Trustees of Public Schools of the District of Columbia to the Commissioners of the District of Columbia: 1898-1899* (Washington: Government Printing Office, 1900), pp. 7, 11..

43   Thomas Sowell, *Black Rednecks and White Liberals* (San Francisco: Encounter Books, 2005), pp. 39-40, 204-211, 213-214.

44   Louise Daniel Hutchinson, *Anna J. Cooper: A Voice from the South* (Washington, D. C.: Smithsonian Institution Press, 1981), pp. 57-58.

45 Leona C. Gabel, *From Slavery to the Sorbonne and Beyond: The Life & Writings of Anna J. Cooper* (Northampton, Mass.: Department of History of Smith College, 1982), p. 49.

46 Moore, *op. cit.*, p. 95.

47 Moore, *op. cit.*, pp. 94-95; Robinson, pp. 122-123, citing *Washington Post*, September 29, 1905, p. 2.

48 *Ibid.*

49 Robinson, p. 123, citing *ibid.*, September 19, 1905, p. 1 pt. 2, September 29, 1905, p. 2.

50 Lee, *op. cit.*, p. 25.

51 Robinson, *op. cit.*, p. 123.

52 Robinson, *op. cit.*, p. 123-124.

53 *Report of the Board of Education, 1902-1903*, pp. 196-197; *1903-1904*, pp. 187-188.

54 Robinson, pp. 123-124, citing ibid., October 31, 1905, p. 2; interview, Paul Cooke, December 19, 1979. Dr. Cooper returned to teach at the M Street High School in 1910.

55 Moore, *op. cit.*, pp. 161-162.

56 Robinson, *op. cit.*, p. 124.

57 Evan J. Albright, "A Slice of History," *Amherst Magazine*, Winter 2007. http:// www3.amherst.edu/magazine/issues/07winter/blazing_trail/slice.html

58 Terrell, *op. cit.*, pp. 259-260.

59 Jessie Carney Smith, Ed. "Edward Christopher Williams," *Notable Black American Men, Book II* (Detroit: Thomson Gale, 2007).

60 E. J. Josey, *The black librarian in America* (Metuchen, NJ: Scarecrow Press, 1970).

61 E. J. Josey and A. A. Shockley, *Handbook of Black Librarianship* (Littleton, CO: Libraries Unlimited, 1977).

62 Terrell, *ibid.*, p. 260.

63 Robinson, *op. cit.*, p. 124.

64 Terrell, *op. cit.*, p. 260.

65 Robinson, *op. cit.*, pp. 124-125.

66 *The Crisis*, Vol. 27, No. 4, (New York: The Crisis Publishing Company, Inc., Feb 1924); Faustine C. Jones-Wilson, *Encyclopedia of African American Education* (Connecticut: Greenwood Publishing Company, 1996); http://encyclopedia.jrank. org/articles/pages/4144/Browne-Hugh-M-1851-1923.html#ixzz0bzcyIaRl

67 *Ibid.*

68 Robinson, *op. cit.*, p. 125; The Smithsonian Anacostia Museum and Center for African American History and Culture, *The Black Washingtonians: The Anacostia Museum Illustrated Chronology*, Hoboken, New Jersey: John Wiley & Sons, Inc., 2005, p.118; Moore, *op. cit.*, pp. 93,108.

69 The Smithsonian Anacostia Museum and Center for African American History and Culture, *ibid.*, pp. 138-139, 354; Moore, *ibid.*, pp. 11, 152; Grimké, Angelina Weld. Papers of Angelina Weld Grimké . Moorland-Spingarn Research Center, Howard University, Washington, D.C.

70 *Ibid.*

71 *Ibid.*

72 Robinson, *op. cit.*, pp. 127-128; Fitzpatrick and Goodwin, *op. cit.*, pp 94-95.

73 *Ibid.*; Adam Spencer, "Edwin B. Henderson Elected to Basketball Hall of Fame; Grandfather of Black Basketball Finally Elected to Hall of Fame," *Yahoo Contributor Network*, Aug 28, 2013; http://voices.yahoo.com/edwin-b-henderson-elected-basketball-hall- fame-12301217.html

74 Charlynn Spencer Pyne, "The Burgeoning 'Cause,' 1920-1930," *Library of Congress Information Bulletin*, Vol 53, No.3, February 7, 1994.

75 *Ibid.*

76 *Ibid.*

77 *Ibid.*

78 *Ibid.*

79 *Ibid.*

80 The Smithsonian Anacostia Museum and Center for African American History and Culture, *ibid.*, pp. 148, 150, 174, 177, 364; Moore, op. cit., pp. 93, 109-110;
Robinson, *op. cit.*, p. 128; Fitzpatrick and Goodwin, *op. cit.*, pp 76, 120, 152.

81 Robinson, *op. cit.*, p. 128; Moore, *op. cit.*, p. 93.

82   Moore, *ibid.*, p. 93.

83   Lawrence Otis Graham, *The Senator and the Socialite: The True Story of America's First Black Dynasty* (New York: HarperCollind Publishers, 2006), pp. 166-167.

CAPÍTULO 10 - LA ESCUELA SECUNDARIA PAUL LAURENCE DUNBAR

1   Mary Church Terrell, "History of the HighSchool for Negroes in Washington," *The Journal of Negro History*, Vol. 2, No. 3, July 1917, pp. 252-253; Mary Gibson Hundley, *The Dunbar Story* (New York: Vintage Press Hundley, 1965), p. 145.

2   Terrell, *Ibid.*, p. 252.

3   *Ibid.*, pp. 252–253.

4   *Ibid.*, pp. 66-67.

5   Mary Gibson Hundley, *The Dunbar Story (1870-1955)* (Vantage Press, Inc., 1965), p. 66.

6   A proprietary system of library classification developed by Melvil Dewey in 1876 while working as a librarian at Amherst College. The system classified books using numbers from 000-999, dividing nonfiction books into 10 broad categories. By the time of his death, the system was being used in over 96% of all American libraries.

7   Hundley, *op. cit.*, p. 67.

8   *Ibid.*, p. 68.

9   *Ibid.*

10   *Ibid.*, p. 67.

11   Terrell, *op. cit.*, p. 253.

12   Hundley, *op. cit.*, pp. 33-34.

13   Thomas Sowell, "Black Excellence--the Case of Dunbar High School," *The Public Interest*, Vol. 43, Spring 1976, p. 50.

14   Jervis Anderson, "A Very Special Monument," *The New Yorker*, March 20, 1978, p. 107.

15   N. Graham Nesmith, "William Branch: (A Conversation) Reminiscence," *African American Review*, Vol. 38, 2004.

16   Sowell, *op. cit.*, pp. 33-34.

17   Terrell, *op. cit.*, pp. 260-261.

18   Cyndy Bittinger, "Black Women in Vermont History: The Story of Nettie Anderson," *Vermont Public Radio,* March 8, 2010;
http://www.vpr.net/episode/48106/

19   Hundley, *op. cit.*, p. 61.

20   *Ibid.*, pp. 18, 140.

21   *Ibid.*, pp. 18-19.

22   *Ibid.*

23   The Catholic University of America, *The Haynes-Lofton Family Papers, 1882- 1974*, (Washington, D.C.: The American Catholic Research Center and University Archives). http://archives.lib.cua.edu/findingaid/Haynes-Lofton.cfm

24   Patricia Sullivan, "Charles Sumner Lofton; Principal at Dunbar During Civil Rights Era," *The Washington Post*, August 10, 2006, p. B06.

25   *Ibid.*

26   *Ibid.*

27   Kenneth Robert Janken, *Rayford W. Logan and the Dilemma of the African- American Intellectual* (Amherst: University of Massachusetts Press, 1993), p. 20.

28   Hundley, *op. cit.*, pp. 64-65.

29   Hundley, *op. cit.,* p. 131.

30   *Ibid.*

31   *Ibid.*, p. 132.

32   Harry E. Groves, "Separate but Equal -- The Doctrine of Plessy v. Ferguson" *Phylon (1940-1956)*, Vol. 12, No. 1. (1st Qtr., 1951), pp. 66-72.

33   Evelyn Boyd Granville, "The Lives We Lead: Evelyn Boyd Granville '45," *Smith College Alumni Relations*; http://alumnae.smith.edu/spotlight/3632-2/

34   Hundley, *op. cit.,* pp. 131-132.

35   *Ibid.*

36   *Ibid.*, p. 138.

37   *Ibid.*, pp. 135, 145.

38   Kathy A. Perkins (Ed.), (1990). *Black Female Playwrights: An Anthology of Plays Before 1950* (Bloomington & Indianapolis, Indiana: Indiana University Press. 1990),
pp. 53–56.

39   Hundley, *op. cit.,* p. 139.

40   *Ibid.,* pp. 132-133.

41   Perkins, *op. cit.,* pp. 53-56.

42   Hundley, *op. cit.,* p. 133.

43   *Ibid.,* p. 133.

44   *Ibid.,* p. 136.

45   *Ibid.,* pp. 133-134.

46   *Ibid.,* p. 144.

47   *Ibid.*

48   *Ibid.,* p. 134.

49   *Ibid.,* p. 136.

50   *Ibid.,* p. 134.

51   *Ibid.,* p. 136.

CAPÍTULO 11 - EL PARADIGMA DE DUNBAR

1   Jervis Anderson, "A Very Special Monument," *The New Yorker*, March 20, 1978, p. 108.

2   N. Graham Nesmith, "William Branch: (A Conversation) Reminiscence," *African American Review*, Vol. 38, 2004, pp. 22-23.

3   *Ibid.,* pp. 23-24.

4   *Ibid.,* p. 24.

5   Gunnar Myrdal, *An American Dilemma: The Negro Problem and Modern Democracy*, Vol. II, New York: Harper & Row Publishers, Incorporated, 1973, p. 889.

6   Mary Gibson Hundley, *The Dunbar Story (1870-1955)* (Vantage Press, Inc., 1965), p. 24

7   *Ibid.*, pp. 29-30.

8   *Ibid.*, p. 13.

9   Susan Wise Bauer, Jessie Wise, *The Well-Trained Mind: A Guide to Classical Education at Home* (New York: W.W. Norton & Company, Inc., 2009), pp. 13-15. Douglas Wilson, Classical Education, Printed in PHS #6, 1994; http://www.home- school.com/ Articles/ ClassicalEducation.html

10   *Ibid.*, p. 15.

11   *Ibid.*

12   *Ibid.*, p. 16.

13   Hundley, *op. cit.*, pp. 26-29.

14   *Ibid.*, p. 28.

15   *Ibid.*

16   Robert J. Schneller, Jr., *Breaking the Color Barrier: The U.S. Naval Academy's First Black Midshipmen and the Struggle for Racial Equality* (New York: New York University Press, 2005), p. 77.

17   *Ibid.*, p. 78; Tracey Gold Bennett, *Washington, D.C. 1861-1962* (Charleston, SC: Arcadia Publishing, 2006), p. 13.

18   William   H.   Jones, *Recreation and Amusement Among Negroes in Washington, D.C.: A Sociological Analysis of the Negro in an Urban Environment* (Washington, D.C.: Howard University Studies in Urban Sociology, 1927).

19   Schneller, *op. cit.*, pp. 77-78.

20   *Ibid.*, p. 78.

21   Kenneth Robert Janken, *Rayford W. Logan and the Dilemma of the African - American Intellectual* (Amherst: University of Massachusetts Press, 1993), pp. 22-23.

22   Schneller, *op. cit.*, p. 174.

23   Hundley, *op. cit.*, p. 57.

24   *Ibid.*, pp. 51-52.

25   *Ibid.*, pp. 50-51.

26   Hundley, *loc. cit.*, pp. 51.

27   Hundley, *op. cit.*, pp. 67-68.

28   *Ibid.*, pp. 51-52.

29   *Ibid.*, pp. 52-53.

CAPÍTULO 12 - EL ENTORNO DE DUNBAR

1   Thomas Sowell, "Black Excellence--the Case of Dunbar High School," *The Public Interest*, Vol. 43, Spring 1976, p. 33.

2   *Ibid.*, p. 34.

3   *Ibid.*, pp. 36-37.

4   *Ibid.*, p. 40.

5   Mary Gibson Hundley, *The Dunbar Story* (New York: Vintage Press Hundley, 1965), p. 31.

6   Gunnar Myrdal, *An American Dilemma; the Negro Problem and Modern Democracy* (New York: Harper & Brothers, 1944), p. 662; also, Brewton Berry,
Race Relations (Boston: Houghton Mifflin Company, 1951), p. 134.

7   U.S. Census Bureau, *Historical Income Tables: Households* (Washington, DC: U.S. Department of Commerce, June 2, 2016);
https://www.census.gov/data/tables/ time-series/demo/income-poverty/historical -income-households.html

8   Sowell, Excellence, *op. cit.*, p. 39.

9   Anderson, *op. cit.*, pp. 104-105.

10   *Ibid.*, pp. 105-106.

11   Lawrence Otis Graham, *Our Kind of People: Inside America's Black Upper Class*, (New York: HarperCollins Publishers, 2000), p. 61.

12   Anderson, *op. cit.*, p. 108.

13   Sowell, Excellence, *op. cit.*, p. 27.

14   Robert Lichello, *Pioneer in Blood Plasma: Dr. Charles Richard Drew* (New York: Simon and Schuster, 1968), p. 13.

15   Sowell, Excellence, *loc. cit.*, p. 27.

16   R. F. Kronick and C. H. Hargis, *Dropouts: Who Drops Out and Why---and the Recommended Action* (Springfield, Ill.: Charles C. Thomas, 1990).

17   Sowell, Excellence, *op. cit.*, pp. 33-34.

18   Lewis M. Terman, *The Measurement of Intelligence: An Explanation of and a Complete Guide for the Use of the Stanford Revision and Extension of the Binet-Simon Intelligence Scale (San Francisco: Houghton-Mifflin Company, 1916).*

19   Hundley, *op. cit.,* p. 25.

20   Sowell, Excellence, *op. cit.*, pp. 359.

21   Sowell, Excellence, *op. cit.*, pp. 39-40.

22   *Ibid.*, pp. 36-37.

23   *Ibid.*, p. 106.

24   Jacqueline M. Moore, *Leading the race: The Transformation of the Black in the Nation's Capital, 1880-1920,* Charlottesville and London: University Press of Virginia, 1999, pp. 94-95.

25   Douglas S. Massey and Nancy A. Denton (1993). *American Apartheid* (Cambridge, MA: Harvard University Press, 1993).

26   Kenneth Robert Janken, *Rayford W. Logan and the Dilemma of the African- American Intellectual* (Amherst: University of Massachusetts Press, 1993), pp. 21-22.

27   Kevin K. Gaines, *Uplifting the Race: Black Leadership, Politics, and Culture in the Twentieth Century* (Chapel Hill: University of North Carolina Press, 1966); Jacqueline M. Moore. *Booker T. Washington, W. E. B. DuBois, and the Struggle for Racial Uplift.* (Wilmington: Scholarly Resources, 2003).

28   Anderson, *op. cit.*, p. 101.

CAPÍTULO 13 - EXTERMINIO DE LAS TRADICIONES

1   Thomas Sowell, "Black Excellence--the Case of Dunbar High School," *The Public Interest*, Vol. 43, Spring 1976, p. 41.

2   Kenneth Robert Janken, *Rayford W. Logan and the Dilemma of the African- American Intellectual* (Amherst: University of Massachusetts Press, 1993), pp. 18-19.

3   For references to Professor Robert E, Park's theories of competition, conflict, accommodation, and assimilation, see Gunnar Myrdal, *An American Dilemma; the Negro Problem and Modern Democracy* (New York: Harper & Brothers, 1944), p. 662; also, Brewton Berry, Race Relations (Boston: Hougth Mifflin Company, 1951), p. 134.

4   Constance McLaughlin Green, *The Secret City: A History of Race Relations in the Nation's Capital* (Princeton, N.J.: Princeton University Press, 1967), p.168.

5   Sowell, Excellence, *op. cit.*, pp. 52-53.

6   *Ibid.*

7   Tucker Carlson, "Washington's Lost Black Aristocracy," *City Journal*, Autumn 1996; http://www.city-journal.org/html/6_ _4urbanities-washingtons_los.html

8   *Ibid.*

9   *Ibid.*

10   William Julius Wilson, *The Truly Disadvantaged: The Inner City, the Underclass, and Public Policy* (Chicago: University of Chicago Press, 1987), p. 7.

11   Ibid.

12   Daniel Patrick Moynihan, *The Negro Family: The Case for National Action* (Washington, D.C.: Office of Policy Planning and Research, U.S. Department of Labor, 1965).

13   Kenneth B. Clark, *Dark Ghetto: Dilemmas of Social Power* (New York: Harper and Row, Publishers, Incorporated, 1965).

14   Jason Deparle, *American Dream: Three Women, Ten Kids, and A Nation's Drive to End Welfare* (New York: Penguin Group, 2004), p. 95.

15   Gertrude Himmelfarb, *One Nation, Two Cultures* (New York: Alfred A. Knopf, 1999).

16   Daniel Patrick Moynihan, "Defining Deviancy Down," *American Scholar*, Vol. 62, No. 1, Winter 1993, pp. 17-30.

17   Arnold Toynbee, *A Study of History: Abridgement of Volumes 1-VI (Great Britain:* Oxford University Press, 1946).

18   John T. Elson, "Is God Dead?" *Time.* April 8, 1966.

19   Karl Marx and Friedrich Engels (1848). *The Communist Manifesto*, p. 28.

20   Natalie Angier, *"The Changing American Family,"* The New York Times, November 25, 2013.

21 Democratic   Leader   Nancy   Pelosi   (February   6, 2014), *Transcript of Pelosi Press Conference Today in the Capitol Visitor Center,*   Washington,   D.C.; http://www.democraticleader.gov/ Transcript_of_Pelosi_Weekly_Press_Conference_on_ACA_Immigration

22 Lewis, Oscar, *La Vida: A Puerto Rican family in The Culture of Poverty.* (San Juan and New York, 1966).

23 *Ibid.*

24 Toynbee, *op. cit.*

25 *Ibid.*

26 Charles Murray, "Role Models: America's Elites Take Their Cues from the Underclass," *Wall Street Journal*, February 6, 2001.

27 Sowell, Excellence, *op. cit.*, pp. 53-54.

28 *Ibid.*

29 *Ibid.*, p. 42.

30 Alfred H. Kelly, "The School Desegregation Case" (*Brown v. Board of Education of the City of Topeka*, 347 U.S. 483), *Quarrels that Have Shaped the Constitution* (New York: Harper & Row, Publishers, 1987), p. 331.

31 *Ibid.*, pp. 331-333.

32 Sowell, Excellence, *op. cit.* p. 43.

33 *Ibid.*, pp. 43-44.

34 *Ibid.*, pp. 44-45.

35 *Ibid.*, pp. 45-46.

36 *Ibid.*, pp. 54-55.

37 *Ibid.*, p. 46; Antoinette J. Lee, "Magnificent Achievements- TheM Street High School," *CRM Magazine: African-American History and Culture*, Vol. 20, No 02, 1997, p 25; http://crm.cr.nps.gov/20-2/20-2-16.pdf

38 Sowell, Excellence, *op. cit.*, pp. 46-47; Mary Gibson Hundley, *The Dunbar Story* (New York: Vintage Press Hundley, 1965), pp. 64-65.

39 Thomas Sowell, *Black Education: Myths and Tragedies* (New York: David McKay Co., 1972), p.143.

40 Sowell, Excellence, *op. cit.*, pp. 47-48; E. Delorus Preston, Jr., "WilliamSyphax, a Pioneer in Negro Education in the District of Columbia," *The Journal of Negro History*, Vol. 20, No. 4, October 1935, pp. 462-464.

41 The Nixon Library and Museum (March 17, 1954), Pre-Presidential Papers of Richard M. Nixon Series 207, Appearances, 1948-1962, Box 19. Dunbar High School;

http://www.nixonlibrary.gov/forresearchers/find/textual/findingaids/
findingaid_lagunaniguel_series207.pdf

42 Sowell, Excellence, *op. cit.*, p. 48.

43 *Ibid.*

44 *Ibid.*, pp. 48-49.

45 *Ibid.*

46 *Ibid.*, p. 50.

47 *Ibid.*, p. 54.

48 *Ibid.*, p. 55; Kenneth Robert Janken, *Rayford W. Logan and the Dilemma of the African-American Intellectual* (Amherst: University of Massachusetts Press, 1993), pp. 18-19; Preston, *op. cit.*, pp. 463-464.

49 Sowell, Excellence, *op. cit.*, pp. 55-56.

CAPÍTULO 14 - EPÍLOGOUE

1 Thomas Sowell, "Black Excellence--the Case of Dunbar High School," *The Public Interest*, Vol. 43, Spring 1976, p. 45.

2 *Ibid.*

3 Paul Raeburn, *Do Fathers Matter? What Science is Telling Us About the Parent We've Overlooked* (New York: Scientific American/Farrar, Straus and Girous, 2014),
pp. 5-6.
4 *Ibid.*, p. 14.

5 Jacqueline M. Moore, *Leading the race: The Transformation of the Black in the Nation's Capital, 1880-1920*, Charlottesville and London: University Press of Virginia, 1999, p. 33.

6 Moore, *ibid.*, p. 34.

7 Melvin Small, *The Presidency of Richard Nixon* (Lawrence, KS: University Press of Kansas, 1999), pp. 12-13.

8 *Ibid.*

9 Amanda Abrams, "An identity reclaimed," *The Washington Post*, May 27, 2011; http://www.washingtonpost.com/realestate/2011/05/13/AGjO6mCH_
story.html

10 Irving Kristol, (October 19, 2000). "The Two Welfare States." *The Wall Street Journal.*

11 *Ibid.*

12 Jervis Anderson, "A Very Special Monument," *The New Yorker,* March 20, 1978, p. 111.

13 *Ibid.*

14 *Ibid.*

15 *Ibid.*

16 Lewis, Oscar, "The Culture of Poverty." George Gmelch and Walter Zenner, eds. *Readings in Urban Anthropology* (Prospect Heights, IL: Waveland Press, 1998).

17 Peter Milius, "'72 D.C. School Budget May Mean Larger Classes and Fewer Electives," *The Washington Post,* November 10, 1970, A1.

18 Wolf Von Eckardt, "No Eggcrate, This," *The Washington Post,* March 27, 1971, C1.

19 Wolf Von Eckardt, "Design for an Urban Setting," *The Washington Post,* December 11, 1971, E1.

20 *Ibid.*

21 Ronald Gross and Judith Murphy, *Educational Facilities Laboratories Educational Change and Architectural Consequences: A Report on Facilities for Individualized Instruction* (New York: Educational Facilities Laboratories, Inc., 1968), 71.

22 Lawrence Feinberg, "We Must Have Pride In It," *The Washington Post,* April 13, 1977, C1.

23 R. C. Newell, "New Dunbar High School Opens, Still Facing Same Old Problems," *The Washington Afro American,* April 16, 1977, C1.

24 Michael Kiernan, "Razing Fight Begins Anew," *Washington Star,* February 28, 1975.

25 See Oscar Lewis, *La Vida: A Puerto Rican family in the Culture of Poverty* (San Juan and New York, 1966).

26 Archie Morris III, "Race, Class, and the Subculture of Poverty," *Journal of the Center for Research on African American Women,* Vol. 2, No. 1, 2007.

27 District of Columbia Public Schools (2011), Dunbar High School. http:// profiles.dcps.dc.gov/dunbar+high+school

28 Terence P. Jeffrey (May 14, 2014). "DC Schools: $29,349 Per Pupil, 83% Not Proficient in Reading," *CNSNews.com*; http://cnsnews.com/commentary/ terence-p-jeffrey/dc-schools-29349-pupil-83-not-proficient-reading

29 Larry Cuban, "The Open Classroom," *Education Next*, Vol. 4, No. 2, Spring 2004; http://educationnext.org/theopenclassroom/

30 Charles Silberman, *The Open Classroom Reader* (New York: Random House, 1973).

31 Cuban, *op. cit.*

32 *Ibid.*

33 "Mayor Fenty and OPEFM Director Lew Announce Dunbar HS Design Competition Winner," *District of Columbia Public Schools*, December 14,2010;http://dc.gov/DCPS/About+DCPS/Press+Releases+and+Annou ncements/ Press + Releases / Mayor+ Fen t y+ and + OP E FM +Di rec t or+L ew + Announce+Dunbar+HS+Design+Competion+Winner

34 Dunbar High School Alumni Federation, "New Dunbar: Honors Past, Present, and Future," *The Vine*, Spring 2011, p. 7.

35 Martin Austermuhle, "D.C. Officials Celebrate Completion Of New Dunbar High School," *American University Radio*, August 20, 2013; http://wamu.org/ news/13/08/20/dc_officials_celebrate_completion_of_new_dunbar_high_school

36 *Ibid.*

37 *Ibid.*

38 Emma Brown, "Dunbar High autonomy proposal stirs debate in D.C.," *The Washington Post*, January 18, 2014; http://www.washingtonpost.com/local/education/ dunbar-high-school-autonomy-proposal-stirs-debate-in-dc/2014/01/18/63c4c442- 7fad-11e3-93c1-0e888170b723_story.html

39 *Ibid.*

40 Natalie Wexler, "Do we need another selective DCPS high school? A group at Dunbar thinks so," *The Washington Post*, February 12, 2014.

41 *Ibid.*

42 "School Without Walls of Washington, DC," Home and School Association, Quick Facts; http://www.swwhs.org/about-us/quick-facts/

43 Wexler, *op. cit.*

44   Brown, *op. cit.*

45   Thomas Sowell, "The Education of Minority Children," *The Hoover Institute*, 2001, p.   81;   http://search.aol.com/aol/search?enabled_terms=&s_ it=comsearch&q= The+Education+of+Minority+Children

46   *Ibid.*, pp. 81-85.

47   *Ibid.*, p. 91.

48   Report of the Board of Education, 1902-1903, 196-197; 1903-1904, 187-188.